KB093461

주요섭 소설 전집 **2**

의학박사, 시계당 주인 외

주요섭 소설 전집 ❷

의학박사, 시계당 주인 외

초판 인쇄 · 2023년 7월 15일
초판 발행 · 2023년 7월 25일

지은이 · 주요섭
엮은이 · 정정호
펴낸이 · 한봉숙
펴낸곳 · 푸른사상사

주간 · 맹문재 | 편집 · 지순이 | 교정 · 김수란, 노현정 | 마케팅 · 한정규
등록 · 1999년 7월 8일 제2-2876호
주소 · 경기도 파주시 회동길 337-16(서패동 470-6)
대표전화 · 031) 955-9111~2 | 팩시밀리 · 031) 955-9114
이메일 · prun21c@hanmail.net
홈페이지 · http://www.prun21c.com

주요섭 소설 전집 ❷

의학박사, 시계당 주인 외

정정호 책임편집

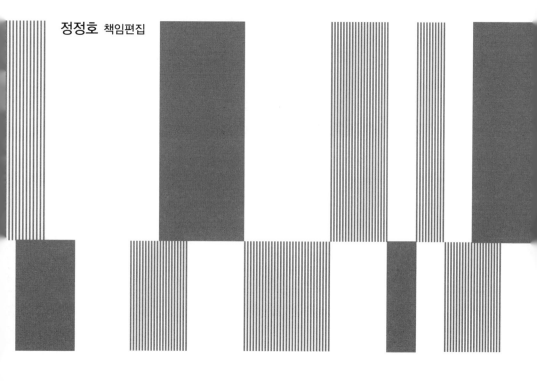

푸른사상
PRUNSASANG

주요섭 朱耀燮 (1902~1972)

한국 문학사 최초의 세계주의 작가

"[내가] 후세에 이름을 남긴다면 학자로서보다는 작가로서 남기고 싶다"[1]

— 주요섭

"정(情)! 그것은 인류 최고의 과학을 초월한 생의 향기이다."

— 주요섭, 「미운 간호부」

"문학작품의 기능은 지식 전달에 있는 것이 아니라, 인간생활의 본질을 분석하는 데 있기 때문이다. 문학작품은 많이 읽음으로써 각자가 소속되어 있는 특수 사회의 진상과 본질을 파악할 수 있을 뿐 아니라, 자기 소속 외 딴 가지각색 사회의 진상과 본질까지도 파악하게 되어 그 결과로는 남을 이해하게 되고 편견이 감소되는 것이다."

— 주요섭, 「이성(理性) · 독서(讀書) · 상상(想像) · 유머」

2022년은 소설가 여심(餘心) 주요섭(朱耀燮, 1902~1972) 탄생 120주기이고 서거 50주기였다.

주요섭은 1920년 1월 3일 『매일신보』에 처녀작 단편소설 「이미 떠난 어린 벗」

---

[1] 김용성, 『한국현대문학사 탐방』, 국학자료원, 2011, 126쪽에서 재인용.

발표를 시작으로 1972년 타계할 때까지 50여 년간 단편소설 39여 편, 중편소설 6편, 그리고 장편소설 6편을 써냈다.[2] 주요섭은 1934년부터 9년간 베이징의 푸런(輔仁)대학에서 영문학 교수 그리고 1953년부터 1967년까지 14년간 경희대학 영문학과 교수로 재직한 것 외에도 수많은 사회활동을 하였기에 전업작가는 아니었다. 그럼에도 그가 발표한 작품 수를 볼 때 결코 적게 쓴 과작(寡作)의 작가는 아니었다.

한국 문학계나 문단의 주류 담론에서 소설가 주요섭에 관한 평가가 지나치게 박하다. 주요섭은 주요 문학사나 평론에서 「사랑손님과 어머니」 같은 단편소설 몇 편을 제외하고는 별로 언급되지 않는다. 일례로 1972년 초 당대 최고의 평론가들이 저술한 『현대 한국문학의 이론』[3]에도, 그리고 2000년대 초에 나온 한국문학자들이 쓴 『우리 문학 100년』[4]에도 주요섭에 대한 일언반구의 언급도 없다. 이것은 아마도 우리 학계와 문단의 전업작가 우선주의와 동시에 한 장르만 파고드는 장르순수주의의 결과가 아닐까 한다. 주요섭이 도산 안창호 선생의 영향으로 상하이의 후장대학과 미국 스탠퍼드대학교 대학원에서 교육학을 전공하고 베이징과 서울에서 영문학 교수를 20년 이상 했기 때문일까?

주요섭은 소설뿐 아니라 여러 가지 주제의 수많은 산문을 써냈고 번역 또한 양적으로도 상당하다. 그리고 순수 문인이라기보다는 『신동아』 편집과 영자신문 사장 그리고 국제PEN 한국본부 회장, 한국아메리카학회 초대 회장, 한국번역가협회 초대 회장 등 많은 단체 일도 보았다. 아마도 주요섭이 한 곳에 집중하지 않고 팔방미인이라 소설가로서 충분한 평가를 받지 못하는 듯하다. 그러나 양적으로나 질적으로 볼 때 주요섭이 한국의 소설가가 아니면 누가 소설가란 말인가?

---

2   영문으로 창작한 단편, 중편, 장편 소설들, 『동아일보』에 연재 중 일제에 의해 강제 중단된 장편소설 『길』, 베이징에서 일제에 압수되어 분실된 영문 장편소설까지 포함.
3   김병익·김주연·김치수·김현, 『현대 한국문학의 이론』, 민음사, 1972.
4   김윤식·김재홍·정호웅·서경석, 『우리 문학 100년』, 현암사, 2001.

주요섭은 흔히 말하는 "위대한" 작가는 아닐지도 모른다. 그러나 그는 우리에게 "필수적인" 작가이다. 적어도 1910년 한일 강제 병합 이후 해방 공간과 6·25 전쟁을 겪은 그의 소설들은 한반도의 경제·문화·정치의 양상을 이해하기 위한 다양한 역사적 사실과 인간에 대한 깊은 이해를 보여주기 때문이다. 미국 작가 마크 트웨인, 영국 작가 조지 오웰, 중국 작가 루쉰, 러시아의 톨스토이도 각 국가의 "필수적인 작가"들이다. 주요섭은 평양에서 태어나 중학교 때까지 그곳에서 살았고 중국 상하이에서 7년, 베이징에서 9년, 미국에서 최소 2년 반, 일본에서 수년간 그 후 주로 서울에서 살았다. 20세기 초중반 기준으로 볼 때 소설가 주요섭은 한국 문학사 최초의 세계시민이었으며 전 지구적 안목을 가지고 국제적 주제를 다룬 한국문학에서 보기 드문 작가였다.

그동안 주요섭 소설들은 단편소설 위주로 소개되고 논의되었다. 지금까지 출간된 십수 종의 작품집들을 보면 주로 「인력거꾼」, 「사랑손님과 어머니」 등의 십수 편의 단편소설 위주로 중복 출판을 이어왔다. 중편소설 「미완성」과 「첫사랑 값」, 장편소설 『구름을 찾으려고』와 『길』은 출판되었다. 그러나 상당수의 단편들과 중편, 장편들은 거의 출판되지 않았다. 이러한 상황에서는 주요섭의 소설문학에 대한 전체적인 논의와 조망은 불가능하다. 편자는 수년 전 이러한 주요섭 소설문학에 편향된 시각과 몰이해를 일부나마 교정하기 위해 주요섭 장편소설 4편을 모두 신문과 문예지에 연재되었던 원문과 일일이 대조하여 출간한 바 있다.

이번에는 단편소설 39편 전부와 중편소설 4편 전부를 가능한 한 원문 대조 과정을 거쳐 출판하게 되었다. 이렇게 되면 명실공히 주요섭 소설세계의 전모가 드러날 수 있게 된다. 뒤늦었지만 이제 일반 독자들은 물론 연구자들도 주요섭 문학에 대한 새로운 그리고 총체적 접근을 할 수 있게 될 것이다.

문학평론가 백철은 주요섭을 가리켜 "동서양의 문학사상을 섭렵한 작가"로 반세기의 작가 생활에서 주옥같은 소설작품들을 창작한 "군자형과 선비형 작가"로 평가하였다. 주요섭은 일생 동안 전업 소설가는 아니었지만 타고난 이야기꾼으로 일제강점기 초기부터 해방 공간, 6 · 25전쟁, 4 · 19혁명 등 1960년 말까지 50년간 한반도는 물론 상하이, 베이징, 만주 그리고 일본과 미국에 이르기까지 광대한 지역을 횡단하면서 50여 편의 단편, 중편, 장편, 영문 소설을 써낸 세계주의적인 소설가였다. 주요섭은 한국 문학사 그리고 한국 소설사에 지울 수 없는 커다란 족적을 남겼다.

주요섭 소설의 재평가를 주장하는 경우를 살펴보자. 장영우 교수는 그가 편집한 주요섭 중단편집의 「작품 해설」에서 "주요섭은 우리의 길지 않은 현대소설사에서 제외되어도 좋은 통속작가가 결코 아니며, 하루 빨리 그의 문학이 정당한 해석과 평가를 받아 한국 문학사의 결락(缺落) 부분이 온전히 보완되어야 할 것이다"고 지적하였다. 이승하 교수도 편집한 주요섭 단편집의 「해설」에서 "국제적인 감각을 갖춘 소설가의 혜안으로 시대의 문제점을 잘 파악한 이들 소설은 지금 이 시대에도 여전히 문학적인 값어치를 지니고 있다"고 전제하고 주요섭에 대해 "그의 세 편의 장편소설과 다수의 중편소설은 평가가 전해지지 않고 있다. 주요섭론은 이제부터 새로이 쓰여야" 한다고 강조한 바 있다.

소설가 주요섭의 계보

그렇다면 주요섭은 어떻게 소설가가 되었을까? 주요섭이 만년에 쓴 문학 회고문을 보면 그가 소설가가 된 동기와 배경은 타고난 이야기꾼인 할머니였다. 할머니는 어린 손자 주요섭에게 옛날이야기를 나름대로 첨가하고 변개하여 들려주었다. 어린 주요섭은 할머니에게 들은 이야기를 다시 번안하고 편집해서 친구들에게 말해주어 친구들은 주요섭을 "재미있는 이야기꾼"이라 불렀다. 주요섭은 "그때부터 나는 허구를 위주로 하는 창작가가 되었던 모양"이라고 훗날 회고했다. 주요섭은 평양의 소학교에서 한글 읽기를 깨우치자마자 교과서보다 소설 읽기를 더 좋아했다. 신구약 성경을 신앙심 때문만이 아니라 재미난 이야기들이 많아 통독했다. 그리고 생가 사랑채에 한글로 된 소설책이 많아 닥치는 대로 읽었다고 한다.

문맹(文盲)이신 할머니 이야기주머니가 바닥나자 이번에는 주요섭이 읽은 이야기책들에 나오는 이야기를 할머니에게 해드렸다. "책 세놓는 가게"에서 「춘향전」, 「홍길동전」 등 고전소설과 『혈의 누』, 『추월색』 등 신소설과 나아가 여러 권으로 된 『삼국지』, 『수호지』 등 중국 소설을 빌려 읽고 다시 그 이야기들을 할머니에게 해드리는 과정에서 "나 자신도 도취되어서 이렇게 재미나고, 아기자기하고, 엉뚱하고, 신기하고, 무섭고, 우스운 이야기들을 나도 써보았으면 하는 욕망이 솟아오르곤 하였다"라고 적고 있다. 당시 어린이 잡지 『소년』의 애독자였던 주요섭은 처음에는 셰익스피어의 비극 작품인지도 모르고 『리어 왕』의 번안을 읽고서 "가장 감명 깊고 인상 깊게 읽은 작품"이라고 토로하였다. 주요섭이 소설가가 되기까지 1919년 2월 창간된 『창조』 동인들인 친형 주요한과 후에 소설가가 된 2년 연상의 동향인이자 평양 소학교 선배인 김동인이 주요섭의 창작욕에 많은 자극을 주었다.

1919년 3월 1일 독립만세사건이 일어나자 당시 일본 중학교 유학 중이던 주요섭은 즉시 고향인 평양으로 귀국하여 '검은 나비당'이라는 비밀결사의 일원이 되어 등사판 「독립신문」을 만들어 돌리다 체포되어 10개월의 징역을 판결받아 유년감에 갇혔다. 1919년 여름 주요섭은 감옥 안에서 영어로 된 안데르센 동화집을 일영사전에 의존하여 한국어로 번역하였다. 주요섭은 "이것이 계기가 되어 나의 문학 활동은 외국 동화 번역과 동화 창작에서 출발되었다. 그러나 동화에만 만족하지 못하게 된 나는 단편소설(?) 한 편을 옥중에서 썼다"고 적고 있다. 같은 감방에 있던 잡범 소년이 간수방에서 훔쳐온 한 통의 편지를 읽고 그것을 토대로 비극적인 단편 연애소설을 썼고 17세 또래 만세범들은 함께 읽고 "걸작"이라고 인정해주었다.

1919년 말에 형기를 마치고 출옥한 후 주요섭은 그 단편을 원고지에 옮겨 적어 『매일신보』 신춘문예에 응모하여 3등으로 당선되어 상금 3원도 받았다. 주요섭이 "이것이 나의 처녀작이요, 처음 활자화된 단편이었다"고 말한 작품이 바로

1920년 1월 3일자『매일신보』에 실린 단편소설 「이미 떠난 어린 벗」이었다. 이렇게 해서 주요섭이라는 소설가가 조선반도에 처음 등장하게 되었다. 그 후 상하이로 건너가 대학에 유학하면서 상하이 지역 신문 보도에서 힌트를 얻어 단편소설 「치운 밤」을 써서 경성으로 우송한다. 그 작품이『개벽』(1921년 4월호)에 실려 이제 명실상부한 소설가가 된 주요섭은 그 후 그 길을 50년간 걷게 되었다.

50년간의 주요섭 소설세계

이제부터 1920년부터 시작하여 그 후 50년간 계속된 주요섭 소설세계를 개괄해보자.

1920년 1월 3일『매일신보』에 발표된 첫 단편소설 「이미 떠난 어린 벗」과 1920년대 중반 상하이 중심으로 쓴 단편소설 「인력거꾼」, 「살인」, 그리고 중편 연재소설 「첫사랑 값」은 그 이후 50년간의 작가 생활을 비추어볼 때 매우 중요한 의미를 가진다 하겠다. 주요섭의 1920년대 초기 소설들이 1930년대 소설에 비해 중요도가 떨어지는 것은 결코 아니다. 오히려 주요섭의 작가로서의 전 생애를 볼 때 초기 작품들의 중요성은 재평가되어야 한다. 1930년대 이후 작품들은 모두 1920년대 작품의 "반복과 차이"라고 볼 수 있기 때문이다. 1920년대 작품들은 1930년대 이후 작품의 모태이며 씨앗이다.

1920년대 작품에 나타난 "사랑주의"와 "사회의식"은 그 후 계속 반복되어 나타난다. 주요섭의 처녀작인 단편소설 「이미 떠난 어린 벗」은 편지를 중심으로 한 액자소설이고 중편소설 「첫사랑 값」은 일기를 중심으로 한 액자소설로 모두 사랑과 연애가 주제이다. 1920년대 「치운 밤」, 「인력거꾼」, 「살인」 등 작품들은 모두 당대 자본주의 사회의 갈등과 모순을 비판적으로 다룬 사회주의적 평등과 분배가 주제이다.

주요섭 소설에 대한 접근은 그동안 주로 시기별로 신경향적인 사회의식, 사랑 이야기와 자연주의, 역사의식과 리얼리즘 등의 문예사조적 접근이 대세를 이루었다. 이러한 방식도 통찰력을 주는 것은 사실이다. 그럼에도 불구하고 이러한 논의 방식은 지나치게 단편소설 중심으로 전개되어 중편소설 대부분과 장편소설 전체에 대한 논의가 거의 배제되어 있다는 흠이 있다. 1920년부터 1970년까지 50년간 주요섭의 소설세계는 시대에 따라 단계적으로 바뀌는 선형적이고 연대기적 구성이 아니라 다양한 방식과 여러 가지 주제와 "정(情) 즉 사랑"이라는 대주제를 중심으로 교차, 단절, 반복되는 나선형의 구성을 보이고 있다.

주요섭은 1921년 봄 상하이에 도착하자마자 당시 대한민국 임시정부 일을 보던, 평소 깊이 존경하던 도산 안창호 선생을 만났고, 도산이 1913년에 미국 샌프란시스코에서 창단한 흥사단에 즉시 가입하였다. 그는 당시 대한민국 임시정부의 노선 중 조선 독립을 위해 기본적으로 안창호의 준비론을 따랐으나 한때 이동휘을 비롯한 혁명을 목표로 하는 공산, 사회주의자에 빠져 하층계급인 노동자, 농민을 위해 사회주의에 동조한 것도 분명하다. 그의 초기작 「치운 밤」, 「인력거꾼」, 「살인」 등은 이런 계열의 소설이다.

그러나 주요섭은 1930년대부터는 사회주의에서 탈피하여 민족주의 계열로 가지 않고 중간노선인 '사실주의'에 머무르게 되었다. 이것은 1934년 전후한 복잡한 한국 문인 계보를 만든 김팔봉의 글 「조선문학의 현재와 수준」에서도 그대로 드러난다. 김팔봉은 한국문학을 크게 카프문학(동반자적 문학 경향 포함)과 민족주의 경향 계열, 이렇게 두 부분으로 나누고 주요섭을 민족주의 계열 중에서도 사실주의파에 김동인, 염상섭, 강경애와 함께 포함시켰다.[5] 이렇게 볼 때 주요섭은 1920년대의 사회주의적이며 계급주의적인 신경향적 경향에서 이탈했음이 분명하다.

그 후 백철이 주요섭을 당대 민족문학파와 프로문학파라는 이분법적 구도에서 벗어나 제 3지대에 머무른 "중간파"라고 분류한 것은 매우 적절한 평가라 볼 수 있다. 소설가 주요섭은 문단의 이러한 논쟁에 거리를 두고 어떤 특정 이념에

---

5   김윤식, 『한국 근대문예비평사 연구』, 한얼문고, 1973, 208쪽.

빠지지 않고 소설을 오직 현실을 "있는 그대로" 그리려는 사실주의자(리얼리스트)였다. 그리고 한국 문단에서 보기 드물게 조선반도에서 벗어나 전 세계를 함께 박애주의적 시각으로 바라보려는 거의 최초의 세계주의자 문인이었다고 볼 수 있다.

따라서 50년을 관통하는 몇 개의 작은 주제들이 반복과 차이의 양상을 보인다고 볼 수 있다. 편자는 단편, 중편, 장편, 영문 소설까지 모두 고려하여 대체로 주요섭의 소설 세계를 ① 신경향(사회주의)적 요소, ② 사랑 이야기, ③ 세태 관찰과 비판, ④ 인본주의 또는 인도주의, ⑤ 역사 서지적 기록, ⑥ 디아스포라(민족주의), ⑦ 죽음의 문제라는 7개의 변주곡이 차이를 보이면서 반복되는 역동적인 나선형의 구성으로 파악하고자 한다.

정(情) 즉 사랑

이 7개의 변주곡을 함께 묶는 대주제인 정(情) 즉 사랑에 대해 논의해보자. 편자는 주요섭 문학을 사회주의, 사랑주의, 인도주의, 사실주의 등으로 나누기에 앞서 과연 50년의 주요섭 문학 활동의 근저를 흐르는 무의식 또는 대전제 또는 대주제는 무엇인가를 논해보고자 한다. 주요섭 소설문학의 대주제는 "정(情)" 즉 사랑이다. 주요섭과 상하이 후장대학 유학 시절부터 일생 동안 가장 가깝게 지냈던 후배인 피천득은 주요섭 문학의 본질은 "정"이라 보았다. 피천득은 주요섭이 타계한 직후인 1972년 11월에 『동아일보』에 쓴 추도사에서 다음과 같이 적었다.

형[주요섭]이 상해 학생 시절에 쓴 「개밥」, 「인력거꾼」 같은 작품은 당신의 인도주의적 사상에 입각한 작품이라고 봅니다. 형은 정(情)에 치우치는 작가입니다. 수필 「미운 간호부」에서 보는 바와 같이 형은 몰인정을 가장 미워합니다.

주요섭은 여러 편의 수필 중 「미운 간호부」(『신동아』 1932년 9월호)를 스스로 대표작으로 꼽았다. 이 수필에서 주요섭은 전염병을 앓다 일찍 죽은 어린 딸을 사망실 즉 시체보관실에서라도 보여달라는 어머니의 간청을 매정하게 거절하는 간호부를 심하게 꾸짖는다.

> 그러나 그것을 염려하는 어머니의 심정! 이 숭고한 감정에 동정할 줄 모르는 간호부가 나는 미웠다. 그렇게까지 간호부는 기계가 되었던가?
> …(중략)…
> **정(情)! 그것은 인류 최고의 과학을 초월한 생의 향기이다.**(강조—필자)

이처럼 주요섭 문학의 요체는 "정 즉 사랑", 나아가 넓은 의미의 인도주의(humanism, humanitarianism)라 규정할 수 있다. 주요섭은 1960년 한국영어영문학회가 출간한 영미어문학총서(전 10권) 제4권 『영미소설론』에서 서론격인 「소설론」을 집필했다. 이 글에서 우리는 주요섭의 소설에 관한 기본적인 생각을 알 수 있다. 주요섭은 소설의 핵심을 상상력(imagination)으로 보았다.

> 소설은 과학 논문이나 역사 서술과 달리 단지 작가의 상상[력]이 깃들어 있는 글이라고 하기도 한다. 그런데 상상력이라고 하는 것은 단순히 공상 혹은 환상적(幻想的)만을 말하는 것은 아니다. …(중략)… 특히 낭만주의자들이 강조하는 것은 상상은 환상만으로 끝나는 것이 아니고 지성과 사상과 추리력까지 포함하는 것이[다].

주요섭은 그 상상력의 대표적 예로 영국 낭만주의 서정시인 P. B. 셸리(1792~1822)가 1821년에 써낸 『시의 옹호』에서 한 인용문을 끌어오고 있다.

> "사람이 위대하고 선량하려고 하면 강하고 넓은 상상력을 가지지 않으면 안 된다. 그는 자신을 남(他), 많은 남의 입장에다 두지 않아서는 안 된다. 동포의 희로애락이 곧 자신의 희로애락이 되어야 한다"고 말한 것을 보면 상상력은

humanism[인도주의, 인간주의]도 포함하고 있다고 보아야 할 것이다.

여기서 주요섭이 셸리의 핵심적인 구절을 인용하면서 말하려는 요지는 "사랑"이란 결국 상상력이고 상상력은 또다시 나 자신이 아닌 타인이 되는 "타자 되기"이다. 이 타자 되기라는 "역지사지(易地思之)"의 공감력(共感力)은 사랑의 진정한 모습인 것이다. 시[문학]는 결국 우리가 자신에게서 벗어나 이웃과의 사랑을 회복시키는 예술 양식인 것이다.

주요섭이 자신의 삶과 문학에서 "정 즉 사랑"을 가장 중요시한 것은 자신이 기독교 모태신앙자였고 아버지가 장로교 목사였다는 사실과도 어느 정도 관계가 있을 것이다. 자신의 이름도 구약에 나오는 요셉이란 이름에서 온 것이 아닌가? 요셉은 젊은 시절 배다른 형제들의 시기를 받아 이집트에 노예로 팔려갔으나 후에 우여곡절 끝에 파라오 대왕 다음으로 이집트의 제2인자인 총리가 되었다. 그 후 요셉은 형제들을 사랑으로 다 용서하고 모든 가족을 화해하여 재결합시켰다. 주요섭의 일부 초기 소설에는 기독교 비판적인 요소가 없지는 않지만 그렇다고 기독교 교리의 핵심인 사랑까지 의심한 것은 아니리라.

주요섭이 1920년대 상하이 유학 시절 가장 존경하고 영향을 받았던 사람은 당시 대한민국 임시정부에서 일하던 도산 안창호 선생이었다. 도산은 열렬한 기독교 신자는 아니었지만 기독교 교리인 사랑을 절대적으로 믿었다. 주요섭은 안창호의 감화로 당시 독립을 위한 무력 투쟁이나 외교적 해결에 앞서 무지몽매한 조선 백성의 의식을 깨우치고 교육을 먼저 시켜야 한다는 소위 "준비론"에 뜻을 같이했던 것이다.

편자는 주요섭 삶을 관통하는 핵심을 사랑으로 본다. "정 즉 사랑"은 주요섭 문학에서 모든 것이 다양하며 파생되어 나오는 등뼈이며 "원형(archetype)"이다.

말, 언어, 문학 : 주요섭의 서사 기법, 리얼리즘

주요섭은 말(언어) 즉 언어의 예술인 문학에 대해 어떤 생각을 가졌을까? 그는 흥사단의 기관지인 『동광(東光)』 창간호인 1926년 5월호에 게재한 글 「말(言語)」의 결론 부분에서 다음과 같이 언명하고 있다.

> 인류는 지금 언어의 세계에 산다. 짐승의 세계에는 다만 물건과 암송뿐이다. 그런데 사람에게는 언어라는 편리스러운 행복이 있는 것이다. 그리고 사회에서 언어를 써서 다른 사람에게 영향을 주거나 감동시키는 능력을 가진 사람에게 사회적 위대한 상급을 준다. 한 사람이 자기의 언어로 더 많은 사람을 이해시키고 감화시킬 수 있을수록 그 사람은 그 사회에서 위대한 인물이 된다. 예수가 그러하고 레닌이 그러하고 손문(孫文)이 그러하다.
> 언어의 힘이 얼마나 큰가.[6]

소설가는 말(언어)을 가지고 글을 써서 독자들에게 감동, 감화시키는 말의 예술가이다.

이제부터 주요섭의 이야기 전개 방식 또는 서사 기법에 대해 말해보자. 그의 소설은 가장 전통적인 사실주의(realism)이다. 주요섭은 영문학 교수로서 조지프 콘라드를 아주 좋아했고 큰 영향을 받았다. 소설에서 리얼리즘 기법이란 있는 그대로 보여주거나 묘사함으로써 서사를 전개시키는 방식이다. 흔히 말하는 영미 모더니즘 소설의 대가들인 제임스 조이스, 버지니아 울프, 윌리엄 포크너 등과 같은 작가들의 "의식의 흐름"이라든가 하는, 이야기를 비틀고 복잡하게 만드는 방식은 주요섭의 서사 전략이 아니다. 주요섭의 소설에 주인공의 심리 묘사 장면도 많이 있으나 난해한 "무의식"의 미로(迷路)를 찾는 경우는 별로 없다. 한마디로 그의 소설은 심리 분석보다 스토리 중심이며 작가의 상상력보다는 체험 중심이다.

---

6   『동광』 1926년 5월호, 40쪽.

주요섭은 1960년의 한 소설 심사평에서 소설가가 소설을 창작하는 이유는 "포착하기 어려운 진실의 본질에 대한 고민 때문"이라고 하였다. 또한 소설가들은 "가슴속에 무엇인가를 간직"하고 있어서 "진실의 어떤 환상이 그들에게 향하여 자꾸만 덤벼들 때 그것을 청산해버리는 방법으로 소설을 쓰게" 된다고 했다. 구체적으로 소설을 쓸 때 작가들은 내용, 주제, 기교, 구성 등은 각양각색이지만 "인간에 대한 기본적인 진실에 도달하려는 목표"를 가진다고 했다. 또한 소설가가 되기 위해서는 "예리한 관찰력으로 사사건건 자세히 관찰하여 직접적인 체험을 쌓아가는 동시에 남이 쓴 책을 많이 읽어 간접적인 경험을 될 수 있는 대로 풍부하게 간직해두어야 할 것"이라고 언명하였다.

독자에게 강한 인상을 주기 위해 작가에게는 강력하게 구성하는 재능을 가지고 적절한 어휘와 아름다운 문장, 클라이맥스(절정)를 만드는 능력뿐 아니라 기지와 풍부한 상상력과 독특한 지성까지도 요구된다. 이는 주요섭 자신이 창작한 소설작품을 읽을 때도 그대로 적용될 수 있을 것이다. 여기서 중요한 것은 첫째, 진실에 대한 추구이다. 진실에 대한 추구는 바로 현실을 있는 그대로 재현하여 보여주는 사실적 추구이다. 이를 문학적으로 말하면 리얼리즘이다. 굴절되지 않은 문물 현상을 있는 그대로 재현하는 것이 주요섭에게 가장 중요한 덕목이다.

주요섭의 소설세계는 1920년대부터 조선, 중국의 상하이와 베이징, 만주, 일본, 미국 서부 등지에서 자신이 직접 경험한 이야기를 소설로 만든 경우가 대부분이다. 어떤 소설은 자서전적 색채가 짙고, 또 어떤 소설은 당대 세태를 기록하고 보고하는 다큐멘터리이고, 장편소설들은 주로 역사적 리얼리즘 계열의 작품들이다. 한마디로 주요섭의 소설은 철저하게 자신의 시대 안에서, 개인적 체험에 토대를 두고 약간의 허구를 가미한 경우가 대부분이다.

주요섭은 기본적인 서사 방식은 리얼리즘이다. 그러나 그는 사회의 부조리와 타락상을 있는 그대로, 추한 모습까지 적나라하고 추문적으로 노출시키는 자연주의 기법도 가끔 사용하였다. 특히 1920년대 그의 일부 소설은 20세기 초 전후로 유럽과 미국에서 한때 일어났던 문예사조인 자연주의적 요소에 일정 부분 영향을 받은 것은 분명하다. 따라서 주요섭의 서사 방식은 단성(單聲, monophony)적이기보다 다성(多聲, polyphony)적이다. 단선적이고 정태적인 정반합의 변증법이기보다 다성적이고 역동적인 대화법에 더 가깝다.

그의 서사 구조는 선형적이 아니라 나선형적이고 그의 서사 주제는 단일체라기보다 다양체의 특성을 지닌다. 소설가 주요섭은 본질적으로 단성적 또는 순종(純種)적이 아니라 잡종적 또는 혼종주의(hybridism)인 작가이다. 그는 어느 한 유파나 한 사조에 자신을 매어놓지 않고 항상 나선형적으로 열려 있는 역동적인 작가였다고 결론지을 수밖에 없다.

4권으로 구성된 중단편소설집

책임편집자로서 필자는 주요섭 중단편소설을 4권으로 나누어 편집했다. 우선 1920년 『대한매일신문』에 실렸던 단편소설 「이미 떠난 어린 벗」에서부터 주요섭이 타계하고 1년 뒤인 1973년 『문학사상』에 실렸던 유고 단편소설 「여수」까지 편집자가 찾을 수 있었던 39편의 단편소설 전부를 다음과 같이 1, 2, 3권으로 분류하였다. 중편소설 4편은 모두 모아 제4권에 배치했다.

제1권에는 1920년부터 1937년까지 발표된 단편소설 15편을 수록하였다. 수록 작품은 발표 연도순으로 「이미 떠난 어린 벗」, 「치운 밤」, 「죽음」, 「인력거꾼」, 「살인」, 「영원히 사는 사람」, 「천당」, 「개밥」, 「진남포행」, 「대서(代書)」, 「사랑손님과 어머니」, 「아네모네의 마담」, 「북소리 두둥둥」, 「추물(醜物)」, 「봉천역 식당」이다. 특히 1921년 1월 3일자로 발표된 주요섭의 첫 단편소설 「이미 떠난 어린 벗」은 원문과 현대어 표기로 바꾼 수정본을 함께 제시하여 연구자나 일반 독자들에게 참고가 되게 했다. 흔히 「할머니」도 단편소설에 포함시키는 경우도 있으나 이 작품은 회고담이다. 「기적」은 창작이 아니고 번역 작품이다. 제1권의 제목은 1920년대의 대표작 「인력거꾼」과 1930년대의 대표작 「사랑손님과 어머니」를 병기한다.

제2권에는 1937년 후반부터 1954년까지 발표된 단편 소설 12편을 수록하였다. 수록 작품은 발표 연도순으로 「왜 왔든고?」, 「의학박사」, 「죽마지우(竹馬之友)」, 「낙랑고분의 비밀」, 「입을 열어 말하라」, 「눈은 눈으로」, 「시계당 주인」, 「극진한 사랑」, 「대학교수와 모리배」, 「혼혈(混血)」, 「이십오 년」, 「해방 1주년」이다. 제2권의 제목으로는 1930년대 후반에 발표된 「의학박사」와 해방 후인 1940년대 후반에 발표된 「시계당 주인」을 나란히 표기한다.

제3권에는 1955년부터 1970년대 초반까지 발표된 단편소설 12편을 수록하였다. 수록 작품은 발표 연도순으로 「이것이 꿈이라면」, 「잡초」, 「붙느냐 떨어지느냐」, 「세 죽음」, 「비명횡사한 유령의 수기」, 「열 줌의 흙」, 「죽고 싶어 하는 여인」, 「나는 유령이다」, 「여대생과 밍크코우트」, 「마음의 상채기」, 「진화(進化)」, 「여수(旅愁)」이다. 제3권의 제목으로 1950년대 후반 작품인 「붙느냐 떨어지느냐」와 1970년대 작품인 「여대생과 밍크코우트」를 나란히 놓는다.

제4권은 중편소설집으로 1925년부터 타계 후 1987년까지 발표된 중편소설들을 실었다. 발표 순서대로 「첫사랑 값」, 「쎌스 껄」, 「미완성」, 「떠름한 로맨스」를 배열하였다. 미국 유학에서 돌아온 직후 1930년 2~4월에 『동아일보』에 연재한 「유미외기(留美外記)」는 일부에서 중편소설로 보기도 하지만 주요섭이 어느 문학 회고문에서 이것을 자신의 유학 경험을 토대로 쓴 "잡문"이라고 확언하였기에 여기에 포함시키지 않았다. 주요섭의 중편소설 4편의 중심 주제는 특이하게도 모두 사랑과 결혼 이야기이다. 제4권의 제목은 「첫사랑 값」과 「미완성」으로 한다.

앞으로 문단, 학계, 그리고 일반 독자를 위해 주요섭의 단편소설, 중편소설, 장편소설 및 영문소설이 모두 실린 주요섭 소설전집의 완전한 결정판 정본이 후학들에 의해 나오기를 기대한다.

책임편집자는 이 전집을 위한 신문, 잡지 원문 복사, 출력, 입력 및 각주 작업에서 송은영, 정일수, 이병석, 허예진, 김동건, 권민규, 추승민, 박희선에게 큰 도움을 받았다. 이 자리를 빌려 고마움을 전한다. 그리고 주요섭 선생의 장남이시며 현재 미국 동부 뉴저지주에 거주하시는 주북명 선생의 따뜻한 관심과 지속적인 격려에도 깊은 감사를 드린다. 끝으로 어려운 출판계 사정에도 불구하고 한국문학 작품 발굴 사업에 대한 사명감과 열정으로 선뜻 나서주신 푸른사상사의 한봉숙 대표님의 결단과 편집부 여러분의 지속적인 노고에 감사를 드린다.

푸른사상사는 수년 전 편자가 준비한 『구름을 잡으려고』(1935), 『길』(1953), 『일억오천만대일』(1957~1958), 『망국노군상(1958~1960)』의 주요섭 장편소설 4권 전부를 이미 발간해주셨다. 이번 중단편소설 4권과 함께 장편소설 4권을 포함하면 주요섭이 한글로 쓴 소설 전부가 푸른사상사에서 나오게 된 셈이다.

50년 전에 서거하신 주요섭 선생 영전에 이미 출판된 장편소설 4권과 이 중단편소설 4권 모두를 삼가 올려드린다.

2023년 5월
서울 상도동 국사봉 자락에서
정정호 씀

차례

일러두기

1. 본 전집의 소설 본문은 단행본 또는 신문과 잡지에 최초로 실렸던 텍스트를 그대로 싣는 것을 원칙으로 삼는다.
2. 최초의 연재본이나 초판 출간본을 찾지 못한 경우 원문에 가장 가깝다고 판단되는 텍스트를 선택한다.(후에 작가 자신이 본문을 수정하여 발표한 작품 선집을 1차적으로 참고한다.)
3. 장르상 소설만을 선정한다. 작가가 소설 양식과 유사하지만 단순 기록, 번역, 잡기라고 분명하게 밝힌 것은 소설작품에서 제외한다. (예:「기적」,「할머니」,「유미외기」 등)
4. 작품 배열 순서는 첫 발표 연도 순으로 하고 각 작품이 끝나는 곳 괄호 안에 연도를 표기한다.
5. 원문에서 분명히 오자나 탈자로 여겨지는 것은 바로잡는다. 그러나 판독이 어려운 경우 편집자가 함부로 판단하지 않고 공란으로 남겨둔다.
6. 표기법은 발표 당시의 것을 그대로 따르되 띄어쓰기는 독자들의 편의를 위해 현대 어법에 맞게 바꾸었다. 기타 표기법은 일반 관례에 따른다.
7. 모든 대화는 쌍따옴표(" ")로 통일한다.
8. 모든 숫자는 아라비아 숫자로 통일한다.
9. 본문에 한자와 다른 외국어로만 표기된 것은 가능한 한 괄호 속에 한글 독음을 병기한다.
10. 고어(古語), 방언, 그리고 외래어는 설명이 꼭 필요한 경우에만 각주를 단다.

왜 왔든고?

왜 왓든고?

1

대륙을 달리는 기차—

밤 하눌을 뚤코서, 들을 지나, 개천을 지나, 동리를 지나, 정거장을 지나, 앞으로 앞으로 달리기만 하는 기차, 이 세기의 총아인 특급은 그 오랜 다름박질에 피곤한 빛도 없이, 도까비불 같은 해드라잇으로 두 개의 가느단 선로 웅를 빛의여가면서 덜커덕덜커덕 덜커덕 리듬을 마초아 달리기만 하는 것이었다. 대륙 오천 리 길을 고 좁은 선노 웅으로 한 번도 버서나는 일 없이…….

대륙 오천 리 길을 멀다 않고 차자오는 손님들. 창에마다 머리를 대고 잠들어 잇는 이 수다한 손님들의 적은 기쁨과 커단 슬픔을 다함께 실은 채로 특급은 새벽동이 훤히 틀 때쯤 해서는 대륙의 한 끝 정거장인 안동현¹역에 그 육중한 몸을 쉬면서 물을 마시엇다.

고요히 잠들엇든 차실 속이 금시에 와글와글 소란해젓다. 실형² 웅에 엊

---

1 안동현 : 중국 요령성의 도시. 신의주에서 압록강 건너편에 있음. 오늘날의 단동(丹東).
2 실형 : 시렁. 물건을 얹어놓기 위하여 방이나 마루 벽에 두 개의 긴 나무를 가로질러 선

히엿던 짐들이 자리로 내려와서 입들을 벌리고 세관리의 검사를 기다리고 잇고 맑은 조선 하눌을 파―란 연기로 물드리려는 이국(異國)의 향초(담배)들이 검사 도장을 맞으려고 행렬을 지어 느러선 새이로 선잠을 깬 남녀노유[3]들이 하품하고 기지개하고 왓다 갓다 하고 창밖을 내다보고 떠들고 이렇게 수선한 속에서 다 못한 승객, 어제밤부터 지금까지 잠 한숨을 자지 않고 한 자리에 쭈구리고 앉어 잇는 조선의 사나이 하나! 이 어수선한 통에도 오불관언[4]이란 듯이 돌사람처럼 우두머니 앉어서 마치도 자기는 딴 세상에 앉어서 이 세상을 무관심한 태도로 구경만 하고 앉엇는 것처럼 무표정스럽게 버티고 앉어 잇는 것이엿다. 나이는 한 오십 낫슬가?

세관 검사가 왓슬 때 열어 보일 아모런 짐도 가지지 아니한 승객, 이 승객이 기차가 다시 기적을 올리고 떠나서 압록강 철교 웋를 달리기 시작할 때 이때까지 밑도 없는 죽은 바다처럼 깜앟고 고즈낙하던 그 두 눈에는 불현듯 생동의 파도가 슷치엿다. 이때까지 돌사람처럼 무겁던 그 전신에 새로운 피가 도는 듯, 그는 것잡을 수 없는 흥분과 기대와 희망과 공포를 가지고 가까워오는 반도의 산천을 내다보는 것이엿다.

2

이동경찰이 차 안으로 조사를 왓슬 때 그가 내여 보히는 기차표는 왕복 기차표, 명함에 적힌 이름은 황진형이, 직업은 상업, 여행의 목적을 묻는 데 대한 대답에는 "친척을 방문하고 겸하여서 상업에 관한 일로"라고 간단히

반처럼 만든 것.
3 남녀노유 : 남녀노소.
4 오불관언(吾不關焉) : 나는 그 일에 상관하지 아니함.

대답하는 몹시도 굵은 빼스[5] 목소리!

그러나 방금 떠오르는 해를 안고서 달리고 달리는 기차 속에서 고요히 턱을 괴고 앉아서 새벽안개에 싸힌 산들과 동리들과 밭들과 개천들을 하염없이도 내다보고 잇는 이 승객은 사실에 잇서서 장사꾼도 아니엿고 방문할 친척도 잇슬 리 없엇고 그 이름도 결코 황진형이는 아닌 그러한 한 사람이엿다. 휙휙 뒤로 달려 없어지는 전선대들을 멀건히 내다보고 잇다가 가끔식 길게 내쉬는 그 한숨 소리에 섞이는 이 승객의 가슴속 깊이 끌어올으는 걱정을 아모도 짐작도 할 수 없는 일이엿다.

덜커덕 덜커덕 덜커덕? 단조스런 리듬을 반복하는 기차 바퀴 소리를 속으로 귀기우려 듯는 이 승객의 귀에 이 소리는 때로는

"어서 오소, 어서 오소, 어서 오소" 하는 반가운 맞이의 소리로 들리는 것이엿다.

추수가 끝난 벌판 바닥에 발가케 물오르는 아츰 햇발을 바라다보면서 추억의 실마리를 자연 더듬는 이 승객(그의 이름을 그의 명함에 적힌 대로 황진형이라 부르자.)은 문뜩 바로 여기 이 선노 웅으로 방향을 달리하여 달리고 달리는 그 옛날 일을 되푸리해 생각할 수밖에 없엇다.

그것은 너무나 슬픈 여행이엿섯다. 그것이 벌서 이십 년이 훨씬 넘은 옛날 일이지만 그때 진형이를 실고서 고향을 뒤로 두고 대륙을 향하야 달려가든 기차는 지금 진형이가 타고 앉은 이 특급 모양으로 속력도 빠르지 못햇고 앉을 자리도 편안치가 못햇고 승객도 많지가 못햇섯다. 그랫든 것이 이십 년을 지난 오늘날 처음으로 한 번 고향을 찾는 진형이를 태워다주는 이 기차는 더 빠르고 더 편안하고 더 많은 손님을 실엇스니 구변 좋은 사람들의 '조선 발달사' 토론에는 의례히 한 가지의 훌륭한 실증으로 들려올 것이

---

5 빼스 : 베이스(bass). 남성이 가진 가장 낮은 음역.

엿다.

그러나 지금 진형이는 그러한 것을 생각하고 있는 것은 아니엿다. 그는 지금 그가 떠나가는 그날 그렇게도 먹음직하게 다 익엇든 수수밭들과, 그렇게도 복스럽게 숙으러 엿던 조이삭들을 생각하는 것이엿다. 물론 그가 그런 복스런 경치를 다시 대하리라고 예기햇든 바는 아니지만, 그르테기만 바둑판처럼 즐을 지어 느러서 잇는 말라버린 논, 논, 논들만 눈에 띄일 때 그는 자연 서운한 생각을 금할 수 없었다. 하나 지금 진형이의 가슴속을 설레는 이 이름 지을 수 없는 격정은 단지 그것뿐이 잇슬 리 없엇다.

"어서 오소 어서 오소"

기차의 쉴 새 없이 부르는 이 맞이의 소리!

눈을 감으면 이십 년 전에 그의 귀가에 속삭이든 그 떨리는 목소리가 금방 새로히 들려오는 듯, 아니 지금까지 언제 한번 그가 그 목소리를 잊어본 적이 잇섯든고? 시베리아의 눈포태 속에서도 그는 그 목소리를 들엇섯고, 북빙양의 어름집 속에서도 그는 그 목소리를 들엇섯으며, 할빈이란 국제도시의 그 소음 속에서도 그 목소리를 들엇섯고 고비 사막의 그 적막 속에서도 그 목소리를 들엇든 것이 아닌고! 이십 년의 세월이 능히 지워 없새지 못한 그 목소리, 그 자태! 그는 죽기 전에 다시 한번 그이의 목소리를 친히 듯지 못하고 그이의 자태를 친히 한 번 더 보지 못하고는 죽어도 눈을 감을 수 없는 것이엿다.

그러기에 그는 만난을 무릅쓰고 지금 이 길에 올은 것이엿다.

이십여 년간을 몸은 비록 나노혀 잇고 소식은 서로 끈혓지만 하로 한시인들 그들의 정신이 서로 이즌 적이 없는지라 진형이의 몸은 살아서나 죽어서나 애히라고 이름 불리는 그이의 것이라고 확실히 믿는 것이엿다. 그래서 그는 자기의 몸을 죽엄에서 내맛기기 전에 몬저 한번 도라와서 애히에게 동의를 구하지 않으면 안 될 의무가 잇다고 느꼇던 것이다.

이십 년 전의 애히와 오늘의 애히! 진형이 자신에게 육체의 노쇠밖에는 더 다른 변화가 없는 모양으로 애히에게도 변치 안는 그 마음이 그대로 존귀스럽게 남어 잇스리라고 굿게 믿은 것이엿다. 이것은 진형이의 삶의 대한 신조일 뿐만 아니라 그의 죽엄에 대한 한 신조이엇다. 그러므로 오늘에 애히를 마즈막으로 한 번 더 맛나보는 것은 애히의 동의를 얻는 그것 하나뿐이 아니라 좀 더 용기를 얻고 좀더 즐거운 마음으로 그의 눈을 감는 데 필요하엿든 것이다.

3

"어서 오소, 어서 오소"

기차의 부르는 소리를 쪼차서 고향 천리길을 달려온 진형이는 기차가 서울 가까이 이름을 딸아 이십여 년의 침착을 한 초 동안에 다 잃어버린 듯, 몸까지도 생각을 쪼차서 이십 년 전 젊은 시절로 귀환된 듯싶어젓다.

파―란 소나무 아레 그려진 듯이 서 잇든 애히! 바람에 저구리 고름이 훗날릴 뿐 손구락 하나 움즈기지 않고 서 잇든 애히의 모양! 언덕 웋에 홀로 서서 진형이를 실어가지고 달려가는 기차를 바라다보면서 그 젊은 색씨가 눈물을 얼마나 흘렷섯슬고! 기차 안에서 진형이가 흘러내리는 눈물을 주먹으로 씻츠면서 먼히 보이지 않게 될 때까지 바라다보든 그 히고 깨끗하고 불상하든 애히의 자태! 그러나 그는 벌서 남의 안해가 된 몸이엿다. 사랑이야 잇건 없건, 정신이야 어찌되엿건 그는 벌서 그의 몸을 억지로 남에게 내맷긴 남의 안해 된 몸이엿다. 그래서 진형이는 그때 떠날 수밖에 없엇든 것이다. 사내의 우울과 분노를 썩혀버릴 수 잇는 대륙의 넓은 품을 차저서!

영원히 다시 고향엔 안 도라오리란 결심을 품고 떠낫든 진형이엿다. 그러나 사랑이란 숨은 속에서도 꾸준히 자라나기만 하는 끈끼 잇는 물건이엿다.

이저버린다거나 단념한다는 말은 사랑의 자전(字典)에는 없는 글짜들이다. 서로 멀리 떠나서 보지 못하고 듯지 못하니 왼가지 추억들은 더한층 선명하게 되는 동시에 사랑의 대상인 애히는 언제나 변치 않고, 언제나, 늙지 않고, 이십여 년이 지나간 오늘날에까지 애히는 진형이의 기억 속에서 열여덜 살 난 처녀 그대로 영원토록이라도 살고 잇는 것이엿다. 진형이는 애히를 원망하거나 하는 감정은 조곰도 없엇다. 오늘날과도 달른 이십여 년 전인 옛날, 더구나 진형이와 애히는 지체로 보아 도저히 반대 없이는 접근할 수 없는 처지엿다. 게다가 복잡한 사정은 진형이로 하여곰 애히를 단념하지 아니할 수 없게 만들엇스니 그때 사정을 간단히 말하자면 애히는 늙은 아버지의 파산을 구하기 위하여 팔려간 것이나 다름없는 결혼을 하게 된 것이엿다. 그래서 진형이는 어이는 듯한 가슴을 안고 성낸 범처럼 대륙을 이십 년 동안이나 횡행[6]하고 잇슨 것이엿다.

그러나 진형이가 서울을 떠나든 날, 그날을 어찌 이즐 수 잇스리오. 방 안에 숨어 앉아서 몰래 눈물이나 흘리고 잇으려니 생각햇든 애히의 자태를 기차 지나가는 길 옆 언덕 우 소나무 아레에 발견한 진형이의 그때 터저오는 듯하던 감정 — 그때 그 애히의 자태는 진형이 가슴속 건판[7] 웋에다가 사진을 찍어노흔 듯 세파에 씻기면 씻길사록, 그 사진은 더한층 똑똑하게 진형이의 관조에 세계를 빛이여주는 것이엿다. 애히는 진형이에게 영원한 추억이오, 영원한 아름다움이오, 영원한 참됨이엿다.

4

이게 꿈일가, 생시일가?

---

6 횡행(橫行) : 아무 거리낌 없이 제멋대로 돌아다님.
7 건판 : 사진에 쓰는 감광판의 하나.

애히는 어떻게 진형이가 도라오는 줄을 벌서 알고 마중을 나왓슬고?

한 세기의 사 분지일이나 되는 기간 동안을 서로 못 보고 살아온 오늘날 애히는 어쩌면 저렇게도 조곰도 변한 데 없이 옛날 그 모양을 그대로 지키고 있엇슬가? 그 단아한 입. 그 애츠러운 눈, 그 구슬픈 뺨, 그 부드러운 목소리…… 오직 좀 더 창백해지고 좀 더 침착해지고 좀 더 여위고

진형이는 달려들어서 애히의 손목을 덥석 쥐엇다. 이십 년 전에는 극진히 사랑하면서도 감히 못 쥐여보앗던 그 손이다. 두 손이 어름짱처러 싸늘하엿다. 둘이 다 묵묵하엿다. 말이 무슨 소용이랴! 둘이 다 말없는 가운데 서로 하소하고 서로 이해하는 것이엿다. 문득 애히는 그 여위고 호친거리는 몸을 진형이 품에 탁 실리엿다. 마치도 이때만을 기다리누라고 이십 년을 살아온 것처럼. 이어서 구슬 같은 눈물이……

"날 더리고 가서요. 날 더리고 가서요!"

하는 애히의 목소리는 모기 소리만 하엿다. 이십 년 동안을 외이고 예비햇든 단 한마대의 말일 것이다. 진형이는 묵묵히 애히의 손을 잡어 끌엇다. 세상 아모런 일이 잇더라도 지금 다시 애히를 혼자 두고 진형이 혼자서 다시 떠날 수는 없엇다. 세상 어떠한 일이 잇슬지라도, 세상 끝까지라도, 둘이서 함께! 세상 아모러한 일이 잇슬지라도!

이번에는 그래서 확실히 둘이 함께 기차를 탓다. 이십 년 전에는 혼자서 가든 길을 이번에는 둘이 함께, 애히의 여윈 입술가에는 구슬픈 미소가 가끔 숫치고 지나가군 하엿다.

"둘이 함께 둘이 함께!" 하고 기차는 소리질러주엇다.

그런데 이 어쩐일일가? 금시까지 옆에 다소곳이 앉어 잇든 애히가 어데로 갓는지 보이지를 안는다. 문득 내다보니 애히는 어느덧 이십 년 전 이별할 때 홀로 서서 바라다보든 그 언덕옹 소나무 아레 이십 년 전 그때 그 모양으로 서 잇는 것이 보인다. 그때 그 모양대로 흰 옷을 입고 꼼짝 않고 서서.

진형이는 기차에서 뛰여내렷다. 단숨에 언덕 웅을 뛰쳐올라가서 애히를 안엇다. 애히는 죽은 사람처럼 뻣뻣하고 차다. 다시 보니 애히는 산 애히가 아니요 돌로 만든 한 개의 망두석이다.

화닥닥 놀라서 깨니 진형이는 그냥 기차 안에 잇고 기차는 서울을 향하야 여전히 달려가고 잇섯다.

"요담이 서울이지" 하고 한 승객이 중얼거리엿다.

서울을 다 왓다! 애히가 살고 잇는 서울! 방금 꿈에서 본 것처럼 애히는 늙지도 않고 변하지도 않엇슬 것처럼 진형이에게는 생각되는 것이엿다.

"애히!" 하고 진형이는 몰래 입속으로 불러보앗다.

5

덜커덕, 덜커덕, 덜커덕!

기차는 북을 향하야 달린다.

"왜 왓든고? 왜 왓든고?" 하고 기차는 자꾸만 웨치는 것처럼 진형이에게 들리엿다. 어제는 "어서 오소"로 들리든 소리가 오늘에는 "왜 왓든고?"로 돌변하엿다.

어제 서울에 내렷든 진형이는 오늘 벌서 서울을 떠나 다시 북쪽으로 대륙을 향하야…… 실망한 사내, 환멸을 느낀 사내가 그 격정과 울분을 썩여버릴 수 잇는 대륙을 향해서 그는 또다시 떠난 것이엿다. 이번에는 참말로 다시는 고향에 도라오지 않을 것을 맹서하면서.

'죽지 못해 산다'는 철학의 힘이 얼마나 위대한 것을 진형이는 보앗다. 이십여 년이란 세월의 닥달질[8]의 위력을 진형이는 보앗다. 끊임없는 눌림과

---

8 닥달질 : 닦달질, 남을 단단히 옥박질러 혼을 내는 일.

모욕과 비탄과 절망은 사람의 몸과 마음을 얼마나한 정도까지 좀먹어 들어갈 수 잇다는 것을 진형이는 보앗다. 절망 속에서 일워진 타협 오랜 비탄(悲嘆)에 시달린 몸이 굴욕적 현상 속에서나마 조고마한 만족을 구하려 드는 가없은 노력의 결과가 사람의 몸과 마음에 얼마만 한 변화를 가저올 수 잇는가를 진형이는 목도하얏다.

사람의 목숨이란 절대적으로 고귀한 것인 동시에 또 절대적으로 천한 물건이엿다.

변햇다! 오직 추억만이 변치 나는다.[9] 아니, 추억도 변하는 것이다. 실재는 타락으로 굴러떨어지고 추억은 더 깨끗한 데로 향상되여서 그 거리는 갈사록 더 멀어지는 것이엿다. 아름다운 추억만을 그대로 품고 죽어버렷던델 진형이의 죽엄은 깨끗할 수 잇섯겟고 숭고할 수 잇섯겟고 참될 수 잇엇슬 것이엿다.

그러커늘! 그러커늘!

이십 년의 세월로 몸과 마음이 타락되여버린 애히의 존재는 고만야[10] 진형이의 전 생애를 모독해버린 것이엿다.

"왜 왓든고? 왜 왓든고?"

진형이가 어제 애히를 맞나본 일은 진형이의 백지 같은 생애 속에다가 보기 싫은 감탕[11]으로 매닥질[12]을 시켜버린 것이엿다.

언젠가는 한번 만 리 밖에서나마 풍편[13]으로 듯기에 애히는 몇 번이나 반역의 봉화를 들어보려고 햇섯다는 소식이 잇엇다. 그러나 지금에 와서는 그 저력(底力)도 그 노력도 그 열정도 다 어데로 없어저벼렷는고. 이십 년의 굴

---

9 나는다 : '않는다'의 오기(誤記)인 듯하다.
10 고만야 : 지금은.
11 감탕 : 진흙.
12 매닥질 : 진흙 등으로 제멋대로 바름.
13 풍편(風便) : 어떤 소식을 누구에게랄 것도 없이 간접적으로 들었을 때를 이르는 말.

욕과 절망은 마츰내 애히에게서 왼갓 정열 왼갓 참됨 왼갓 아름다움을 모다 짓밟어 없애버린 것이엿다. 이 얼마나 슬픈 일인고! 진형이는 통곡하고 싶어젓다.

어제 애히의 문화주택 이층 다다미 방에서 회견한 뚱뚱한 유한마담 그를 어찌 이십 년 전에 보든 애히 그 사람이라고 상상인들 할 수 잇스리오? 굴욕 속에서 조고마한 만족을 차즈려 드는 노력의 절정인 그 탁해진 두 눈, 그 두 눈을 어찌 샛별같이 맑든 이십 년 전 애히의 눈 그것이라고 믿을 수가 있으리오? 더구나 사사부렁한 현상 만족에 굳어저버린 뚱뚱한 몸집, 영혼을 팔고 인격을 팔아서 그 대가로 얻는 육체의 평안에서 생긴 살떵어리, 굴욕에 마비되여서 굴욕을 굴욕으로 깨닷지도 못하리 만큼 굳어진 그의 신경 이런 것을 삼십 분도 채 못 되는 그 회견에서 진형이는 속속들이 께뚤러 볼 수가 잇엇든 것이엿다. 어찌 그뿐이엇든가? 진형이가 애히의 옛날 애인이엇섯다는 사실을 남편에게 눈치채여서는 안 되겟다고 처음부터 끝까지 가면을 쓰고 진형이를 대하든 그 꼴! 세상을 속이고, 남편을 속이고, 진형이를 속이고, 자기 자신의 마음까지를 속이려 들든 애히의 얼골에서 진형이는 굴욕에 저저빠저서 비열해질 대로 비열해진 한 족속의 "이브"를 발견하고 몸서리를 첫든 것이다.

이십 년 전에도 이름은 애히 오늘에도 이름은 애히지만은 그것은 두 개의 완전히 다른 별사람이지 결코 한 사람이라고 볼 수는 없엇다. 진형이 마음 속 깊이 우상처럼 모시엿던 그 애히의 참된 모양은 깨어저버리고 탁 침 뱃고 싶도록 유들유들하고 거즛이고 잘난 체하고 비열하고 조고마한 현상만족에 사족을 못 쓰는 한 마나님의 형상이 진형이 머리 속을 잔뜩 차지해가지고 아모리 진형이가 그것을 지워버리고 어제까지 지켜오든 그 우상을 도로 세워노하 보려고 애썻스나 결국 소용이 없는 일이엿다.

진형이는 주먹으로 눈물을 씻첫다. 이십 년 전 이 선노 웋으로 달리면서 진형이는 사랑하는 애히의 몸을 빼앗긴 슬픔을 울엇섯다. 그런데 오늘날 진형이는 이 가튼 선노 웋를 더 빠른 속력으로 달리면서 우상화햇든 고귀한 정신을 빼앗긴 슬픔을 우는 것이다. 오늘의 슬픔은 이십 년 전의 슬픔에 비해서 몇 배나 더 강하게 뼈에 사모치는 것이다.

이제 진형이는 누구를 위해 살고 누구를 위해 죽으러오?

공허!

진형이의 생은 이제 공허할 뿐이엿다. 영원히 애히를 잃어버린 슬픔, 뿐만 아니라 진형이의 생활의 원동력이 되여주든 우상화한 추억까지를 영원히 잃어버린 오늘의 여행을 무엇에다 비겨서 말하면 조흘고?

차는 북으로 북으로 달리엿다. 삶의 목적과 의의를 잃어버린 바보스런 한 사나이의 울분을 쌕혀버릴 수 있는 대륙을 향하야 덜커덕 덜커덕거리면서 달리는 것이엿다.

"왜 왓든고? 왜 왓든고?"

이렇게 쉴 새 없이 진형이를 힐문하면서. (1937)

의학박사

의학박사

1

내 음새!

코가 보통 사람보다는 민감인 내가, 더둔다나 세상에 허다한 냄새 중에서 제일 실혀하는 냄새인 이 병원 냄새를 30분식이나 맡으면서도 그냥 버티고 앉어 잇는 내가 나 자신으로 보기에도 의외인 듯싶엇다. 그러나

'벗이 멀리로부터서 차자와 줄 때 이 또한 기뿌지 않으랴.' 하고 말슴하신 공자님의 말슴을 뒤집어서 "멀리로부터서 도라와서 벗을 차자봄이 이 또한 즐겁지 안흐랴." 하고 내가 설명을 한다면 친한 벗을 가진 사람들은 누구나 다 그러려니 하고 고개를 끄덕일 것이다.

나는 지금 동일 군, 아니 의학박사 채동일 씨를 맞나보려고 와서 이러케 그의 사무실에 앉어 기다리고 잇는 것이엇다.

냄새도 냄새려니와 내게는 병원처럼 실흔 곳은 다시없다. 심리학자들은 혹은 어렷을 적에 크게 인상되엇던 어떠한 잠재의식의 결과리라고 설명할런지 모르겟으나 내가 기억하기에는 병원을 그다지도 실혀할 무슨 건데기를 집어낼 수도 없으면서도 그래도 그냥 실흔 생각이 드는 데는 할 수 없는

일이엇다. 밤에는 무덤이 아니면서도 무덤 속 같은 음침스런 기분이 실혓고, 낮에는 분주하지 말어야 할 곳이 장날처럼 분주한 것과 아이들 우름소리와 피와 고름과, 이런 것들이 모두 실흔 것이엇다. 감옥소 간수가 인생생활에 대한 그릇된 관렴을 갖게 될 것과 마찬가지로 병원 안에 직업을 가진 사람들도 고직이[1]로부터서 원장에 이르기까지 종당[2]에는 그릇된 인생철학을 부지중에 품게 되고 말지 안흘까하고 생각되엇다.

종작없이[3] 이러한 생각을 하고 앉엇누라니 갑작이 병원 냄새와는 너무도 거리가 머언 독한 여송연 냄새가 물씬 나더니 뒤이어서

"아니, 이거 무슨 바람이 불엇나?"

하는 기쁨에 찬 친구의 목소리가 들리엇다. 20년 만에 듣고도 곧 알아낼 수 있는 목소리엇다.

"아, 이게 얼마 만인가?"

"그래, 재미 조흔가?"

"자네두 늙었네그려."

"언제 왓나?"

"그래, 이 사람아 편지 한 장 않는 법이 있단 말인가?"

말, 말, 말! 사람이 말하는 재주가 잇어서 다른 동물들보다 월등해진 것이라고 학자들이 수천 권의 책을 써서 증명하엿지만 그러나 아모래도 말은 참된 감격을 충분히 발표하는 기관이라고 인정할 수 없는 것을 더 한 번 느끼는 것이엇다. 말로는 도저히 발표할 수 없는 정도로 나는 이 친구를 다시 보는 것이 반가웟고 이 친구 역시 나를 반기는 것을 직각할 수 잇엇다. 무슨 제육감이라고 하든가 원래 동일 군은 체격이 조핫거니와 풍풍해진 몸집에 유

---

1   고직이 : 고지기, 즉 창고지기.
2   종당에는 : 마침내.
3   종작없이 : 종잡을 수 없이.

들유들한 얼골이며 조금도 억색스런 기분이 없이 떡 버티고 앉아서 팔뚝 같은 여송연을 턱 물고 앉엇는 품이 그야말로 름름한 외과과장 자격이다. 20년 전 동일 군이 의과대학을 갓 나온 서생티가 뚝뚝 흐르던 그때 이별하고 나서 오늘 처음으로 대하는 내의 눈에 동일 군이 너무 지나치게 신사풍이 흐르는 것처럼 보여진 것은 결코 무리가 아닐 것이다.

성공한 중년신사! 이것도 아마 한 개의 타입인가 보다. 생리학은 우리에게 개인 개인은 그 하나하나의 지문(指紋)에까지 독특한 개성을 소유한 것이라고 가르쳐주는데도 불구하고 사람은 언제나 한 개의 타입 속에 판 백여버리고야[4] 마는 것은 이 어쩐 일일까?

"자네두 늙엇네그려." 하고 동일 군이 일깨워주지 안타려도 지금 동일 군과 마조 앉아서 새삼스레 나 자신도 늙엇으리라는 것을 깨닷는다. 하로에도 몇 번씩 거울 속을 들여다보는 자기 얼골에서 사람은 늙음을 찾지 못한다. 자기와 동갑 연대읫 친구를 오래간만에 대하고 날 때 그 친구의 얼골에서 비로소 자기 자신의 늙음을 발견하는 것이다.

2

간호부가 들어왔다.

"선생님, 저……."

"응, 곧 가지." 하고 동일 군은 간호부가 말을 마치기도 전에 앞질러 대답하고서 나를 바라다보면서

"허, 오늘 좀 분주해서……. 아니 가만잇게, 그럴 것 없이 자네 오래간만에 수술 구경 한번 하려나. 수술 하나만 더 끝내면 나두 일이 없으니까 우리

---

4   백이다 : 박히다.

가치 나가세나." 하고는 내 대답도 기다릴 새 없이 곧 간호부를 불렀다. (상대자의 대답을 기다릴 것 없이 명령하기에 익숙해진, 그의 성공이 가져온 버릇일 것이다.)

"저 여기 이분이 외국서 방금 오신 의학박사신데 참고상 수술 참관을 하시려니까 곧 가서 까운과 마스크를 가저오시오, 응." 하고는 나를 돌아다보며 눈을 끔쩍한다. 그러치 성공을 한 사람은 거짓말도 늘어 있는 법이어니 '처세술'이란 고등한 대명사를 소유한 거짓말!

그러나 나는 사실 동일 군의 이 호의를 거절한 아모런 이유도 갖고 잇지 안헛다. 거절이라기보다 도로혀 자진해서 요구해서라도 조선 제일이라고까지 소문난 그의 손재주를 한번 보고 싶은 호기심도 없는 바 아니엇다. 그 유명해진 동일 군의 손을 바라다보면서 나는 부지중 한 삼십 년 전에 동일 군의 하라버지가 예배당에서 수요일 저녁 예배 때마다 기도하면서

"우리 손주 새끼 여기저기 소문나는 의학박사가 되게 해주시기를 간절히 바라옵고 보채옵나이다" 하고 빌기를 잊어버리지 안튼 일을 생각하고 빙그레 웃지 안흘 수 없엇다.

더구나 나는 동일 군이 '과장님'이란 칭호는 꿈에도 못 꾸고 올챙이 의사로 채 개고리가 못 되고 꽁지만 겨우 떨어지던 그때 그의 맨 첫번 독단 수술을 입회하는 광영을 가젓던 사람이다. 그때의 동일 군에게는 물론 연유 없이 아모나를 입회시킬 권력이 없엇스므로 그는 나를 청하지는 못햇지만 나는 그때 동일 군의 손재주에 목숨을 걸어노흔 그 환자가 내 먼 일가 축의 한 사람인 우연을 이용하야 그의 친척 두어 사람과 함께 학생들이 앉어 참관하는 그 높은 참관대 우에 앉어서 이를 참관할 기회를 만들엇고 이것이 동일 군을 여간 가쁘게 한 것이 아니엇다.

×　×

하—얀 뼁끼칠을 한 상 우에 줄줄이 늘어노힌 번들번들하는 가위와 지게와 칼과 갈구리……. 이런 것들을 흔히 보는 일이 없는 나는 보기만 해도 어째 언짠흔 기분이 생겻다. 더구나 수술실에는 또 수술실 독특의 고약한 냄새가 떠돌고 잇엇다. 흰 까운을 입고 흰 마스크를 쓴 조수들이 공연히 흥분해서 왓다 갓다 한다. 동일 군도 조수로 잇슬 적에는 저러케 쉽게 흥분하더니……. 그러나 오늘 그는 침착의 정도를 훨씬 지나 아주 무관심한 태도이다. 그만침 그는 그의 기술에 익숙해진 것이다.

하—얀 까운을 입고 하—얀 마스크를 입에 가리우고 하—얀 수건까지 쓴 간호부들이 대령하고 서 잇다. 수술대도 하—야코 사방 벽도 하—야코 문설주가지 하—야코……. 이러한 속으로 들것에 담겨 들어오는 환자의 감상이 과연 어떤할가?

힌 빛! 이것은 우리 조선 사람에게는 주검을 상징하는 빛깔이 아닌가?

사각 사각 사각! 동일 군이 솔로 비누 잠뿍 묻은 손을 닦는 소리다.

"적어도 이 분 이상을 손을 씻어야 하는 규측이지." 하고 동일 군이 설명한다.

이상한 일이다. 눈에 보이지도 않는 미생물한테 사람이란 최귀의 동물이 픽픽 쓸어젓고, 그러나 또 그걸 발견해 갖고 고놈들을 삶아 죽이는 법을 고안해낸 인류의 두뇌!

"불과 백 년 전까지만 해두 이걸 몰랏섯단 말이야. 어쩔 수 없이 세게 병원이란 병원을 모두 불살러 없애버려야 하리라구까지 생각들 햇으니까. 파스티어[5]가 없엇던들 외과 수술의 현대적 발달이란 잇을 수 없엇을 것이지."

이러케 이야기를 해가며 수술 준비를 하는 동일 군의 행동은 이제 기계적이 되어버린 것이엇다.

---

5 파스티어 : 파스퇴르(Louis Pasteur, 1822~1895). 프랑스의 미생물학자.

그러케 비누로 씻어내고도 부족한지 다시 꺼룩한[6] 약물에다가 손을 담것다가 꺼내서 간호부다 대령해 들고 섯는 삶아낸 고무장갑을 끼고, 이러케 척척 차룬 돌아가듯 하여 조금도 어색함이 없다.

3

수술을 받을 환자가 눈을 꼭 감고 수술대 우에 누어 잇다. 나더러 그러케 누어 잇으라면 세상 못할 것같이 생각되엇다.

"시작하지."

과정님의 명령 일하에 고무장갑을 낀 손들이 분주해진다. 몽혼[7]을 맡은 젊은 의사는 벙거지 같은 천을 환자의 얼골에 씨우고 '이ー터'[8]를 방울방울 떨어트린다.

"하나, 둘, 셋, 이러케 세어보시오."

울고 울고 울어서 눈이 빨가케 부은 여인 하나이 아모것도 모르고 쌕쌕 잠들은 어린 애기를 업은 채 높은 참관대 한편 구석에 엉거주춤하고 앉아서 열심으로 내려다보고 잇다. 가끔 손수건을 눈과 코에 갖다대는 것이 아직 울기를 계속하는 모양이다. 수술받는 사람의 딸로밖에는, 더 아니 보이나 사실인즉 그의 안해라고 한다. 껌언 제복을 입은 사오 명의 학생들이 참관대에 널려 앉어서 힐끔힐끔이 몸집이 작달막하며 고로케 쫄쫄 울고 앉엇는 것이 어덴지 모르게 앳된 티가 잇어 보이는 중년의 여자를 바라다보고 잇엇다.

"하나, 둘, 셋."

6 꺼룩한 : 걸죽한.
7 몽혼 : 마취.
8 이ー터: 에테르(ether).

모기 소리만치 헤여보던 목소리가 뚝 끈치고 마치도 깊은 잠에 든 것 같은 깊고 더딘 숨소리가 들려온다.

　　잘그락 잘그락 떼꺽떼꺽…… 소고기 베듯…… 피가 조르르 솟아오르면 하―얀 '꺼―제'로 피를 묻혀내고 또 묻혀낸다. 짤각하고 핏줄을 골라잡은 지깨[9]가 핏줄을 잘라맨다. 짤깍 짤깍 짤깍…… 사람의 배 한 복판에 밸[10]까지 들여다뵈는 구멍이 아가리를 벌럿고 핏줄을 잡아맨 지깨들이 좌우에 설설이[11] 발처럼 늘어서서 번들번들 빛난다.

　　냄새! 코와 입을 마스크로 막고 잇건만도 이 견댈 수 없이 고약한 냄새가 내 전신을 싸고 도는 듯싶어 머리까지 아프다. 아니나 다르리, 참관대에 앉엇던 여인은 고만 기절을 햇기 때문에 수술실 밖으로 들려 나가고야 말엇다. 나도 금시 구역질이 날 것 같아서 목적도 없이 방 안 이 구석 저 구석을 휘휘 둘러보앗다.

　　'여기저기 소문난' 동일 군의 손은 한 산 사람의 밸을 주물럭어리고 있다. 이십 년 전에는 보는 사람이 민망하리만츰 조심스럽고 초조하더니 지금에는 보는 사람이 역시 민망하리만치 민첩하고 경쾌하다.

　　"선생님 맥박이 빨러집니다." 하고 맥을 짚어보던 조수가 보고한다. 이십 년 전 같으면 퍽 당황햇으렷만 지금의 동일 군은 아무러치도 않은 듯이,

　　"이―터를 멈추지." 한다.

　　한 산 사람의 드러난 밸의 히멀끄럼한 빛깔을 바라다보면서 나는 이상스런 전율을 느끼엇다.

　　사람이란 게 대체 무언고? 이러케 돼지 잡듯 갈라노코 볼 때 다른 즘생보다 과연 나흘 것이 무엇이 잇을까? 그러나 무엇이라구 할 완전하고 신기스

9　지깨 : 집게. 물건을 집는데 쓰는 연장.
10　밸 : '배알'의 준말. 창자.
11　설설이 : 그리마. 구석진 곳에 사는 발이 많은 벌레.

런 몸뎅이인가? 오십 년을, 칠십 년을 피가 한 골목길로 돌고 돌고 돌아서
한 분 동안에 칠팔십 번을 되돌되 별반 고장이 없이 반복해 돌고 잇다는 것
을, 또 거기 어떤 한 부분에 고장이 생길 때 배를 갈라노코 꺼집어내서 잘라
버린 후 다시 올가매 노흐면 그 후에 또 이십 년이나 삼십 년을 그대로 살아
갈 수가 잇다는 건…… 그 몸둥이 속 어데에 과연 영혼이란 것이 깃드리고
잇을 것인가?

지금 배를 갈라노흔 이 사람이 한 시간 후에는 다시 말하고 생각하고 움
즈길 수 잇으리라는 것은 상상도 할 수 없는 불가능이라고 내게는 자꾸만
생각되는 것을 금할 수 없엇다.

기계에 고장이 생긴 때 그것을 직각할 수 있는 것처럼 이때까지 순조롭던
수술에 어떤 고장이 생겻다는 것을 나는 갑자기 깨다를 수 잇엇다.

조수들이 흥분된 눈으로 두리번거리고 간호부들이 구두 뒷축을 콩콩 울
리면서 왓다 갓다 하고…… 그러나 동일 군은 침착을 일치 안는다. 주사기
를 들고 온 조수에게 자리를 비켜주고 가만히 서서 바라다보고 잇을 뿐. 조
수는 죽은 듯이 누어 있는 환자의 여위고 뼈만 남은 팔을 들어내더니 낄쭉
한 주사기에 가득히 담긴 주사약을 소르르 혈관 속으로 너허준다.

4

맥박을 짚고 앉엇던 조수가 빙그레 웃으면서 고개를 끄덕이는 것을 보고
동일 군은 또다시 헤처 노흔 배 속을 들여다본다. 무엇 박 둥어리만 한 것이
끄집어져 나왓다. 썩뚝! 잘라냇다. 원 사람의 배 속에 저런 물건이 생겨나다
니……. 저런 것을 배 속에 품고도 이때까지 살아왓으니…….

"아, 야" 하고 소리를 지르며 맥박을 세이던 조수가 벌떡 이러섯다.

"몹시 빠릅니다."

환자의 얼골은 죽은 사람의 얼골처럼 창백하고 무표정하다.

또 한 번 어수선하더니 또다시 주사약이 환자의 혈관 속으로 들어갓다. 그러나 맥박을 짚고 앉엇던 조수의 얼골은 찡그린 채로 그냥 잇다.

"어때?" 하고 동일 군이 물엇다.

조수는 대답 없이 고개만 흔든다. 동일 군은 환자의 얼골을 잠시 유심히 들여다보앗다. 약간 실로 한순간, 당황하는 기색이 동일 군의 얼골을 스치고 지나가는 것처럼 보인 것은 내 착각이엇을까?

'여기저기 소문'난 손의 동작은 번개처럼 빠르다. 눈에 잘 뵈이지도 않는 가느단 실로 혈관들을 싹싹 베어노흠을 따라 지깨가 하나씩 둘씩 피투성이 된 그릇 우에 되는대로 나가떨어진다. 바늘에 실을 꿰는 간호부의 손도 재바르다[12]. 척척 홀가매는[13] 동일 군의 손재주, 그만햇으면 훌륭한 재봉사라고 할 수 잇을 것이다. 그러나 이때까지 그다지도 침착하고 자상하던 그의 손이 지금 와서 저다지도 갑작이 초스피드를 내는 연유는 무엇일가? 저러틋이 황급히 홀가매지 안허서는 안 될 무슨 이유가 잇는가? 나는 그저 멍하니 서서 번개처럼 번득이는 바늘을 응시하고 잇엇다. 그러면서 막연하게 사람의 뱃가죽이 저러케도 보기 실코 흉물스러울 수가 잇을가를 의심스런 눈으로 바라다보앗다.

순식간에 재봉이 끝난 후 하―얀 까제로 덮고 붕대로 매고 힌 보재기로 씨우고 그런 후 환자는 들것에 태워 병실로 돌려 보냇다.

수술실에는 형용할 수 없는 일종 이상스런 무거운 분위기가 충만하였다. 대개는 참새처럼 재재거리기를 좋아할 간호부들이 묵묵히 수술 설거지를 조심스레 하고 잇고 조수들도 인사도 없이 뿔뿔히 다라나버리고 말엇다. 동일 군도 잠시 무슨 무거운 것에게 눌리는 모양으로 잠잠히 장갑을 벗고 마

---

12 재바르다 : 동작이 재고 빠르다.
13 홀가매는 : 맞걸어 꿰매는.

스크를 벗고 손을 씻고 하더니,

"흥, 설비가 불완전한 걸 어쩌는 수 잇나?" 하고 혼잣말로 중얼거리엇다.

하여튼 무엇이 잘못되기는 된 줄로 눈치채고 잇엇으나 나는 동일 군의 기분을 상할까 싶어서 아모것도 묻지 않고 가만히 보고만 잇엇다. 더구나 나는 동일 군이 수술에 조고마한 실수라도 잇은 후에는 그가 얼마나 고통하고 심려하는가를 몇 번 목도한 일이 과거에 잇엇는 고로 오늘 조고마한 실수라도 없엇기를 충심으로 바랏던 것이다.

$$\times \quad \times$$

동일 군이 아직 '여기저기 소문' 나기 전에 군과 나는 두 호래비가 한방에서 일 년 남아를 함께 살앗엇다. 동일 군은 의과대학 병원의 젊은 의사 또 나는 고등보통학교의 애숭이 교원, 이러케 직업 전선의 초년병으로 잇을 시절에 동일 군과 나는 하숙집이 아니라 잘 아는 여염집 사랑채에 들어 잇엇다. 사랑 전체 횡뎅그렁한 양봉[14] 사 간 방을 들어서 쓰고 잇엇던 것이다. 그것이 벌서 이십일 년 전 일이지마는! 나는 아직도 그 하로밤 일을 잊어버리지 못한다. 그날 초저녁부터 동일 군은 몹시 흥분해 잇엇다. 저녁을 거의 한 술도 떠넣치 안코 담배만 자꾸 피어 무는 것이엇다. 여러 번 달래고 빌어서 비로소 그 이유를 알아내엇다.

"고의가 아니라 실수로라도 사람을 그릇 죽여놋는다면 그건 살인죄가 되겟지."

하고 그는 결론하엿다. 그가 그날 수술을 한 수술이 워낙 어려운 수술이엇기 때문에 고만 조고마한 실수를 햇다는 것이엇다.

---

14 양봉 : 지붕마루 밑을 사이로 양쪽으로 평행되게 방을 만든 집.

"고의가 아닌데야 죄라고 할 수 없지" 하고 나는 위로하려 하엿다.

"그러나 한 환자의 죽은 원인이 의사의 실수에 잇엇다고 하면 그 책임을 의사가 회피할 수는 없는 것이지."

"그러나 고의가 아닌 담에야 벌할 수 없지."

"벌이 무서운 것은 절대로 아닐세. 이 양심의 가책이 무서운 걸세. 내가 오늘 실수를 햇다는 것을 눈치챈 사람도 아마 없을 걸세, 간호부까지도. 벌을 받는다거나, 남이 안다거나 하는 그것이 문제가 아니라 두고두고 내 가슴을 찢을 이 마음속 고통이 문제란 말이야."

"그래 아주 죽었나?"

"아니. 혹은 아무러치도 안흘는지도 몰라. 그러나 그 사람이 오늘 밤으로라도 갑작이 열을 내고 죽어버린다면, 그 구할 수 잇엇을 생명을 구하지 못하고 죽엇다는 죄는 내가 걸머질 수밖에 없단 말야."

"사람이 어디 기계처럼 정확할 수야 있는가, 가끔 실수를 하게 되는 것도 인간인 이상 어쩔 수 없는 일이지. 내 생각에는 자네가 고통을 꽤나 사서 하네."

"그래두 그 환자, 또 그 환자의 가족들은 내게다가 절대의 신임을 쏟아주지 안헛는가? 그런데 내가 내 실수로 그들의 가슴에 못을 박아주게 된다면…… 세상에 신임받은 일을 이행 못하는 것보다 더 큰 비극은 다시없을 줄로 아네."

"난 의학에 대하선 잘 모르지만 상식으로 판단하더래두 지금 자네네 병원에 모든 설비가 완전하다구 할 수는 없겠지. 설비가 불완전하기 때문에 피할 수 없이 당하는 부족을 의사에게 책임을 지울 수는 없는 일이지."

이러케 나는 될 수 잇는 대로 그의 꽁한 생각을 돌려보기 위해서 여러 가지 말로 논쟁을 하엿다.

5

　그러나 "설비의 불완전을 핑게로 자신의 기술 부족을 엄호하려는 것은 비겁한 짓이지" 하며 어디까지나 그는 자기 자신을 가책하는 것이엇다. 나는 논쟁으로는 도리가 없을 줄을 깨닫고 그를 끌고 나와서 조하하는 옥돌 치는 집[15]으로 갓다. 그때 우리들은 옥돌을 별로 잘 치지는 못햇으나 갓 시작하던 참이라 몹시들 열심이엇엇다. 또 동일 군과 나는 호적수이엇다. 그러나 이날 동일 군의 '큐'는 헛탕을 자꾸만 때리엇다.

　"지금쯤 그 사람이 죽는지두 모르는데…… 그 책임이 내게 잇는데……." 하고 마침내 그는 큐를 내던지고 밖으로 나갓다.

　다시 병원으로 가본 그는 그 환자가 별다른 고장이 없이 잠이 들어 잇는 것을 보고야 비로소 맘을 갈아앉혀가지고 집으로 돌아왔다.

　그날 밤 나는 잠을 여러 번 깻다. 동일 군이 몇 번식 불을 켯다 껏다 하기 때문이엇다. 깨보면 자리옷을 입은 동일 군이 책상 앞에 우두머니 앉엇는 것이 보엿다. 책을 읽는 것도 아니고 그저 우두머니 앉어서 천정을 치어다보기도 하고 또 어떤 때는 그의 두 손을 무슨 이상한 물건이나 보듯이 뒤적뒤적하며 오래오래 보고 앉어 잇는 것이엇다.

　"아, 왜 잠자지 안코 이러는가?" 하고 내가 짜증을 내면 아모 소리도 없이 일어서서는 불을 끄고 제자리 속으로 들어가는 것이엇다. 또 언듯 깨보면 어두운 속에 동일 군 자리에서 담배불이 반짝반짝 빛나는 것이 보이기도 하엿다.

　한 번은 이상야릇한 꿈을 꾸다가 펄쩍 깨엇는데 보니 동일 군이 넥타이를 매고 잇엇다. 시계바눌은 밤 새로 세 시를 가르치고 잇는데,

---

15　옥돌 치는 집 : 당구장.

"아 웬일이야?"

"아무래두 한번 가보구 와야지 도무지 맘이 뇌질 안하서 잠을 잘 수 없네."

"아 숙직 의사가 어련히 안 할라구 그러나?"

"숙직 의사만 믿구 잇을 수야 잇나. 아무래두 맘에 걸려서 안 됏어. 좀 가보아야지."

"급한 일이 생기면 자동차를 보낼 것 아닌가?"

"그러케 늦잡다가 만일에 정말 무슨 일이라두 생기면 어쩔라구…… 내 곧 다녀올 테니 어서 자게."

나는 동일 군의 신경질과 고집을 한편으로 못마땅하게 생각하면서도 또 한편으로는 그의 강한 책임감에 경의를 표하지 안흘 수 없엇다.

이튿날 아침 해 뜰 때까지 나는 내처 잣다. 잠귀가 밝은 나로써 다시 깨지 안코 내처 잣다는 것은 곧 그날 밤 동일 군이 다시 돌아오지 안헛다는 말이다. 후에 들으니 그날 그는 환자의 곁에서 밤을 새윗다는 것이다.

"열기가 오르고 증세가 이상해서 채 선생께 통지를 하는 것이 조치 안흘까 하고 생각하는데 채 선생이 쑥 들어오시겟지요. 아마 무슨 신비스런 계시가 잇엇는지 하하." 하고 그날 밤 숙직의이엇던 박 의사가 이야기하엿다.

"저는 꼭 그 환자가 그날 밤을 못 넘길 줄로 알앗서요. 잠시 경과가 조핫다가 갑작이 열이 오르면 도로혀 더 어려운데요. 그런데 채 선생님이 꼭 옆에 앉으서서 밤을 꼼박 지새셧지요. 그 환자 목숨은 채 선생님 정성이 부뜰어노핫지오" 하고 그날 밤 그 병실 숙직 간호부가 또 나에게 들려주엇다.

"만일 그 사람이 그날 죽엇드면 나는 그날로 의사 면허장 갖다 바치고 그만두어버리려구 생각햇섯네." 하고 동일 군은 이 며칠 후에 이야기하는 것이엇다.

그러틋 하던 동일 군의 성미를 내가 잘 아는 고로 오늘 이 수술 중에 반드시 무슨 변고가 생긴 줄을 직각한 순간부터 나는 얇은 얼음 우를 걷는 것 같은 조심으로 그의 기분만을 살필 수밖에 없엇다. 이십 년이란 세월은 능히 커다란 변화를 가저올 수 잇다는 것을 염두에도 두지 안코.

일생에 한 번도 입어본 일이 없는지라 마치도 농부가 망건 쓰고 앉은 것처럼 거북하던 마스크와 까운을 벗어버리고 홀가분한 몸으로 수술실 문밖을 나서니 저─편 복도로 아까 그 수술받던 환자의 젊은 안해가 애기를 업은채 허둥지둥 달려왓다.

"선생님, 살아날까요? 우리 애기 아버지가 살아날까요? 네? 선생님."

그 여자는 동일 군의 몸에 매달리다싶이 하면서 우름 절반 말 절반으로 물엇다.

"병실로 가보시지요." 하고 동일 군은 그 여자를 떠밀다싶이퍼 하야 복도 우를 뚜벅뚜벅 걸엇다.

6

"선생님, 선생님. 도무지 정신을 못 채리는데요. 어떠케던지 좀 살려줍시우. 선생님, 좀 살려줍시우, 어이, 어이."

하면서 그 여자는 다시 또 허둥지둥 병실 쪽으로 달려갓다. 동일 군은 사무실로 들어와 앉어 굵직한 여송연을 한 대 새로 피어 물면서

"환자의 무식에는 정말 질색이란 말야. 의사를 요술꾼처럼 생각을 하니…… 그러다가 혹시 환자가 죽는다던지 하면은 생사람 살인이나 한 듯이 질알 발광들을 하고……" 하면서 그는 혼자말인지 나더러 들으란 말인지 중

얼거렷다. 그리고는 이어서

"그런데 참 난 습관이 돼버려놔서 수술한 후에는 소낙비를 좀 마저야 몸이 거뜬해지는데…… 목욕을 안 하문 몸이 아무래도 아니, 그럴 것 없이 우리 가치 가서 목욕하세나…… 이야기두 하구."

나 역시 거절할 아무런 이유도 없엇다. 과장님을 친한 덕으로 병원 안 목욕실 구경을 하는 것도 만흔 사람에게 허여된 영광은 아니리라.

그래서 우리는 이십 년 만에 처음으로 서로 버슨 몸을 대하엿다. 옛날에는 곳잘 둘이서 공동탕으로 목욕을 다녓고 서로 벗은 몸에 대하여 잡스런 농지거리도 하군 햇엇거니.

공동탕에 가면 '초토 한 관 두 관 셋 넷 다섯' 하고 목청을 늘이어 세여보고 싶어지고 독탕에 들어가면 '오 솔레미오' 하고 독창을 해보고 싶어지는 것이 또한 사람들의 공통된 심리인가 보다. 동일 군은 쐐쐐 소낙비 내리듯 내리붓는 '샤워빠드'[16]의 물을 전신에 마즈면서 유쾌스럽게 옛날 학생 시절에 잘도 부르든

"학도야, 학도야."를 불럿다. 동일 군의 기분을 살피기에 궁궁하든 나는 여기에 도로혀 놀랏다. 그러면 수술에 고장이 생겻섯다고 생각했든 것은 내 착각이엇든가? 동일 군은 아모런 일도 없엇다는 듯이 저러듯이 유쾌한데…….

몸에 비누칠을 하는 잠시 조용한 틈을 타서 나는 마츰내 입을 열엇다.

"방금 수술한 건 그게 위종이든가?"

"음, 그냥 혹이 아니라 암종이야. 어렵지. 그런데 조선 사람이란 참 할 수가 없단 말야. 그걸 좀 일즉 다려왔드면 그래두 도리가 잇으련만 실컷 내버려뒷다가 다 죽게 돼야 떠메구 와서 살려주소 하구 달려드니 글세 이미 느

---

16 샤워빠드 : 샤워꼭지.

즌 걸 어쩔 도리가 잇느냐 말야. 더군다나 암이란 건 거의 불치의 병인데. 그리군 공연히 의사 욕덜을 하지."

"그래두 오늘 사람 하나 살려놧네." 그러하고 나는 급기야 그의 등을 떠보앗다.

"이야, 다메다.[17] 히망 없지. 원래 다 글른 줄 알엇지만 하도 애걸을 하기에…… 하긴 마찬가지야. 수술 안쿠 그대루 뒷서두 며칠 더 못 살았을 꺼니까."

"아니 그럼 이재 그 사람이 살 소망이 없단 말인가?"

"없지. 지금쯤 벌서 죽엇슬지두 모를껄…… 아까 급급히 꿰매서 내보내는 걸 짐작 못 햇나?"

"글세 무에 잘못된 줄은 짐작하기는 햇지만."

"세상 아모런 일이 잇더래두 수술대 위에서 사람을 죽도록 해서는 못쓰는 법일세. 만일 수술대 우에서 죽는 나름에는 환자의 상태라든지 설비의 부족이라든지 그런 건 생각지 안쿠 그냥 의사가 수술을 잘못해서 생사람을 죽여놧다구 의레히들 떠들어대니깐, 그러기 만일 모— 다메다[18] 하구 생각이 들 때에는 그저 최대 속도루 홀가매서 병실루 내려 보내야 해."

"아니 그럼 방금 그 늙으니가…"

하고 나는 말을 맺지 못하고 미끈미끈한 비누를 손에 든체 멍하니 서서 동일 군을 건너다 보앗다. 나의 상상햇든 것보다도 일은 너무나 더 놀라웟기 때문에.

"무얼 그러케 놀래나? 항다반[19]이지. 더군다나 조선서는 아직 설비가 불완전해서 어쩔 도리가 없는걸. 방금 그 늙으니만 해두 첫째 몽혼제루 '이—

---

17 이야 다메다(いや だめだ) : [일본말] 아니, 소용없다.
18 모— 다메다(もう だめだ) : [일본말] 이제 소용없다.
19 항다반(恒茶飯) : 항상 있는 차와 밥이라는 뜻으로, 항상 있어 이상하거나 신통할 것이 없음을 이르는 말.

터'를 사용해서는 안 될 것인데, 그런 늙으니는 '까스'를 써야 하지. 그런 걸 알기는 알어두 여기는 그 설비가 없는 걸 어쩌는가. 또 피가 부족될 때에는 즉시로 당장에 수혈을 해가면서 수술을 계속할 수 잇는 설비가 앗어야 할 텐데, 어디 그런 설비가 조선에야 잇어야 말이지. 불란서 파리 같은 데에서는 여러 타입의 피를 전부 갖후어 보관 진열해두구 주문이 오는 대루 비행기루 배달을 하두룩 설비가 되어 잇다니깐…… 설비 불완전을 의사의 책임으로 밀 수는 없지."

完(완)

이때 내 마음 속에는 갑작이 일종의 잔인성이 슬며시 머리를 들엇다. 아마도 동일 군의 너무나 무관심스런 태도가 내 마음을 골나게 햇는지도 모른다. 그래 나는

"설비 불완전을 핑게루 기술의 부족을 엄호하는 것은 비겁한 행동이지." 하고 한마대 쏘아보앗다. 그러나 내 기대는 또 어그러지고 말엇다. 동일 군은 골도 안 내고 또 놀라지도 안코,

"누가 그따위 승거운 소리를 하든가? 하, 하, 하, 하." 하고 우슬 일도 별로 없건만 소리를 내서 웃어버린다. 나는 더한층 잔인해젓다.

"이십 년 전에 바루 자네가 하든 말 고대루 내가 지금 옴겻네."

"무어, 내가 그따위 소릴 한 적이 잇엇든가? 자네는 기억력두 조흐이. 그러나 세상 제아모리 유명하다는 의사라두 조선으루 다려다 놔보게, 제가 별수없이 속수무책이 될걸. 설비가 부족한 데야 제가 두 주먹만 들구 어떠케 할 재간이 잇나?"

나는 무엇이라고 더 논쟁을 하고 싶엇으나 동일 군의 말에도 일리가 잇으니 하고 승인이 되어 더 말을 찾지 못하고 묵묵하엿다.

"그러나 아모리 용한 의사라두 혹시 오진을 한다거나 해서 잘못되는 수두 잇지 안흔가?" 하고 나는 한참 묵묵히 몸에 묻은 물을 다 훔처내인 후 다시 이야기를 계속하엿다. 동일 군은 그동안 무슨 다른 생각을 하고 잇엇는지 처음에는 내 말의 참뜻을 얼른 붓잡지 못하여 어리둥절하더니 잠시 후에 비로소 깨닫고,

"그야 물론 그러치. 하지만 그것이 결코 고의가 아닌 데 잇어서야." 하고 대답하엿다.

우리가 깨끗해진 몸 우에 깨끗지 못한 옷을 주서 입고 다시 사무실로 나온 때 병원 어데선가 갑작이 여인의 목을 노하 우는 통곡 소리가 들리엇다. 나는 가슴이 섬찍하엿다.

"죽었군." 하고 나는 부지중 동일 군에게 말을 건네면서 치어다보앗다.

"그러켓지. 아까부터 죽을 줄 알든 것이니깐." 하고 대답하는 그의 목소리를 들으면서 나는 갑작이 그의 따귀를 한 개 갈겨버리고 싶은 충동을 가까수로 억제하엿다.

그동안 불이 꺼저버렷든 여송연을 다시 입에 물고 석냥을 그어 대인 후 동일 군은,

"자 어데루 갈까? 오, 참, 우리 오래간만에 함께 옥돌 치러 가볼가? 저녁은 아직 일르구 하니…… 그래 그동안 만히 첫나? 아마 인제는 나한테 항복해야 할걸. 한 이백은 자신이 잇으니까 하하하!"

나는 묵묵히 그의 뒤를 딸아 나왓다. 병원 안에는 아직도 그 여자의 곡성이 숨여 흐르고 잇엇다. 그 곡성이 내 귀를 줄줄 딸아 나오는 것 같더니 병원 대문 밖을 아주 나서니까야 도시의 잡음 속에 그 곡성은 눌리어 안 들려젓다.

× ×

그 이튿날 아침 조반을 물리고 나는 내 누의동생, 지금은 한 안해로 칠남매의 어머니가 되어 잇는 내 누의동생더러 냉수를 떠달라 하야 마시면서 그 전날 동일 군을 만낫든 이야기와, 그를 만나서 도로여[20] 환멸을 느끼고 어떤 종류의 증오까지를 느낀 이야기를 대강 하엿다. 잠잠히 내 이야기를 듣고 잇든 누의동생은,

"흥, 오빠두 거름 묻은 개가 겨 묻은 개 숭보듯 하시는군." 한다. 나는 내 누의의 입에서 이런 말이 나오리라구는 실로 상상도 못햇든 것이엇다.

"왜, 어찌서 그러냐?" 하고 나는 약간 노기를 띠고 반문하엿다.

"내 이야기 할까요. 오빠가 이전엔 원고를 쓰실 적에는 세 번 네 번 고쳐 쓰구 수정하구 또 고쳐 쓰구 해서야 잡지사루 보내시군 하더니 어제 아츰 신문사에 보내는 원고 쓰시는 걸 보니깐 한 번 그저 죽 내리써서는 한 번 다시 읽어두 안 보구 그냥 봉투에 너허가지구 나가십데. 오빠는 그래 그때와 지금이 변하지 안엇수!"

나는 뒤통수를 얻어맞은 놈처럼 멀거니 앉어 잇엇다. 얼마나 오랜 시간이 그런 채 지나갓는지 나는 겨오 누의동생이 이러케 말하는 것을 들엇다.

"아이구, 그 생담배 좀 태우지 마세요. 오, 안 피우겟스믄 꺼버리든지……." (1938)

---

20 도로여 : 도리혀.

죽마지우

죽마지우

上 (상)

호수 가장자리에 비스듬이 누어서 몸둥이가 절반이나 썩어 패어버린 늙은 버드나무의 그 시컴언 허리 우까지 봄풀이 남실남실거리였다. 속이 횡경하게 패어 없어지고 더덕더덕한 껍질만 남어 있는 그 늙은 버드나무 속 어느 곳에 그래도 생명의 숨줄기가 숨어 흐르고 있었던지, 그 말라버린 듯하던 가지가지 끝끝마다에 연두빛 세엄이 깃드리기 시작하여서 높이 백탑(白塔) 울에서 내려가볼 땐, 출렁거리는 파란 물결을 사방으로 둘러싼 연한 녹색 버들가지 둘이 마치도 비단에 선을 둘러친 것처럼 선명하고 고운 색채의 조화를 일우워서 보는 사람의 눈을 안윽하게 해주었다.

북경(北京)의 봄은 버들가지에 제일 먼저 와 앉는 것이다.

북해공원(北海公園) 안의 그 넓은 호수는 이때가 일 년 네 절기 중에 가장 아름다워지는 때라고 나는 늘 생각하였다. 물이 얇기 때문에 어름이 파―랗게 얼지 못하고 부석부석하고 히멀끄럼한 어둠이 뒤덮여 있는 긴 겨울 넉 달에 나는 이 찾아주는 이 드문 적막을 탐하여 몇 번 단녀간 일이 있으되 언제나 올 때마다 어서 봄이 와서 저 부석부석한 어름 구들이 녹아버리고 새

파란 봄물이 출렁거리는 것을 보게 되었으면 하고 안타까이도 기다려졌든 것이다.

여름에는 이 넓은 호수 하나 가득, 노리배 ○○○○○○○○○[1] 좀처럼 할 수 없는 것이 흠이다. 물론 단아한 연꽃을 내려다보며 앉아서 룽정차(龍井茶) 한잔 마시는 일이 한낮 운치 있는 노름이 아님은 아니었으나 그러나 내게는 언제나 연닢사귀로 뒤덮힌 호수보다도 출렁출렁 물결이 쉴새업이 춤추는 봄날 호수 경치가 더 마음에 흡족한 것이었다. 연닢으로 뒤덮힌 호수는 아모래도 좀 가슴이 답답하도록 탁 맥힌 듯한 불만을 이르키고, 넘실거리는 물결이 자유로 철덕어리는 넓은 호수는 가슴이 씨언히 열리는 호탕스런 기쁨을 이르켜주는 것이었다.

파란 물결, 거기 선을 두른 연두색 버드나무 숲, 그 뒤로 숨어 내다보는 듯한 황금빛 집웅들과 주홍빛 기둥들, 알른거리는 아즈랑이, 멀리 수평선에 동양화에 나오는 듯한 안개 낀 서산(西山)의 구불구불한 줄기!

'일생을 두고 보아도 실증이 안 나리만 한 이 아름다움'에 노곤히 취해버리는 순간에 갑작이 커−단 목소리가 나를 불렀다.

"C군. 그래 C군은 늙어 죽두룩 월급쟁이만 해먹을 작정인가? 응?"

새파란 물결과 월급쟁이! 그 두 사이에 무슨 유기적 관련이 있을 수 있나? 나는 이렇다 저렇다 대답이 없이 얼굴을 돌려 K군의 둥글고 통통한 얼골을 멍하니 잠시 바라다보았다.

"○○○[2] 오직 좋은 기회인가? 지금 웬만해서는 여행 증명을 내기가 힘이 들어서 오구는 싶어두 못 오구 애를 태우는 사람이 우리 고장에만 해두 수백 명두 더 되네, 수백 명! 그런데 이렇게 턱 먼저 와 있으문성 구멍을 뚫으

---

1   원문이 훼손되어 판독 불가.
2   원문이 훼손되어 판독 불가.

면야 한 목 단단히 잡아볼 수 있을것 아닌가."

음, 그렇지. K군이 지금 돈 벌 궁리 이야기를 하고 있든 것을 내가 고만 아름다움에 취해서 그의 이야기가 한귀로 새여버렸든 것이다.

그러나?

"나 같은 샌님이 어데 경험이 있어야지?" 하고 나는 이런 이야기가 나올 때마다 늘 대답하는 것이었다. 이 대답은 진정인 동시에 핑계요 도피요 패부요 또한 승리인 것이었다.

"허ㅡ, 누구는 경험을 타구 나왔나? 자네는 성미가 너무 깔끔해서 그것 하나가 흠이란 말야. 아, 자네만 한 두뇌와 학식을 가지구서 그래 이 통에 돈 십만 원 하나쯤이야 못 잡어보겠나, 아모런 짓을 해선들. 자네 이 사람 아 나?" 하면서 K군은 손에 들고 뒤저거리든 여러 장 명함 중에서 한 장을 빼여 코앞에 갖다 대이였다. 하ㅡ얀 명함지 우에는 내가 일즉 들어본 광영을 입지 못한 어떤 한 사람의 이름 석 자가 박여 있고 원편 밑 구석에는 주소와 전화번호가 조고만 활자로 박혀 있었다.

"모르나?" 하고 K군은 내 얼골을 바라다 보면서 되쳐 뭇는다. 나는 고개를 흔들었다.

"내 그저 그럴 줄 알었지. 사람이 그렇게 옹졸해서 무엇에 쓰겠나? 이러한 유력자들은 좀 다 사귀어두는 것이 이로운 법이야. 내가 어저께 이 사람을 맞나보았는데 그야말루 제 이름짜 한 자 변변히 못 쓰는 작자가 자가용 자동차를 모시구 살데. 조선 사람으루 자가용까지 놓구 살게 되었다면 그건 대성공 아닌가? 그 사람이 처음에 북지 방면으로 나올 적에는 적수공권[3] 무일푼으루 왔다구 하데."

호수에는 한 떼의 깜안 물새가 날라와서 더러는 물 우에 앉고 더러는 파

---

3   적수공권 : 맨손과 맨주먹으로 가진 것이 아무것도 없음을 이름.

르르 파르르 물쌀을 내며 물을 숫쳐 날고 있었다. 물새들이 파르르 날 때마다 그 깜안 날개 아래로 은빛 물결이 파르르파르르 생겨서 새가 나는지 물결이 나는지, 둘 다 나는 것처럼 보이었다.

자가용 자동차와 물새의 지처귀[4]! 근 가지간에 무슨 연락이 있을 리 있나? 내가 묵묵히 앉어서 호수만 내려다보고 잇는 것을 보고 K군은 팔고팽이[5]루 내 옆구리를 쿡 지르면서 말을 계속 하였다.

"자네는 이전부터두 그랫지만 사교성이 너무 없어서 성공을 못 한단 말야. 여기 와서 사는 지 벌서 사오 년이나 되문성 그래 이런 사람 하나 사괴지 않었다니, 그래 그동안 무얼 했나?"

"이 북해공원에 남보다 제일 자주 왔네" 하는 대답이 입에까지 떠올랐으나 그냥 잠잠하고 말았다. K군은 이야기를 계속한다. "참말이지 내가 자네 주소를 찾누라구 참 애를 썼네. 애초에 자네가 이 북경 성안에 살구 있다는 걸 아는 사람이 하나두 없데그려. 사람이 그렇게 교제성이 없어서야 무엇에 쓰겠나? 자, 좀 보게. 자네는 오 년식 살면서둥 유력자 한 사람 사귄 사람이 없는데 나 좀 보게, 나는 여기 도착된 지 인제 불과 일주일에, 자, 좀 보게, 이렇게 ……" 하면서 그는 여러 장의 크고 적은 명함들을 상 우에 줄줄이 늘어놓았다. 모두가 꽝장히 기다란 견서를 두 줄 세 줄식 가진 이름들의 나열이었다. 그는 득의의 너털웃음을 우스면서.

"자네두 인젠 그 샌님 노릇 좀 고만두고 무슨 이권 운동이라두 해보게. 해보려거던 내 여기 이분들에게 모두 소개하는 역을 맡기로 하지. 아니, 우리, 그럴 것이 아니라, 동사[6]로 무엇 좀 경영해보세나. 나는 여기 말을 모르니까 아주 불편하단 말야. 어떤가? 자네만 생각이 있다면 우리 벌루라두 여기 이

4　지저귀 : '지저귐'의 오기로 보인다.
5　팔고팽이 : '팔꿈치'의 사투리.
6　동사(同事) : 같은 일을 함.

분들을 한 번 더 찾아보고, 연회나 크게 한 번 하구, 활동만 하면야, 그래……허허, 일이 꺼꾸루 되었네. 여기 온 지 한 주일밖에 안 된 내가, 오 년식이나 여기서 살아온 자네를 끌고 다니며 되려 소개를 해야 할 처지가 되었으니."

나는 K군의 새 양복 조끼를 가루 건너 이것 보아란 듯이 검방지게 늘어져 있는 손구락처럼 굵단 금시계줄을 바라다보았다.

금시계줄과 성공! K군은 자기 입으로 오십만 원 하나는 잡았누라고 '호라'를 불고 또 ○○○○○[7] 넓은 사교에 대단한 자 ○○○○○○[8] 저―편 창공 우으로 한 떼의 비둘기 떼가 떠올랐다. 비둘기들이 남쪽을 향하고 날 적에는 그 날개의 안쪽이 석양 해뜰에 반사되어서 눈이 부실 만치 하―얀 점들이 되고, 금시에 또 방향을 바꾸어 북쪽을 향하야 날 적에는 태양빛을 가린 뒤쪽 몸둥이만치 보이기 때문에 아주 깜안 점들이 되었다. 그러나 그와 동시에 가느란 서풍을 안고 날아가는 그 비둘기들 꼬리에마다 매달아논 홀뚜기[9]로부터서 이상스럽고 구슬푸고 처량한 음악 소리가 나는 것이었다.

비둘기 꼬리에 홀뚜기를 달아서 아츰 저녁 창공에 울리는 음악 소리를 들을 줄을 아는 이 나라 사람들!

내 눈은 이 비둘기 떼의 날아오고 날아가는 방향을 딸으면서, 나는 내가 보잘것없는 월급쟁이 빈약한 존재라는 것까지 잊어버리고 깊은 행복에 취해 있었다. K군의 이야기도 귀로 들어오지 않고…… 자가용 자동차는 소유하지 못했지만 이렇게 한가히 앉아서 비둘기 떼를 바라다보며 만사를 잊어버릴 수 있는 이런 '모멘트'를 가질 수 있는 내가 결코 K군이 생각하는 것처럼 그렇게 몹시 불행하다고는 생각되지 않았다.

---

7 원문이 훼손되어 판독 불가.
8 원문이 훼손되어 판독 불가.
9 홀뚜기 : '호드기'의 사투리. 버드나무 껍질이나 밀짚 토막으로 만든 피리.

문득 나는 P군을 생각하였다. 바로 일 년 전 이맘때 P군과 나는 둘이서 바로 여기 이 자리에 앉아서 차를 마시었다. P와 K와 나, 세 사람.

저고리만 입고 나다니면서 코를 주먹으로 쓱쓱 문지르든 그때로부터서 우리 세 사람은 매일 만나서 함께 놀고 함께 싸우고 함께 도적질하고 함께 공상하든, 그야말로 죽마지우(竹馬之友)이었다. 어렸을 적 동무가 오직 우리 세 사람뿐이었던 것은 아니지만 허다한 동무들 중에서 특히 우리 세 사람은 가장 친했고 가장 자조 만났고 가장 오래 같이 돌아단이고 또 가장 뜻이 맞는 친구이었든 것이다.

그래서 우리 셋은 소학교를 한반에서 함께 마추고 중학교에를 함께 다니다가 셋이 함께 또 학교를 중도에 그만두고, 셋이서 함께 부모 몰래 집에서 도망을 쳐나왔든 것이다. 열일곱 살 난 소년 셋이 밥을 빌어먹고 산에서 잠을 자가면서 북으로 국경을 넘어 걸어 나왔든 것이 그것이 벌서 이십 년 전 일이었다.

그 이듬해에 우리 세 소년은 한산사(寒山寺)로 조선에까지 유명한 소주(蘇州)까지 굴러가서 거기 안성중학이란 중학에 입학하여 낯설고, 말 설고, 풍속 설은 이국의 아이들과 함께 한 기숙사에서 이삼 년간을 딩굴게 되었든 것이다.

그러니까 음녁설 때 때때옷 입고 돈치기 하며 놀든 철없던 시절서부터 이십 살 청년들이 될 때까지 우리 셋은 하로도 서로 떠나 본 일이 없는 죽마지우이었다. 그러다가 우리 셋이서 다 함께 안성중학을 졸업하든 해에 K군은 부친이 별세하셨다는 전보를 받고 곳 귀국하였고 P군과 나는 그 뒤에도 한 삼 년 더 함께 굴러다니다가 P군도 무슨 일로인지 귀국하게 되어 이 세 친구가 ○○○○○○○[10] —쓰」를 딸아 삶의 길을 걸어 온 것이었다.

---

10 원문이 훼손되어 판독 불가.

인생의 성공을 재는 자막대로 오직 '돈' 하나만이 남은 오늘 세상에서 우리 세 죽마지우의 인생들을 재어볼 때 P와 나는 실패요, 오직 K 한 사람만이 성공이었다.

"소자본을 가지구는 카후에[11]를 열었으문 수가 나겠데." K군은 비둘기 떼는 바라보지 않고 자기 입에서 뿜어내는 담배연기만을 바라다보면서 이야기를 계속하는 것이었다.

"그동안 매일 밤 카후에 구경을 했는데…… 교제를 하자니까 자연 그렇게 되네그려…… 어제 밤에두 한 삼십 원 쬐여댔지, 허허. 그런데 말야 카후에마다 대만원, 대만원…… 게다가 또 비싸기는 땅비상 이상이데, 한 패 들어오문 의례 십 원 한 장은 떨고 나가데그려."

"북경에 카페가 무슨 카페가 그리 많다구 매일 밤 다녔나?" 하고 나는 마침내 무식을 폭로하고 말았다.

"아니, 이 사람이 대낮에 꿈을 꾸는 모양이로군. 자네는 하긴 동성(東城) 쪽으룬 별로 다니질 않으니까 아마 잘 모르는 모양이네만 져 하가문(哈德門(합덕문) 쪽으루 한번 휘돌아보게, 그저 카후에, 빠, 어요리, 오뎅야. 아주 그냥 부지기수데."

"그거 요새 아마 새로들 생겼나 부군. 재작년 까지만 해두 카페라군 통 없었는데."

"응, 모두 신설은 신설이두군. 그저 우후에 죽순이야."

나는 수박씨를 새로 한 줌 들고 까기 시작하였다.

석양의 햇발이 빤히 연두색 버들 숲 우에 가로 비최어서 버드나무들이 왼통 기름에 담겄다가 금방 꺼내놓은 것처럼 반들반들 빛나고 동쪽 응달 쪽으

---

11 카후에 : 카페.

로는 녹색이 진하게 뭉켜서 거의 파랑빛처럼 보이였다. 이 명암(明暗)의 대조는 사람의 눈을 황홀하게 하였다.

下 (하)

나는 나무들 중에서 이 수양버들을 제일 좋아한다. 봄이 제일 먼저 깃드리는 나무가 이 수양버들이요, 가을이 제일 늦게 떠나가는 나무가 또한 이 수양버들이다. 닢새 하나 없는 마른 가지 우에 먼저 꽃부터 좍 피어오르는 살구나무나 사꾸라니 하는 나무들을 별로 좋아하지 않는다. 설중매니 어쩌니 하고 남들이 떠들어도 나는 매화를 좋아하지 않는 이유 역시 마찬가지이다. 초록색 닢새의 연연한 색갈이 없이 앙상한 마른 가지에 꽃만 더덕더덕 붙어 있는 것은 아모래도 내게는 불유쾌하다. 그러므로 겨울에도 나는 매화보다 수선을 좋아하는 것이다.

봄에 버드나무는 마른가지에다가 꽃부터 피워놓는 경망스럽고 조급스럽고 천한 행동을 하지 않는다. 다른 나무들이 올깃볼깃 천한 색채 경쟁을 하고 있는 동안에 오직 버들만은 연연하고 보드럽고 고상한 연두빛 옷을 먼저 입은 후, 그리고 나서 천천히 꽃을 피우되, 다른 꽃들처럼 야한 빛갈을 택하지 않고 백설같이 하─얀 꽃을 피우되, 그것도 숨어 피어서, 땅에 솜덩이처럼 굴르는 낙화를 보고서야 비로소 그 아름다움을 인식할 수 있는 그런 순진스럽고 수집은 나무가 또다시 어디 있으랴!

여름에 버드나무가 주는 눈의 안식!

가을에 다른 나무닢새가 모다 떨어져나가고 앙상한 가지들만 남은 후에도 홀로 그 숫많고 부드러운 닢새를 노─랗게 물드리는 버드나무. 색시의 져고리 빛같이 노─란 버들닢이 길우를 비단 보료처럼 뒤덮어 깔아놓을 때 그 우를 거니는 발의 감촉 ── 그러므로 내가 북경을 사랑하는 가장 큰 이유의 하나가 곧 북경만치 수양버들을 가진 도시가 아마도 이 세계에 다시 없을 것 같은 듯한 그 풍부함에 있는 것이다.

K군은 무어라고 계속해 떠들어댄다. 무슨 털무역이 어떻고, 석가장(石家莊)이나 통주(通州)로 가는 뻐쓰 운전 권리를 얻어놓아도 쥐고 있다가 그 권리만 팔아도 몇천 원 돈은 쉬운 거…… 돈, 돈, 돈, 돈, 돈.

세상에 누가 돈을 싫다고 하리오만은 이런 아름다운 곳에 와 앉아서 이런 아름다운 석양을 내다보면서는 잠시 세상 잡사를 다 잊어버리고 이 아름다움 속에 송두리채 취해버릴 마음의 여유를 얻지 못할진대는 그까짓 물질의 여유가 썩어 남아난들 무슨 소용이 있을가? 밤낮 궁리하고, 밤낮 이야기하는 돈버리 이야기는 좀 이따가 여사[12]로 도라가서 밤새도록 이야기해도 좋을 것 아닌가? 지금 저 석양 아름다움은 한 초 한 초 지나가버리고 마는데!

나는 다시 P군을 생각하였다. 지금 마주 앉은 사람이 K군이 아니고 P군이었던덜 우리 두 사람은 묵묵히 앉아서 이 아름다움 속에 속속들이 취해버릴 수 있었을 것이 아닌가!

작년에 P군이 잠시 다녀가던 때, 이 북해공원을 한번 와보고는 다른 데는 구경 아니해도 좋다고 하면서 저녁때마다 반드시 이곳을 찾아들군 하였었다. 그래서 석양이 다 지나가고 어둠이 찾아들 때까지 둘이서는 말 한마디 서로 없이 넋 잃은 사람들처럼 우두머니 앉아서, 져 아름다움을 속속드리 느낄 수 있었든 것이다.

"P군도 참 딱한 인물이지. 사람이 고렇게두 변통성이 없어서야 이 세상에서 어떻게 산단 말인가? 그런 인물이 굶어죽지 않고 살아있는 것이 기적이지, 기적이야."

K군은 이렇게 P군을 비평을 한다.

---

12 여사(旅舍) : 여관.

글세?

그러나 P군은 이런 석양에 여기 앉아서 세 시간 네 시간씩 이야기 한마대 없이 석양을 내다보고 앉았을 마음의 여유를 가진 사람이었는데!

K군이 입은 저렇듯한 훌륭한 새 양복에 비하여 P군이 입었던 그 꾀죄죄한 헌 양복 모양이 새삼스레 눈에 서얼하다. 그러나 그 꾀죄죄한 양복을 입은 P군은 여기 이 자리에 세 시간이나 말없이 앉아 있다가 어느듯 스르르 뺨으로 눈물이 흘러내리더라. 지금 혼자서 성공의 절정에 달한 듯이 뽐내는 저 K군이 과연 P군보다 더 잘란 사람일가?

눈이 부시도록 빛나든 버드나무 숲이 갑작이 회색으로 변한다. 갑작이 엇슬해지는 버드나무 숲이 또한 갑이 더한층 적막해지는 듯한 느낌을 준다.

"C군 인저 가지. 멀 하자구 여기 이렇게 오래 앉았을 맛이 있나?" 하고 K군은 옷자락을 털고 일어서면서 서둔다. 그러나 나는 지금 이 아름다움을 내버리고 갈 마음은 조곰도 없다. 나는 K군을 치어다보지도 않고 그냥 어두어오기 시작하는 호수우를 바라다보면서 말하였다.

"K군. 그게 벌서 십칠팔 년 됐군 그래. 그 어느 해 섯달 금음날 밤에 상해서 펑펑 쏟아지는 눈을 마지면서 P군과 우리 셋이서 밤새두룩 거리를 싸돌아다니든 생각이 나나?"

잠시 대답이 없다. 이렇게 곱비를 크러놓은 추억이 K군의 마음속에 어떠한 변화를 이르키고 있는 것일가 하는 호기심과 기대로 내 가슴은 벅찼다. 그러나 내 기대는 헐 것이었다.

"그 소린 왜 지금 값작이 하나?" 하고 되집어 묻는 K군의 목소리에는 아모러한 추억의 열정이 섞여 있지 않다.

나는 낙망하고 말았다. 아모리 변한다 변한다 한덜 K군이 그래 불과 십오륙 년간에 이렇게도 둔감이 되어버릴 수가 있을가? 그러면 그때에도 K군은 눈마즈며 거리를 방황하는 그 '쎈티멘트'를 감상 못 하고 그져 동무들이 다니자니까 마지못해서 끌려다니든 것일가? 만일 그랬다면 그날 밤 침묵이 얼마나 승거웠을 것이고 그 밤새도록의 산보가 얼마나 지루하고 싫었었을가, 만일 그렇다면 K는 얼마나 불상한 사람인가?

어둠이 그 하늘하늘한 장막을 한 겹식 두겹식 드리우기 시작하였다. 멀리 뵈는 서산 줄기는 어둠 속에 삼켜버려서 보이지 않고 가까히 성내에 있는 나무며 집이며 담정들이 모다 그 각개의 독특하든 빛갈을 잃어버리고 검어우리한 진회색 장박 속에 쌔여버리여, 희멀끄름한 하눌과 또역시 희멀끄름한 호수물 중간에 껌껌한 ○○○○[13] 둘러놓고 말았다.

무척 고즈낙하여서 한없이 한가한 기분이 전신을 흡수해주었다. 어디선가 멀리서 호금[14]을 뜯는 소리가 들리는 듯 마는 듯……아마도 어떤 뇌동자가 하로의 피곤을 잊기위하여 저렇게 호금을 뜯고 있으려니! 중국 쿨리[15]라면 개돼지만큼도 안 역이는 K군과 지금 호금을 뜯고 앉어 미지의 아름다운 세계를 꿈꾸고 있을 그 쿨리! 나는 가느다란 미소를 스서로 금할 수 없었다.

서투른 솜씨로 수박씨를 한두어 개 까고 있든 K군은 또다시 그 지전이 많이 들어서 불룩한 가죽 지갑을 꺼내 그 안에 간직해두엇든 수십 장 명함을 꺼내들고 다시 한 장식 들여다본다. 수전노는 돈을 들여다보는 데서 만족을 얻는다더니 이 사람은 남의 명함들을 들여다보는 데서 아마 이상한 만족을 얻는 모양이다.

아주 어두었다. 하늘과 물 중간에 띄처럼 꺼멓게 둘럿던 숲과 담과 집들이 시컴언 뭉수리[16]가 된 채로 더로 들도 않게 시컴컴해진 하늘과 한데 뭉치어서 대지를 둘러 덮은 시컴언 공허 속에 오직 호수물만이 그래도 약간 희

---

13 원문이 훼손되어 판독 불가.
14 호금 : 비파.
15 쿨리 : 하급 노동자.
16 뭉수리 : 분명하지 아니한 상태.

죽마지우

71

멀끔한 빛을 반사하였다. 건너편 길가에 줄줄이 늘어세운 전등불들이 열을 지어 길게 길게 물속에 반사되어 있었다.

"아, C군. 인젠 좀 자리를 떠보세나. 다 어두었는데…… 여기서 밤샐 작정인가?"

K는 어서 가자고 또 재촉이다.

다시금 P군이 생각났다. 작년 이맘때 P군이 바로 북경을 떠나기 전날 여기 이 자리에 둘이 앉아서 내가 자꾸만 가자고 해도 P군은 말을 안 듣고 버티고 앉아 있었다. 밤을 새워도 좋겠다고 P군은 그날 그랬었다. 내 어떤 친구 하나이 P군과 나를 함께 저녁을 먹자고 초대를 햇는대 저녁시간이 지낫것 만도 P군은 이러설 생각도 않고 져 어둠 속으로 내다보고 앉아 있었었다. 내가 어서 가야 한다고 독촉을 하면

"그 까진 저녁이야 무어 매일 먹는 거, 한 끼쯤 굶어두 괜찮지만, 여기 이 북해공원의 석양은 나루써 오늘이 마즈막 아닌가? 언제 다시 또 내가 북경을 와볼 기회가 있을 수 있을라고!"

하고 대답하든 P군이었다.

"그래두 친구가 청했는데 안 가문 실레 아닌가?" 하고 내가 애원을 하니까.

"허 C군두 인저 시속범인이 다 되구 말었네그려, 실례가 어쩌니 어쩌니 할 줄을 다알구. 그까지 남이야 욕을 하건 말건 상관있나? 누가 저녁 얻어먹으러 북경까지 온줄 아나?"

이러한 P군이었다.

P군과 K군! 죽마지우!

"P군[17], 제발 가세, 가. 북경 미인 구경두 좀 시켜주구. 오늘밤만은 자네두

---

17 P군 : C군을 잘못 표기한 것으로 여겨짐.

나를 위해서 잠간만 난봉을 좀 피여보게. 북경 미인이 아주 기맥히데."

K군은 이렇게 또 재촉이다.

"여보게 북경 미인이라는 게 별것이 아니라 모두 소주 색시들이라데" 하고 나는 대답하면서 빙그레 웃었다.

"아, 참, 그렇데그려. 어끄제 져 첸먼(前門) 밖에 색시 구경을 나가보았더니 모두들 소주 말을 하겠지. 그래 내가 다 잊어버렸을망정 소주 말로 몇 마대 짓거렸더니 색시들이 아주 신기해서 막 야단이데, 하, 하, 하."

아, 아, K군아! 군은 내가 일부러 소주 색시 이야기를 꺼낸 그 뜻을 알아채지 못하는가? 참으로 군은 둔감이 되구 말았구나. 신경계통을 거기 그 시게줄처럼 도금해버렸는가!

내가 소주 색시 이야기를 이때 꺼낸 데에는 그실 K군과 나만이 아는 한 막의 연극이 있었기 때문이었든 것이다.

한번은 K군과 내가 함께 토요일 오후를 이용하여 소주서 상해로 갔었었다. 그때 아마 우리 두 사람의 나이 열아홉이었을 게다. 일요일 낮차로 학교로 도라왔어야 할 것인데 마츰 기차를 노쳐버리고 밤차를 탔더니 차가 소주역에 다은 것이 밤 자정이었다. 이전에도 한두 번 밤차로 와서는 굳게 닫고 잠근 성문까지 가서 문을 열어달라고 소리를 질럿더니 파수병정이 누구냐고 마주 소리를 질렀다. 그래서 우리는 일부러 서양사람의 '악쎈트'를 가장하면서 "우리 미국 사람이요" 하고 대답했더니 "호듸, 호듸" 하면서 파수병정이 문을 열어주어서 무사히 시내로 들어간 일이 있다. 그러나 이날 밤 딸아서는 상부로부터서 무슨 새로운 명령이 나렸는지 파수병정이 우리 목소리를 신용하지 않고 먼저 등을 들어 우리 얼골을 불빛에 빛의여 보았다. 그리고는

"아니요. 당신들 얼골보니 미국사람 아니요" 하고 영 문을 열어주지 않는 것이었다. 그래 할수없이 K군과 나는 바로 성밖에 즐비한 여관 중에 한 여

관을 골라 방을 잡고 하로저녁을 거기서 잔 후 밝는 날 아츰 성문이 열리기를 기다려 들어가는 수밖에 다른 도리가 없게 되었다. 커-단 '따불벧'이 있는 방 하나를 택하야 둘이서 한 침대에서 자기로 하고 막 세수를 하는데 '녹크'도 없이 방문이 벌컥 열리더니 열대여섯 살식밖에 더 안 난 색시 두흘이 거침없이 들어와서 침대에 가 걸쳐앉었다. 우리 두 사람은 물론 어안이 벙벙하였다.

두어 마대 회화로 그 색시들의 뜻을 안 우리 두 총각은 그만이야 가슴에서 두방망이질이 시작되었던 것이다. 다른 아모런 생각보다도 웬일인지 그져 무섭기만 하였다. 물론 그 색시들이 요구하는 만큼의 돈이 없는 것도 아니었다. 그러나 기독교의 분위기 속에서 그때까지 자라났고, 더구나 하늘의 별이라도 딸만한 기개와 포부를 품고 있던 우리 두 젊은이는 이 두 색시를 요물이나 마귀로만 보았든 것이었다. 그래서 안 나가려고 버티는 두 색시를 우리는 교의를 들어 때려 내쫓고는 그래도 마음이 안 놓여서 책상과 교의를 모두 들어다가 문안에 견고한 '빠리케드'를 쌓아놓고서야 하로밤을 지났던 것이다.

그렇게까지 순진하든 K군이……그가 언제부터 소주색시를 더리고 히롱하는 버릇을 배웠는고?

그러나 지금에 그런 소리를 해서는 무엇하리! 이미 걸어온 길이 있고 또 앞으로 그길로만 걸어야할 K.

P와 K와 나.

이 세 사람의 길이 과연 한 초 동안이라도 다시 한번 합해져보는 때가 있을 수 있슬가. '끄림' 형제에게나 물어볼 어리석은 질문이다.

공원문 밖을 나서서 우리는 인력거를 탔다. 몇 거름 안 가서 K군은 구두발로 인력거꾼의 어깨를 툭툭 찬다.

"니야. 일이 없다. 내려놔라."

그리더니 나를 도라다보면서

"늙은 놈이 거름이 늘여서 어디 쓰겠나. 바꿔 타야지." 하더니 그 인력거에서 내려서

"양처(洋車)"

하고 소리를 질른다. 수십 대의 인력거꾼이 횡하니 모혀들어서 제각기 제것을 타달라고 소리들을 고래고래 지른다. K군은 그중 젊고 기운차 보이는 인력거꾼을 골라잡았다.

"동전 몇 푼이라두 주시지오." 하고 먼져 끌었든 그 늙은 인력거꾼이 손을 내밀었다. K군은 새 인력거 우에 올라 앉은 채 그 늙은이의 손을 발길로 툭 차고.

"난다. 기다나이"(에이, 더러워) 하고 소리를 버럭 질렀다.

인력거는 미끈한 아스팔트 우를 부드럽게 굴러간다. 나는 흠씻흠씻 달리는 인력거 우에 앉아서 또다시 P군을 생각한다. 작년 이맘때 P군과 함께 인력거를 타고 어덴가 가서 내가 인력거 값을 셈하고 섰는데 P군이 옆에서

"얼마식인가?" 하고 묻기에

"삼전식에 정하고 왔으니까 둘의 앞에 도합 육 전만 주면 될 터인데 동전이 좀 모자랄 것 같은데" 하고 대답하니까.

"한 십전 식 주구 말지. 불상하이, 늙은 사람들이." 하면서 P군은 자기의 그 초라한 양복 주머니에서 돈을 꺼내는 것이었다.

K군은 무엇이 웃어운지 나를 도라다보면서 히죽이 한 번 웃고는 다시 얼골을 돌린다. 나는 인력거가 노는 대로 끝덕끝덕하는 K군의 모자를 바라다본다. 십여 원이나 주고 산 모자라고 조곰 전에 K군이 나에게 자랑하는 그 모자다.

나는 또다시 P군을 생각한다. 지금도 어떤 곳에서 그 언젠가 우리가 서울서 맞났을 적에 처럼.

"맛보다두 그 빛갈이 아름다워서 이렇게 놓고 보기만 한다"고 하면서 포도주 한 잔을 사놓고 마시지는 않고 한 시간식 놓아두고 들여다보고 앉아 있는가, 원!

P와 K, K와 P.

죽마지우! 숫대말[18]을 함께 타고 뛰놀던 벗!

옛날사람들이 얼마나 이 한 구절 문구를 되푸리해서 예찬하였던고!

그러나!

죽마지우! 이, 얼마나 무의미한 한 문구인고, 하고 나는 지금 생각하는 것이었다. (1938)

---

18 숫대말 : 아이들이 말타기 놀이할 때 두다리로 걸터타고 끌고 다니던 막대기.

낙랑고분의 비밀

낙랑고분[1]의 비밀

오전 한 시 삼십 분

아무 일도 없다.

벌써 두 시간 남아[2]를 기다리였것만 아모런 이변도 없다. 그러면 승직이는 어떠한 이변을 예기하고 있었든 것인가? 똑이 말하자면 그렇다고도 할 수 없다. 무슨 이변을 예기할 만한 아모런 조건 아모런 증조[3]도 있는 것은 아니었다. 그렇다면 승직이는 어찌하여 하로 이틀도 아니요 벌써 한 주일채나 이 황량하고 무시무시한 숲속을 밤을 새와 지키고 있는 것이었든가?

그것은 신문기자라는 직업을 가진 승직이의 직업심리의 한 발작적 충동이었다. 무어 제육감이라든가! 무슨 그러한 형용할 수 없는 이상스런 한 충동의 연장이었다. 이 충동이 언제쯤 끝이 나고 말런지 승직이로써도 알 수 없는 일이었다. 하나 그 충동이 끝나는 시각까지는 승직이는 버티어보는 수

---

1   낙랑고분(樂浪古墳) : 평양 근교 넓은 지역에 기원전 1세기경 낙랑 시대의 오래된 무덤들이 1300여 개 있다.
2   남아 : 나마, 가량, 남짓.
3   증조 : 징조, 기미, 조짐.

밖에 없다.

그러나 승직이의 행동이 아주 엉터리 없는 무모한 짓은 아니었다. 승직이의 십 년간 기자 생활의 경험에 비최여서 승직이가 이처럼 지독한 맘으로 달려들어 성공 못 한 일이 없다.

조그마한 힌트! 그 힌트가 아모리 조그마하고 미약하게 남에게는 보이더라도 그 힌트를 중심으로 추리와 공상을 확대해 나가는 승직이에게는 언제나 그 끝으머리를 캐여 잡고야 말 만한 자신이 있는 것이었다.

평양에는 지나간 반년 동안 실로 괴이하기 짝이 없는 실종 사건이 연달어 일어나서 평양 사회는 물끌틋 뒤숭숭하였다. 지나간 반년 동안에 무려 십여명의 젊은 사람이 부지거처⁴가 되고 만것이었다. 왼갓 계급읫 청년이 하로밤 사이에 연기처럼 사라져버리곤 하는데 아모데 국수집 맛아들이 없어져버렸다는 소문이 나면 그 다음에는 또 관 앞에서 포목상 하는 젊은 주인이 온다 간다 소리 없이 살아져버렸다는 소문이었다. 술렁술렁 하는 인심이 좀 갈아앉을 만하면 이번에는 또 서문꺼리서 자전거포 하는 주인의 아우가 야시⁵ 구경 간다고 나간 채 영 무소식이라고 소문이 돌고 뒤이여서 또 외성에서 과자 제조업을 하든 젊으니가 과자 굽는 기계와 이미 만들어놓은 과자까지를 다 그대로 둔 채로 어데론지 자최를 감초아버렸다는 소문이 돌았다.

이렇게 연달어서 실종이 되는 사람들의 연세를 보살피면 모두가 이십 세 이상 사십 세 미만 그 근쳐이었다. 또 모두가 한결같이 건장한 남자들이었다. 여자라거나 이십 미만에 아이라거나는 도모지 실종되는 일이 없었다.

그런데 더한층 평양부민을 무서움으로 떨게 한 것은 바로 약 두어 주일 전부터 진남포 거의 다 간 대동강 하류에서 혹은 썩고 혹은 생생한 장정의

---

4 부지거쳐 : 부지거처(不知去處). 간 곳을 알지 못함.
5 야시 : 야시장.

시체를 일곱 개 건졌는데 그중에서 다섯개는 분명히 월여 전 혹은 몇 일 전에 실종되었던 청년들의 시체에 틀림없다고 그들의 부모 또는 친척이 인정하고 그 시체를 찾아다가 매장했다는 일이다.

더구나 이상한 일로는 그 시체 중에서 가장 생생한 시체 셋을 도립병원에서 해부해본 결과 그 죽은 원인에 대해서는 도모지 알 수가 없다는 의사의 고백이었다. 해부의 결과로 보면 분명 물에 빠져 죽은 익사 시체는 아니라고 의사는 단언하였다. 몸은 벌써 죽은 후에 그 시체를 대동강 물속에 던진 것이 하류로 하류로 흘러간 것이라는 단안이었다.

그러면 시체가 물에 던져지기 전에 과연 어떠한 죽엄을 하였는가? 여기 대하야 현대의학으로는 판단하기 불가능하다는 것이었다.

몸에 상처도 없고 위속에 남아 있던 음식물까지 세밀히 검사해보았으나 독약이 들어 있거나 한 것이 절대로 아니라고 한다. 결국 심장마비나 질식인데, 그렇다면 그 원인은? 도모지 추측할 수 없는 일이었다.

이러한 기괴한 사건을 직접 당사자인 평양뿐 아니라 전국적으로 큰 쎈세슌과 공포를 퍼트리었다. 경찰이 혈안이 되어 헤맬 것은 물론 각 신문사로부터서도 특파원이 몇 차례식 단녀갔으나 제아모리 난다 긴다 하는 노장[6] 기자들도 여관 밥만 축내줄 뿐 별반 소득들이 없이 갈리어 가고 갈리어 왔다. 만일 누구든지 이 진상을 포착하기만 한다면 이는 쩌날리즘 사상에 전무한 한 특종 기사꺼리가 될 것이었다.

하나 승직이가 남달리 더한층 열심으로 며칠씩 밤을 세워가면서 그렇게 애를 쓰고 있는 것은 단순히 직업 관계뿐인 것이 아니었다. 좀 더 사적(私的)인 동기가 있었든 것이다.

그것은 바로 한 일주일 전에 승직이가 가장 사랑하던 동생 승일 군이 역

6 노장 : 경험이 많은 사람.

시 연기처럼 살아져 없어져버린 것이었다. 비록 이복동생이라고는 하나 승직이가 어려서부터 업어 길르고 귀애해온 동생이었다. 더구나 결혼한 지 겨오 한 달, 승직이 자신이 중매를 들어서 평양으로 장가와 가지고 아직 안해를 더리고 고향으로 가보지도 못한 채로 승일이는 부지거쳐가 되어버린 것이었다.

승직이는 슬픔에 쌓여 있는 제수[7]의 집에를 들렸다가 우연히 그 집 책상 설합속에서 이상스런 헌책을 한 권 발견 하였던 것이다.

무심히 설합을 열고 이것저것 치어 들어보던 승직이는 헌책들과 헌 필기장들과, 휴지 등이 뒤범벅이 되어 있는 그 뭉텅이들 중에서 조선 장지[8]에 잘게 쓴 먹글씨에 눈이 번쩍 띠었다. 아니 무엇보다도 그 장지로 맨 책이 먼지가 어떻게도 안고 낡았는지 그 너무도 낡은 것에 눈이 띠었던 것이다. 옛날 조선식으로 매었던 책인데 책의 대부분은 이미 없어졌고 서너장 만이 노끈 꿰었던 똥구만 구멍들이 있는 채로 국여져 있는 것이었다.

승직이는 무료[9]를 끄기 위하야 그것을 들고 읽기를 시작하였다. 처음에는 순 한문 글인 줄로 알고 읽기 시작했으나 두어 줄 읽어보니 한문과 리두[10]를 섞은 글이었다. 때마츰 승직이는 리두 연구에 약간 흥미를 느끼고 있던 때이라 곧 커-단 호기심을 가지고 읽어보았다.

그러나 승직이가 그들을 한 페지 다 읽고 난 때 그는 열심으로 그 뭉텅이를 다시 뒤지었다. 승직이가 읽어본 것은 이야기의 한 중턱이였고 그 시초를 찾기 위하야 뒤지는 것이었다. 그러나 승직이가 찾을 수 있는 것은 이야기의 시초가 아니라 그보다도 앞선 서문뿐이었다. 그 중간장은 아모리 찾으

---

7 제수 : 남동생의 아내.
8 조선 장지(壯紙) : 우리나라에서 만든 두껍고 질긴 좋은 종이.
9 무료 : 심심하고 지루함.
10 리두 : 이두(吏讀), 신라 때부터 한자의 음과 뜻을 빌려 우리말을 적은 표기법.

러야 찾을 수 없는 일이었다.

승직이는 서문으로부터서 다시 읽기 시작하였다. 그 글을 한글로 번역해 놓으면 이러하였다.

'우섭도다 세상 사람들이어. 내가 친히 보고 듣고 만지고 한 이상스런 일을 전하려 하매 세상이 나를 미친 자로라 하더니만 거기에다 거짓말과 허튼소리를 가하여서 이야기를 써서 보였더니 너도 나도 모다 앞을 다토아 읽고져 하는도다. 그러나 우섭도다 장화와 홍년의 이야기는 내가 꾸며낸 거짓말 이로되 읽는 이가 많으나 내 참 이야기는 여기 적혀 있으되 읽고져 하는 이 없도다. 두어라 세상이 비우서도 좋으니라 사실은 사실대로 적어둘 따름인져.' 이러한 서문 끝에 씨인 그 연월일을 보살피니 물경[11] 삼백 년 전이였다.

그 다음에 긴요한 그 이야기 시초가 적혀 있을 한 장이 없어져버리고 승직이가 읽을 수 있는 것은 이야기의 한 중간부터이였는데 아레와 같았다.

'넘어서니 내 이마에 구슬 같은 땀이 매쳤더라. 그 선녀 돌아보아 웃으며 갈아대 내 요긴한 청이 있어서 여러 어른을 모서왔으되 대개는 이재 지나온 그 문 앞에서 그만 기절하여 명이 끊어짐을 보았더니 오늘 선생을 맞남이 이 하늘의 도음인가 하나이다. 내가 묵묵히 그 선녀의 뒤를 따를 새 저절로 열리는 바위 문을 버서나니 한 커-단 굴이 있는데 좌측으로는……'

여기서 승직이는 기절을 할 만침 놀랐던 것이다. 그것은 거기에 한 장 가득히 묘사해놓은 그 광경은 승직이도 분명 한번 본 일이 있는 낯익은 굴 속이었든 것이다. 두말할 것도 없이 그것은 대동강변에 있는 낙랑고분 속의 묘사였든 것이다. 승직이는 바로 한 삼 년 전에 그 낙랑고분을 구경하였든 것이다. 그러나 삼백 년 전에 이 글을 쓴 사람, 그가 삼백 년 전에 낙랑고분

---

11 물경(勿驚) : 놀라지 마라.

속을 들어가보다니? 그것은 도저히 있을 수 없는 일이었다. 그러나 그 세세한 묘사는 낙랑고분 속 고대로인데야 어찌하는가?

승직이는 그 헌 장지책을 제수에게 보이고 어데서 난 것인지 알 수가 있느냐고 물었다.

"이전부터 집에 굴러다니든 거야요."

"승일이가 혹 이걸 읽은 일이 있소?"

"아이구 그것때문에 아주 감질¹²을 냈다우. 그게 무어 그리 재미있는지 그져 한 댓새 그 책하구 씨름을 했답니다."

승직이는 입술을 깨물었다. 승직이는 또 계속하여 읽었다.

'그래서 선녀는 혹은 자기의 눈을 똑바로 바라다보라고 하기도 하고 또 혹은 그 목에 걸린 수정알을 뱅뱅 돌리며 바라보라고 하기도 하며 또 혹은 나즈막한 목소리로 하나줄 셋넷 헤여보라기도 하는데 그대로 쫓는 내 몸은 어쩐지 평안하기도 하고 졸리기도 하고 정신이 몽농해지기도 하는 이상스런 감각이었도다……'

승직이는 한 번 더 놀랐다. 이것은 분명 최면술이 아니냐? 그런데 삼백 년 전에 이 글을 쓴 사람이 낙랑고분 안에서 최면술에 걸리는 경험을 적어놓았으니 이는 참으로 이상스런 일이었다. 꿈이기에는 너무 히안한 묘사였다.

승직이는 또 계속하여 읽었다.

'이때 선녀는 햇불을 잡고 앞서서 길을 인도하며 나더러 물어 갈아대 여기서 생각나는 것이 없나뇨, 생각나는 것이 없나뇨 하고 여러 번 되푸리하되 그 무슨 뜻인지 미련한 나로써 알 길이 없는지라, 내 생각컨대는 내가 그 선녀를 맞나든 언덕으로부터서 불상(佛像) 있는 데까지가 오 리¹³는 될 것이고 거기서 또 저절로 움즈기는 바위 문까지가 일 리 넉넉히 될 것이며, 거기

---

12 감질 : 바라는 마음에 못 미쳐서 애타는 마음.
13 오 리 : 2킬로미터.

서 다시 그 굴 속 거리가 십 리는 넉넉할 것이라. 아모리 선녀의 앞이라 할지라도 피곤한 몸이 졸림을 참을 수 없더라. 선녀는 슬픈 낯으로 어렵도다 어렵도다 탄식하고 도라서서 나를 따를지니라 나를 따를지니라 하며 다시 앞서 것는지라 나는 깨였는지 자는지 모를 상태로 선녀의 뒤만 딸아가 이제는 여기 누어서 잘지니라 하는 선녀의 말을 어렴풋이 들으며 그 자리에 쓸어지니 곧 세상 모를 잠에 빠졌더라. 잠에서 깨여나니 어느덧 날은 새였고 나는 어제밤 선녀를 맞나던 그 언덕 풀밭에 혼자 누어 있더라. 이것을 꿈이라 할가? 아니다. 분명코 내게는 이것이 꿈이 아니었도다. 오호라 한 시 한 초인들 그 선녀의 아리따운 자태를 이져버릴 수 있으리오. 슬푸다 다시 그 선녀를 맞나볼 수 없음이여……'

이 밑에 또 몇 장이나 더 이야기가 계속되는지 모르나 승직이가 찾을 수 있는 것은 이것이 끝이었다.

삼백 년 전에 그 글을 쓴 승일이의 장인의 몇 대조 할아버지가 그 선녀를 맞났다던 그 언덕이 과연 꼭 어느 곳인지 그것이 씨어 있을 그 첫 장이 없어졌으므로 알 수 없는 일이었다. 아마도 승일이가 가지고 갔으런지도 모를 일이었다. 분명코 승일이는 그 선녀가 나타난다는 언덕으로 차자갔던 것임에 틀림없으리라고 승직이는 혼자서 판단을 내리였던 것이다. 따라서 승직이는 기필코 승일이의 간 곳, 따라서는 혹시 실종 사건의 비밀까지도 추격해 들어가 볼 결심을 하였던 것이다.

물론 승직이는 정확한 장소를 정할 수는 없었다. 그러나 '……언덕으로부터서 불상 있는 데까지가 오 리는 될 것이고 거기서 또 저절로 움즈기는 바위 문까지가 일 리 넉넉히 될 것이며……' 운운한 그것을 유일의 단서로 낙랑고분에서 약 오 리에서 십 리까지의 거리에 있는 언덕을 차자 헤매던 남어지 마침내 지금의 언덕에서 벌써 일주일채나 밤을 새와 지키는 것이었다.

오전 한 시 삼십일 분

아모런 일도 없다. 약 삼 분 전부터서 신작로가 있는 근처에서 무슨 불이 반짝반짝하는 것이 보인다고 승직이는 생각하고 있었으나 지금에는 아모리 보아도 없다. 혹은 승직이의 눈의 착각이었는지도 알수 없고 또 혹은 누가 초롱이라도 받고 지나갔는지도 알 수 없을 일이다.

오전 한 시 오십사 분

승직이는 깜빡 졸았다. 졸았대야 불과 몇 분간밖에 더 안 될 것이었으나 승직이에게는 그것이 여러 시간처럼 생각되어서 마음이 초조하여졌다.

갑작이 바람이 우수수 하고 지나갔다. 그 바람 소리에 있다어서 승직이는 무슨 이상스런 소리를 들은 듯이 생각되었다. 승직이는 부지중 등꼴로 찬 땀이 흐르면서도 사냥개처럼 전 신경을 귀로 모도왔다.

분명코 어린 아희의 느껴 우는 소리가 들려왔다. 승직이는 벌떡 이러나서 그 우름소리 나는 곳을 향하여 갔다. 가까히 가면서 들으니 그 우름소리는 아이 우름소리가 아니라 여자의 소리같이 들리기도 하였다.

이 아닌 밤중에 이런 으슥한 숲속에서 느껴 우는 여자라니, 어렸을 제 드른 이야기에 의하면 꼬리 아홉 가진 여호[14]가 사람을 호릴 때에는 의례히 이러한 수단을 쓴다고 하는데…… 이러한 생각이 언뜻 들자 몹시도 무서워졌다.

그러나 뛰는 가슴을 누르면서 억지로 가보니 아니나 다를까 소복[15]을 한 여자였다. 방금 떠오르는 쪼각달 빛에 그 흰옷은 눈이 부실 만침 반사되

---

14 여호 : 여우.
15 소복(素服) : 하얀 옷.

었다.

땅에 엎드려 느껴 울던 여자는 승직의 발자국 소리를 들었는지 몸을 이르
켜 돌아보더니 승직이를 보자 몹시 놀라서 우름을 뚝 끈치고 호닥딱 이러서
더니 상큼상큼 걸어서 져쪽으로 간다. 승직이는 부지중에 그 여자 뒤를 밟
었다.

소복한 여자는 한 번도 도라다보는 일 없이 대동강 쪽으로 자꾸만 갔다.
승직이는 자력에 끌리는 쇠쪘각 모양으로 그 뒤에 끌려가는 것이었다.

강까지 거의 다 일으렀으리 하고 승직이는 생각하였다. 그것은 강 건너
쪽 길에 서 있는 가등의 불 그림자가 강물에 반사되는 것이 저만치 보이는
것을 승직이는 깨다랐던 것이다. 이 불빛이 승직이의 마음을 얼마큼 담대하
게 만들어주었다. 승직이는 사방을 한번 휘둘러보았다. 강 건너쪽 잠든 도
시 여기져기에 밤을 새워 지키는 전등들이 깜빡깜빡 반기는 듯하였다.

그러나 그 다음 순간 승직이는 몸을 떨었다. 방금까지 몇 거름 앞서 것던
소복한 여자의 모양이 승천입지[16]를 하였는지 없어지고 만 것이었다.

"이거 내가 아마 참말 도깨비에게 홀렸나 부다."
하고 그는 생각하였다.

그러나 또 그 다음순간

"저 이리 잠깐만 좀 들어오시지오."
하고 부르는 명낭한 여자의 목소리가 어데선지 들려왔다. 승직이는 머리털
이 쭙뺏하고 그냥 어데로든 다라나버리고 싶어졌다. 그러나 다리가 와들와
들 떨릴 따름으로 다라나지지도 않고 그 자리에 심어놓은 듯이 서 있었다.
동시에 그의 눈은 소리 나는 곳을 향하여 두리번두리번 차졌다.

이상타. 소복을 한 그 여자는 옆에 서 있는 커ー다란 바위 밑 굴속에서 벌

---

16 승천입지(昇天入地) : 하늘로 오르고 땅속으로 들어간다는 뜻으로 자취를 감추고 없어
    짐을 의미한다.

써 어느새 횃불을 손에 들고 서 있는 것이었다.

"불명코 여호에게 홀렸나 보다."

하고 승직이는 속으로 다시 생각하였다. "하나 여호에게 홀리면 바위돌이 고래 같은 기화집으루 보인다는데 분명 져것이 집으로 보이지 않고 꼭 바위로 뵈는 것을 보니 그래두 아마 홈빡 홀리진 않았나 보다." 하고 그는 또 생각하였다. 그러면서도 승직이는 그야말로 홀린 듯이 그 여자가 있는 굴속으로 들어섰다.

이때 처음으로 승직이는 그 여자의 얼굴을 정면으로 볼 수 있었다. 횃불에 빛최는 그 얼굴은 대리석같이 히면서 또 어름처럼 맑고 차다.

승직이가 이때까지 본 일이 없이 맑고 아름다운 얼굴이었다. 그러면서도 어데까지 차고 무표정한 얼굴이었다. 저러한 얼굴을 가진 여자가 조금 전에 아이처럼 느껴 울었다는 것은 있을 수 없는 일처럼 생각되었다.

여자는 상큼 도라서더니 그 어두운 굴속을 거침없이 거러 들어갔다. 승직이는 그저 자력에게 끌리듯이 주춤주춤 뒤를 따렸다.

오전 두 시 사 분

얼마를 왔는지 승직이는 흙 소리를 내면서 눈앞에 전개된 괴물의 얼굴을 바라다보면서 섰다.

그 괴물은 사람도 아니요 즘생도 아니었다. 그 무서운 눈, 그 찡그린 이마, 그 흉물스런 코, 보다도 그 창끝같이 뾰죽하고 번들번들 빛나는 이빨들, 그 쩍 벌린 입이 금방 승직이를 삼켜버릴 듯하고 금방 그 창끝 같은 이빨들이 그의 골통을 아드득 하고 물어뜯을 것만 같이 생각되었다. 벌써 그 괴물은 소복한 여자를 삼켜버리지 않았는가!

승직이는 곧 기절을 할 것 같았으나 그의 억센 심장은 그 찰라의 공포를 흡수하여서 두 무릎이 땅에 닿도록 앞으로 꼭꾸러진 채 승직이는 정신을 수습하였다.

정신을 수습하고 치어다보니 그 괴물은 산 즘생이 아니라 한 개의 거대한 조각이었다. 관악묘[17] 주챙이[18] 비슷한 한 조각이었다. 오직 그 스케일이 승직이가 이때까지 본 일이 없는 거대한 한 조각이었다.

소복을 한 여자가 그 괴물에게 삼켜버린 것이 아니라 그 이빨을 들어내놓은 커─렇게 벌린 입안으로 들어섰던 것이다. 그 커─단 입은 곧 한 개의 문이었던 것이다.

그 입안에 초연히 서서 승직이를 내다보고 있는 여자의 눈은 이상한 광채를 발하는 듯하였다. 그 뚫어질 듯이 승직이를 주시하는 한 쌍의 눈은 승직이 왼몸과 마음을 사로잡고 말았다. 승직이는 그 무서운 괴물의 존재도 이겨버리고 멀거니 그 눈을 바라다보고 서 있었다.

얼마나 오래 동안 두 남녀는 그렇게 서로 마조보고 서 있었는지, 승직이는 다른 왼갖 감각과 생각이 마비된 채 오직 그 광채 나는 눈 속으로 자기 전신이 흡수되어버리는 것 같은 느낌뿐이었다.

이때 다시 승직이는 그 여자의 가슴 근처에서 무엇 광채 도는 것이 뱅글뱅글 도는 것을 발견하였다. 그것을 한 개의 커─다란 수정이라고 승직이는 어렴풋이 생각하면서 그 뱅글뱅글 도는 투명채를 바라다보았다.

오전 두 시 십오 분

웬일인지 승직이에게 이 모─든 이상스런 것들이 몹시 낯이 익게 감각되

---

17 관악묘 : 관우와 악비의 제사를 모시던 사당.
18 주챙이 : 주창(周倉). 『삼국지연의』에 등장하는 관우의 부하. 관우의 사당에도 관우를 지키는 수호신으로 모셔져 있다.

었다. 조금 전에 그렇게도 무섭고 무시무시하게 보이던 괴물의 표정이며 벌린 입이 오늘 처음 보는 것이 아니라 하로에도 몇 번씩 보아오던 자기 집 대문처럼 낯이 익어졌다. 더구나 그 광채 나는 눈을 가진 여자도 오늘 처음 보는 여자가 아니라 매일 조석으로 대하는 안해의 얼굴처럼 낯이 익었다. 어쩐지 자기는 여기 이 여자와 함께 여기 이 이상스런 문으로 출입하고 있었던 듯싶은 친밀성을 느끼는 것이었다.

승직이는 자기 집 대문을 들어서듯 하는 심리로 그 괴물의 입안으로 들어서서 여자와 마조하였다.

"호―"

하고 한숨을 쉬는 그 여자의 입가에는 처음으로 약간 미소가 숫치는 듯이 생각되며 지금까지 어름짱같이 차게 보이던 그 얼굴이 갑작이 따뜻하고 다정스럽게 보여지었다.

"놀라실 건 조금도 없읍니다. 어려운 청이 있어서 이처럼 모서왔읍니다."

하고 말하는 그 여자의 음성까지가 몹시도 귀에 익었다. 그리고는 그의 이마를 문질러주는 그 여자의 손의 감촉, 그것은 십 년을 가치 산 안해의 손낄처럼 감촉되는 것이었다.

오전 두 시 이십 분

"생각나는 것이 없읍니까?"

횃불을 들고 앞서 것는 여자는 두어 번 이렇게 물었다. 승직이는 휘휘 둘러보았다. 그렇다. 생각나는 것이 있다. 거기는 승직이가 매일같이 다니던 길이다. 모―든 게 낯이 익다. 어데 그뿐이랴, 승직이는 바로 여기 이 길을 바로 져기 저 여자와 함께 거닐면서 언제나 행복을 느끼던 그 길이 아니냐?

그런데 원일인지 저 여자의 이름만은 생각이 날뜻 날뜻 입안에서 뱅뱅 돌면서도 얼른 생각나지를 않는다.

오전 두 시 삽십 분

그들은 어떤 실험실 안에 이르렀다. 실험에 쓰는 여러 모양의 질그릇들이 돌상 우에 벌려져 놓여 있고 바로 저편 장 속에는 여러 가지 약품들이 크고 적은 질그릇에 담겨 있다.

그렇다 이것은 바로 승직이 자신의 화학 실험실이다.

승직이는 반가운 소리를 부르짖으면서 자기가 늘 앉아 실험하던 그 돌걸상 우에 가서 앉았다. 불을 피우는 부싯돌과 나무가지와 숫돌이 모두 제자리에 고대로 놓여 있다. 승직이는 얼른 불을 일쿠어가지고 그 우에 질그릇을 올려놓아 물을 끄리었다. 아, 참으로 얼마 만에 승직이는 이 실험실에 다시 차자왔는고! 또 얼마나 승직이를 행복스럽게 해주던 이 실험실인고?

오전 세 시

승직이가 한참 연구에 열중하고 있는데 언듯 보드러운 손이 뒤에서 승직이 눈을 가리웠다. 승직이는 빙그레 웃으면서 그 손을 두 손으로 꼭 붙잡았다.

대그르르 웃는 여자의 웃음소리

"무얼 그리 열심이셔요? 오늘은 그만하구 관둬요 네!"

행복!

승직이는 도라앉는다. 아리따운 애인, 몇 일만 더 있으면 혼인을 해서 안해가 될 이 여자. 이 아리따운 처녀가 차를 만들어가지고 실험실로 차자온 것이다.

승직이는 애인과 마조 앉아서 차를 마신다. 아―어쩌면 이렇게도 향기로운 차일까!

애인은 두 손으로 차잔을 바뜨러 든 채로 앉아서 방그레 웃으면서 승직이를 건너다본다.

행복!

"그런데에. 져―거시키이. 그 먹으문 죽는 약 말야. 그 왜 불로수(不老水) 해독제 말야, 그걸 었다 감추어두섯셔요?"

애인이 이렇게 묻는다.

"그건 비밀이야."

하고 승직이는 뽐내면서 대답한다.

"아르켜줘요 글쎄. 무어 나한테두 비밀이 있써요? 안 아르켜주문 난 래일부텀 차 아니해줄 터이야 호호."

아, 행복!

승직이는 기지개를 켜고 이러나서 승직이 혼자만이 아는 비밀 벽장 문을 열었다. 조고마한 질항아리 하나,

"이 속에 하나 가뜩이지 ― 인제 속 씨언해?"

"호호호호"

웬일인지 여자의 그 웃음소리가 차차 희미해진다. 승직이는 돌걸상으로 도루가 앉아서 돌상 우에 이마를 얹고 엎드리었다. 갑작이 몸이 몹시도 노군해졌든 것이다.

오전 세 시 반

승직이는 잠에서 깨었다.

이상스런 질그릇들이 여러 개 놓여 있는 돌상에 엎드려서 승직이는 잠이

들었던 것이다. 바로 옆에서는 화로 우에서 물이 쌀쌀 끓코 있다. 방금 꿈꾸고 난 그 꿈이 아득하게 기억에 남아 있을 따름이다. 꿈에 승직이는 거기서 무슨 실험을 했고 또 애인과 차를 마시고 무슨 그런 꿈을 꾼 듯싶다.

승직이는 휘휘 둘러보았다.

아차, 그 소복의 여인이 져쪽에 서 있다. 대리석같이 히고 어름같이 찬 얼굴이다. 아까 모양으로 햇불을 처들고 섯는 그 얼굴 두 눈에서는 광채가 나는 듯하다. 그런데 그의 왼손에는 이상스럽게 생긴 질항아리를 들고 섯다. 그 조그마한 질항아리가 어데서 한 번 본 듯싶게 승직이에게 생각되었다. 혹시 방금 꾼 그 꿈속에서 본 것이었는지.

"나가십시다."

하고 소복의 여자는 냉냉한 목소리로 명령하였다. 승직이는 부지중 일어섰다. 그러나 그 순간 일종의 분노가 치밀었다. 자기는 어찌하여 이 이상스런 여자의 명령을 복종만 하고 있는고? 이 여자가 과연 그 사둔집 몇 대조 할아버지가 보았다고 기록하였던 그 선녀이든가? 만일 그렇다면 내 아우 승일이도 여기를 끌려 들어왔었을 것이 아닌가? 그렇다면 승일이는 어찌 되었는가?

"어서 가십시다."

하고 소복의 여인은 서리같이 찬 목소리로 독촉하였다.

승직이는 주먹을 쥐고 이를 악물고 그 명령을 거역할 용기를 북도왔다. 순간 용기가 소사올랐다.

'당신은 대관절 누구요? 사람이냐 귀신이냐?'

이렇게 말을 꺼냈으나 그의 목소리가 스서로 떨리는데 슬그먼히 골이 났으나 어쩔 수 없는 일이었다.

"어서 나갑시다."

하고 그 여자는 한 번 더 재촉하였다. 승직이는 부지중 한거름 나섰다. 그러나 그 다음 순간 이를 악물고 멈춧 섰다.

"나는 내 아우를 차즈려 왔소. 내 아우가 어찌 되었는지 그걸 알기 전엔 여기서 나갈 수 없소."

하고 이빨이 덜덜 떨리는 것을 억지로 참으면서 말하였다.

"여기서는 아모 말도 할 수 없읍니다. 져리로 나가서는 무슨 얘기든지 묻는 대루 다 대답하리다. 여기서는…… 안 됩니다. 당신을 위해서 하는 말입니다. 당신은 아직 죽기는 싫겠지오?"

"내 아우의 소재를 알기 전에는 못 나가……"

"당신은 이 속에 가치여서 굶어 죽기를 원합니까? 여기서 밖으로 나가는 길을 인도할 사람은 나 하나밖에 없소. 그런데 내 목숨은 인제 얼마 못 남었소. 만일 지금 곧 내 말을 안 들으면 당신은 이 속에 가치어서 썩고 말 터이니."

하더니 여자는 홱 도라서서 거러 나아갔다. 승직이는 사지를 떨면서 그 뒤를 딸았다.

몇 거름 가서 갑작이 뒤에서 요란한 소리가 들려왔다. 도라다보니 지금 바로 그들이 지나온 길에 어데로선지 커-단 바위가 굴러와서 길을 막어놓았다. 아모리 아모리 보아야 그쪽 어데로 통노가 있었으리라구는 상상도 되지 않었다. 승직이 자신이 방금 그 바위 속에서 튀어나왔다고 하는 것이 도로혀 가능한 것 같지 그 속으로 통노가 있으리라고는 믿을 수 없는 일이었다.

횃불을 든 여자는 앞만 보고 거러 나간다. 그런데 승직이에게 이 속은 낯이 익었다. 자세 둘러보니 별 곳이 아니라 삼 년 전에 한번 와서 구경을 해본 일이 있는 그 낙낭고분 무덤 속이었다.

밖으로 통하는 문이 있는 반대쪽으로 그 여자는 걸었다. 승직이는 묵묵히 뒤를 딸았다. 하도 이상스런 경험에 그는 아모것도 생각할 능력을 잃고 그져 기계처럼 행동할 따름이었다.

그들이 고분 한끝 절벽에 다다랐을 적에 갑작이 앞 절벽이 스르르 밀려 열리고 조고마한 통노가 나섰다. 승직이는 여인의 뒤를 따라 그 속으로 들어섰다. 들어서자 뒤는 도로 스르르 막혀 절벽이 되어버렸다. 그러면 발굴된 고분을 중심으로 하고 비밀통노가 얼기설기 있는 것이었든가?

오전 네 시

묵묵히 횃불을 든 여자의 뒤를 따른 승직이는 마침내 그 무섭게 조각된 불상 입 밖을 도로 나서서 얼마쯤 와가지고는 그 여인이 명하는 대로 한편 구석 돌 우에 주저앉았다. 여자도 횃불을 한편에 뉘어놓고 승직이와 마조 앉았다.

"선생께서는 오늘 제에게 대해서 둘도 없는 적선을 하셨습니다. 그 은혜는 무엇으로 갚을지 알 수 없습니다."

이렇게 그 여자는 입을 열었다.

"아까 선생의 게씨[19] 되시는 분 이야기를 했지만 속임 없이 말합니다만 그이는 영원의 잠을 드셨을 것입니다."

승직이는 "응" 하고 신음 하는 소리를 냈으나 맺이 탁 풀린 채 그냥 앉아 있었다.

"아까 선생께서도 그 불상 앞에까지 가서서 조끔하드면 이 세상과는 하직하실 번하셨지오. 선생님이 심장이 강하신 건 선생께도 다행이였고 내게는 무어라 말할 수 없는 다행한 일이었읍니다. 세상에서 들은 무슨 살인마나 생긴 것처럼들 떠들고들 있읍데다만은 결코 내가 죽인 것은 아닙니다. 한

---

19 게씨 : 계씨. 남의 남동생을 높여 부르는 말.

사람도 내 손으로 죽인 일은 없습니다. 아니요, 죽으면 나두 낙망입니다. 그러나 모두들 심장이 약해서 그 불상 앞에까지 가서는 기절해 죽고 마는 것을 어떻게 합니까? 참 나두 속이 상했써요. 천 년을 두고, 그랬습니다. 천 년을 두고 나는 선생님 같으신 분을 맞나려고 얼마나 애를 썼는지오?"

"천 년이라니?"

부지중 승직이는 중얼거리었다. 모두가 무슨 소린지 이해할 수 없었던 것이다. 미치지나 않았나 싶어 스스로 염려되는 것이었다.

"호호, 순서적으루 말슴들이지오. 나는 현대 사람이 아닙니다. 선생께서는 조선 역사를 공부하셨겠지오. 옛날도 옛날 아주 옛날에 이 근처 일대는 낙낭으로 알려저 잇었읍니다. 그때 문화는 지금 이상으로 발달되어 있었지오. 나는 그때, 그 낙낭 시대에 이 세상에 태어난 한 여자입니다. 지금 내 나이 몇 살쯤으로 보입니까? 수물? 그쯤 보이겠지오. 사실 나는 수무 살 낫읍니다. 수무 살 나든 해에 나는 불로수를 마시고 그때부터 지금까지 더 늙지도 않고 또 죽지도 못하고 여태껏 살아왔읍니다. 그때 나와 약혼했던 사랑하는 한 남자, 그이는 화학 연구가였읍니다. 방금 선생께서 단녀 나오신 그 지하 실험실이 그이의 비밀 실험실이었읍니다. 그이는 한 번 마시면 늙지도 않고 죽지도 않는 약을 별명하였읍니다. 그래서 그 약은 그이와 나와 둘이서 먹고서 장생불로 언제까지나 언제까지나 행복스럽게 살려고 했습니다. 그런데 그때 나를 사모하는 다른 한 남자가 또 있었읍니다. 그 남자는 나를 빼아사 자기 안해를 삼으려고 왼갓 수단을 다 부렸읍니다. 그런데 바로 내 약혼자와 내가 불로수를 마시려는 그 순간에 그 미운 사내가 우리 비밀을 발견하고 쫓아 들어왔읍니다. 나는 금방 약을 마셨고 그 약을 내 남편 될 이에게 건네려고 하는 순간에 고만 내 애인은 그놈의 손에 죽고 말았읍니다. 나는 겁결에 그 약이 든 그릇을 땅어 떠러치어서 그 약은 흙 속에 자자버리고 말았읍니다. 그래서 그때부터 지금까지 나는 결코 죽지 못하고 살아왔읍니다. 애인을 잃어버린 사람이 결코 행복스러운 것이 아니였으나 그러나 처음 수삼백 년 동안은 그래도 재미가 있읍데다. 세상천아 안 돌아다닌 데 없이 다 돌아다녔지오. 그러나 오백 년, 칠백 년, 천 년을 가도록 죽지 못하는 이 생명은 져주받은 생명입니다. 나는 얼마나 죽기를 바랐는지오. 천 년을 살고도 죽지 않은 목숨, 또 앞으로 몇천 년을, 몇만 년을 살아야 할지 끝이 없는 이 목숨은 참으로 진져리나는 일이였읍니다. 죽지 못하는 운명! 그것처럼 악착한 것은 없읍니다. 그러나 한번 불로수를 먹은 이상 죽는 방법은 오직 한 가지밖에 없읍니다. 그것은 불로수의 효험을 없앨 수 있는 이 해독제입니다."

하면서 그 여자는 무릎에 놓인 질항아리를 가르치었다.

"이 해독제도 물론 내 애인이 발명해서 감추어두었던 것입니다. 이 세상에서 나를 죽일 수 있는 한 가지 약은 이것밖에 없읍니다. 내가 이 약의 소재를 알아보려고 참으로 얼마나 고심을 했는지오? 지나간 천 년 동안에 나는 몇 번이나 그 비밀 실험실에를 다시 찾어와서 이 약 둔 곳을 차자 헤맸는지 모릅니다. 그러나 번번히 실패, 참으로 얼마나 기가 막혔는지오. 몇백 년을 그렇게 지난 후에 나는 문득 불교의 윤환설[20]을 들었읍니다. 그 설을 들을 때에 문득 생각난 것이 혹시나 이 약을 발명한 내 옛날 애인이 여러 형제를 거치다가 다시 조선 사람으로 태난는 때가 있지 않을까, 이러한 생각이였읍니다. 만일 그럴 수만 있다면 그 다시 태난 사람을 더리고 실험실로 들어가서 암시 작용, 최면술이라고 현대인은 말들 하나 봅데다만, 그 암시 작용에 의해서 이 약을 두어둔 비밀 장소를 발견할 수가 있지 않을까 하는 그런 히망을 품었읍니다. 그래서 여러 번 시험해보았읍니다만은 딱한 일로 사람들은 모두 그 불상 앞까지 가서는 그만 그 안을 못 들어서고 기절을 하고 마는

---

20 윤환설 : 윤회설(輪廻說). 인간이 죽으면 그 업(業)에 따라 생사를 거듭한다는 불교 교리.

걸요. 현대인의 눈에는 그 불상이 그렇게두 무섭게 보이는지오? 네. 과거에도 몇백 년 만에 한 사람 그 불상 앞을 통과하는 강한 사람을 맞나지 못한 것은 아닙니다. 그러나 그 다음 난관은 암시 작용입니다. 혹은 내 암시 작용의 방법이 졸렬하였는지, 또 혹은 반듯이 옛날 그 사람의 혼이 다기 윤환된 그 사람이 아니면 안 되는 것이었는지, 하여튼 번번히 실패뿐이었읍니다. 그러나 나는 이번에는 세상 아모러한 일이 있더라도 이 비밀을 발견하고야 말 결심이었읍니다. 몇 사람의 목숨이 희생되더라도 나 자신이 이 지긋지긋한 세상을 버리고 영원의 안식으로 가기 위하여는 최후 발악을 할 결심이었읍니다. 그러다가 만일 이번에도 또 실패하고 말게 되면 아조 단념하고서 무슨 짓으로든지 이 세상을 망쳐놓고 말 심산이었읍니다. 벌써 동이 트는군요. 더 길게 이야기 않겠읍니다. 이만하면 선생께서 지난 밤 사건의 뜻을 잘 깨다르셨을 줄로 믿습니다. 다행이, 참으로 다행이 오늘 선생을 맞나서 내 소원을 일우웠읍니다. 여기 이 약만 가졌으면 지금 곧 죽을 수가 있읍니다. 오늘 내 암시 작용이 성공을 했는지 또 혹은 선생의 몸에 바로 옛날 내 애인의 혼이 긋드리고 있는 것인지⋯⋯."

승직이는 무어라고 말을 하고 싶었다. 그렇다. 승직이 자신이 곧 옛날 이 여자의 애인이 되였섰을 수 없다는 증거가 있나? 그렇다. 이 여자는 그의 애인이었다. 그렇지 않고야 어찌 오직 최면술의 힘만으로 승직이가 그 비밀 장소를 발견할 수 있었으리오!

이렇게 생각하니 그 여자의 얼굴은 아까 실험실 속에서 보든 때 모양으로 낯익고 사랑스럽고 다정하여 보였다.

"내가, 그렇소. 내가 바로 당신의 애인이요. 죽지 말고 삽시다. 행복스럽게 삽시다."

하고 승직이는 부지중 웨쳤다. 사실 여기 이 여자와 서로 사랑하는 사이가 되어 산다면 천 년 아니라 만 년이라도 실증이 안 날 듯싶게 생각되었다.

그러나 여자는 차디찬 태도로 고개를 흔들었다.

"아니요. 그이의 혼이 선생의 몸을 잠시 의지했는지는 몰라도 선생이 그이는 아닙니다. 더구나 삶이 그 얼마나 고통이라는 것을 아직 못 깨다르신 모양입니다. 만은 내가 천여 년 애쓴 결과 겨오 삶에서의 해방을 발견한 오늘 나는 오직 즐거운 마음으로 육체를 버리고 떠나갈 것입니다. 참으로 고맙습니다. 그런데 이번 저로 인하여 게씨께서 작고하셨다니 미안스럽습니다. 만은 사실인즉 죽엄은 삶보다 행복한 것입니다. 게씨의 시체는 아마도 대동강 우를 떠내려가고 있을 겁니다. 자 그럼 짧은 세상에 행복되시기 빕니다."

기인 이야기를 끝내고 그 여인은 즉시 질항아리를 기우려 그 안에 들어 있는 액체를 죽 들이키었다.

승직이는 아직도 자기 자신의 귀와 눈을 의심하면서 멍하니 앉어서 그 일동일정을 바라다볼 뿐이었다.

옆에 누인 횃불은 다 타고 꺼지려 한다. 이 횃불 빛에 정면으로 반사되는 여자의 얼굴을 물끄럼히 바라다보고 있던 승직이는 부지중

"악"

하고 외마대 소리를 질렀다.

금시에 그렇게도 팽팽하고 매끈하던 얼굴이 쪼글쪼글 보기 싫게도 늙어버린 것을 그는 보았던 것이다.

그러나 그 다음 순간 승직이는 더한층 놀랐다. 어느덧 쪼글쪼글했으나마 뼈를 씨웠던 피부가 없어지고 앙상한 해골만이 보이더니 털썩 땅 우에 엎으러졌다.

승직이는 또다시

"악"

소리를 치며 두 손으로 얼굴을 가리웠다.

잠시 후에 승직이가 다시 눈을 뜬 때 그의 눈앞에는 아모것도 없었다.

승직이는 악몽에서 깨어나는 사람처럼 몸을 떨며 휘휘 둘러보았다. 어느덧 날이 새고 새벽 환한 광선이 사방을 빛외였다. 승직이가 앉았는 곳은 깊은 굴속이 아니라 커—단 바위 밑에 움푹히 패운 우렁텅이 안이였다. 두어 시간 전에 승직이가 소복한 여자를 따라서 들어가던 그 통노가 어데쯤 뚫렸섰는지 싹도 없다.

결국 승직이는 거기 앉아서 여태 꿈을 꾸었던 것일가?

그러나 바로 그의 옆에는 아직 불똥이 반짝거리는 자그마한 재덤이가 있다. 햇불이 다 타고 난 재덤이이다. 또 원시시대의 것인 듯한 질항아리가 놓여 있다.

더구나 그의 앞에는 새벽 첫 햇발을 반사하여 눈이 부시도록 반짝거리는 이상스런 돌이 있다. 승직이는 부지중 손을 내밀어 그 반짝거리는 돌을 집었다. 그 돌과 함께 가벼운 재가 한 웅큼 손에 묻어 올라왔다.

손고락 끝에 보드럽게 감촉되는 가벼운 재! 조금 전까지 대리석같이 히고 매끄러운 얼굴을 가졌던 절세의 미인, 그가 남긴 것이 오직 이뿐이였다.

그 여자는 삶을 고통이라 하여 달게 죽엄을 구하였다. 그러나 한줌 흙! 죽엄은 또 무엇이던가? 집은 한번 불이 붓고는 재가 되어 땅에 군다. 불붓는 집오래기처럼 잠시 삶을 맛보고는 영원의 침묵, 아니 한줌 흙으로 되어 땅에 구는 이 인생이란 또한 무엇이든가!

손에 들린 수정알에는 아직도 그 여자의 따스한 체온이 남어 있는 듯하였다.

附記(부기)

이 이야기는 원래 長篇(장편)으로 構想中(구상중)이든 것을 『朝光(조광)』의 부탁을 받고 급작스리 短篇化(단편화)하기 때문에 그냥 長篇의 梗概(경개)[21]가 되고 말았다. 다음 기회를 기다린다. (1939)

---

21 경개(梗槪) : 전체 내용을 간단하게 요약한 줄거리.

입을 열어 말하라

입을 열어 말하라

1

"이 놈의 기차가 굼벵이 한가지다."

기차가 굼벵이처럼 느리다고 생각됨도 무리가 아니다. 마음이 조급한 탓도 잇겟지만도 사실 해방 직후 한동안 기차는 몹시 늘이고 불규측하였다. 지루하게도 머물러 잇든 한 정거장을 겨오 떠나면 덜커덩 덜커덩 좀 가다가는 산중에다 떡 세워놓고는 깟닥하면 거기서 밤을 새우ー기가 일수였다 기차가 하도 오래 서 잇스므로 조사해보앗더니 기관수가 잔채집에 가서 술이 취하여 코를 드렁드렁 골고 잇더라는 이야기도 잇고 기차를 중노¹에 세워놓고 승객으로부터 약간씩의 팁을 강요하여 돈을 받고야 다시 움즈긴 일도 잇섯다.

오래간만에 그리운 고향으로 돌아들 가는 젊은이들의 마음은 그렇지 않어도 한없이 조급한데 기차 속도는 한없이 한가하니 그야말로 억지로라도 마음을 누추 먹는 밖에 도리가 없섯다.

---

1   중노 : 중간에.

"야, 이 다리만 건느면 이젠 다 왔다. 그래두 결국 다 올 때두 잇긴 잇다" 하고 기뻐하는 젊은이도 잇다. 다른 젊은이들은 이 사람이 부러워서 모두 눈우슴을 우스며 치어다본다. 본래 넷이 앉는 자리에 여섯이 앉고 그 가운데 짐을 놓고 그 우에 또 하나나 둘이 앉고 복도에 짐을 놓고 앉기도 하고 서기도 하고 차에서 밤을 꼼박 새워서 왔다. 모두가 이십 안팍잇 구리빛 얼골을 가진 젊은이들이다.

기차가 시골 조고마한 정거장에라도 다을 때마다 그래도 한두 사람의 청년 매사람 앞에 한 개식 달리는 륙싹²이 한두 개식 창문으로 기여 나아갔으나 그러나 자리는 조곰도 넓어지는 것 같지 않다. 어느 정거장에나 개찰구 밖에는 피곤하고 굶주린 여인네가 사람 성을 쌓고 잇섯다. 아들을 기다리는 어머니들, 남편을 기다리는 안해들, 그리고 드문드문 영감들도 담뱃대를 들고 석기어서 잇섯다. 모두가 눈으로 변한 것 같다. 눈의 성곽이다. 백이면 백 천이면 천의 가슴이 모다 뛴다. 떨린다. 기대 절망 피곤 아니 져 애가? 아니로군! 흡사히 비슷도 하다. 또 요다음 차. 요다음 차에야 설마!

"어데서덜 오우? 응 어데서?" 노파는 울 듯싶은 얼골로 대들어서 묻는다.

"일본서 옵니다"

"일본 어데?"

"구주³요"

"구주선 다 같이 떠났소?"

"아니요 아직 많이 떨어저잇서요 우린 제일 먼저 떠났지요"

"응 안심이다. 그래도 기다누라면 오겟지."

"아이구 너로구나 죽지 않구 왔구나. 왔구나. 네가 살아서 왔구나."

엿새째 매일 이십 리 길을 옥수수를 삶어가지고 나와서 먹으면서 기다리

---

2   륙싹 : 륙색. 배낭.
3   구주 : 규슈. 일본 열도를 이루는 네 개의 큰 섬 중 가장 남쪽에 있는 섬.

든 노파가 아들을 부뜰고 서서 운다. 젊은 여자는 뒤에 도라서서 치마끈을 씹고 잇다. 국방모를 버서 들고 장승같이 서 잇는 키 큰 청년은 고개를 돌려 안해의 얼골을 바로 바라다보고 싶으나 얼벌하고[4] 서 잇다.

기차는 뛰 – 하고 떠난다.

"어 – 잘들 가게."

젊은이들은 정거장 밖에서나 기차 안에서나 손을 흔들어 작별한다.

"잘들 가게. 인제 힘껏 일하세."

산기슭 조고마한 초가 막사리에 태극기가 나부낀다. 부산서부터 오면서 여러 번 경험한 바이지만 그래도 매번 볼 때마다 눈물이 핑 돌고 잔등이 으쌕 흥분된다. 지난번 이 길로 이 기차를 타고 끌리여 갈 때에는 그 집에 일본기가 띠워 잇섯섯다. 이제 그가 도라오는 날 태극기가 그를 마지하여주는구나!

"야 야, 보아라. 태극기!" 자연 소리지르게 된다.

요다음이 우리 집이다. 다 왔다. 우리 어머니도 정거장에 나왓슬가?

어머니가 정거장에 나왓기를 기대하는 그 젊은이의 마음은 행복으로 찾다.

윤선이는 눈을 감는다. 정거장에 기차가 다을 때 그 개찰구 밖에 성을 싸흔 얼골 중에서 자기만은 반가히 마자줄 얼골이 없다. 다들 제 고향을 차자가는데 자기만은 친고[5]의 고향을 차자가는 것이다. 영원히 잃어버린 고향! 아니 내여버린 고향이다. 고향에는 어머니가 안 게시다. 시집을 갓다고. 윤선이가 이렇게 도라올 것을 기다리지 않고 시집을 가버렷다구. 어머니가 없어진 고향이 윤선이에게 반가울 것이 조곰도 없다. 사둔에 팔춘도 잇고 뒷집 복신이도 잇슬 것이고 하겟지만 보고 싶은 사람들보다도 보기 싫은 사람들이 더 많을 것이 빠안하다.

부산서부터 오면서 소식을 뜨름뜨름 들으니까 왜놈은 때려 쥑엇다는 동

---

4   얼벌하고 : 어리벙벙하고.
5   친고(親故) : 가깝게 오래 사귄 사람. 친구(親舊).

리도 잇고 주재소 면사무소 등을 부시고 구장 면장이 장재기 매를 맛고 누어 잇는 데도 잇다고 하고 면서기 노무제 놈들이 부지거처로 도망을 갓다는 데도 잇엇다.

'우리 동내에서야 웬걸 그런 일을 할 만한 청년이 잇섯슬라고' 하고 윤선이는 생각해본다. 윤선이도 고향엘 도라간다면야 고 여호 같은 면서기 놈을 다리를 꺽거주고 싶은 생각도 잇다. 맛날 『황국신문』을 소경 팔안경 외이듯[6]하고 남의 부엌에 들어와서 놋수까락 두어 개까지 공출이라고 빼아서 가든 고 쥐새끼 같은 구장 영감의 고 늘 신주 모시듯 모시는 노랑 수염을 잡아 떼주어도 속이 씨언하리라. 떠나든 날 면사무소에 모라놓고 왜놈 기에 절을 하고

"천황폐하를 위하야 멸사봉공[7]하라" 훈시하든 그 면장 양반 그것들이 그래 지금쯤 무슨 낯짝들을 하고 단닐가?

그러나 차라리 모다 안 보니만 못하리라. 해방이다. 자유다. 그까짓 아모런 미련도 남지 않은 옛 모습을 다시 차즐 필요가 무엇 잇나? 땅 밑으로 백자 무덤 속 같은 데서 사생을 가치한 친구를 딸아 새 세계로 가는 것이 도로혀 유쾌히 생각되엇다.

2

기차는 종점인 정거장에 와 다엇다. 시골 도시이지만은 그래도 기차 시발 종점역인지라 꽤 분주하였다. 개찰구 밖에 싸힌 사람들도 이때까지 본 중 가장 두텁고 긴 것이었다. 이때까지 보름 동안을 서로 가치 온 친구들이요

---

6 소경 팔양경 외이듯 하고 : 소경 팔양경 외이듯하다. 무슨 뜻인지도 모르고 혼자서 흥얼흥얼 외우는 모양을 이르는 속담.
7 멸사봉공(滅私奉公) : 개인 욕심을 버리고 공익을 위함.

마지막 한 시각이 그렇게도 초조한지 서로 떼밀고 소리 지르고 몬저 내리려고 야단이 났다. 잘 가란 이별 인사들까지 이저먹고 그져 서겁지겁하니까 더욱 복잡만 해지고 말었다.

윤선이와 그의 친구 학수는 비비대는 친구들에게 몸을 비켜주면서 천천히 내렷다. 학수와 윤선이는 한 탄광에서 일 년이나 함께 일하든 친구로 윤선이와 통사정하는 사이인지라 윤선이를 이끌고 자기 고향으로 함께 가는 길이였는데 학수의 집은 이 도시에서도 다시 백 리 길을 걸어가지 않으면 안 되는 고로 학수의 집에서 누가 여기 정거장까지 마중 나오리라고는 상상되지 아니하엿다. 아모래도 여관에서 저녁에 묵고 이튼날 새벽에 떠나 잘 걸어야 당일로 집에까지 도착할 예정이엇다.

윤선이와 학수는 맨 뒤로 딸아 나왓다. 그러나 개찰구까지 와보니 승객은 다 나갓건만 아직도 사람 줄은 문어지지 않고 그대로 잇다.

"인젠 다 내렷소?"

"인젠 차간에 아무도 없소?"

자기 눈을 신용할 수 없는 사람들인지 자꾸 이렇게 뭇는다.

"어데서들 왓소?"

"오늘 들어오는 차가 또 잇소?" 정거정 역부에게나 물어볼 말을 차에서 내린 승객에게 물어보니 무어라고 대답할 수가 없다.

그래도 학수는 내심으로 행여나 하는 생각이 잇섯든지 두리번두리번 본다. 윤선이는 사람들이 무엇이고 한마대식이라도 소식을 들어보라고 뼹 둘러서는 틈을 빠저서 한쪽으로 비껴 나와 담배를 한 개 피여 물엇다.

황혼이 깃드린다. 멀리 시가지가 보이는데 무슨 집인지 높은 벽돌집에 태극기가 펄펄 날린다. 부지중 윤선이는 모자를 벗고 고개를 숙이엇다.

"우리나라 만세" 하고 그는 속으로 생각하였다 만세 만세 만만세 독립국 인민이 되엇다.

누가 어깨를 꽉 눌른다.

"윤선이, 이게 꿈인가?" 학수다.

"음, 왜놈의 세껀 하나도 없네그려."

"저쪽에 저 많은 집을 인제는 조선 사람이 모두 차지햇겟지?"

"참으로 세상일이란."

"윤선이 저것 좀 보게 저기" 학수가 손으로 가르치는 곳을 보니 아직도 참아 정거장을 떠나지 못하고 서성거리는 군중들 틈에 어떠한 노파 하나이 사진 한 개를 가슴에 안고 서서 둘러선 사람들에게 무엇이라고 이야기하고 잇는 것이 보이엇다. 그들은 그곳을 향하야 발을 옮기엇다. 눈이 먼 노파 하나이 젊은 청년의 사진을 가슴에 않고 서서

"여보소 여러분들. 이 사진처럼 생긴 아이를 본 일이 없소?" 하고 뭇는다. 나이 이십이 넘엇슬 사람의 사진을 들고 "이 아이"라고 그는 말하는 것이엇다.

윤선이는 가슴속에 그 무엇이 선듯하는 찌르르한 감정을 감각하엿다. 눈은 감엇스나 그 아래로 넓족한 면상에 좀 소슨 콧마루와 깊게 찌여진 입이 언듯 보아 낯익은 얼골이엇다. 어데서 본 사람일까? 그것은! 윤선이는 새로운 흥미를 가지고 이 노파의 얼골을 자세히 보앗다. 이상도 하지. 재작년에 이별한 후 다시 맞난 일이 없는 자기 자신의 어머니의 얼골에다가 십 년 세월만 가해노흐면 자기 어머니 얼골이 꼭 이 노파의 얼골과 흡사해질 것같이 생각이 되엇다.

"윤선아 남은 다 오는데 너만 어쩨 아니 오니?" 하고 노파는 어누다리 곡조로 말을 햇다. 윤선이는 자기도 모르는 새

"예?" 하고 소리를 질럿다.

"예! 거 누구요? 우리 윤선이를 어데서 보앗소?" 하고 노파가 좀 기대를 가진 표정으로 열심으로 대답을 기다리고 잇다.

윤선이 눈과 학수 눈이 마조치었다. 곁에 섯든 한 여자가

"이 노친네 미친 노친네야요. 벌서 한 달채나 이렇게 매일 정거장에 나온담니다."

학수가 노파 앞으로 닥아섯다.

"이 사진이 누구 사진이요?"

"이것이 우리 윤선이 사진이지요. 우리 윤선이가 일본으로 끌려간 지 벌서 일 년두 더 됐소."

학수의 눈은 다시 한번 윤선이 눈과 마조치었다.

"이 사진이 할머니 아들 사진이오?"

"예. 이 사진이 우리 아들 사진입니다. 어대서 본 일이 잇소? 언제나 우리 윤선이는 이 어미한테로 돌아올까요?"

"당신 아들 이름이 분명 윤선이요?"

"아, 그럼으니요! 우리 윤선이 누구던지 어데서 우리 윤선이를 맞낫댔소?"

"아니요. 뭐 그런 것이 아니라 —"

"당신은 누구요? 왜 우리 윤선이 이얘기를 뭇기만 하오?"

학수는 멍하니 서 잇는 윤선의 팔을 이끌고 정거장 큰길 앞으로 나아갓다.

"윤선아 윤선아!" 하고 계속하여 부르는 노파의 부르지즘이 저녁 하늘을 가득 채우는가 싶엇다.

둘이서는 묵묵이 한참을 걸어갓다.

"동성동명[8]이다. 하 그런 일도 없으란 법은 없지마는!" 하고 학수가 먼저 입을 열엇다. 윤선이는 아모런 대답도 아니햇다.

---

8 동성동명(同姓同名) : 성과 이름이 같음.

3

여관은 대만원이여서 한 방에 열아문식 들들 밀리엿다. 모다가 내일 아츰 새벽이면 혹은 자동차로 혹은 걸어서 동서남북으로 헤어져서 각기 집을 향하야 갈 청년들이고 백여 리 밖에서 아들을 마중하려고 와서 벌서 열흘채 오지 않는 아들을 기다린다는 양복쟁이 신사풍의 사내도 하나 석기여 잇섯는데 과자를 사다가 한턱을 내고는 어떻게도 잔소리가 많은지 그만 모두들 땀을 흘렷다. 방이 좁은 데다가 무덥고 이 신사의 꼬치꼬치 캐뭇는 것도 귀치 않고 하여 하나식 둘식 슬그면히 밖으로 나갓다. 윤선이와 학수도 밖으로 나와서 그 어깨를 내려쪼개는 듯한 륙싹 멜빵에서 해방된 어깨를 씨언씨언히 흔들거리면서 걸엇다. 태극기를 밤낮 띠워둔 집도 잇고 네거리에는 연합국군인 입성을 환영하는 솔문⁹들이 서 잇는데 넘어 오래되어서 솔문이 누렇게 되어 잇고 환영 문구를 쓴 현판엣 잉크가 빗물에 번치어서 꼴이 좀 숭하엿다.

둘이서는 한참이나 묵묵히 걸엇다. '유까다'¹⁰ 꼴이 보이지 않는 것도 유쾌하고 어데 가나 조선말이 들려오는 것도 가슴이 유난히 벅찻다. 어두운 밤이엿스나 거리에 일류미네슌¹¹이 휘황한 것을 보는 것도 방공 연습에 지지버릿든 시각을 한결 더 자극시켜주엇다.

학수는 이따금 윤선이의 얼골을 치어다보앗다. 고생과 빛에 꺼칠어진 얼골, 콧마루가 좀 꺽거진 듯하고 넙적한 얼골에 아랫입술이 웃입술보다 앞으로 나왓다. 개의 엄지 발꼬락가치 눈썹이 식컴어케 숫이 많고 밖갓 끝이 발닥 일어서서 일종 남을 위압하는 듯한 인상을 주는 얼골이엿다. 학수 혼자

---

9   솔문 : 경축이나 환영의 뜻으로 나무나 대로 기둥을 세우고 솔잎으로 싸서 만든 문.
10   유까다 : 유카타(浴衣). 집 안에서 또는 여름철 산책할 때에 주로 입는 일본 전통 의상.
11   일류미네슌(illuminaion) : 불빛, 조명.

생각에는 자기 마음속에 이처럼 뒤숭숭하니 윤선이 마음속은 지금 무엇이
굉장히 움즈기고 잇스려니 하고 예기하엿다. 윤선이 마음을 떠보고 싶은 생
각이 굴독 같은 것을 그래도 어지간히 참고 잇다가 마츰내는 더 못 참고 입
을 열엇다.

"한 인연이라고 할 수가 잇슬가?" 하고 학수는 자기 마음속에 생기여진
하나의 결론을 불숙 공개하엿다. 두 사람의 시선이 부닥치엇다. 시선을 피
하려 하지 않고 윤선이는

"인연?" 하고 긍정인지 부인인지 의미를 포착할 수 없는 한마디를 던젓다.

"역시 마음에 좀 키이나[12]?" 하고 학수가 물으니

"키이는 것이 아니라 막 폭풍이 일어낫네."

"무슨 구체적 조흔 안이 없겟나?"

"글세 어떻게 무슨 별다른 도리야 없겟지."

"나는 혼자서 이렇게 생각해보앗네. 성은 모르겟지만 이름은 같은 이름이
분명하고 그러고 그 사진의 얼골이 군의 얼골과 비슷하데 웃지 말게. 사실
이야, 할머니는 눈이 멀엇스니까 윤선이 실물을 못 볼 것이고 그런데 꼭 한
가지 난처한 일이 잇네. 그 문제만 해결되면 만사는 형통일세. 그 노파의 참
말 아들 윤선이가 일후에라도 나타나면 우리 입장이 좀. 그야 우리가 그 노
파가 무슨 큰 부자가 되어서 돈을 탐하여 음모를 꾸몃다든가 무어 그러한
비난이야 잇슬 수 없는 일이지만 아마도 그 집 윤선이란 사람은 북해도[13] 어
데서 한줌 흙이 되어 잇스리라는 것은 단정하여도 좋고 군에게는 큰 짐이
되겟네. 아마도 일가친척간 아모도 함께 올 사람이 없길래 소경 늙은이가
혼자 나오겟지."

"내가 지금 세상 천지에 몸 둘 곳이 없는 몸이 그 어머니를 모실 수만 잇

---

12 키이나 : 내키나. 하고 싶은 마음이 생기나.
13 북해도 : 홋카이도. 일본 열도를 이루는 네 개의 큰 섬 중 가장 북쪽에 있는 섬.

다면야 다시 더 의의가 없겟는데 그야 그 집 윤선이가 도라오면 이 가짜 윤선이는 물러낫스면 그만 아니겟나. 그러나 문제는 내 이름이 우연히 윤선이라는 그 사람과 꼭 가텃다는 우연이 부합된 것뿐이지 가령 보지는 못하지만 내 말소리만 들으면 벌서 저쪽에서는 알고 말 것 아닌가?"

"결국 내가 생각하는 거도 그 점인데 말야. 그 점에 대해서는 나에게 걸작이 하나 고안되여 잇기는 하네 마는 군에게 좀 과중한 짐이 될런지도 모르고 원."

"걸작이?"

"벙어리 행세! 당분간만."

이 생각은 그실 윤선이 자신도 마음속에 되푸리해서 음미하든 생각이다.

"몇 일 간만 연극을 잘 꾸미면 될 거 아닌가. 가만히 기회를 보아서 적당한 시기에 설파[14]를 하면 노파도 현실을 그대로 받어들일 수 잇는 감정의 여유를 가지고 잇슬 수 잇스니까 페울 것으로 내게는 생각되여." 하고 학수가 권하엿다.

그러나 사실 윤선이에게는 확호한 신념이 생기지는 않엇다. 벙어리 행세 몇 일이라는 것도 어려운 일인데 설혹 벙어리 노릇이 성공을 하더라도 그렇게 노파를 속이는 것이 과연 합당할런지 일정한 기간을 지나간 후 자기가 자기의 신분을 노파에게 설파할 때 그 노파의 낙망과 분노가 얼마나한 정도로 폭발할런지? 잠시간의 위안 후에 오는 커―단 불행보다는 죽을 때까지 올지 안 올지 모르는 아들을 기다리고 잇는 것이 도로혀 낳지 안흘런지? 또 자기 자신으로 볼 때에 과연 두고두고 이 소경 노파에 대하야 실증이 나는 일이 없으리라고 보장할 수 잇슬런지?

"그 소경 노파의 아들은 죽엇네. 죽엇서. 내 육감에 틀림이 없지. 한편은

14 설파 : 납득하도록 분명하게 말함.

자식 없이 고독한 노파 한편은 사고무친한 고아. 윤선이 이 두 개인이 합하여서 한 새로운 가정을 일운다는 것은 이것은 인연일세. 더구나 이상한 것은 이 노파의 아들과 자네 일홈이 꼭 같은 것일세. 이것은 우연이 아니라 인연일세. 자우간 한번 해보게 작난으로가 아니라 엄숙하게 진지한 태도로."

하고 학수는 열심히 권하엿다.

4

죽은 줄만 알엇든 소경 노파의 아들 윤선이가 살아서 집으로 도라왓다. 그러나 아깝게도 윤선이는 벙어리가 되어서 왓다. 그러나 좌우간 도라왓스니 경사가 어데 또 잇나! 왼 동네 사람이 총출동으로 윤선이를 마지하엿다. 왼 동네라고 해야 도무지 초가집 다섯 채 밖에 더 안 되는 동내지만은.

그런데 윤선이와 학수 둘이다 일변 놀라고 일변 안심한 것은 그 동네 사람 중 누구 하나도 윤선이의 진가(眞假)를 의심하는 사람이 없는 것을 발견하엿기 때문이다.

소경 노파와 윤선이를 대면시키는 장면은 학수의 지혜로 별로 힘 안들이고 통과되엇섯다. 학수가 슬그먼히 나갈 때 윤선이는 담배를 사려 가나 보다 하엿섯다. 그러나 한동안 지나도록 도라오지 않는 고로 윤선이는 뷘 여관방에 벌떡 누어서 과거를 회상하고 잇섯다. 어느덧 사르르 잠이 들엇든 모양.

"윤선이" 하고 크게 웨치는 소리를 어렴풋이 듯고 눈을 뜨니 어느덧 학수의 손이 그의 입을 막고 잇섯다. 학수는 손고락을 입에다 대여서 윤선이더러 침묵을 지키라는 신호를 하고 문께로 가서

"자 이러 들어오시요." 하면서 소경 노파의 팔을 붓들엇다. 소경 노파는 몸을 푸들푸들 떨면서 문지방을 넘는다.

윤선이는 일이 이렇게 급속히 전개되리라고는 뜻도 못 하고 잇엇고 또 학수의 연극이 어떠한 내용으로 전개될 것인가를 얼른 포착할 수가 없어서 그저 멍하니 앉어 잇엇다.

"윤선이 자당[15]을 모서왓네" 하고 학수는 혼잣말처럼 하고 이여서 노파에게

"이재 길에서도 말씀들인 대로 윤선 군이 깊은 석탄 굴속에 들어갓다가 고만 잘못되여서 벙어리가 되어서 말을 못 합니다." 하엿다. 이런 단순한 설명이 노파에게는 쉽게도 긍정이 되는 모양이엇는지 노파는

"윤선아 어데 잇니?" 하면서 자리에 앉엇다. 노파가 손을 내민다. 윤선이는 묵묵히 그 손을 붓잡엇다.

"오, 우리 윤선이, 윤선아. 네가 죽지 않고 사라 왓구나. 윤선아."

노파의 눈에서는 쉴 새 없이 눈물이 흘러내린다. 기쁨이 정도를 넘치면 슲은 때보다도 더 우는 것이다.

"어데 우리 윤선이 좀 보자." 하면서 소경 노파는 푸들푸들 떨리는 손으로 윤선이 머리와 얼골을 더듬엇다.

"윤선이 너 왜 우니?" 하면서 노파는 중얼거리었다.

이렇게 하여서 모자 대면은 무난히 되엇스나 노파를 딸어서 오십 리 길이나 되는 신작노와 산간 소로를 들어오는 동안 둘에서는 다 동내 사람을 대할 것이 슬그머니 걱정이 되엇든 것이다.

"윤선이가 불과 일해 동안에 저렇게도 변햇나?" 하고 말을 하는 사람이 한 사람이라도 잇게 되면 그 난관을 어떤 연극으로 돌파할 수가 잇슬까 하는 것이 슬근히 염녀되엇섯다. 그런데 일은 쉽게 낙착이 되엇다. 후에 알고 보니 이 소경 노파가 아들 윤선이가 징용을 뽑혀 나간 후에 혼자서 이 동네

---

15 자당 : 어머니.

친척에게 의탁하려 왓스므로 윤선이의 요 몇 해간 모습을 기억하는 사람이 하나도 없엇다. 소경 노파를 걷어들인 오라버니도 조카 윤선이를 본 지 십 년이 넘엇다 하니 모습을 기억할 수 없엇슬 것이었다.

원래 두 내외가 윤선이라는 외아들을 더리고 아버지는 안즌방이, 어머니는 소경, 나 어린 윤선이가 뒷산에 올라가서 남몰래 나무를 하여다가 '야미'[16]로 팔아서 호구를 해왓섯다. 이런 사정인 집 아들을 징용을 뽑는다는 것은 무리가 잇섯다. 그러나 면사무소에서는 할당된 수효를 채와야 하겟는데 뽑힌 젊은이는 거의 다 뽑히고 부득이 지주 박 구장의 아들이 남엇는데 박 구장이 닭을 다섯 마리나 발을 매여가지고 면사무소에 들락날락하더니 어찌 된 일인지 징용장이 배달될 적에는 박 구장의 아들에게로 가지 않고 윤선이에게로 갓든 것이다. 안즌방이 아버지는 입맛만 다시고 앉엇고 소경 어머니는 아들을 바라다 준다고 읍에까지 딸아갓다. 읍에서 자고 이튿날 노파가 집에 돌아왓더니 영감의 인기척이 없는 고로 사방에 차저 단였으나 못 찾고 우물 아래집 원길이가 앉즌뱅이 영감이 목을 매고 죽은 것을 발견하엿다. 그래서 노파는 할 수 없이 지금이 조고만 동내에 사는 그의 오라버니가 맡아왓다는 것이다.

노파가 조카의 집에 와서 엇처 잇게 된 지 한 열흘 만에 노파의 오라버니 되는 영감님이 밤에 갑작이 설사가 나서 변소에를 가누라고 밤이 삼경[17]이나 된 때 뜰 아래로 내려서니 소경 노파의 방에서 두런두런 이야기 소리가 나는 고로 웬 손님이 잇슬 리도 없고 이상한 생각이 나서 벙싯이 열린 문틈으로 들여다보니까 노파가 아들의 사진을 손에 안아 쥐고 마치 산 아들에게 이야기하듯이 이야기를 하고 잇는 것을 보고 영감님은 소름이 쪽 끼치엿다고 한다. 뒤를 다 보고 방으로 들어갈 때에도 노파 누의의 방에서는 그냥 두

16 야미(やみ) : 뒷거래.
17 삼경(三更) : 밤 11시에서 새벽 1시 사이.

런두런 이야기 소리가 새여나왓는데 이번에는 무서워서 들여다도 못 보고 그냥 제 방으로 뛰여 들어가서 안에서 곤히 자는 마누라를 일부러 일깨워가지고 소경 누이가 독깨비가 들렷다는 소식을 전하엿다.

그러든 것이 전쟁이 끝나고 일본으로 징용 잽혀갓든 청년들이 모두 노혀 온다는 소식이 조구만 동내에도 전해지자 소경 노파는 아들의 사진을 치어 들고 정거장까지 마중을 나간다고 서둘엇다. 왼 집안이 말리다 못해서 처음 몇 일 동안은 집에서 한 사람식 교대를 해서 노파를 딸아 단엿다. 그러나 그 것이 하로이틀이 아니고 달이 넘게 되니 아모도 그를 간섭하려 들지 않고 그져 도깨비 들린 소경 노파의 미친 행동으로 넉여 관망만 하고 잇엇다.

기적이 생겻다. 지성이면 감천이다 하더니 과연 노파의 죽엇든 아들이 다시 살어서 도라왓다. 벙어리가 되여서 왓다. 순박한 농부들은 그대로 믿엇다. 조카의 집에서는 인사차례로 애끼는 닭을 잡어서 한턱 잘 먹엿다. 그리고는 낮도 설 뿐 아니라 벙어리는 서로 의사소통도 못 하고 그저 무관심하엿다. 이튿날 학수도 어서 집에를 가보아야 한다고 총총히 떠나 버리고 말엇다.

5

소경 노파와 윤선이가 단둘이 집에 남어 잇게 되니 윤선이의 거북스럽고 미안하고 또 한편으로는 어처구니없고 승거운 생각이 자꾸 나고 또 얼빠진 일가치도 생각이 되엇다. 더구나 엉터리 벙어리 노릇을 하는 것이 결코 쉬운 일이 아니엇다. 한 시 한 분 아니 한 초까지라도 언제나 마음의 긴장을 잃지 않어야 된다.

'나는 벙어리다 나는 벙어리다' 하는 생각을 쉴 새 없이 재인식하여야 하는데 참말 벙어리는 생각을 할 때 어떤 모양으로 그 생각을 두뇌에 정착시키는지 알 수 없지만 벙어리가 아닌 윤선이에게는 '나는 벙어리다' 하는 그 생각쪼차 입술을 놀리지 아니하고는 어렵다.

조카도 밭에 일이 분주하엿스나 병신이라 생각하는지 별로 일 거두어 달라는 요구가 없고 맞나도 인사도 없이 웃고 지나간다. 그래서 윤선이는 주인집 지게를 허락도 안 맞고 그냥 지고 뒷산으로 올라가서 나무를 좀 비여 왓다. 작년 같아도 삼림 간수한테 들킬까 바 마음이 조마조마할 텐데 마음턱 놓고 일하니 기분이 상쾌하엿다. 저녁에 나무를 한 짐 잔득 지고 내려오다가 노파의 조카를 맞나서 조카가.

"무어 몇 일간 좀 놀고 쉬지 오즉 고생을 격고 왓겟나." 하고 친절히 말을 건네는데 깟닥하더면 그만 말을 할 번한 걸 겨오 자제하여서.

"어 어 어" 하고 세 마대 소리만 내고 고개를 돌리니 저 자신이 생각을 해도 넘우나 바보스럽기도 하고 또 우섭기도 하여서 우슴을 참치 못하여 입술을 악물고 어깨를 들석들석하며 억지로 참다가 엉덩방아를 찟고 나무단이 내리 굴엇다. 그래도 골은 아니 나고 자꼬 우섭기만 하여서 나무덤이 속에 얼골을 파뭇고 실컷 우섯다. 웃고 또 웃고 실컷 웃고 나니 가슴은 좀 씨언해지나 자꾸만 눈물이 흘럿다. 조카가 어느새 다시 지나가다가 눈물을 보고

"그렇게 너무 상심 말게. 죽지 않고 살아온 것만두 다행이지." 하도 대답은 필요가 없다는 듯이 지나가고 말엇다. 윤선이는 다시 한번 입술을 꼭 깨물엇다.

몇 일 지나고 나니 벙어리 행세도 이력이 나서 그만 햇스면 꽤 견대여갈 듯한 자신도 약간 생겻다. 그러나 아모래도 다른 사람들을 될 수 잇는 대로 피하고 혼자 잇는 습관이 생기여지는 것 같엇다.

소경 어머니는 아들이 와서 한집에서 가치 살 것마는 아들의 모습을 볼 수도 없고 또 그 목소리도 들을 수도 없으니 가끔가끔 그는 윤선이를 불러다 세우거나 앉히고 그 가락잎새 같은 거칠은 손으로 윤선의 머리와 얼골과

손과 발까지 어르만지고 하엿다. 이것이 처음에는 결코 유쾌한 경험이 아니엇다. 더구나 곤난한 것은 눈뜬 사람이면 벙어리의 의사 표시를 그 손짓 팔짓 얼골의 표정 등을 보아서 알아보는데 어머니는 소경이 되어노니 보지를 못하고 윤선이는 억지로 말을 못 하니 윤선이가 어머니에게 의사를 통하기가 참으로 힘이 들엇다. 그래서 부득이한 요건 외에는 될 수 잇는 데로 어머니를 피하게 되는 자신을 발견하고 그는 한숨을 쉬엇다.

말을 할 능력을 가진 사람이 억지로 말을 아니하고 백인다는 것은 잠시간은 몰라도 오래 게속하기는 참으로 거의 불가능이엇다. 혼자라도 쑹얼쑹얼 말을 하게 된다. 소설 같은 데 보면 국제 스파이 등이 거짓 벙어리 행세로 몇 해식 성공을 햇다는 이야기도 하지만 또 언젠가 한번은 조선내 어떤 신문에 기사가 낫는데 어떤 사람이 범죄 관계로 피신하기 위하야 벙어리 행세를 이십 년을 게속하엿는데 이십 년 후에 말을 다시 하려고 하엿더니 이십 년 동안에 그만 혀가 자연히 굳어져버리고 말어서 혀가 돌지를 안아 고만 진짜 벙어리가 되여버린 실화가 잇섯다 한다.

그러나 한가하면 한가할수록 말하고 싶은 충동은 더한층 격하여 올라오는 것이엇다. 옛날 이야기에 이런 이야기가 잇다. 어떤 이발사가 잉금님 이발을 해들이다가 그 귀가 나귀 귀같이 생긴 것을 보고 "임금님 귀는 나귀 귀다" 하는 말을 하고 싶고 또 하고 싶은 것을 참고 참다가 마즈막에는 정 견딜 수가 없어서 혼자서 산속으로 들어가서 대밭에다 대고

"우리나라의 임금님 귀는 당나귀 귀" 하고 마음껏 웨쳣더니 그 대밭에 대란 대 잎사귀가 모두 "우리나라 임금님 귀는 당나귀 귀" 하고 합창을 드립더하고 그 대를 비여다가 퉁소를 만들어 불면 반듯이 퉁소가

"우리나라 임금님 귀는 당나귀 귀" 하고 음악을 하여서 결국 임금님의 귀에까지 그 소식이 전하여저서 그 이발사가 사형을 받엇다는 이야기가 잇다.

"나두 한번 어데 산으루 가서 실컷 말을 하구 와야지." 하는 생각이 낫다.

그는 밤에 산으로 올라갓다. 한 십 리나 조히[18] 올라가니 아주 울창한 솔밭이 나섯다. 그는 그 솔밭 속으로 한참을 들어가서 어떤 바위 우에 올라서서 잠시 귀를 기우리엇다. 한없이 고요하다. 가끔 바람자락이 솔잎을 슷치며 지나가는 쉬−ㅅ 소리가 간간이 침묵을 깨트리엇다.

그는 한참이나 가만히 서 잇다가 한번 가슴에 바람을 잔뜩 잡어 넣고 나서 "아−" 하고 길게 뽑아보앗다. 그리고 저도 제 소리에 놀라서 흠칫하엿다. 금시에 저− 어두은 마즌편에서 "아−" 하고 반향이 도라왓다. 가슴이 두룩두룩한다. 사방을 둘러본다. 보름께라 밝은 달빛이 솔가지 끝엣 잎새들을 금강석 같이 빛의여[19] 주고 낙엽이 덮이기 시작하는 땅이 달빛과 그림이 교차로 어룩어룩하여[20] 바다의 물거품을 보는 듯한 착각을 이르킨다.

윤선이는 다시 김을 한입 불어 물고

"아− 어−" 하고 어−에 엑센스를 주어서 소리를 질럿다.

"아− 어−" 하고 반향이 왔다.

"나는 오오− 벙어리랍니다."

그는 귀를 기우렷다.

"나는 오오− 벙어리랍니다." 겨오 들려오는 반향!

"나는 오오 벙어리래요. 남들이 남들이 나를 보고서 벙어리래요. 용용 죽겟지. 벙어리는 왜 벙어리야!"

유행가 곡조에다가 이런 창작한 가사로 너허서 한참 노래를 불럿다. 조심성이 걷히고 흥이 낫다. 그는 계속하여 그가 아는 모−든 유행가를 내리불럿다. 대개 가사가 모두 일본말이 되여서 처음에 좀 께름햇스나 흥이 나니까 고만 애라 모르겠다 하고 그냥 유행가를 불럿다. 솔밭이 짱짱 울리도록

---

18 조히 : 좋이. 어느 한도에 미칠 만하게.
19 빛의여 : 비추어.
20 어룩어룩하여 : 여러가지 빛깔이 조금 성기고 고르게 무늬를 이루어.

마즌 산골이 대응을 하건 말건 실컷 불럿다. 솔밭이 솔밭 뾰족뾰족한 수천 수만 백만의 솔잎이 모두 가수가 되여서 화창해주어도 좋다. 그는 두 주먹을 불끈 쥐고 어깨를 들먹거리면서 마음껏 실컷 노래를 불럿다. 가슴속이 후련해젓다.

×　×　×

"그래 그래, 너두 들엇니?"

"그럼, 솔밭 속에 귀신이 잇서야."

"아이 무서워. 귀신이?"

"그럼, 너두 오늘 밤 잠들지 말구 깨여 잇다가 밤중쯤 해서 저편 목화밭 언덕에 올라가서 가만히 귀를 기우리고 들어봐. 별 창가 소리가 다 난단다."

"귀신이 창가를 해?"

"그럼 귀신이 아니문 누가 밤중에 솔밭 속에서 창가를 할까?"

"아유 무서워."

"창가도 양국[21] 창가만 하니 아마 미국 귀신인가 봐."

"미국 귀신이 어떻게 여길 와?"

"왜 일전에 미국 군인이 도락구[22]를 타고 읍으로 들어갓다고 하더라. 그 도락구에 미국 귀신이 붓허 왓지."

"얘는 무서워서 밤엔 얼신 못 하갓다."

"미국 귀신이 털이 노랗고 코가 이마─ㄴ하대."

"어데 얼만해?"

21　양국(洋國) : 서양.

22　도락구 : 트럭.

"이만—ㄴ해. 이렇게 홍두깨[23]만 해."

"너 봤니?"

"아니."

"그럼 어떻게 아니?"

"어제 밤에 웅룡이 하라버지가 술이 취해서 고개를 넘어오다가 흘려서 솔밭 뒤로 갓는데 거기서 미국 귀신을 맛났섯대."

"그래, 정말 코가 홍두깨만 하더래?"

"그럼, 그리구 이렇게 멀리서 들으니깐 그렇지 가까이서 들으니까 그 귀신 노래 소리가 어떻게도 큰지 귀청이 떨어질 것 같더래드라."

아이들이 모려 앉아서 이런 이야기를 주고받는 것을 듯고 윤선이는 고소를 금할 수 없엇다.

"학수나 어서 다시 와주엇스면." 하고 기달리여 지엇다. "이자가 날 이런 연극 속에다 집어너허 놓고 슬적 가서 한 달이 되도록 도모지 소식이 없으니!" 하고 혼자 중얼거리엇다.

6

긴장이 풀리면 몸이 녹초가 된다. 눅눅한 방 안에서 누어 딩구니 몸살이 날 듯이 사지가 찌부두해진다. 소경 어머니는 낮잠을 줌으신다. 앞 못 보는 눈이 끌쩍한데 늣파리들이 그 무슨 별미인지 새캄아케 들어붓허서 빠라 먹는다. 몇 번 손짓으로 날리여 들엇스나 도로혀 날리는 편에서 신경질이나 낫지 별 효과가 없엇다. 늣파리의 발은 눅눅해서 살에 다으면 끈적끈적해서 기분이 참으로 나뿌다. 파리 퇴치는 구만두고 그냥 앉아서 잠든 얼골을 물

---

23 홍두깨 : 굵고 길고 단단한 나무 방망이.

끄럼히 내려다보앗다. 이마와 입 가장자리에 주름살이 거미줄같이 서리엿다. 입을 헤 하니 벌리고 잇는데 이빨이 드믄드믄 로마의 폐허 그림엽서에서 본 어떤 풍경을 연상시키엇다. 입가으로 껄죽한 춤이 흐른다.

'생활과의 투쟁에 참패한 한 축도(縮圖)이다.' 하고 윤선이 느낀다 무슨 매력이니 향기니 다 지나간 젊엇슬 적 소리이다. 이 넓적 펀펀한 얼골에 과장되어 표시된 바는 뼈아픈 고생과 낙망과 그리고 굴종 ─ 위대하고 잔인한 대자연의 끈힘없는 억압에 대한 비굴한 굴종 똑같이 잔인하고 속이기 잘하는 동족의 지배자에의 굴종 ─ 이 피할 수 없는 굴종으로서 환경에 타협하엿스면서도 탐욕을 청산하지 못한 ─ 아 영원의 탐욕 짓구진 탐욕! 이 부끄러운 한 개의 기록을 한 평 방 다섯 치의 가죽 웋에 판박아노흔 것이엿다.

이렇게 가까히 앉어서 미운 얼골을 들여다보고 잇스니 사실 노파 얼골만이 아니라 그 전체 인격까지가 미운 생각이 가슴 한구석에 느끼여진다. 이 미운 노파를 돌아보아주기 위하야 이 한 소경 노파의 무리한 몰리해와 탐욕을 만족시켜주기 위하야서 벙어리 숭내를 일생 내면서 여기서 썩고 말 것이란 말인가? 왜? 무슨 운명의 작히[24]인가? 이 노파에게 대한 아무런 의무도 그는 가지고 잇지 않다. 의무! 귀에 굳은살이 백이도록 설교를 받은 말이다. 의무란 아모 데나 갖다 붓칠 수 잇는 어휘이다. 일본 놈의 탄광에 가서 돼지 대접을 받으면서 종사리를 하는 것도 '국민의 의무'라는 가죽을 뒤집어썻다. 편리한 어휘다. 아모 데고 어려운 희생을 요구하되 이론에 틀릴 적에는 이 '의무'도 뒤집어씨우면 그것은 '진리'가 되고 만다. 왜놈들이 다 망해가는 국운을 건저보려고 강제로 석탄을 캐는 '의무'를 윤선이에게 강요하여왓거니와 오늘 와서 한 소경 노파의 탐욕을 만족시키기 위한 '의무'를 그에게 강요할 자는 과연 누군가? 인제라도 일어서서 나 갈 데로 가버리면 그뿐이다.

24 작히 : 작희. 장난.

아모도 그를 붓잡을 권리를 가진 사람이 없다.

"읍에 놀러라도 좀 가보자."

하고 그는 이러섯다.

7

읍으로 들어가면 아는 사람이 하나도 없다. 윤선이가 별 개소리를 다 하더래도 상관이 없을 것이다.

마츰 장날이엇는지 모르나 거리는 윤선이의 고향 동내에서 아흐레마다 한번식 모히는 장날보다도 더 번잡하다. 빈터에 임시로 나무 판대기로 울타리를 한 가가[25]가 많고 거의 골목골목에 광주리 하나식 앞에 놓고 앉은 부인네 행상패가 잇다. 어데 그렇게 쌔혀 잇든 물건인지(왜놈들이 가기 전에 그렇게도 많이 태워버렷슴에도 불구하고) 그저 물건의 사태엿다. 고무신 양말 장갑 지까다비[26] 비누 내복 연필 공책 필육 복숭아 사과 고구마 감자 떡 과자 참외 수박 장국밥 국수 비빔밥 탁주 소주 약주 소고기 돼지고기 생선 닭알 이게 모두 웬 거란 말인고. 술 술 술 술집마다 대만원이요, 대낮인데 벌서 비틀거리는 취객들이 거리에 찻다. 제길할 것! 거지 먹어라 마시여라 취하자 춤추자! 취객들이 돼지 멱따는 소리로 노래를 부르고 그래도 입버릇이 못이 백여서 욕설을 일본말로 하다가.

"이 간내 새끼 왜 방구 좀 꿔지 말아." 소리가 나면 고만 쥐 죽은 듯이 고요하여 젓다

경찰서 앞으로 오니 많은 사람들이 모혀 서서 웅성웅성하고 사람 성곽 안에서는 미국 군대 트럭을 중심으로 미국 군인의 외국어로 욕하는 볼멘소리

---

25 가가(假家) : 가게.
26 지까다비 : 지카타비(じかたび). 노동자의 작업화.

도 들여오고 여인의 우슴소리도 들려왔다. 사람 성곽을 팔고뱅이로 비집으면서 들여다보니 조선인 순사 오륙 명이 조선인 몇 사람을 억지로 미국 트럭에 태우려고 하고 미국 엠피는 저이 말로 무어라고 깟댐 깟댐[27] 하면서 서성거리고 잇고 여인 하나이 잡혀가는 한 노인을 붓들고 목을 노하 우는 것이엿다.

'이렇게 해방이 되고 자유천지 조흔 세상에 무슨 죄들을 짓고 또 저렇게들 잽혀가누?' 하고 그는 속으로 생각하엿다.

트럭은 재피가는 사람을 태우고 순사도 타고 엠피[28]가 운전대에 앉아 푸르릉 소리를 내면서 신작노로 달아낫다. 여인네는 모래 우에 펄석 주저앉어서 땅을 주머귀로 치면서 발버둥치고 운다.

"이런 세상에 이런 법도 잇나. 아아 아이고 원통해라. 아아 이놈들아 날 죽이고 가거라. 아아"

윤선이는 궁금해서

"무슨 일이요?" 하고 허탁대고 물엇다. 새로 상투를 틀고 갓을 쓰고 기인 담배대를 든 중년 신사 하나이 대답한다. (후에 특히 인식하엿지마는 이 상투 틀고 갓 쓴 친구들이 매우 많이 잇섯다.)

"잽혀들 간다요? 검사국으로 넘어간다요?"

"도적놈들이요?"

"아니요. 도적질이나 하구 재펴가문 저렇게 원통하겟수."

"그럼 왜 잽혀가우?"

"군정청[29] 포고 위반이라요."

---

27 깟댐 깟댐 : God Dam. '저주 받아라'라는 뜻. 제기랄!
28 엠피 : MP, 헌병.
29 미군 군정청 : 해방 직후인 1945년 9월부터 대한민국 정부 수립일인 1948년 8월 15일까지 38선 이하 남한을 통치하기 위해 설치한 미군의 관청.

"무어요? 군정청 무어요?"

"아, 그걸 몰루 포고 위반."

"좌우간 무슨 죄요?"

"순사를 때린 죄지요."

"왜 순사는 왜 때려요? 우리나라 순사를 왜 때려?"

"그거 다 까닭이 잇지요. 이전 여기 순사 단니든 못된 놈이 하나 잇는데 아주 그냥 사람 잘 치기로 유명하고 술 잘 먹기도 유명햇지요. 장날 닭마리나 팔려고 온 노친네를 잡아서는 오십 원짜리 닭을 공정가격 이십 원 십 전을 내여 주고 술집에는 명함 한 장이면 한 되고 두 되고 그만이고 그놈 참 잘 거드리 거리고 놀앗지요. 작년에 이놈이 공출 독려를 나갓다가 저 고논골 강선달이 공출량이 부족하다고 미친개 때리듯 때려서 그후 석 달 동안이나 자리에서 못 일어나고 고생햇는데 지금도 가끔 옆구리가 결린다고 합니다. 그러니까 팔월 열엿샛날 밤에 이놈 순사 놈이 자기 한간이 잇스니깐 벌서 어데로 새엇는지 부지거처가 되엇지오. 그래 그놈을 때려주려고 밀려갓든 강 선달네 패가 그놈 노친 것이 분해서 그놈 집을 막 부서주엇지요. 광을 뒤지니까 쌀이니 광목이니 술이니 아주 이놈이 토색질한 것이 광 하나 가득이더라오. 또 물건의 나마 모두 족처버렷지요. 그 후 이 읍에서는 동내 청년들이 보안대를 조직하고 경찰서를 접수하고 일을 잘 보아왓는데 한동안은 서울에 새 정부가 들어앉엇느니 어쩌니 하더니 또 웬일인지 미국 군정청 명녕이라구 해가지구 읍장 이하 면서기 순사까지 도루 다 도라와서 도루 자리들을 찾겟다는구려. 도지사꺼정 어대 쥐새끼같이 숨어 잇든 놈이 미국 군대하고 썩 한 차를 타고 내려와서 도루 도지사가 되엿다는구려. 원, 세상에 이런 일이 어떻게 해서 생기요? 도지사는 엇갯든 간에 우리 읍으루서야 잡지 못해 죽이지 못하엿든 놈들이 다시 어정어정 들어와서 권리를 다시 잡겟다는 걸 그냥 두겟소. 면장 놈을 잡어다가 주리때를 앵겨서 축출해버리고 몇 놈밉게 보앗든 면서기 순사들도 그냥 재피는 놈마다 두들겨 패주고 웬만한 놈은 다 도망을 하고 말엇지오. 그랫더니 사흘이 못 되어 미국 군인 도락구를 타고 온다 순사가 온다 하더니 미국 군인이 순사를 더리고 단니면서 이번 사건에 관게한 사람을 모두 붓들어 가는구려 글세. 그게 포고 위반죄라는 거요 왜놈이 쪼겨 나간 후 그만한 일 안 한 동네가 어데 잇겟소 원."

"아니 그게 원 무슨 소리요?" 하고 윤선이는 반문하얏다. 이해하기가 좀 힘이 들엇든 것이다. 아니 그래, 그런 일로 사람을 잡아가는데 왜 변명을 자서히 못햇소. 왜 모두 벙어리요? 왜 말을 못해요!

"흥 말을 해! 당신이나 어데 쪼차가서 말을 좀 해보구려." 하고 갓 쓴 사람은 기인 담배대를 홰홰 내저으면서 가버럿다. 윤선이는 어떨떨해서 한참이나 그 자리에 소슨 듯이 서 잇섯다

"흥 말을 해!" 하든 그 갓쟁이 목소리가 귀 속에 그냥 웅웅 울리고 잇는 것을 감각하얏다.

윤선이는 시장햇다. 음식점으로 들어갓다. 이간 방에서 웃간에서는 젊은 사람 칠팔 인이 둥근 상을 가운데 놓고 돌리앉어서 술추럼들을 하고 잇섯다. 벌서 거나하게들 된 모양으로 잡담이 벌어젓다. 음담패설이 한 바퀴 돌더니 화제는 정감록[30] 강의로 들어섯다.

"가정삼년이란 것이 왜정이 아니라 가정 즉 가짜 정부가 삼 년이니 미국이 삼 년 후에야 걸어가고 참말 독립이 될 거야." 하고 한 청년이 말하는 소리를 윤선이는 들엇다.

"흑운편헌 칠 일 후 진인이 출어해도 중이라 햇스니 칠 일이라는 것은 칠 년을 의미하니깐 칠 년 동안 흑운이 데핀다. 원자탄이 데핀단 말야. 그리구

---

30 정감록 : 조선 중기 이후 백성들 속에 유포된, 나라의 운명과 백성의 앞날에 대한 예언서. 풍수지리상으로 본 조선 왕조 후 역대의 변천 따위를 예언한 것으로, 이심(李沁)과 정감(鄭鑑)의 문답을 기록한 책이라 하나 이본이 많아 확실한 것은 알 수 없다.

나서 진인이 참사람이 출어해 도중 바다 섬으로부터 나타나거던." 하고 다른 하나이 설명한다.

"진언이란 역씨 정씨인가?"

"그럼."

"아니야. 요새 진짜 정감록이 새로 발견되엿는데 결국에는 이화재발이라 햇대. 이씨가 다시 도라오는 것이 떳떳하지."

윤선이는 기가 막혀서 멀거니 이 이십사오 세 안팍밖에 안 되엿슬 청년의 구릉을 바라다보앗다.

"원 아가리들을 가지고 그것을 말들이라구 주절거리나?" 하고 고함을 지르고 싶은 것을 꿀꺽 참엇다. "원 말이라고 하문 다 말인가?"

그는 듯기가 싫어서 음식점 주인 책상에 노혀 잇는 신문을 집어들엇다. 외장명이는 외작명이이지만 분명 글은 조선 글이엇다. 날자가 몇 일 뒤젓지만 분명코 서울서 발행된 신문이엇다.

신문을 물끄럼히 읽어가고 잇든 그의 얼골에는 의아한 빛이 떠돌앗다. 마즈막에는 분노의 열이 얼골에 올라서 상기가 되엿다. 신문을 든 그의 팔이 부들부들 떨리엇다. 웨 세상에 이런 변도 잇슬 수 잇나? 아니 수다한 민중이 지도자의 숭앙하는 어른들을 이놈 져놈이라 하고 입에 담지 못할 욕설을 쓰고 이게 모두 제정신 가진 놈들의 짓인가?

"아, 그래 이런 신문을 읽고도 말 한마대 하는 놈이 없단 말이야. 나는 억지로 벙어리 노릇을 하지만 그래 제 입을 가지고 그래 ─" 하고 분이 치밀어 오르는데

"흥 말을 해!" 하든 갓쟁이 목소리가 머릿속에서 한 번 더 딩굴엇다.

× × ×

집으로 도라오는 길이 좀 느저서 중노에서 날이 저물엇다. 신작노에서 소도로 빠지는 교차점에 오다 길가에 보기에도 참혹한 한 가족이 혹은 앉고 혹은 흙 우에 그냥 누어 잇다. 석양 희미한 속에서도 세수를 몇 일이나 못 하엿는지 때가 번즈르한 얼골 얼골에서 피로의 궁극을 볼수 잇섯다.

"어데서들 오시오?" 윤선이는 길옆에 서서 좀 쉬면서 수작을 건넷다.

"만주서 옵니다" 하고 오십이 넘엇슬 남자가 대답한다. 그의 안해인 듯한 동년갑의 여인, 삼십대에 남자, 이십 될가 말가 한 여자 두흘, 열 살쯤 되엿슬 아이, 네 살쯤 되엿슬 게집애, 여인의 등에는 어린애가 엘이어 잇다. 누덕이 헐고 흙 뭇고 때 무든 누덕이들을 입엇다. 짐은 겨오 보따리 한 개.

"여러 날 걸럿지요?" 하고 윤선이는 닥어섯다.

"예 꼭 두 달이 걸럿서요."

"아이구 고향이 어데요?"

"아마 한 달만 더 가면 다 가겟지요?"

"그간 고생이 많엇지요?"

"말두 마르시오."

"어째 짐은 별로 없군요."

"짐이요! 많이야 가지고 떠낫겟소마는 오다가 중노에서 빼앗것지요. 죽을 고생하구 벌엇든 돈까지 몽땅 몽땅."

"하 안됏군. 어데서 그렇게?"

"오면서 내내지오."

"강도가 많습네가?"

"흥 강도요! 세상 놈이 모두 강도입데다. 대국³¹ 놈이나 외국 놈이나 조선 놈이나 뻐젓하게 총 들고 섯는 놈이 모두 도적놈입데다."

---

31 대국 : 중국.

윤선이는 더 듯기가 싫엇다. 아모 소리도 더 아니하고 급히 걸엇다.

"왜 입덜이 모두 부텃나. 왜 말두 못 해?" 하고 혼자 투덜거리엇다.

"흥 말을 해!?" 하는 비웃는 듯 노호하는 듯한 갓쟁이의 음성이 어두운 하늘 우에서 우레소리같이 들려왓다.

엉터리 엉터리 노릇을 구만두자. 할 말이 참으로 많고나! 입을 열어서 말을 하자! 하고 그는 혼자 생각하면서 터벅터벅 어두운 소로를 자꼬 자꼬 걸엇다.

8

꿈!

젊고 건강한 윤선이에게 꿈이 잇서도 단순하고 명쾌한 꿈이엿다. 잠꼬대를 모로는 윤선이엿섯다.

그런데 그날 밤 윤선이는 몽농한 안개 속으로 손을 더듬어 헤매는 한없이 많은 구름가치 모혀드는 소경들을 보앗다. 몸덩이도 명확치 않고 얼골조차 명확치 않고 사실은 그것이 남자인지 여자인지 노인인지 아이들인지 분간할 수 없는 얼골 얼골 얼골들이 더듬으며 안개 속을 방황하는 것을 그는 보앗다.

"이 소경을 인도할 자 바른 길로 인도할 자 그 누구뇨? 그 누구뇨?" 하고 웨치는 소리를 그는 들엇다.

"말하라 입을 열어 말하라!" 이 소리는 우뢰질[32]같이 공중에서 흘러내렷다.

인제는 수다한 젊은 사람의 얼골이 나타낫다. 제각기 무에라고 입을 쩍쩍 벌리면서 소리를 지르는 모양이나 소리의 참작뿐이요 무슨 말인지 한마대도 명확히 알아들을 수가 없다. 소경들이 헤매인다. 입들이 덕석덕석한다.

---

32 우뢰질 : 우레. 하늘에서 천둥과 번개를 동반하는 현상.

가끔 뛰여 나는 소리

"죽일 놈들!"

"나만 옳다!"

"그렇니 그렇다."

"죽여라"

그리더니 입들이 다 다쳤다. 아모 소리도 없다. 죽음가치 조용하다. 소경들이 허우적거린다.

"누구냐? 입을 벌려 말을 할 자 누구뇨?" 우뢰소리 같은 소리다.

윤선이는 억지로 입을 한껏 벌리엿다. 말을 하려 햇스나 말이 깍 매켓다. 애쓰고 애쓰고 애썻다.

"어 어 어" 소리밖에 더 안 난다.

화닥닥 깨엿다. 왼몸이 후주군하게 땀이 배엿다.

소경과 벙어리! 이것은 노파와 윤선이 개인에게 국한된 것이 아니엿다. 이것은 민족적이엇다.

"입을 열어 말을 해라!" 하고 윤선이는 부지중 소리질럿다.

9

그렇게도 날이 물쿠고 끈끈하더니 마츰내 비가 되엿다. 윤선이는 비를 피하려고 칠성단[33] 처마 밑으로 올라섯다. 윤선이는 본래부터 절이나 성황당이나 모다 조하하지 않엇다. 울긋불긋한 '귀신땅찌'를 보면 어쩨 좀 무시무시하기도 햇고 그게 무슨 영험[34]이 잇스랴 하는 반감도 낫다. 그래 그는 방 안에 들어가기를 피하고 처마 밑에 서서 굵은 빗줄이 틈이 벌어질 만큼 바

---

33 칠성단 : 사람의 수명을 관장하는 칠성신을 모시는 단.
34 영험 : 사람이 바라는 대로 이루어지는 신기한 일.

짝 마른 벌건 흙에 반점을 그리는 것을 바라다보고 잇섯다. 굵은 빗방울이 뚝뚝 떨어지니 뽀—야튼 흙에 검은 점이 뚝뚝 생긴다. 구수한 흙 내음새가 난다.

바로 앞에 조고마한 화단이 하나 잇다. 누가 가꾸는지 상상을 할 수 없엇스나 코스모스 몇 포기가 그 무히한 키로 서 잇고 꽃이 다 떠러진 봉선화도 잇다. 국화도 서 잇다. 잡초도 꽤 무성하다. 바람이 쐐— 하면서 빗줄기가 늘어간다. 코스모스 잎새들이 반가운지 너울너울 춤을 춘다. 봉선화 열매가 탁탁 터지면서 씨들이 빗물 자국 우에 군다. 빗줄기는 꼳꼳히 짠 참대발처럼 섯다. 멀리 병풍처럼 둘러싸힌 산줄기가 차일에 가리운 듯이 보이지 않는다. 벌판에 군대식으로 열을 지어 서 잇는 키 큰 포푸라들이 붓처럼 한편으로 쏠린다. 화단 저쪽으로는 낭떨어지가 잇고 오른편으로 언덕이 경사지엇는데 드문드문 애송이 소나무들 사이로 샛빨갛게 마른 새잇길이 고불고불 내리갔는데 인제는 제법 돌창처럼 물이 흘러내려간다. 언제 어데서 왓는지 참새 한 마리가 짓[35]이 조르르 저저가지고 도토리 나뭇가지에 앉어서 비를 맞고 앉어 잇다. 머리가 비에 흠뻑 저저서 홀쪽해젓다.

풀포기 포기마다 비물이 숨어든다. 숨어든다. 빗물이! 말랏든 대지 속으로 빗물이 흘러든다. 이리하여 대지를 약동할 준비를 한다. 생명은 노래한다. 솔솔솔 빗소리는 삶을 환영하는 합창 소리가 아닌가!

'내 마음속에도 이 비를 뿌려주소서.' 하고 윤선이는 빌엇다. 누구에게 빌엇나? 그것은 저 자신도 모른다.

비는 차차 멋기 시작한다. 지튼 안개처럼 훌훌 뿌린다. 언덕웑 고불고불 소로는 목욕한 뱀처럼 번들거리며 누어 잇다. 이 소로를 멍하니 바라다보고 잇는 윤선이는 참말 뱀이나 한 마리 본 듯이 깜짝 놀란다. 첫번 본 놈은 어데

35 짓 : '깃'의 사투리.

로나 얼른 숨어버리고 싶은 충동을 일으키었다. 그러나 다음 순간 그는 침착을 회복하엿다. 호기심만이 그의 전 정신을 지배하엿다.

소경 어머니는 지팽이로 저즌 땅을 툭툭 치면서 올라온다. 우비도 없고 맨발이다. 적삼이 몸에 찰싹 부터 살색이 내배이고 머리 우에는 거미줄에 비방울 달리듯 진주알가치 매쳐 잇다.

윤선이는 숨소리를 죽이고 어머니의 일거일동을 바라다보앗다. 소경 어머니는 더듬더듬 지팽이로 걸어보면서 화단으로 바로 갓다. 코스모스 대를 지팽이 든 손으로 휘어잡고 꽃을 몇 가지 꺽것다. 칠성대 쪽으로 와서 층층대를 하나 두흘 헤이면서 서슴지 않고 올라갔다. 문턱을 삽분 넘어서 칠성대 속으로 살아지엇다. 윤선이는 가만 가만히 뒤를 딸아 문 안에 들어섯다. 당 속이 어수선하야 분명히는 보이지 않으나 소경 노파는 칠성단 아래 읍하고 꿀어앉엇다. 그의 보이지 않는 눈을 뻔히 뜨고 그는 고개를 우으로 치어들고 무엇 우에 잇는 것을 응시하는 모양으로 한참 동안을 꼼작 안 하고 앉어 잇섯다. 무엇이라고 할 정성스런 표정일가? 소경 어머니의 그린 듯한 얼골은 창백하고 차게 보이엿다. 간원[36], 기대, 신념. 엊그제 보이든 그 낙망 굴종의 표정이 어데로 가고 이 범접할 수 없는 희망과 승리의 신념! 이것을 목도하는 윤선이는 등골이 옷삭함을 느끼엿다.

소경 어머니는 고개를 고묘히 숙이더니 두 손바닥을 싹싹 부비면서 무어라고 소곤소곤 입속으로 축원을 한다. 윤선이는 무어라고 비는가 듯고 싶어서 귀를 기우리엇스나 그저 입속으로 "소소소소소" 하는 무의미한 소리만이 들려왓다. 윤선이는 조곰 더 가까히 가고 싶엇스나 그의 두 다리를 그 자리에 심어노흔 듯 움즈길 수가 없엇다. 소경 어머니의 비는 소리는 밖에서 내리는 비소리와도 같엇다. 이 비는 소리 이 비소리 이것들이 화합하여 하

---

36 간원 : 간절하게 원함.

나이 되여가지고 윤선이의 가슴속에 고묘히 사랑의 비를 뿌려주는 듯하엿다. 이 소소소소 소리는 말랏든 윤선이의 영혼 속에 소생의 비를 뿌려주는 것이엇다. 윤선이 가슴속에 고히 숨어 잠자든 씨를 적시어주는 것이엇다.

소경 어머니의 비는 소리는 차차 조곰식 커가는 듯싶엇다 그 비는 소리가 사실상 좀더 커지엇든지 또는 넘우나 사방이 고즈낙하기 때문에 윤선의 귀가 쟁화되어서 더 날카롭게 되었는지도 모른다 또 혹은 윤선이 가슴속에 숨겨 잇던 사랑의 씨가 비를 마저서 싹이 트기 시작하엿는지도 모를 일이다 하여튼 윤선이는 어머니의 비는 소리를 대강 알아들을 수 잇섯다.

"비나이다 비나이다 칠성님전 비나이다 우리 윤선이 입을 열어줍시사 윤선이 혀를 풀어줍시다 영험하신 칠성님아 죽은 아들 도루 차자주섯스니 봉해논 그의 입을 열어주소 비나이다 비나이다 내 입을 봉하소서 내 귀를 막으소서 아모런 벌이 내게 내려도 좋사오니 우리 윤선이 입만 열어주소서 비나이다 비나이다."

윤선이는 울면서 얼른 그곳을 떠낫다. 비는 소리 없이 장막처럼 천지를 내리덮엇다.

10

윤선이는 촉촉히 내리는 그 비를 마즈면서 어데를 어떻게 돌아단엿는지 자기로서도 기억할 수 없엇다. 그는 끈힘없이 전신을 속속들이 적시어주는 보슬비의 세례를 받으면서 산을 헤매이엿다. 그의 영혼도 세례를 받엇다.

엇슬 어두어서 집에 도라오니 어머니는 아직 도라오지 않엇다.

저즌 옷을 갈아입을 생각도 없이 문턱에 걸터앉어서 그는 개여오는 날을 내다보면서 갈피 잡을 수 없는 생각에 사로잡히엿다.

한때 그는 자기 본 어머니를 원망도 하여보앗섯다. 나이 사십이 넘은 것이 아들을 징용에 내보내고 그리고 박 참사네 첩으로 가다니 생각만 해도 부끄럽고 치사스러운 일이엿다. 윤선이는 어려서부터 이 어머니 때문에 남몰래 운 일도 많엇섯다. 소년과부[37]로 아들 하나 더리고 고생도 무척 햇스리라. 직업이 직업인지라 위혹도 많엇스리라. 그러나 사십이 되도록 견대어왓든 것을 그냥 부엌에 쭈구리고 앉어서 마시고 가는 뜨내기 손님에게까지도 술만 파는 것이 아니라 눈우슴까지 끼여서 하는 장사이엿다. 그런데 사내들은 개처럼 드나들엇다. '방손님'이 오면 윤선이는 동무네 집에 가서 아모 구석에고 쓸어저 자야 햇다. 여름에는 개똥이네 참외막이 잇서서 조핫다. 겨울에는 '방손님'이 잇는 날 그는 펑펑 쏘다지는 눈을 마즈면서 읍사무소까지 걸어갓다 온 일이 잇다. 자기 집에서 읍사무소까지 왕복에 꼭 일곱 시간이 걸린다는 것을 그래서 그는 잘 알엇다. 열두 살에 읍에 나가서 나가무라상네 잡화상에 '고쓰까이'[38]로 들어간 때 그는 활개를 펴는가 싶엇다. 그러나 장날 장터에서 건달패를 맞나면

"요놈 윤선아 집에 좀 가보고 오너라. 요새는 이붓애비가 들어앉엇드라."
하고 놀리면 윤선이는 국수집 뒷간 붓돌에 오래오래 앉어서 소리 없이 울군 하엿다.

"그걸 에미라고."

그래도 징용장을 받고 거의 일 년이나 안 가보앗든 어머니를 차자갓더니 '방손님'이고 무어고 다 내버리고 십리길이나 딸아오면서 울어주엇다. 허리춤에 방울을 달어서 찬 줌치[39]에서 똘똘 말어두엇든 십 원자리 두 장을 손에 쥐어주면서

"가다가 떡이나 사먹 ─" 하고 목이 메여서 눈두덩에 펄석 주저앉어서 방

---

37 소년과부 : 어린 나이에 남편을 여읜 과부.
38 고스까이 : 하인, 부하.
39 줌치 : 주머니.

성대곡을 하엿다. 윤선이는 뒤도 도라보지 않고 거름을 옴겼지만은 그 우름 소리는 오래오래 그의 '지까다비' 뒷축을 딸아왓다.

그러나 아들이 징용을 나가서 죽을지 살지 몰으는 판에 첩으로 들어앉다니? 하기야 나이 이미 사십이오 다 시드러빠진 판에 어떤 색마인지 오장이를 칠 놈인지 모를 영감이 걸려들엇스니 그 기회를 노칠 수는 없을 것이었엇다. 일점의 동정을 아니할 수 없으리라. 더구나 아들한테서는 일 년이 가도록 소식 한 장 없고!

하지만 아무리 동정을 하려 하여도 윤선이에게는 어머니 생각만 나면 입에 쓴맛이 돌앗다. 영원히 가버린 어머니 미련도 없다.

그런데 여기서 지금 그는 새어머니를 맞았다. 이 새어머니는 이렇듯이 자기를 소중히 하고 애낀다. 도로혀 이러한 노파를 속이고 잇는 자기가 천벌을 마즐 행동이 아닌가? 모-든 것을 설파하고 양아들로 해달랄가? 칠성님의 영험으로 혀가 풀럿다고 할가? 허무한 생각이다.

비는 개고 해가 반짝 낫다. 몬지는 깨끗이 싯츤 나무와 풀과 흙이 새 생명을 어든 듯이 생기가 돗치고 상쾌하다. 햇님은 마즈막 여광을 애끼는 듯이 잠시 구름 사이를 뚤코 세상을 만족한 듯이 내다보다가 그만 서산 아래로 숨어버렷다. 방금 기름에 당거낸 것 같은 대추 잎사귀가 반득이드니 금시에 다갈색 지튼 빛으로 어둑신해젓다.

"어머니 이제 안 오시나?" 하고 윤선이는 생각하엿다. "어머님"이란 말에 힘을 들여 보는 윤선이의 가슴에도 정결한 햇빛이 빛외엿든 것 같다.

산간의 어두움은 해가 넘어가면 급속이 닥어든다. 소경 어머님이 어두운 들 무슨 염려야 잇스련 만은 그래도 윤선이 생각으로는 마음이 노히지를 안는다. 무슨 일일가? 넘우 오래다. 윤선이 마음은 갑자기 초조해젓다. 그는 벌덕 이러나서 칠성당 쪽으로 거름을 급히 옴기엿다.

어머니는 칠성당에 없엇다. 칠성당 속은 아주 캄캄하고 소나무 숲속도 저만치밖에 더 보이지 않는다. 칠성당 뒤로 돌아서 바른편으로 꽤 날카랍게 올라가는 산언덕으로 올라갓다. 무슨 특별한 생각이 잇서서가 아니라 그저 칠성당에서 집으로 바로 내려가는 소로 이외에는 그 길밖에 없기 때문이다. 날이 더 어두어져서 점점 시야가 짧아진다. 구름이 휙 것치고 별들이 새로 싯츤 듯이 유난히도 빛났다. 윤선이는 고개를 들어 하늘에 나타낫슬 북두칠성을 차져내엿다. 별들이 하들하들 깜빡깜빡하엿고 북두칠성을 한참 보고 나서 눈이 하늘 아래로 죽 내려오다가 윤선이는 흠칫하엿다.

커―단 바위 우에 두 손을 하늘을 향하야 치어들고 서 잇는 한 형상. 어머님! 그렇다. 소경 어머님이 분명하다. 윤선이는 거름을 빨리 하여서 그리로 가 보앗다. 윤선의 눈은 어둑신한 하늘을 배경으로 하고 하눌보다 더 식컴언 바위 우에 흰 옷을 입고 서 잇는 그 형상에서 눈을 떼이지 못하엿다.

윤선이는 그 바위에 거의 다왓다. 몇 발자국이나 될가? 이때 바위 우에 까닥 없이 서 잇든 히멀쯤한 형상이 움지럭하더니 비틀비틀하다가 바위 저편 아래로 떨어저서 형상이 없어지고 말엇다.

"아, 어머니!" 하고 부리지르는 윤선이의 황겁한 부르지즘. 윤선이는 껑충 바위 우로 뛰여올랏다. 바위 저쪽은 열 길도 더 되는 벼랑임을 그는 잘 알고 잇는 것이엿다.

"어머니." 하고 윤선이는 또 한 번 웨치엿다. 바위 한 끝에 몸을 내여 뿌리를 박고 비스듬히 누어서 자란 노송 한 그루 그 뿌리에 지대인 흰 형상이 꿈지럭거린다. 윤선이는 달려들어 그 흰 형상을 끌어서 바위 우으로 올려노핫다.

"어머니 어머니!" 그는 분별없이 고함을 질럿다. 소경 어머니의 팔이 윤선이 몸을 얼사안고 푸들푸들 떨엇다.

"아, 윤선아!"

"어데 다친 데 없어요?"

"괜찬타."

바람이 불어와서 소경 어머니의 치마자락을 희롱하엿다.

"네 본이름이 무엇이냐?" 하고 소경 어머니는 부드럽게 물엇다.

"어머니 용서하십시요."

소경 어머니의 팔이 와들와들 떨린다.

"제 본이름이 윤선이입니다. 어머님 아들 이름처럼 윤선이입니다. 오늘부터 나는 어머님을 내 진정 어머님으로 섬기겟습니다. 용서하십시요."

"윤선아, 오 내 아들 윤선아. 내가 도로혀 미안하다. 내가 욕심의 과하다. 하나 나는 너를 노하 보낼 수는 없엇다. 너는 작난으로 생각햇느냐?"

"아니요, 아니요. 어머님 어머님은 내 어머님이요."

"고맙다. 고맙다."

"아모 말씀도 마십시요. 어머님이 저 칠성님께 빌어서 칠성님이 내 혀를 풀어주엇습니다. 야, 윤선아 네 입을 열어서 말을 해라. 네 어머니께뿐이 아니라 왼 천하에 향하야 말을 해라. 이렇게 칠성님이 명령하십니다. 저기 저 하늘에서 북두칠성이 지금 우리를 내려다보고 게십니다." (1946)

눈은 눈으로

눈은 눈으로

"몸뻬[1]는 몸뻬지만 저렇게 지어 입으니까 맵시가 있수!"

"그러기 말요. 더구나 저 낫세[2]에!"

동리 여인들은 가끔 이런 이야기를 주고받았다.

"저 낫세에!" 하고 말하는 사람들도 이 여자의 참말 나이는 몰랐다. 머리가 하얗게 센 것을 보면 50이 지났으리라고 보이기도 했으나, 얼굴에 주름살이 과히 많지 않고 더구나 싱싱하게 빛나는 두 눈을 똑똑히 보는 사람은 그녀가 아직 사십 미만일 것이라고 생각했다.

그녀의 눈! 깊은 물속처럼 그윽하면서 신비스런 광채를 발산하는 눈. 눈두덩에 꺼멓게 멍이 들어 있으면서도 무슨 비밀이 담긴 것같이 보이는 눈이었다. 웃음을 잃어버린 것 같은 그 눈에는 우울이 깃들어 있으면서도 남을 위압하는 날카로움이 있었다.

"젊었을 적인 굉장한 미인이었겠어." 하는 찬사에 반대하는 이가 하나도 없었다.

1 　몸뻬 : 몸뻬. 여자들이 일할 때 입는 바지의 하나. 일본에서 들어온 옷으로 통이 넓고 발목을 묶게 되어 있다.
2 　낫세에 : 나이에.

고독한 여인이었다.

입이 무겁고 성낼 줄 모르고 사리가 밝은 여자였다.

"심상한³ 여자가 아니야! 분명코 무슨 곡절이 있는 사람이야." 하고 근처 사람들은 생각했다. 그러나 이 여자에게서 천끼를 발견할 수는 없었고, 어디까지나 고상한 몸가짐을 가지는 여자였다.

이 골목 안 집에 들어와 사는 지 이미 7년여가 되었으나 이웃 누구와 말다툼 한 번 한 일 없는 그녀였다. 그렇다고 또 누구에게나 책잡힐 언동을 한 적도 없었다. 그녀에게서 어딘가 넘겨볼 수 없는 어떤 위압감을 모두가 느끼고 있는 것이었다.

'개고기'라는 별명으로 유명한 경방단원(警防團員)⁴ 기하라라는 자까지도 이 여인에게는 딱다거리지 못하고 농담도 못 건네고 경이원지(敬而遠之)⁵하는 태도로 대하는 것이었다.

방문 오는 손님이나 친지도 별로 없는 고적한 생활을 하는 여인이었다.

그런데 그녀의 직업은?

삯바느질이 그녀의 직업이었다. 바느질을 곱게 하면서 품삯도 비교적 싸기 때문에 고객이 많았다.

그녀의 집 안팎은 언제나 티끌 한 점 없이 깨끗했다. 가구도 조촐(그러나 천스럽지는 않은)하였고, 입은 옷도 언제나 값이 싼 옷뿐이었으나 그러면서도 언제나 산뜻하고 청아한 기운이 그녀의 몸에 감돌았다.

"간호부 출신이 아닐까?" 하고 말하는 사람들도 더러 있었다.

말을 별로 안 하는 성미를 가진 여자이면서 말할 때에는 언제나 꼭 조선

---

3   심상한 : 대수롭지 않고 예사로운.
4   경방단원(警防團員) : 일제강점기에 치안 강화를 위해 소방대와 방호단을 합친 단체의 단원.
5   경이원지(敬而遠之) : 공경하는 척하면서 가까이하지 않음.

말만 했다. 나이가 정말 50 가까왔다면 일본말 못하는 것이 흉잡힐 것은 아니었으나, '국어 상용'(일본어 전용을 뜻함)을 강요하는 애국반 반상회 때나 관청에서는 일본말 몰라가지고는 아무 일도 못 하는 시절이었다. '국어 상용'이라고 인쇄한 삐라나 뿌려가지고는 일본어 상용이 실시되지 않는 것을 못마땅하게 여긴 일본인 통치자들은, 마지막 발악으로 일본어 모르는 시민이 관청에 갈 때에는 통역을 데리고 가서라도 일본어로 말해야만 서류 접수를 한다고 관청 사방 벽에 써 붙이고, 일 보러 간 사람이 조선어를 쓰면 대답도 안 해주는 것이었다. 관청 말단 직원은 대부분 조선 사람이면서도 어떤 시민이 조선말로 말을 걸면,

'아레 미로, 아레 미로(저것 봐, 저것 봐).' 하고 해랏조로 말하면서 벽에 써 붙인 '국어 상용' 포스터를 가리킬 따름 사무 취급을 안 해주는 것이었다.

그녀가 하루는 어떤 일로 시청에 가게 되었다. 창구 안에 앉아 있는 조선인 계원에게 조선어로 말하자 그 계원은 '아레 미로' 하면서 벽에 붙인 포스터를 가리켰다. 그 포스터를 힐끗 쳐다보고 난 그녀는 미소 지으면서,

"여보시오. 당신은 날 때부터 조선어를 써왔고 지금 일본어도 잘 하니 당신이 잠시 내 통역 노릇을 해주면 되지 않소?" 하고 대들었다.

언어 문제뿐 아니라 기타 사소한 문제도 곧잘 화를 내어 시민들의 일을 안 봐주기로 소문났던 이 계원도 그녀의 태연자약한 태도에 기가 질려, 청사 중앙 책상에 앉아 있는 일본인 과장과 국장의 눈치를 슬슬 살피면서, 사무 처리를 해주었다는 일화가 사람들의 입에 오르내렸다.

애국반 반상회 때에도 그녀는 조선어만 꼭 사용했다. 그녀가 일본어를 통 모르는가 하면 그렇지도 않은 성싶었다. 남들이 일본말로 지껄이고 있는 것을 그녀가 다 잘 알아듣는 것이 분명했고, 또 몇몇 사람만 알고 있는 사실이었지만, 일본 글로 씌어진 공문서를 줄줄 내리 읽으면서 잘 해득하는 '유식'한 여자였다.

일반 시민에게 신사참배(神士參拜)[6]를 그렇게도 혹독하게 강요했지만 그 녀가 심사참배 가는 행렬에 한 번이라도 참가하는 것을 본 사람은 없었다. 매달 초하루, 초여드렛날, 열여드렛날, 스무여드렛날 — 이렇게 정기적으로 전 주민이 꼭 가야만 되는 신사참배에 그녀만은 한사코 빠졌다. 이것을 반장이 눈감아주었으나 그 반장이 불공평하다고 시비하는 사람은 하나도 없었다.

정회(町會)[7] 주최로 한 달 기한 매일 아침 여섯 시에 소학교 교정에 각 가족 대표 한 사람씩 나와 모여 라디오에서 방송하는 곡조에 맞추어 체조를 하고 나서 집단적으로 신사까지 걸어가서 참배하기로 되어 있었다. 첫날 출석 성적이 좋지 못한데 화가 난 경방단장은 결석하는 자는 필수품 배급 통장에서 제명해버린다는 협박 공문(公文)을 프린트해 돌렸기 때문에 이튿날부터 출석률은 백 퍼센트에 달했다. 그러나 그녀만은 이 협박에도 굴하지 않았다.

신사참배를 더 강화하기 위해서 일참(日參) 제도가 생겼다. 신사에 모신 일본 귀신에게 평양 시내 전체 가족들(일본인과 조선인을 막론하고)이 번갈아 매일 참배하여 전쟁에 일본이 이기도록 빌어야 한다는 취지 아래, '日參'이라고 한자로 쓴 나무 팻쪽을 각개 애국반에 비치하고 가족 돌림으로 그 팻쪽과 애국반에 소속된 가족 명부를 가지고 신사로 올라가서 참배하고는 가족 명부에 그 신사지기의 도장을 받아 참배했다는 것을 확인하는 제도였다. 도장 받아가지고 온 가족은 팻쪽과 명부를 옆집으로 넘기면 그 집에서 그 이튿날 식구 하나가 그걸 가지고 신사로 올라가 참배하고 나서 도장 받은 명부와 팻쪽을 그 다음 집으로 돌리는 것이었다. 한 애국반이 평균 십여 세대로 조직되어 있었기 때문에 '일참' 번이 대개 매달 두 차례씩 돌아왔다. 그러나 그녀에게 그 팻쪽과 명부가 돌아오면 그녀는 신사참배 가지 않고 곧장

---

6 신사참배(神士參拜): 일제강점기에 일본 천황을 위한 사당에서 경배하도록 강요한 일.
7 정회(町會): 동회, 오늘날의 주민센터.

그녀의 집 동쪽 큰 방에 세들어 사는 가족에게 넘기고 말곤 했다. 그래서 세들어 있는 가족이 이틀 거푸 신사참배를 하게 되었었다. 그러나 세들어 살던 가족이 시골로 소개(疏開)[8]해 내려가자 혼자 살게 된 그녀는 팻쪽과 명부를 그냥 옆집으로 넘겼다. 관청에서 만일 따지게 된다면 혼자 사는 몸이라, 집을 비우고 외출할 수 없지 않느냐는 핑계를 댈 작정이었다. 좀 도둑이 왕성하던 시절이라, 집을 비워둘 수 없다는 구실은 정당한 것이었으나 열성분자로 이름난 경방단장이 알았다가는 벼락이 내릴 판이었으므로 옆집 식구가 대신 참배해주어 그녀에게 올 화를 면하게 해주는 것이었다.

그러면 이 여인의 이름은 무엇이었던가?

대문 기둥에 단 문패에는 '김 소사'라고만 씌어 있으니 과부임에 틀림없었다.

김 소사가 살고 있는 집은 목 꺾어 가운데 부엌이 있게 지은 집으로 부엌 아래위로 온돌방 한 간씩, 동쪽 온돌방 앞에는 반 간 넓이 마루가 있고 옆으로 반 간 곳간이 있었다. 뜰은 모두 다섯 평이 될까 말까?

쪽마루 없는 단간방에 김 소사가 살고 동쪽 방에는 어린애 하나 딸린 젊은 내외가 세들어 살고 있었다. B-29 미국 폭격기가 거의 매일 평양 하늘 위에 떠돌게 되고 아직 폭격 받은 일은 없으나 인심이 흉흉해졌다. 당국에서는 시골로 소개하라고 권장(실은 도시 주민에게 배급해줄 식량이 날로날로 줄어들기 때문이었지만)하고 있었고, 그것을 이용하여 셋방 들어 살던 젊은 부부는 평양을 떠나버렸다. 그러나 정회(町會)에 가서 소개 수속도 하지 않고 도망가듯 가버린 것으로 보아 B-29보다도 징용(徵用)이 무서워 어디 깊은 산속에 숨어버린 것처럼 그녀에게는 생각되었다.

---

8 소개(疏開) : 공습이나 화재 따위에 대비하여 한 곳에 집중되어 있는 주민이나 시설물을 분산시킴.

1945년 8월.

기직맥진한 '대일본제국'은 전국적으로 매일 수천만 명 사람들이 방방곡곡에 있는 신사(神社)로 가서 '신풍(神風)'의 기적을 빌었으나 가엾게도 그들의 귀가 먹었던 모양이었다. 일본을 돕기 위한 신풍이 황해 바다에서 일어나지 않고 일본을 망하게 하려는 신풍이 북쪽 대륙에서 냅다 불어 내려왔다.

'짱꼬로(일본인들이 중국인을 낮혀 부르는 이름)'들을 굶기고, 발길로 차고, 종으로 부리기를 백 년, 천 년, 계속할 수 있을 줄로 믿었었던 왜놈들이 '게다' 짝을 거꾸로 신고 쥐구멍을 찾아 헤매게 된 것이었다. 10년 동안이나 왜놈 군대의 말발굽 밑에 깔려 신음해오던 만주 지방 중국인들에게 끓어 오른 복수의 불길!

체면도, 정신도, 또 그렇게도 자랑삼아 오던 '야마도다마시(大和魂)'[9]까지 다 팽개친 일본인 피난민들이 한반도로 홍수처럼 밀려 내려왔다.

조선 사람들은 어찌하여 그 일본 년놈들을 압록강 물속에 쳐박아버리지 못하고 순순히 받아들여 피난처를 제공했나?

굴욕의 관습화? 유린된 신경은 마비되어버렸던가!

만주로부터 도망해오는 일본인 및 조선인 수용 — 평양시에만도 무려 4만 명이 배정되었다. '애국반' 서기들은 비지땀 흘리면서 빈 집, 빈 방, 빈 마루, 빈 창고 조사에 바쁘게 싸돌아다녔다.

B-29가 매일 밤낮 가리지 않고 평양 상공을 날으고 있는 것이 무서워서 전등은 말도 말고 담뱃불조차 얼씬하지 못하게 하는 캄캄한 길거리에 '지까다비'[10] 신은 수천 쌍의 피로한 발들이 아스팔트를 버석버석 밟으며 들이밀렸다. 일본 여자들과 어린이들 — 그들은 이 조선 땅이 얼마나 고마왔을까!

밤새워 역에 나가 기다리는 애국반장들! 기차가 와 닿을 때마다 불 없이

---

9   야마도다마시 : 일본 민족의 고유한 정신.
10   지까다비 : 노동자의 작업화.

캄캄한 플랫폼에 내려서는 숱한 몸뻬 입은 여인들과 어린이들!

'나이찌징(內地人-日本人)' 하고 크게 부르는 소리가 어둠 속에 크게 울리었다. 그리고는 '나이찌징' 무슨 정(町) 제 몇 조(組)에 피난민 몇 명씩이 할당·선포된다. 밤새도록 비워도 비워지지 않을 듯이 숱한 사람들로 북적거리던 플랫폼이 텅 빈다. 조금 뒤 '나이찌징'만을 태운 기차가 또 들어와 멎는다.

'죠센징(한국인)'은 왜 안 오나? 관청에서는 분명 피난민 수송에는 내선(內鮮) 사람 가리지 않고 공정하게 배차한다고 계속 선언하고 있건만 조선인 태운 기차는 들어오지 않았다.

왜놈의 앞잡이라고 오해받는 조선인 부녀자들이 만주 각지에서 미친 개맞아 죽듯 하는 동안 왜족 부녀자들은 감쪽같이 특별 열차에 실려 압록강을 건너오고 있었다.

일본 여자들과 어린이들이 평양 시내 각 학교 건물(아직 병영으로 전환되지 않은), 상사(商事) 기관, 종교 기관 건물들을 다 채우고 넘쳐서 신시가(新市街) 일본촌 사삿집¹¹들까지 찬 후인 사흘째 되는 날에야 처음으로 조선인 부녀자 피난민의 선발대가 겨우 도착했다.

일본 년놈들보다 뒤늦기 사흘! 그동안 얼마나들 혼이 났을까?

'센징(조선인) 피난만은 센징 시가로'라는 명령이 내렸다. 푹푹 찌는 더위, 물 한 방울 안 나오는 수도, 쌀 없는 도시!

먼저 온 일본인 피난민들에게는 바로 역에서 주먹밥이니, 빵이니 다 나누어주고 난 지금 '센징'에게는 나누어줄 음식이 없으니 수용 할당받은 주인집에서 피난민을 먹이도록 하라는 명령이 내렸다.

— 아, 조선인에게 무슨 식량이 남았기에 피난민을 먹이라고 하는 건가.

---

11 사삿집 : 개인 살림집.

우리 자신이 오늘 아침 굶었는데. 흥, 그 퀴퀴한 비스켓 배급 줄 때에도 '나이찌징'에게는 많이 주고 '한또징(半島人)'에게는 주나마나 하는 차별 대우를 해오지 않았는가. 정거장에 준비되어 있었던 주먹밥과 빵은 너희들끼리 다 먹어치우고 우리더러 뭘 나누어 먹으라고 —

1945년 8월 보름날!

만세 소리!

조선 독립 만세!

천지를 진동하는 만세 소리!

너무 즐겁고 억해 마구 흘러내리는 눈물!

터져나오는 '동해물과 백두산이 마르고 닳도록'

거리거리에 나부끼는 태극기!

이날 정오 '일본 천황'의 특별 방송을 듣자마자 벌떡 일어선 김 소사는 '가미다나'[12]라고 불리우는 조그만 나무 궤짝을 벽 시렁으로부터 뜯어내려 방바닥에 던지고 발로 밟기 시작했다. 강제에 못 이겨 벽에 걸어두고 해마다 새 것으로 바꿔 걸어야만 했던 원수의 나무 함! 그것을 발로 밟아 부수는 쾌미!

그 다음 그녀는 일장기(일본기)를 서랍에서 끄집어냈다. 기를 띄워야 되는 날 만일 안 띄우면 배급을 뗀다, 잡아 가둔다 협박받아오던 그 원수의 깃발!

"야, 이 히노마루![13] 흥, 좀 봐라!"

하고 고함 지르는 그녀의 양미간에는 서릿발 같은 찬 기운이 돌았다. 그녀는 그 기를 찢고, 물어뜯고, 짓밟았다 — 김 소사가 이렇듯이 격분하는 것을 본 사람은 일찍 없었다.

찢기고 짓밟힌 일장기!

---

12 가미다나(神棚) : 집 안에 신을 모셔놓은 감실.

13 히노마루 : 일본 국기.

바깥 거리거리에는 사람의 홍수, 추럭에 가득가득 실린 청년들의 관자놀이에 핏대줄이 툭툭 불어 오르도록 만세를 부르고 ─ 거리거리에 나부끼는 태극기의 사태!

기쁨과 만족과 기대와 희망으로 가득 찬 거리를 김 소사는 걸었다. 그녀는 애국반장은 아니었으나 만주서 피난 오는 동포들을 맞으러 여러 사람과 함께 정거장을 향해 걷는 것이었다.

바로 이날 아침까지 들이밀리는 일본인 피난민 사태는 평양 조선인 시민들의 큰 두통거리요, 염려요, 절망이었다.

그러나 이날 오후 동포 피난민을 맞는 시민들은 멀리 떠나 있던 친지들을 맞아들이는 기분으로 돌변했다.

바로 아침까지 누구나가 "요놈의 왜종자들이 자꾸자꾸 쫓겨와, 바로 저희 나라로 가지 않구 여기서 주저앉기만 하니 어떡헐 작정일나 말인구." 하고 짜증을 내던 시민들이 오후부터는,

"아, 동포 여러분! 어서들 오십시오. 얼마나 놀라구 고생하셨수. 아! 우리는 인제 독립국 국민이 됐소. 자기네 피난민을 먼저 실어다 놓고는 저희들끼리 주먹밥이니 빵이니 다 처먹고는, 우리에게는 남은 쌀이 없으니 뒤로 오는 너희네 피난민들은 너희가 먹여야 한다. 죽을 쒀 먹건 미음을 끓여 먹건 맘대로 하라던 그놈들이 인제 자기네가 모두 다 이 땅에서 쫓기어 나갈 신세가 된 것을 알자 얄밉게도 쌀 창고에 불을 지르고, 식료품을 대동강에 집어넣고 막 개지랄하고 있소. 허나 인제 자유를 찾은 우리에게 무슨 염려가 남아 있겠소. 때마침 3천리 강산에 풍년이 들었소. 이제부터 우리는 우리가 지은 쌀을 우리가 먹을 수 있게 됐소. 쌀은 깡그리 공출해 일본으로 실어 가고 우리에게는 만주산 좁쌀만 배급해주던 일본 놈들이 다 쫓기어 가게 된 것이요! 자 어서들 오시오. 오죽들 놀라구 오죽들 피곤하겠소! 자, 건넌방이 비어 있고 마루도 비어 있소. 임시로 좁은 대로 지나봅시다. 얼마 안 가서 신

눈은 눈으로

시가 쪽발이들 모두 현해탄 건너로 쫓겨갈 것이니 그놈의 집들, 점포들, 창고들이 다 우리 것이 되지 않겠소. 주먹밥이라니 말이 되오? 우리 한 솥에 밥을 지어 정답게 나누어 먹읍시다."

김 소사 역시 전에 없었던 명랑한 기분으로,

"아, 얘들아, 이 안방으로 들어오너라. 에그, 얼마나 피곤하구 배가 고플까! 쯧, 쯧. 염려 마라. 너희들은 참 행복하다. 모두 훌륭한 장래가 기약되어 있으니. 응, 착하다." 하고 수다스럽게 피난민 가족을 환영했다.

김 소사 집으로 들어온 피난민 일행은 30 미만으로 보이는 어머니와 연년생같이 보이는 두 사내아이와 돌이 방금 지났으리라고 보이는 처녀애였다.

김 소사가 친히 세숫물을 떠다놓고 피난민 아이들 세수를 손수 시켜주었다.

"응! 너희들이 조선말을 할 줄 모르는구나! 그게 너희들 잘못이 아니고 못나디 못난 너희 조상들의 죄다. 앞으로는 너희들 다 모국어를 배우게 된다." 하고 그녀는 혼잣말하듯 했다.

이 어린이들의 어머니는 아랫도리는 몸뻬, 위에는 하얀 홋적삼을 입었다. 그동안 얼마나 놀라고 피곤했는지 말 한마디 못하고 그냥 방 안으로 들어가 쓰러지고 말았다.

저녁을 먹자마자 어린이들은 아무렇게나 쓰러져 잠이 들었고 김 소사와 피난민 여인은 각기 부채를 들고 툇마루에 마주 앉았다.

이미 황혼이 내리 덮였건만 날씨는 그대로 푹푹 찌는 것이었다. 울 밖에 서 있는 단 세 그루 꺽다리 포플라나무들도 영양 부족인 양 드문드문 돋은 잎사귀 하나 까딱 않고 졸고 서 있었다.

두 여인은 묵묵히 앉아 있었다.

피난민 여인의 가슴속에 어떤 복잡한 생각이 교차되고 있으리라는 것을 너무나 잘 이해할 수 있는 김 소사는 잠잠히 이 여인의 얼굴을 바라보면서 속으로 동정을 아끼지 않았다. 너무나 돌발적이었던 일이라 아직 꿈결같이 얼떨떨하리라고 김 소사는 생각했다. 영문을 잘 모르면서도 떨리는 가슴, 공포, 불안 — 몇 해 내리 개미가 쌀알 모으듯이 모아놓았던 조그만 소유물 품들에 대한 미련, 내버리고 온 이불장과 이불, 부엌 기명, 서랍 속에 잠겨 있을 어린애 쟈케트…… 아! 아!

　김 소사는 그 누구보다도 특히 이런 감정을 잘 이해할 수 있었고 동정심이 남보다 강했다. 저 먼 날 자기 자신도 이런 변을 맛본 일이 있었던 것처럼 이런 때에는 침묵만이 가장 큰 위로가 되는 줄을 잘 알고 있었기 때문에 그녀는 침묵을 지켰다. 피난민 여인이 먼저 입을 열기 전에는 언제까지나 그녀는 말을 꺼내지 않고 기다렸다.

　그녀의 머리 속에는 안개 속 같은 추억이 배회하고 있었다.

　추억!

　추억이란 안 하는 것이 상책이다.

　그러나!

　그때로부터 벌써 20년의 세월이 흘렀다. 그동안에 타고 나서 이미 싸늘해진 재가 되어버렸으리라고 생각되던 그 추억을 오늘 이 밤에 새삼스레 다시 불꽃같이 일으킬 필요가 어디 있는가? 야속한 건 사람의 기억력! 몇십 년 후에도 재를 헤치면 그 밑에는 아직 불씨가 빨갛게 살아 있고, 환경이 부채질해주면 그 불은 세차게 다시 피어오르는 것이었다. 더 명료하게, 더 아프게! 그 기막히는 기억, 몸서리쳐지는 기억, 이 기억이 김 소사의 뇌리에 다시 용솟음쳐 끓어오를 때, 이 마주 앉아 있는 피난 온 여자, 풀끼 한 점 없이 축 늘어져 앉아서 하염없이 어두운 허공만 쳐다보고 있는 이 젊은 여인의 처지가 남의 일 같지 않게 생각되었다.

　"과히 상심 마오." 하고 김 소사는 마침내 입을 열고야 말았다.

　젊은 여인으로부터는 아무런 대꾸도 없었다. 한참 뒤 좀 더 다가앉은 김 소사는 여인의 손을 꼭 잡았다.

"너무 상심 마우. 인제 우리 겨레 모두 다 즐거워할 때가 오지 않았소! 앞을 바라보고 마음을 굳게 먹고……." 하고 말하던 김 소사는 흠칫했다. 손을 잡고 보니 이 여인의 앉은 모습이 어쩐지 수상하게 보였다. 아무 대답 안 하는 그 여인은 울기 시작했다. 오랫동안, 발이 저리고 아파올 만큼 오랫동안, 꼼짝 않고 꿇어앉아 있는 모습과 우는 태도! 비록 조선 저고리를 입기는 했지만 어딘가 좀 어색하게 보이는 점. 말 한마디 하지 않고 침묵만 지키고 있는 이유? 김 소사는 손을 슬그머니 놓았다.

혹시나?

"아니, 여보 당신은? 아니……." 김 소사는 말을 맺지 못했다.

"고멩, 고멩(용서하십시오)!" 하고 일본말로 시작하는 젊은 여자는 두 손바닥 다 방바닥에 대고 머리가 방바닥에 닿도록 절을 두세 번도 아니고 칠팔 번 연거푸 절을 하는 것이었다.

일본 여자? 한복으로 변장한 왜년!

김 소사는 저도 모르는 사이에 이 젊은 여인을 왈칵 떠밀었다. 뒤로 물러난 여인은 엎드린 채 흐느끼고 있었다.

"에이, 이 비겁한 종자!"

하고 김 소사는 유창한 일본말로 소리 질렀다.

젊은 여자는 일본어로 "용서하세요."를 몇 차례 거듭하면서 "조선 옷을 입는 것이 안전하다고들 그래서요, 하, 하, 하, 하, 하." 하고 변명하는 것이었다.

김 소사는 말없이 벌떡 일어섰다. 조선 옷으로 변장한 일본 여인을 발길로 한 번 걷어찬 김 소사는 건넌방으로 들어가 방바닥에 쓰러졌다.

가슴이 두근거렸다.

응, 원수는 외나무다리에서 만난다고!

"눈은 눈으로 갚고 이빨은 이빨로 갚으라."고 성경에 뚜렷이 씌어 있다. 그것은 하나님의 지시라고까지 명기되어 있었다.

아, 20년의 세월!

잊어버리자, 잊어버리자 하면서도 잊어버리지 못하는 그녀의 마음속 상처는, 마치 수술 받은 자리가 날이 궂을 때마다 근질근질해지는 것처럼 가끔 덧치곤 했었다.

그랬었는데 바로 오늘 오후 늦게!

피란민 여인이 어린것 셋을 데리고 지친 모습으로 걸어오는 것을 볼 때 그녀는 20년 전 자기 자신의 환영을 역력히 봤던 것이다.

저녁 식사 뒤 피란민 세 아이가 나란히 누워 세상 모르고 자고 있는 것을 볼 때 20년 전 자기 자신의 환영은 아까보다 더 강하게 나타나는 것이었다. 이 이남일녀 세 어린이들은 김 소사 자신이 20년 전에 경험한 참상처럼 악착한 운명을 최후 순간에 겨우 모면하고 나서 나란히 누워 잠들었거니 하는 생각에 눈물이 저절로 핑 돌았다. 20년 전 자기 자신의 아이들이 당했던 비극과 비슷한 경우에 빠졌던 이 아이들이, 사무치면 사무칠수록 더 사무치는 경우에 빠졌던 아이들이 이렇게도 무사하게 김 소사 자신의 보호의 날개 아래로 기어든 것은 대견하기도 했고 행복하기도 했다. 끝까지 이 세 어린이를, 제 자식 대신 보호해주고 양육해주리라고 그녀는 결심했었던 것이다.

그랬었거늘! 아, 그년이 왜년이고 고것들이 악독한 왜종의 피를 물려받은 악귀들이라니! 그 원수의 왜새끼들을 애무해주고 손수 밥까지 지어 먹였다니! 아, 이 무슨 운명의 작희인고! 해 그날, 20년 전 그날, 왜놈들이 내 남편과 두 아들과 하나의 딸을 — 진주처럼, 보석처럼 길러온 세 아이를 한꺼번에 그렇게도 잔인하게 도륙한 — .

바로 20년 전 9월 1일 정오! 곳은 일본 도오꾜. 그날 아침까지도 김 소사는(그때에는 과부가 아니었고 남편과 세 명의 자식을 가진 현모양처였다) 종달새처럼 노래하고 토끼처럼 뛰노는 세 아이들을 기르고 있었다.

지진!

언제까지나 언제까지나 요지부동일 줄로 믿었었던 땅덩이가 등이 가려웠는지 한번 흔들렸다. 한 1, 2분간 진동이 20세기 현대식 대도시를 개미집만도 못하게 파괴시키고 말았다. 그런데 가증한 일본 정부는 이 천벌을 엉뚱하게도 조선인의 작희라고 선전하고 미련한 일본인 대중은 분노를 애매한 조선 사람들에게 향해 폭발시킨 것이었다.

그날 폐허가 된 도오꾜시 이리저리로 도망 다니고 숨던 일이 어제런 듯 생생하게 그녀에게 회상되었다. 간이 콩알만 해가지고 아들 둘은 양손에 잡고 어린 딸은 등에 업고 ― 단지 조선 사람이었던 탓으로 이리 쫓기고 저리 쫓기고, 무섭고 초조하고, 떨리던 생각!

"여보, 큰일 났소. 조선 사람은 불문곡직[14]하고 무조건 미친 개 때려잡듯 하는구려. 방금 넷이서 함께 걸어오다가 나는 마침 소변이 마려워 잠시 뒤떨어졌었기 때문에 그 덕에 혼자 겨우 살아남았소. 그저 칼, 몽둥이, 대나무 창, 도끼, 식칼, 아무거나 들고 때려죽이는걸." 하고 말하는 남편은 온몸을 와들와들 떨고 있었다. 그 모양이 지금 그녀의 눈앞에 선하게 나타났다. 20년이 지나간 이 밤에 조그만 방에 홀로 누워 있는 김 소사는 그날 들은 소름끼치는 목소리를 다시 듣는 성싶었다. 바로 어제 생긴 일인듯이!

"와와와, 조선 놈을 죽여라, 죽여!"

피에 굶주린 악귀들의 아우성 소리.

그러나 죽음을 눈앞에 두고도 사람은 먹어야만 살 수 있는 동물이다. 먹어야 산다! 미천한 짐승이나 곤충과 꼭같은 동물, 그것은 만고불변의 진리.

그러나 골목골목에서 조선 사람 죽이기를 기다리고 있는 이 학살터에서

---

14 불문곡직(不問曲直) : 옳고 그름을 따지지 않음.

조선 사람이 어떻게 어디서 먹을 것을 구할 수 있다는 말인가! 그러나 어린것들! 이제 기운이 지쳐버려 배고프단 말조차 할 기운이 없이 느른히 누워 있는 어린것들. 너무나 조용히 누워 있어 혹시 죽었는가 겁이 나서 가서 흔들어보곤 했다.

남편과의 말다툼도 인젠 더 할 기운도 흥미도 없었다.

어른은 차치하고라도 어린것들만은 먹여살려야 할 텐데.

남편의 용모는 그가 아무리 일본 옷을 입고 있다 해도 '나는 조선 사람이오.' 하고 얼굴에 써 붙인 것이나 다름없었다.

그래도 여자는 일본 옷 입고 일본 여자 걸음걸이 흉내를 잘 내면 무사히 통과될 성싶은 생각이 든 그녀는 거리로 나섰던 것이었다. 먹을 것을 구하려고, 먹을 것을!

그녀는 뛴다.

일본 여자가 뛰는 흉내를 내어 뛴다. 먹을 것을 손에 들었으니 마음은 더 조급해진다. 아이들이 그동안에 혹시나? 아니다, 아니다. 이 빵을 갖다 먹이면 모두 기운을 차릴 게다.

숨이 차 현깃증이 난다. 금방 길에 쓰러질 것 같다.

그러나 어버이의 본능은 생리(生理)보다 강했다.

다 왔다.

"아가, 이 빵 받아라. 받아라, 받아라. 먹어라, 먹어라. 살았다, 살았다. 자, 이 빵!"

그런데 웬일일까? 꼭 닫혀 있어야 될 문이 좍 열려 있는 것을 그녀는 봤다.

그녀는 급히 뛰어 들어갔다.

"아가, 아가, 이 빵을! 여보, 여보!"

앗! 피! 피투성이! 홍건이 괸 피! 시뻘건 피!

"애들아, 일어나렴. 엄마가 먹을 거 사 왔다. 여보, 빵 사 왔어요."

어린이들도 남편도 아무 대꾸 없이 그냥 누워 있었다.

나란히 자는 듯이 누워 있는 아이들과 남편은 빵을 먹을 수도 없었고 영원히 다시 일어날 수도 없는 몸들이 되어 있었다. 배고픔도, 고통도, 공포도, 어머니도, 아내도 다 없어진!

아, 하나님! 갑자기 웬 안개가 이처럼 낄까? 내 눈이 왜 이리 까마득해질까?

그것이 20년 전 일이었다. 그러나 오늘 밤 그 기억이 새롭게 격동과 피곤을 가져다주는 것이었다. 노곤해져서 손가락 하나 달싹하기 싫었다. 그러나 잠은 들 수 없었다.

달이 밝기도 했다.

김 소사는 얼마 동안이나 가만히 누워 있었는지 저도 잘 모른다.

"이 원수를!"

그녀는 일어나 앉았다. 피곤이 금시 사라져버렸다.

뜰에 나서니 달빛이 눈이 부셨다. 그녀는 머리를 들어 달을 쳐다봤다. 구름 한 점 없는 광활한 하늘에 별들이 총총. 저 별들, 반짝거리는 저 별들이 어쩌면 저렇게도 차고 매정하고 무감각할까!

피란민 가족이 잠자고 있는 방. 김 소사의 눈은 자석에 끌리는 쇠붙이인 양 그 방으로 끌려갔다. 방 안에는 옷 입은 채로 쓰러져 자고 있는 어린이들의 상반신 위에 달빛이 비치어 똑똑히 볼 수 있었다. 그 고수머리를! 그 토실토실한 팔들!

내 아이들, 20년 전에 한목에[15] 죽은 내 아이들이 이전의 그 모양대로 세상으로 환생하여 저렇게 나란히 누워 자고 있는 걸까? 너무도 흡사하다.

조선 저고리로 변장한 일본 여자는 저쪽 어두운 구석에서 새우잠을 자고

---

15 한목에 : 한꺼번에.

있었다.

김 소사는 옷싹 소름이 끼치는 것을 감각했다.

복수!

눈은 눈으로 갚고, 이빨은 이빨로, 도끼는 도끼로 갚고!

이놈들아, 너희들이 내 자식들을 무단히 죽였겠다. 오늘 밤 나는 너희들을 내 손으로 죽일 권리와 의무를 가지고 있다. 왜놈들아, 너희는 무슨 까닭으로 내 남편과 어린것들을 도끼로 패 죽였니! 도끼는 도끼로, 어린것은 어린것으로 갚는다!

그녀는 장독대께로 갔다. 번들번들 빛나는 물건이 이내[16] 그녀의 눈에 띄었다. 멈칫 선 그녀는 몸을 바르르 떨었다.

그녀는 도끼를 들어 둘러메었다. 묵직하다. 이것으로 한 놈씩 골사박을 패면 팍팍 잘 패일 것이다.

달빛 아래 상반신을 드러내놓은 어린이들은 아무것도 모르고 쌔쌕 자고들 있다. 나란히 누워 자는 어린이들의 모습은 곱기도 했다. 김 소사 자기의 자식들이 자는 모습은 저보다 몇 갑절 더 고왔다.

남편, 아들, 딸의 피의 호소! 이 호소는 신성한 것, 절대적인 것이었다. 남편과 아들들과 딸의 피의 호소를 거부할 권리가 나에게 있는가? 없다. 피, 피, 피, 피!

김 소사는 도끼를 힘있게 둘러멨다. 입술을 질근 깨물었다. 두 다리에는 쥐가 일었다.

"에익!" 단숨에 팍, 팍, 팍, 팍, 내리칠 수 있는 것이다. 팩, 팩, 팩, 팩 네 번만 패면 년놈들이 다 찍소리도 못하고 죽을 것이다.

피의 호소! 남편과 자식들의 피의 호소가 지금 그녀의 두 팔에 밀물 밀듯

---

16 이내 : 곧바로.

올라오는 것이었다. 그 두 팔이 앞으로 홱 넘어오기만 하면 만사는 끝나는 것이다.

피는 피로 갚아야지!

탕, 탕, 탕!

어디 가까운 데서 요란스러운 폭파 소리가 들려왔다.

갑작스런 소리에 놀란 그녀의 팔은 별안간 맥이 탁 풀리고 도끼는 땅에 떨어졌다.

탕, 탕, 탕, 탕, 탕 계속하는 탕탕 소리. 이게 무슨 소릴까?

갑자기 하늘과 땅이 낮같이 밝아졌다. 달빛은 언제나 그윽한 빛이요, 달이 이미 서산을 넘고 있었다. 그런데 지금 갑자기 천지를 환하게 빛내는 시뻘건 불기둥들!

"아이고, 아이고, 아이고!" 하고 외치는 사람들의 아우성 소리가 사방에서 들려왔다.

탕, 탕, 탕!

총소릴까? 왜놈 군인들이 최후 발악으로 평양성을 둘러 빼는 것일까?

조선 사람의 환희가 도수를 넘어 일본인 주민들에게 공포감을 주고 있으니 좀 자중해달라는 담화를 일본군 사령부에서 발표했다는 풍설을 초저녁때 들었었다.

그런데 —

"불! 불! 저! 불길." 하고 떠드는 아우성 소리에 놀란 김 소사는 고개를 들어보았다. 가까운 언덕에서 불기둥이 하늘을 향해 기어오르는 것이 그녀의 눈에 띄었다. 30자, 아니 50자도 더 되게 높이 보이는 불기둥이었다.

"어딜까?" 하고 불구경 나온 군중 하나가 물었다.

"신사(神社)지 어디야." 하고 한 사람이 단언했다.

"아니, 도청 건물이 아닐까?"

"아니야. 도청 건물은 만수대[17]에 있는데 방향이 다르지 않아. 칠성문 근처가 분명하니까 신사가 분명해."

"그래 그래, 분명 신사야. 신사 주변 솔밭 속에 왜놈들이 가솔린 드럼들을 숨겨두었는데, 가소린 드럼이 터지지 않고는 불길이 저렇게 셀 수가 없거든."

"암 그렇지. 아까 탕 탕 탕 하든 소리가 가솔린 드럼 터지는 소리였어, 분명."

"어, 시원해. 그놈의 신사가 불에 타다니……."

"참, 유쾌하다. 그런데 누가 감히 그렇게 대담하게 신사에 불을 질렀을까? 일본군은 아직 중무장한 채로 있는데."

"어찌됐던 시원해…… 이젠 죽어두 한이 없겠어…… 그 지긋지긋하던 신사참배!"

이렇게들 떠들어대고 있는 사람들은 바로 오늘 아침까지도 이 신사에 끌려가 참배하고 온 사람들이었다.

— 용감한 손, 성냥을 그어 신사 건물에 댄 손은 누구의 손일까! — 하고 김 소사는 생각해봤다.

그 손! 그 손은 한 젊은 여성의 손일는지도 모른다. 신사참배 거절 때문에 경찰서 유치장에 구금되어 있으면서도 끝끝내 거부하다가 결국 유치장에서 죽어 송장이 되어서야 석방되어 나온 예수교 목사 한 분이 있었었다. 그 목사의 말이 이 원수의 신사에 불을 질렀기가 십상팔구다.

그 손은 아무개의 손이라도 좋다! 그 손은 개인의 손이 아니라 전체 민족의 손이다.

타라, 타! 타 없어져라. 일본 민족의 수호신, 일본 족속의 최고의 숭배와

---

17 만수대 : 평양시 중구역 만수동에 있는 60미터 높이의 언덕.

신앙의 대상인 신사가 지금 타서 재로 변하고 있다. 아, 하, 그렇게도 숱한 절을 매일같이 받은 너, 어찌하여 지금 너 자신을 살릴 기적을 행사하지 못하느냐? 너는 그동안 공절을 받고 있었구나. 아, 탄다. 잘도 탄다. 타라, 타 죽어라, 영원히 타 죽어라. 그래서 우리나라 이 땅에, 아니 세계 어디에 있었 건 너는 타서 재가 되고 다시는 이 세상에 지어지지 못하게 되라.

아, 개인 개인 간의 복수는 없어도 좋다. 너희들의 국신(國神)을 우리 손으로 태워버림으로써 우리 민족 전체의 복수가 실현되었다.

아, 불아. 통쾌한 불아.

불의 샛빨간 광휘를 온몸에 받고 서 있는 김 소사의 눈에서는 눈물이 줄줄 내리 흘렀다. 억제할 수 없는 만족과 행복의 눈물! (1947)

시계당 주인

시계당 주인

돌날 아침 때때저고리를 입히울 때, 아기는 "때때, 때때!" 중얼거리며 만족했었다. 그러나 그 뒤 얼마 안 되어 오줌에 젖은 바짓가랑이가 척척해 죽겠는데 기저귀 갈아 채워주려고 하는 사람은 하나도 없어 화가 치민 아기는 으아아 하고 악을 쓰며 자빠졌다.

그랬더니 누군가가 살그머니 안아 일으켜주는데 무엇인지 산뜻한 것이 귓바퀴에 와닿으면서, 곧 이어 쨍깍쨍깍 하는 이상스런 벌레 소리가 들려왔다.

놀라기도 하고 무서워지기도 한 아이는 울음을 뚝 그치고 눈을 떴다. 누님이 안고, 웃으면서 내려다보고 있는 것이었다. 귓가에 쉬지 않고 들리는 쨍깍 소리에 귀가 솔가운 그는 머리를 살랑살랑 흔들었다. 그러자 누님은 그 차갑고 매끈매끈한 물건을 얼른 쳐들어 아기 눈앞에 뱅글뱅글 돌렸다. 방향이 달라진 쨍깍 소리가 그 반들거리는 동그란 물건에서 나오는 것이 분명했다. 포동포동한 손을 내미는 아기는 그 쨍깍거리는 동그란 물체를 붙잡으려고 했다.

잡히기만 하면 으레 입으로 가져갈 것이다.

누님은 반들거리는 동그란 물건을 감췄다. 발버둥치기 시작하는 애기는 다시 울음을 터뜨렸다.

언뜻 무엇이 손에 와닿는다. 매끈매끈하다. 창선이는 그걸 입으로 가져갔다. 아직 이가 돋아나지 않은 윗잇몸이 딱딱하고 매끄러운 감촉을 감각했다. 숨어 내다보니 아랫니 한 개 뾰족한 끝에서는 대가각 하는 소리가 났다. 입안에서도 쨍깍 소리를 계속내는 그 물체가 그의 혀를 간지럽게 해주는 것이었다. 좋아하는 창선이는 "아아아" 하면서 몸을 흔들었다.

"아니, 이게 무슨 장난이야?"

하는 아버지의 성급한 목소리가 들려오는 동시에 손등에 털이 유달리 돋은 커다란 손이 내려와 창선이에게서 시계를 빼앗았다.

창선이는 또 울기 시작했다.

"아니, 원, 장난감이 없어서 하필 시계를 준담."

하고 중얼거리고는 아버지는 창선이를 안고 가겟방으로 나갔다. 창선이는 그냥 울고 있었다.

"오, 오, 우리 아기, 착한 아기…… 자, 시계 실컷 구경해라."

벽에 걸린 커단 괘종¹ 앞에서 아버지는 창선이의 두 발을 모아 쥐고 높이 치켜들었다.

희고, 넓적하고, 둥그런 판 위에 큰 거미발처럼 시껌한 두 개의 시계바늘이 방향을 달리해 벋어 있고, 그 아래 유리알 댄 어둑신한 가슴속에서는 금빛으로 번쩍번쩍 빛나는 동그란 추가 쉴새없이 없다 갔다 움직이고 있었다. 그 가슴속에 자기 얼굴이 어렁귀하게 반사되는 것을 창선이는 봤다. 그 속에 동무 하나가 나타난 줄로 생각하는 그는 두 팔을 허위적거리면서 "따따 따따" 부르면서 마주 바라다봤다.

아기를 안은 아버지는 가게 안을 한 바퀴 돌았다.

---

1 괘종(掛鐘) : 벽이나 기둥에 걸어두는 시계.

유리 창문들과 출입문을 단 앞면만 제외하고 나머지 사면 벽에 빈틈없이 괘종들이 걸려 있었다. 크고 작은 갖가지 괘종, 여러 모양의 괘종들이 크고 작은 갖가지 추들이 제각기 흐느적흐느적, 하느적하느적, 홀래홀래 분주히 들 움직이고 있었다.

가게 앞면에는 전체 유리로 짠 진열함이 있고 그 속에 조그만 회중시계와 손목시계들이 진열되어 있었고, 선반 위에도 여러 모양 작은 시계들, 금속 시계줄, 그리고 시계끈들이 규칙적을 나열되어 있었다.

유리함 안에 놓여 있는 여러 모양의 시계들을 만져보고 싶은 창선이는 손을 내밀었지만, 손은 매끈매끈하는 유리판 감촉을 느낄 뿐 시계가 잡히지 않았다. "배배배배" 하면서 그는 유리판을 자꾸 쓸었다.

사방에서 여러 음계와 속도의 혼잡된 박자 합창이 들려왔다. 떽걱떽걱, 사릉사릉, 잭깍잭깍, 털털털털, 찌릉찌릉 — 여러 가지 벌레들의 합창 소리처럼 들렸다.

"데에엥" 하고 제일 큰 괘종이 점잖고 느리게 시간을 치기 시작하자 이 소리에 놀란 창선이는 아버지의 품에 머리를 박고 바르르 떨었다.

"스르릉 뗑, 스르릉뗑" 하고 천천히 치는 소리 속에 염치없고 방정맞게 "땡땡땡땡" 급속도로 쳐버리고 마는 시계도 있었다.

이 숱한 시계들의 여러 음계의 조화와 대위와 혼란스런 헌화 속에 젖먹이 시절부터 자라온 창선이는 시계들과 친밀한 생활을 하게 되었다. 밤에 잠들었다가 우연히 밤중에 깨어, 아까 낮에 복남이와 더불어 놀다가 그리 대수롭지도 않은 일로 싸우고는 서로 비쭉해서[2] 종일 말도 않고 지내온 것이 싱거웠다고 생각된 때, 문득 옆방에서 부시럭거리는 시계 소리, 쉴 새 없이 소리 내는 시계 소리에 정신이 집중되곤 했다. 듣고 있노라면 시계 소리는 자

---

2 비쭉해서 : (비웃거나 울려 할 때) 소리 없이 입을 내밀어서.

꾸자꾸 자라온, 집 안을 채워버리는 것같이 생각되기도 했다. 덱걱덱걱 굵고 느린 놈, 재깍재깍 빠르고 또렷한 놈 — 오래오래 들으며 누워 있으면 그 소리들은 언뜻 수다한 종류의 곤충들, 즉 모기, 파리, 벼룩, 바퀴, 설설이, 지네, 개미, 나비, 메뚜기, 벌 — 이런 여러 벌레들이 다 모여 얼기설기 몰려 돌아가는 시계 치륜[3]들 틈에 숨에 군악을 연주하는 것 같은 느낌을 주기도 하는 것이었다.

한 달에 시계 한 개씩 바꾸어 차고 다니는 특권을 혼자 향락하는 유창선이는 고등보통학교 동창들의 흠모와 질시를 받으면서 중등교육을 마쳤다.

졸업과 동시 아버지를 도와 시계 수선공이 되었던 그가 아버지가 돌아가시자 곧 시계당 주인이 되었다.

이래 이십 년을 하루같이 그는 시계와 함께 살아왔다.

철없을 시절에는 시계라는 물건은 하나의 신비스런 장난감, 동무들에게의 자랑감밖에 별것 아니었으나, 시계당 주인이 된 날부터 그에게는 시계 수선과 매매가 그의 생계를 잇는 직업이 된 것이었다. 그는 자기 직업에 충실했을 뿐 아니라 취미까지 느꼈다. 시계들과 함께 먹고, 시계와 함께 자고, 시계를 사랑했다. 그 기기묘묘한 기계의 구조를 해부하고 연구하는 데 호기심도 느꼈고, 또 일종의 기술적인 자만심과 명예도 느끼게 되었다. 시계를 수선하고 애무하고, 깨끗이 닦아주고, 언제나 잘 돌아가도록 손질해주고, 시계마다 제각기 시간을 꼭 맞추어 돌도록 조절해주는 데 행복을 느껴온 그였다. 이미 수만 개의 시계를 수선한 그였다.

소위 '대동아전쟁'[4]이 거의 끝날 무렵 거의 날마다 날아오는 B-29에 공포

---

3 치륜(齒輪) : 일정한 간격으로 둘레에 톱니를 만든 바퀴.
4 대동아전쟁 : 2차 세계대전 중 일본과 미국 연합군 사이에 벌어졌던 태평양전쟁의 일본식 명칭.

를 느껴 직장을 버리고 안전한 시골로 피해 가는 사람들이 꽤 많았으나, 창선이만은 부모가 물려준 유업인 동시에 자기가 사랑하는 시계들과 목숨을 같이할 결심으로 움찍 않고 시계방을 지켜온 것이었다.

그런데 그가 그렇게도 아끼고 자랑삼아 오던 시계들이 벽력을 맞는 운명이 놓이리라고는 꿈도 목 꾸며 사는 그였었다.

20세기 문명 시대에 시계 구경을 못 한 외국 군대가 있었던 것이다. 조선을 해방시켜준 은인이라고 조선 사람 전체가 눈물 흘리며 환영해준 외국 군대가 창선이의 시계방을 하루아침에 쑥밭으로 만든 것이었다. 그가 삼십여 년 가꾸어온 시계방을 한 시간에 망쳐놓은 것이었다.

시계방을 발견한 소련 군인들은 벌떼처럼 달려들어 약탈하는 것이었다. 군인 하나하나가 손목시계 열 개씩을 두 팔에 차고 너무 만족하여 개선장군들처럼 거리를 활보하며, 가끔 시계를 귀에 대보고는 히죽버죽하고, 짹깍 소리를 멈춘 시계를 발견할 때에는 태엽 감아줄 줄은 모르고, 길에 던지고 발로 밟아 으깨버리는 것이었다.

길에 버림받고 외국 군인의 무지스런 군화에 밟혀 산산조각난 시계들을 쓸어 모으는 창선이는 엉엉 울었다.

생옥수수를 속째 우적우적 씹어 먹고, 날생선을 뜯어 먹고, 호박을 생째로 먹으면서 시계를 밟으며 껙껙 소리 지르는 그들, 털이 부르르하고 우둔하게 생긴 소련 군인들이 징그럽고 더럽고 밉고 무서웠다.

B-29가 매일 오던 당시에도 이렇듯이 무섭지는 않았었다. 장기간 주둔할 목적으로 진주한 군대가 아니라 단순히 일본 군대 무장 해제를 목적으로 들어온 군대인 만큼 설사 한 달밖에 더 머물까? 하고 평양 시민들은 생각하고 있었다.

그러나 일본군 무장 해제가 끝이 났는지 아니 났는지 알 수 없고, 곧 철수하리라고 믿었던 소련군이 부지하세월 그냥 머물면서 갖은 악행을 다 감행하는 것이었다. 미친 듯이 목이 쉬도록 만세 불러 환영했었고, 조선인 전체가 몇 해 동안 입에 대보지 못한 쇠고기와 닭과 술을 실컷 대접했는데도 거기 대한 감사는커녕 도리어 강도질로 보답하다니. 강도질은 또 약과—그저께 밤에는 아무개네 갓 시집온 색시를, 어젯밤에는 꽃 같은 처녀를 겁탈하지 않았는가. 또 소위 유지라는 인사가 소련군 장교들 특별 환영연을 한다고 집으로 초대했는데 술 치는[5] 여자로 기생을 고용했더라면 좀 덜 봉변을 할 것을, 자기 귀여운 딸을 시켜 술을 치게 하다가, 바로 그녀의 부모 눈앞에서 딸이 강간당했다는 소문이 돌았다. 아니 이 육십 넘은 할머니들까지 강간을 당했다.

참다못한 주민은 자위책으로 골목마다 나무판자로 담을 높이 쌓고, 밤마다 골목길 문 쇠를 잠가 아무도 얼씬하지 못하도록 해놨건만, 둔하기 곰 같은 러스케[6] 군인들이 색시 사냥에 나설 때에는 그 높은 담을 원숭이 재주 이상 재주로 훌훌 넘어 들어오는 것이었다. 그래 다음에는 집집마다 잠자리 머리맡에 놋대야와 망치를 놓고 자다가 한 골목 안에 러스케가 침입하면 서로 놋대야를 두드려 여자들을 피신시켰다.

거의 빈 시계가게는 덧문까지 닫아 폐문해버리고 안방에 들어 앉아 무료한 나날을 보내고 있었던 창선이는 어느 날 저녁 거리에 나섰다. 아랫거리에 시계 점포를 가진 장씨를 만나보고 싶어서였다. 장씨 역시 가게 폐점해버리고 뒷문으로 통하는 것이었다.

"참 달 왔소. 심란해서 혼자 한잔하던 참인데—자 한잔 듭시다."
하며 반갑게 맞아주는 것이었다.

그들 둘이서는 설왕설래, 과부 설움 과부가 안다고, 신세타령 주고받으며 취토록 마셨다.

---

5   술 치는 : 술 따르는.
6   러스케 : 러시아.

밤이 꽤 늦었다. 밖에 나서니 몸이 오싹했다. 밤이 늦으면 남자에게도 통행이 위험했다. 소련 군인들 대부분이 무장 강도들이기 때문이었다. 간이 콩알만 해가지고 뛰다시피 걸었다. 자기 집 뒷문이 있는 골목으로 들어섰다.

꼭 닫혀 있어야 할 쪽대문이 활짝 열려 있는 것을 보고 그는 놀랐다. 머리끝이 쭈뼛하고 전신에 소름이 끼쳤다.

허둥지둥 좁은 뜰 안에 들어섰다. 전등이 환하게 켜진 안방 안에서 연출되고 있는 악몽 같은 광경! "헉" 소리를 지르고 그는 뜰에 펄썩 주저앉았다. 안방 안의 전개되고 있는 광경의 인식도가 너무 높아졌는지, 인식의 한계를 넘어섰는지 악몽을 꾸는 것 같기도 하고, 추악한 조각(彫刻)의 파편들이 머리에 남아 있을 뿐 — 전율, 증오, 구역질 — 산산이 풀어헤친 아내의 머리털, 멧돼지보다도 더 육중해 보이는 군복 입은 사나이의 몸부림치는 광경, 기절했는지 혹은 아주 죽어버렸는지 미동도 않는 아내의 몸, 괴성을 연발하던 러시아 군인도 복상사를 했는지 움직이지 않는 것이었다. 온몸이 노곤해진 창선이도 움직이지 못하고 멍하니 마당에 앉아 있었다.

얼마 뒤 긴 한숨을 쉬면서 일어난 소련 군인은 흥흥거리면서 뜰 아래로 내려섰다. 저도 모르는 사이에 창선이는 땅에 납작 엎드렸다. 뚜벅뚜벅 군화 소리가 차차 멀어지는 것을 인식하면서 그는 그냥 엎드려 있었다. 군화 소리가 안 들리게 되자 자기 가슴의 맥박이 땅 위에 팔락팔락 뛰노는 것을 느꼈다.

그는 가만히 일어섰다. 두 다리가 부들부들 떨렸다. 쪽대문께까지 겨우 걸어가 쪽대문을 붙드니 팔이 와들와들 떨렸다. 겨우 쪽대문을 닫았으나 돌쩌귀가 부서졌는지 바로 서질 못했다.

방문까지 왔다.

짜개진 옷장 문. 여기저기 흩어져 있는 옷가지들. 검은 머리 흐트리고, 적

삼이 찢기고 아랫도리 내놓은 채 그린 듯이 누워 있는 아내의 모습. 기절했
는지 죽었는지 확인할 수 없다고 거듭 생각하면서도 차마 방 안으로 들어설
수가 없었다. 멍하니 서 있는 그의 마음에는 뒤늦게나마 분노와 적개심과
연민의 정이 솟아올랐다. 그 순간 그의 머리에는 아내와 처음 만나던 날의
회상, 이십여 년 같이 살아오는 동안 겪어온 행복과 불행, 파란곡절, 그리고
일본이 망하기 일 년 전에 일본 군대에게 끌려간 뒤 여태 살았는지 죽었는
지 소식을 모르는 외아들 등의 얼굴이 환등처럼 지나갔다. 이런 생각에 잠
긴 그는 눈을 감고 서 있는 것이었다.

입을 틀어막고 흐느껴 우는 아내의 신음 소리가 들렸다. 그는 눈을 떴다.
몸을 도사리고, 치맛자락으로 입을 막고, 어깨를 들먹거리는 아내의 모습.
언뜻 그의 눈에서도 뜨거운 눈물이 샘솟았다.

아! 연약한 조선의 아내여, 딸이여, 어머니여, 할머니여! 아, 비겁한 조선
의 남편이여, 아들이여, 아버지여, 할아버지여!

울 줄밖에 모르는 이 민족.

후다닥 일어선 아내는 샛문을 통해 부엌으로 나가는 것이었다. 와들와들
떨리는 두 다리를 가까스로 달래면서 부엌 문까지 간 창선이는 문을 잡아
당겼다. 안으로 고리가 잠겼는지 문이 열리지 않았다.

"여보."

그는 아내를 부르려고 했지만 목소리가 나오지 않는 것이었다. 황급히 문
을 몇 차례 낚아채봤지만 열리지 않는 것이었다. 겁을 집어먹은 그는 안방
으로 들어가 샛문을 밀어보았다. 열리지 않았다. 발길로 차서 겨우 열었다.

아내는 허공에 둥둥 떠 있는 것이었다. 부엌 대들보에 줄을 걸고 목을 맨
것이었다.

"헉, 헉, 헉." 하며 급히 부엌으로 뛰어 들어간 그는 아내의 몸을 어깨에
메고 목 맨 줄을 풀었다.

아내의 머리를 깎아주고는, 징용 나가서 죽었는지 살았는지 아직 돌아오지 않는 아들의 옷을 입은 창선이는 고향을 등지고 남쪽을 향해 길을 떠났다. 목적지는 서울 — 서울에는 여러 해 전부터 외삼촌이 살고 있는 것이었다.

낮에는 숨고 밤에는 걸어 보름 만에 서울에 도착한 그가 서울 시내에 들어서기는 했지만 서울 지리에 익숙지 못한 그였다. 몇 해 전까지는 시계 도매상한테 시계 사 가려고 몇 차례 서울에 와본 일이 있었을 뿐 그것은 지나간 사 년, 제2차 세계대전 말기에는 시계 사 가는 고객수가 대폭 줄었기 때문에 서울까지 올 필요가 없게 되었었다. 그런데다 몇 해 전부터 미국 공군 폭격 대비책이라는 명목으로 군데군데 주택들을 강제로 많이 헐어버렸기 때문에 삼촌댁 찾는 데 무척 애를 썼다. 찾아다니며 살펴보니, 비 맞아 추하게 된 현수막들과 솔잎이 노랗게 마른 아치들이 거리거리에 그냥 있고 미국 군대 진주를 환영 경축하는 기분이 남아 있는 것을 역력히 볼 수 있었다. 38선 이남 미군 진주가 이북 소련군 진주보다 한 달이나 늦어진 탓이라고 생각되었다. 그리고 가끔 보이는 미국 군인들은 모두 너무나 깨끗하여 더러운 소련군과는 비교도 안 될 뿐 아니라 거리에서 노략질하는 꼴도 눈에 안 띄고 더구나 시계방들이 버젓이 문 열고 영업하고 있는 것을 볼 때 그는 자기의 눈을 의심하지 않을 수 없었다. 눈을 비비고 자세히 살펴보니 노략질당한 흔적이 없고 진열이 잘 되어 있었으며 어느새 영문으로 쓴 간판이 달려 있는 것이었다.

"그럼 미군은 시계를 돈 주고 사 가지는 모양이로구면."
하고 그는 생각했다. 그러나 몰려다니는 군인 떼를 유심히 봐도 시계 열 개씩 팔에 차고 다니는 자는 하나도 없고, 대다수가 카메라 한 개씩을 메고 다니는 것이었다.

"아하, 카메라 장사들 전부 망했겠군."
하고 그는 생각했다. 그러나 그의 생각이 그르다는 걸 곧 발견했다. 미군이 메고 다니는 카메라는 그들이 가지고 온 것이라는 설명을 들은 것이었다.

"아하, 카메라 메고 전쟁터에 나가는 미국 군인. ─ 그래도 승전을 했으니."

그는 머리를 저었다.

서울서 삼촌 댁에 기숙하며 며칠간 무위도식하며 거리만 쏘다녔다. 거리거리에서 이북 사투리를 많이 들었다. 자유 찾아 월남한 사람이 자기 혼자만이 아니라는 것, 매일 수백 수천 명씩 계속 38선을 넘어온다는 사실을 알게 되었다.

서울로 모여드는 사람들이 이북 사람들뿐도 아니었다. 각 지방에서 자칭 애국자들이 꾸역꾸역 서울로 모여들고 있다는 소문을 들었다.

'왜, 그 한때 계룡산, 정읍, 아니 신도안에 상투쟁이들 모여들었던 것처럼 벼슬 탐내는 놈들이 올라오고 있다더라.'

그런데 좌익 측에서는 어느새 '인민공화국 정부'를 조직해놨는데, 우익 측에서는 '건국준비위원회'만 만들어놓고는 밤낮 몰려다니면서 만세나 부르고 시속 40마일 달리는 트럭에서 저리를 향해 뿌리는 선전 삐라가 공중에 나부끼는 것이었다. 이 민족 유사 이래 최대 경사인 만큼 흥분이 쉬 가라앉을 수 없는 것이 당연한 일이라고 할 수도 있겠지만, 흥분만으로는 독립국가가 세워질 수 있을까? 하는 의문은 시계 수리공인 창선이에게도 엄습해오는 것이었다.

객지에 와서 일자리를 구할 수도 없으니 본의는 아니지만 번둥번둥 놀 수밖에 없었다. 놀 바에는 애국단체 회합에 참석해보라는 삼촌의 지시에 따라 몇 군데 가보았으나 모두가 다 조리에 맞지 않는 공담 공론만으로 핏대를 올리는데, 독립국가 건설 운동인지, 아이들 장난인지 분간을 할 수 없었다. 아이들 장난으로 끝나도 오히려 좋겠는데, 날이 갈수록 공담공론이 욕설 비방, 모략 중상으로 타락되었다. '죽일 놈'이라는 낱말이 일상 용어가 되었고, 두 사람이 모여도 정당, 세 사람이 모여도 정당, 정당들 사태가 일어났다. 한데 정당이면 정당 정책이 있어야 할 텐데, 그런 건 제정할 생각도 않고, 남들을 가리켜 '민족 반역자'니, '반동분자'니, '친일파'니, '친미파'니, 서로 욕지거리만 퍼붓는 것이었다.

삼촌이 관계하고 있는 정당엘 몇 차례 따라가봤다. 당원이라고는 불과 수백 명인데, 절반 이상이 모두 크고 작은 감투를 이미 쓰고 있는데도 불구하고, 정당 활동보다는 감투 쟁탈전으로 시간을 낭비하고 있는 것이었다.

사무실 이 모퉁이 저 모퉁이에서 쑥덕공론하고 있는 축들 꼴을 눈여겨보면 시골서 논밭 판 돈푼이나 가지고, 감투 사러 올라온 자들…… 대원군과 민비가 재생하여 정당을 차려났는지…….

이 정당에서 상당히 높은 감투를 쓰고, 말도 제일 많이 하고 분주하기도 제일 분주해 보이고, 남들로부터 절도 제일 많이 받은 영감들…… 그들은 거의 다 해방 전에는 남들보다 앞장서서 열렬한 '황국신민'[7]이 되었고, 학병 권유 연설을 하며 전국을 돌아다니던 자들이 아니면, 부의원 선거 때마다 격에 맞지 않는 서양식 대례복을 입고 입후보했노라고 떠들고 다니며, 당선만 시켜주면 '황국에 진충보국'[8]하겠노라고 맹서한 자들이었다.

그리고 또 재정 위원진 — 1919년 3월 1일 독립 만세 운동 직후부터 전 조선반도를 편람[9]하면서 부인들 또는 기생들의 금은 비녀, 가락지 등을 거두고, 부자들의 돈을 강탈해 가지고는 임시정부가 있는 상해에는 근처에도 안 가고 압록강 건너 안동현 근처에 수년간 숨어 있다가 강을 도로 건너와서

---

7 황국신민(皇國臣民) : 일제강점기, 천황이 다스리는 나라의 신하 된 백성이라 하여 일본이 자국민을 이르던 말.
8 진충보국(盡忠報國) : 충성을 다바쳐 나라의 은혜를 갚음.
9 편람 : 돌아다니며 살펴봄.

시계당 주인

토지를 사 벼락 대지주가 된 작자들이었다.

창선이는 우울했다. 비관이었다.

일본이 항복하기 몇 달 전 일본 정부가 강제로 집들을 헐어버린 빈터에는 넝마전[10]이 벌어졌다. 모든 물자가 통제되어 배급품으로만 목숨을 이어야 했고, 소위 '암시장'에서 물건을 사고팔다가 경제 경찰에게 들키면 형벌을 받는 전쟁 때 일본인들이 몰래 감추어두었던 물자들이었다. 8월 15일 오후부터 일본인들이 재산 약탈은 약과요 생명의 위협까지 느끼게 되자, 싼 값에 내다 팔고는 집을 비우고 집단 수용소로 들어가 살게 되어 그 숱한 물자가 거리거리 노점에 진열되게 된 것이었다.

어깨를 서로 비킬 수 없을 정도로 많은 사람들이 들끓으면서 눈이 벌개 돌아가는 것이었다. 창선이가 볼 때 몸서리 쳐질 정도로 사람 사람들 눈에는 탐욕과 사향과 교활이 넘쳐 흐르고 있었다.

좀 더 명랑하고 희망이 보이는 광경을 발견하고 싶은 창선이는 온 장안 거리거리 다 헤매봤으나 발만 부르틀 따름 어디서고 광명을 볼 수는 없었다.

"요오, 야나기무라상."

하고 부르는 소리가 들려 왔다. "그렇다. 유창선이의 창씨개명[11]이 야나기무라였던 만큼 그의 호적에 아직 그 이름대로 남아 있는 것이었다."

"야, 나까야마상. 웬일이오? 언제 남월했소?"

"바루 메칠 전에…… 노형이 갑자기 피얘서 자취를 감춘 뒤 대강 소문은 들었지만…… 아, 그거 참 뭐라구…….."

"무어라니요…… 그저 미친 개한테 물렸거니 하구 체념하고 있디오."

"그런데 이남 땅에 진주한 미군은 유뷰녀 겁탈은 아니 한 모양이드군요."

---

10 넝마전 : 낡고 해진 옷이나 이불을 파는 가게.
11 창씨개명(創氏改名) : 일제가 강제로 우리나라 사람의 성과 이름을 일본식으로 고치게 한 일. '일본식 성명 강요'라는 용어로 대신함.

"암, 그렇다뿐이요, 노략질두 안 해요. 아니 도리어 저희들이 가지고 온 물자를 어찌두 해피 쓰구 내버리는 물건이 얼마나 많은지, 미군 부대 쓰레기통 뒤지는데 권리금이 다 붙었다오…… 그런데 왜 월남했소, 당신은?"

"왜 월남하다니! 그 러스캐 놈들이 눈이 비뚤어데서 내가 가진 시계포만 못 보구 지나갔간쉔가? 이제 괜찮겠디 하구 문을 열문 여는 대로 손해란 말요. 그런데 풍문에 들으니 서울은 자유 텐디요, 미군은 노략질 않는다구 하길래 얼마 남지 않은 물건 싸가지고 올라왔디요. 와보니 참말 텬국이구료. 허어, 그런데 참 잘 만났소. 당신과 나와 텬생 연분이 있나 부웨다."

그들 둘은 냉면집으로 들어가 마주 앉았다.

그들보다 먼저 와 앉아 있는 두 청년은 혀가 돌도록 취해 있었다 ― 점심시간 조금 지난 오후 두 시인데. 대낮에도, 그것도 몇 잔이고 맘대로 자유로 마실 수 있는 시절이 온 것은 유쾌한 일임에 틀림없었다. 그러나 대낮에 대취한 두 청년은 방약무인[12]의 태도로 횡설수설 지껄이고 있는 것이었다.

"그렇구말구요. 기분 운동만으로는 안 되지요. 소위 지도자라는 자들도 이미 지도자 자격을 잃었지요."

"동감입니다, 동감. 절대적 동감. 과거엔 어찌 되었건 늙은이들은 다들 물러나고 우리 청년들이 지도권을 쥐어야만 되지요."

"그렇구 말구. 우리 청년들의 어깨가 무거워졌어요. 그 후루쿠사이한(늙어 냄새나는) 노인들 전적으로 다메데스요(글러먹었어요)."

술을 잔으로 마시는 것이 아니라 컵으로 들이켜는 청년들이었다. 한 청년의 얼굴은 점점 더 빨개가고 다른 한 청년의 얼굴은 점점 더 창백해지는 것이었다.

"우리 청년들의 활약 시대가 왔지요. 자 보셔요, 우리 둘의 예로만 보드라

---

12 방약무인(傍若無人) : 아무도 없는 것처럼 함부로 말하고 행동함.

도 오늘 첨 만났지만 이렇게 동지가 된 기분이 생기지 않습니까!"

"그렇구말구, 동지, 자 악수!"

"무엇보다도 우선 농촌으로 가야지요. 농민 계몽이 시급한 문제니까요…… 아직 우리나라 민도가 너무 낮아놔서……."

"그건 우리 청년들 손에 달렸지요."

"그럼요. 그리구 목적 달성을 위해서는 우선 돈…… 운동 자금이 마련돼야지요."

"그렇지요. 동감입니다. 돈 없이는 아무 일도 안 되니까요."

"그렇구말구. 그러니까 돈 벌기 위해서는 아무런 짓을 해도 괜찮지. 돈을 벌어놓고야 건국 사업을 본격적으로 시작할 수 있으니까."

"그렇지. 왜놈들이 손 번쩍 들고 모두 다 제 나라로 쫓겨갈 판이니 돈 벌 기회는 얼마든지 있지."

"암, 천재일우의 기회지. 그저 닥치는 대로 아무런 짓이라도 해서 돈을 벌어야지."

"참, 훌륭한 말씀…… 우리 의기가 상통하는구료. 그런데 이 일은 서로 비밀을 지키기로 맹세해야 돼."

냉면을 단숨에 먹어버린 창선이는 같이 간 친구를 독촉하여 자리를 차고 있으나 나왔다. 더 앉아 있다가는 그 청년들을 향해 싸움을 걸게 될지도 모르는 자기의 울분을 억누르면서.

냉면집을 나온 그들 둘은 다방으로 들어갔다…… 해방 직후부터 비 온 뒤 돋아 나오듯 번성하는 다방으로.

한 시간 뒤 백배양이와 작별하고 집으로 돌아온 유창선이는 저녁밥이 맛이 있는지 없는지 인식 못 하도록 깊은 생각에 잠겨 먹고, 그날 밤새도록 잠을 못 잤다. 냉면집에서 엿들은 두 청년의 대화와 다방에서 들은 박배양의 은근한 목소리가 그의 기억에서 사라지길 거절하기 때문이었다. 그들 세 사람의 목소리가 유성기 소리판에 녹음되어 축음기 위에서 밤새도록 돌고 또 도는 듯이 같은 말을 되풀이해 오고 있는 것이었다.

"왜놈들이 손 번쩍 들고 모두 제 나라로 쫓겨갈 판이니 돈 벌 기회는 얼마든지 있지…… 그저 닥치는 대로 아무런 짓이라도 해서 돈은 벌어야지……."

그리고 다방에서 머리 맞대고 속삭이던 배양이의 은근한 계획!

서울로 올라오는 즉시 배양이는 단골 거래해오던 일본인 시계포 주인 야마다를 찾아가 봤노라는 얘기였다. 그랬더니 야마다가 분에 넘치도록 무척 반가워하면서 당장 요리집으로 끌고 가서 술을 사주며 어떤 제안을 하더라는 것이었다.

배양이가 한 시간 동안 얘기한 골자는 이러했다.

야마다의 시계포가 미군의 약탈을 받은 일은 한 번도 없었지만, 조선 사람 강도가 너무 많아져서 발을 펴고 잘 수가 없는데 며칠 전에 시계보다도 현금 만 원을 강도한테 강탈당했다고. 그래 그 점포 위층에서는 하루도 더 살기 싫고, 서울 치안이 확보될 때까지는 고향인 일본으로 가 살다가 질서가 바로 잡히면 도로 오겠는데, 그 정돈기가 일 년이 걸릴지 이태가 걸릴지 모르는 만큼 그동안 위탁받아 점포를 지켜주면 고맙겠다는 요청이더라고.

"그래 내가 사방을 알아봤더니 눈치 빠르고 돈냥이나 가진 일본인들은 상점과 주택을 우리 되선인[13]에게 임시 빌려준다는 임대차 계약을 맺고는 당분간 일본인 집단 수용소에 들어가 살며 미군 군정청에 귀국 신청을 낸대요. 그래 귀국할 차례가 오면 웃옷에 개패[14] 같은 번호표를 달고 집단으로 용산역까지 걸어가 미군이 제공하는 무료 특별 열차 타고 부산으로 간다고 말

---

13 되선인 : '조선인'의 평안도 사투리.
14 개패 : '이름표'의 은어.

들을 합디다. 그래 야마다를 다시 만났드니 그의 조건이 지금 당장 수용소에서 기거할 비용과 일본 땅에 내려서 고향까지 갈 노비조로 현금 이만 원만 돌려주면 나머지 흥정은 일 년이나 이태 후 다시 와서 끝맺자는 거거덩요. 조건이 우리에게 이롭지 않쉔까? 터놓구 니야기하자문 나 혼자 그 가겔 차지하겠지만 내겐 지금 돈이 만 원밖에 없어요. 그래서……"

"가겔 송두리채 맽기구 간다는 수작인가요?"

"그러믄요. 그자식 수작이 세상에 믿을 사람 없구 나만 신용하구 상덤을 맽길 수 있다는 거야요. 우선 이만 원만 선금을 받고 후사는 두 나라가 평화조약이 체결되어 자기가 도루 올 때까지 보류해두자는 거예요."

창선이는 솔깃하지 않을 수 없었다.

며칠 뒤. 먹물도 채 안 마른 '박배양', '유창선' 두 사람의 문패가 커단 시계포 문설주에 나란히 걸렸다. 곱게 뜯어낸 '야마다'의 문패는 배양과 창선 둘이 함께 가지고 일본인 합숙소로 가서 야마다에게 주었다.

그로부터 두 주일 뒤 야마다의 가족은 각기 가슴에 명찰을 달고, 륙색·손가방 등 조그만 휴대품만 가지고 용산역까지 걸어갔다. 그의 가족을 배웅하고 돌아온 유창선, 박배양 두 사람은 즉시 시계방 정리에 착수했다.

해방이란 참 좋은 것이었다. 어깨춤이 저절로 나는 것이었다. 이런 횡재…….

시계포 재고품 정리를 끝내고 보니 두 주일 전 야마다 입회 아래 꾸민 인부이스[15]에 나타난 개수보다 실제 재고품은 상당히 축나는 것이었다. 계약 체결한 후 그날 밤 야마다가 상당량의 시계를 꺼내 어디 단 데 맡겼던지 감췄던지 한 게 분명했다.

---

15 인부이스 : 인보이스(invoice). 판매자가 구매자에게 보내는 거래내역서.

"역시 섬놈 근성을 발휘했수먼."

하고 둘은 욕했다.

그때로부터 일 년 뒤 미군 군정청 물자영단에서는 참대 고리짝 수만 개를 팔았다. 물건이 가득 든 고리짝인데 그 물건이 무엇인지 모르는 채 그냥 한 개 오백 원 균일로 선착순으로 내파는 것이었다. 휴대품만 가지고 귀국한 일본인들이 미군 군정청에 맡기고 떠나간 재물이었다.

커다란 고리짝들까지 실어 보낼 차량이 없으니 맡기고 가면 창고에 보관해주겠노라는 군정청 포고를 믿고 맡기고 간 물건이었는데 어쩐 일인지 서울 현지에서 싸구려로 팔아버리는 것이었다.

속에 무엇이 들었는지도 모르고 무턱대고 도박하는 기분으로 고리짝 한 개 오백 원씩 주고 사다가, 결박 지은 노끈 자르고 뚜껑 열어보다가 너무 좋아서 춤추는 사람들이 많았고 기대에 어긋나 얼굴을 찡그리는 이들도 더러 있었다. 오백 원짜리 고리짝 속 이불 갈피에 싸인 지폐 십만 원이 튀어나오거나 혹은 수백 개의 시계가 나와서 기절할 뻔한 행운아들도 더러 있어서 장사꾼들은 너도나도 고리짝 불하 맡는 일에 머리 싸매고 덤벼들었다. 그 통에 그 불하권을 밑은 미군 장교들은 공술도 참 많이 마셨고, 조선 갈보의 몸맛도 실컷 맛보았다.

유창선 박배양 둘이서 시계 점포 정리를 끝내자 사방 벽에 걸린 괘종들이 열 시를 치기 시작했다. 의자 등에 등을 기대로 편히 앉아 '럭키 스트라이크'라는 미국 담배 한 꼬치를 피워 물고 피로를 푸는 창선이의 가슴에 행복감이 피어오르고 있었다. 어렸을 적부터 옆방에는 밤새 벌레 합창대가 모여 합창하고 있거니 하고 생각하면서 각종 시계 돌아가는 소리에 황홀하고 했었던 행복감을 새삼 다시 느끼는 그는 만족의 웃음을 지었다. '럭키 스트라이크' 담배를 계속 피우면서 그는 지나간 한 달 동안 자기에게 생긴 이상스런 곡절을 되새기고 있었다. 건국 운동이라는 아름다운 방패를 내걸고, 협

잡과 중상모략, 암살, 주먹다짐, 욕지거리만이 횡행하는 이 사회에서 자기만은 그래도 정직하게(고지식하다는 평을 받을는지 모르지만) 자기가 평생 가지고 있었던 직업에 다시 안착되어 안도감을 느낄 수 있게 된 데 기쁨과 자긍을 느끼는 것이었다.

담배 꽁초를 재떨이에 비벼 끈 그는 일어섰다. 시렁에 세워둔 일기책을 집어 내리에 책상 위에 펴놓고 만년필을 손에 들었다. 그는 쓰기 시작했다.

아버지의 유업이었고 내 평생 직업이었던 시계당을 약탈당하고 아내는 씻을 수 없는 굴욕을 당하게 만들어놓고 난 나는 한 달 동안 낙망했었다. 그러나 오늘 다시 이 점포 안에 앉아 생각에 잠겨봤다. 비극의 추이는 인간의 힘으론 좌우할 수 없고 오직 운명이 세상만사를 지배한다는 신념이 생긴다. 내 평생 내 손으로 수리한 시계가 무려 수만 개에 달하려니와 이렇게 오늘 밤 이 시계점을 둘러보니 시계라는 기계는 우주의 법칙을 상징하는 정묘 기계가 아닌가 하는 생각이 문득 든다. 시계가 잠시도 쉬지 않고 끊임없이 규칙적으로 이어나가는 시간은 일정한 궤도가 있어 거기에는 곁길이 없고 지름길도 없이, 오직 한 초 한 초 정확하게 꼬박꼬박 차서[16]대로 해결지어 나가는 것처럼 우주의 모든 문제도 시계와 같은 방법으로 해결되는 것이 아닐까? 휴식이 있을 수 없고, 길고 짧음도 없이, 불규칙이 없고 탈선도 없는 절대적인 앞으로 앞으로 전진!

시계가 가진 치륜에 정확하게 콕콕 박히는 한 초 한 초가 우주의 진보적 역사 노선에 한 점 한점 진척을 그어나가는 것이다.

시계의 참 가치가 딴 데 있는 것이 아니라 절대적인 정확성을 지리적 조건과 현실에 충실하는 데 있는 것이다. 일정한 위도선과 경도선의 일정한 고정된 노선을 밟아 나가는 시계라야 시계다운 구실을 할 수 있는 것이다. 정확한 노선을 밟고 있는 것을 푼수 없이 뻬기거나 그 반대로 각

---

16 차서 : 차례, 순서.

박한 현실을 초월한답시고 로맨티시즘에 흐를 때 혹은 지정된 노선으로부터 탈선할 때 그 시계는 쓸모없는 폐물이 된다는 진리를 나는 지금 이 자리에서 깨달았다.

괘종이건, 회중시계[17]건, 좌종[18]이건, 손목시계건, 크건, 작건, 둥글건, 네모났건, 금을 입혔건, 은을 입혔건, 니켈을 입혔건 불관하고 시계란 각자가 맡은 노선에서 한 치도 한 초라도 벗어나면 그 순간 시계는 아무런 가치도 없는 금속품으로 전락하고 만다. 각자에게 주어지고 한정돼 있는 노선을 거부하거나 딴 방향 혹은 딴 속력으로 달리는 시계, 즉 시간 못 지키는 시계는 한 개의 장식품이 될는지는 모르나 자기 사명을 수행하는 시계는 아니다. 외양이 제아무리 아름답고 화려하고 내부 장치가 제아무리 정묘한 시계라 할지라도 자기에게 지정된 시간 노선을 똑바로 맞추지 못할 때 시계로서의 가치는 소멸되는 것이다.

지정되어 있는 선로 위에서 남보다 앞서 가도 소용없고, 남보다 뒤서 가도 소용없는 것이 시계다. 독자적인 독립성, 자발적인 자유행동은 용인 받지 못하는 것이 시계다. 지정된 지리적 위도선 위에서 영원토록 정확한 시간을 지키는 것이 시계의 임무다.

나의 결론은 이렇다. 조선 땅 서울에서 시간이 바른 시계, 옳은 시계, 유용한 시계 노릇을 하려면 워싱턴 시간에 맞추어놔도 잘못이요, 모스크바 시간에 맞추어놔도 잘못이다.

서울 시간은 오랜간만에 본 노선에 올라섰다. 앞으로 서울의 시계는 영원토록 서울 시간에 지켜나가야 할 책임을 지고 있다. 서울 시각 외딴 곳 시계를 발맞추어보려고 하는 시계는 시계의 반역자다. 소용없는 존재다.

지금 서울 시간은 밤 열한 시 사십칠 분 칠 초이다. (1947)

---

17 회중시계(懷中時計) : 몸에 가지고 다닐 수 있게 만든 작은 시계.
18 좌종(坐鐘) : 책상이나 탁자 위에 놓은 시계.

극진한 사랑

극진한 사랑

사랑하는 이여!

써놓고 보니 어색하옵니다. 쓰는 나보다도 받아보실 당신이 더 어색함을 느끼겠지만. 그러나 '사랑하는 이여!'라고 쓸 수 있는 지금 나의 행복감은 어디에도 비할 수 없이 가장 큰 행복입니다.

이 한마디는 나로서는 당신에게, 사랑하는 당신에게 보내는 처음 겸 마지막 겸 인사입니다. 그런데 이 인사말을 쓰고 있는 내 손이 왜 이렇게 떨릴까요? 때는 무더운 여름날 재밤중[1]인데.

당신께서는 어찌 생각하실는지 모르오나 내 기구스런 일생의 하소연을 이 한 통 편지에나 털어놓고 나서 내가 택한 내 갈 길을 가려고 하는 것입니다. 이 자리에서 아무런 원망도 미련도 없이 오직 내 진심을 당신에게 마침내 고백할 수 있는 용기에 내 마음은 감격으로 차 있습니다.

그날 오후 당신의 행동은, 그 동기는 여하간에, 사회의 여론이 어디로 흐르건 불관하고, 살인 행위였습니다. 당신이 분명한 청년을 사살한 이상 당신은 살인자인 것입니다. 파란 많은 해외 망명 혁명가 노릇을 해온 당신이

---

1 재밤중 : 한밤중.

라 정치적 필요성에 의해 과거 몇몇 사람들의 목숨을 상해하셨는지는 내가 알 바도 아니고 비난할 바도 아니지만. 그리고 그 사건이 생긴 이튿날 숱한 신문지상에 대서특필 센세이션을 일으킨 그 저격 사건은 이 가련하고 의지할 데 없는 나에게는 치명상을 준 사건입니다.

당신은 정당방위 행동을 했다고 세상이 다 인정하고 있고 거기 대해 나도 일체의 의혹도 품을 수 없고 원망할 근거도 없기는 하지만 ─ 그러나, 아! 당신이 쏴 죽여 시체가 되어 연기로 변하여 화장터 높은 굴뚝을 기어올라 창공에 퍼져버린 그 청년은, 내가 가장 사랑하는 당신의 손에 죽은 그, 그 청년은, 청년은 나에게 둘도 없는, 또 그리고 당신의…… 아, 뭐라고 써야 하오리까?

내가 이때까지 당신에게 글월을 올린 일이 한 번도 없었을 뿐 아니라 이 글월을 받아 읽으실 당신은 내가 누군지 알 리가 없으니, 혹시 어떤 실성한 여인의 헛소리라고 오해하실는지도 모르겠습니다. 그러나, 그러나 나는 이 편지를 당신에게 올릴 권리가 있는 몸입니다. 지금 내 아들의 피가 내 혼에게 호소하고 있습니다. 이 글월을 쓰고 있는 손은 나 자신의 의지에 복종하고 있는 손이 아니라 당신이 쏜 총알을 맞고 죽은 내 아들, 이십 년간이나 고이 길러온 내 아들의 손이 내 손을 이끌어 이 편지를 쓰게 하는 것입니다.

"이 여인이 과연 누구간디 감히 이런 무례한 편지를 나한테 보냈을까?"고 당신은 노하시겠지만, 나는 당신을 처음 뵈온 날부터 지금 이 순간까지 당신을 사랑해왔습니다. 내가 극진히 사랑해온 당신이, 내가 또 극진히 사랑해왔던 아들을 총살했으니 이 어인 운명의 희롱입니까? 생각하면 생각할수록 야속하기만 한 운명입니다.

그때가 지금으로부터 삼십여 년 전, 흰 줄을 둘러친 중학교 교모를 쓰고 새까만 교복을 입은 당신이 평양 만수대 아래 있는 '계월향(桂月香) 턱'을 뛰어내려오곤 하던 모습, 지금도 내 눈에 선합니다. 퇴락한 계월향 사당 건너편에는 수양버들이 머리 풀고 깃들인 연못이 있었었지요. 얼마 뒤 그 연못을 매운 왜놈들이 현대식 건물을 세웠지요.

돌봐주는 이 없는 계월향 사당은 주춧돌만 남아 있는 폐허가 돼버린 데다 바로 그 앞에 보기 흉한 여자 감옥소 건물이 서게 된 뒤부터 열녀 명기 계월향의 순국 정신을 기념하는 사당이 그 감옥소 뒤에 있다는 걸 아는 사람이 별로 없게 되었지요.

그러나 지금 우리나라가 해방이 된 만큼 임진왜란 때 소세비[2]라는 왜장을 죽이고 순국한 기생 계월향의 혼을 모시는 사당이 재건되었으리라고 믿어집니다.

그 사당이 아직 서 있었을 시절, 단청한 전각 앞 돌 깔린 뜰 돌 틈을 뚫고 기어 나오는 잡초를 뜯으며 놀고 있었던 코흘리개 소녀를 본 기억이 당신에게는 없을 것입니다. 그러나 일요일만 빼놓고는 매일 오후 가파른 언덕을 성큼성큼 뛰어내려오곤 했던 중학 재학 시절 기억은 당신에게도 남아 있으리라고 믿습니다.

'꺽다리'가 그 당시 당신의 별명이었지요. 중학생인 당신의 키가 너무도 컸기 때문에 우리 철없는 계집애들이 그런 별명으로 당신을 호칭했던 것이었습니다.

매일 오후 하학하고 나자 당신네 중학생들이 떼를 지어 '계월향'을 껑충껑충 뛰어내려올 때마다 계집애들은 당신네를 놀려주곤 했었던 일을 혹 기억하고 계신지요? 어느 날 오후 나와 몇 어린 동무들이 여느 날 마찬가지로 사당 뜰에서 풀을 뽑으며 놀고 있었습니다. 갑자기 한 어린이가 "저기 꺽다리 혼자 온다." 라고 소리치는 것을 나는 들었습니다. 머리를 들어 쳐다보던

---

2 소세비 : 소설 『임진록』에, 계월향이 죽인 왜장의 이름이 '소섭이'라고 기록되어 있다.

나는 무슨 혼에 씌었던지 손에 들고 있던 흙 달린 풀포기를 당신께로 휙 던졌지요.

기억나십니까?

기억하시는지 못 하시는지 알 도리가 영 없는 나는 안타깝기만 합니다.

풀포기에 얼굴을 얻어맞고 날 쏴보시던 당신의 눈! 한순간의 응시! 그러고는 너털웃음을 웃으면서 그냥 뛰어가고 만 당신의 모습. 무안하고 수줍던 내 마음.

그 다음 날부터 당신이 지나가는 것을 보면서도 나는 다른 애들처럼 "꺽다리 지나가신다."고 놀리지를 못하고 멍하니 바라다만 보는 버릇이 생겼습니다. 또 당신이 지나가는 것을 기다리는 마음. 너무 조숙한 계집애였다고 욕하실지 모르나 외동딸로 자라난 나는 큰오빠를 그리는 그런 감정으로 당신을 그리워했던 것입니다.

그러나 당신이 중학교를 졸업하고 '계월향 턱'에 다시 나타나지 않게 되자 몇 달 못 가 나는 당신을 잊어버리고 말았습니다.

두 해 세월이 흘러 1918년 봄 서울로 유학 온 나는 여학교 학생이 되었습니다. 치맛자락 밑에 흰 줄을 선 친 교복을 입고 학교에 가고 있던 어느 날 아침 길거리에서 네모꼴 모자를 쓴 전문학교 학생인, '꺽다리'와 딱 마주치게 되었습니다. 그 순간 내 가슴은 무척 울렁거렸어요. 당신의 모습만 보고도 가슴이 울렁거리는 것이 큰 죄를 범하는 것같이 느껴진 나는 그 다음 날부터는 겁이 나서 딴 길을 택해 학교에 다녔습니다.

그러다가 당신을 또다시 보게 된 것은 서울 운동장에서였습니다.

"하, 하, 그 숱한 팬들 중 하나가 되었었단 말이군."

하고 당신은 대수롭지 않게 생각하겠지요. 그건 그렇습니다. 수천수만 명의 관중. 선수가 볼 때에는 평범 이상으로 보였을 리가 없겠지요.

하지만 당신이 한 축구팀의 선수로 출장한 것을 확인하는 순간 평범한 도를 넘어선 열렬한 팬이 되었습니다. 일방적이기는 하지만 나는 당신의 이름도 처음 알게 되었지요. — 신문에 보도된 팀 멤버들 명단을 읽어서. 당신의 숫이 골인되면 다른 선수가 골을 쟁취한 것보다 더 기쁘고 당신 사진이 신문에 나면 그걸 나는 남 몰래 가위로 오려내어 열다섯 살 처녀만이 기획하고 유지할 수 있는 비밀 장소에 고이 모셔두기도 했어요.

이것이 일종의 영웅 숭배에 가까운 감정일는지는 모르지만 내 가슴속에서는 영웅 숭배의 도를 넘어 그리움, 연모의 정으로 발전해 나갔습니다.

창경원 동물원에서 본 바 있는 기린의 가죽처럼 얼룩덜룩한 유니폼을 입은 당신이 그 큰 키, 그 긴 다리, 그 굳센 발로 공을 몰려 돌진할 적마다 내 근육마저 당신의 긴장한 근육에 끌려가는 듯 긴장과 흥분을 느끼곤 했습니다. 몰고 가다가 패스, 껑충 뛰며 다시 받는 패스, 숫! 숫! 골인! 열광하는 관중이 소리지르며 일어서고, 나도 모르는 사이에 일어서는 나는 "우리 꺽다리 잘한다."고 소리 질렀어요. 내 옆에서 구경하던 학우들도 그날부터는 당신을 '꺽다리 선수'라고 부르게 되었어요.

잊혀지지 아니하는 1919년 2월 29일! 당신은 그날이 당신팀 우승한 날쯤으로 기억하고 계시겠지만, 나로서는 그날 밤 잠 한숨 못 자면서 가슴 떨리는 기대와 공상과 희망으로 한밤 꼬박 세웠습니다. 왜냐구요?

그날 오후 우승 팀의 스타 플레이어인 당신이 선수들의 옹위[3]로 공중에 치켜 올려질 때 관중 전체가 흥분되었고, 나와 한반 학우인 순애 역시 흥분을 가누지 못해 그녀 옆에 있는 당신 사촌누이를 조여 이튿날 당신을 방문하여 축하드리자고 제의하는 것을 우리 모두 박수로 환영했던 것이었습니다.

그날 밤 달콤한 꿈에 사로잡힌 나는 혼자서 수줍어하고 기뻐했습니

---

3   옹위(擁圍) : 주위를 둘러쌈.

다. ─ 나는 당신을 이미 잘 알고 있었지만 당신에게는 일면식도 없는 내가 당신의 사촌누이와 함께 불쑥 당신이 묵고 있는 하숙으로 찾아갈 때 당신은 나를 지독한 말괄량이라고 멸시하지나 아니할까 하는 두려움에 시달리면서.

얼룩덜룩한 유니폼을 입은 당신이 공을 몰고 있었습니다. 골을 향하여 공을 모는 것이 아니라 관람석을 향하여 몰고 오던 당신이 나를 향해 슛하더군요. 나는 마치 골키퍼가 된 양 그 공을 냉큼 받아 가슴에 안았습니다. 새벽녘에야 겨우 잠들었던 내가 꿈을 꾼 것입니다.

이십여 년이 지나간 어젯밤에도 당신이 내게로 공을 슛하는 꿈을 꾸었습니다. 바로 한 달 전에 당신을 만났을 때 ─ 놀라십니까? 한 달 전에 당신이 우리 집으로 찾아오셨던 일이 있었지요. 지금 내가 누구인지 짐작이 가십니까? 이십여 년이라는 긴 세월이 당신의 체구를 비대하게 만들었고, 얼굴에는 숨길 수 없는 주름살이 깔렸고, 젊음의 야성이 스러져 없어지고 그 대신 세련되고 미끈한 노장 신사가 되신 당신을 지척에 두고 마주 앉는 영광을 나는 맛보았던 것이었습니다.

그러나 어젯밤 꿈에 본 당신은 젊은 축구 선수의 모습 그대로였습니다.

사랑하는 이여!

사람 한 개인의 운명은 용솟음치는 거센 파도에 휩쓸리는 섬약한 부평초[4] 같은 미미한 존재인가 봅니다. 한 소녀의 첫사랑의 꿈이 세계 사조에 휩쓸리는 거대한 민족적 파도 앞에 머리도 못 들어보고 산산조각으로 깨어질 것을 하루 전, 아니 한 시간 전까지도 모르고 있었던 것이 나의 운명이었습니다.

4　부평초(浮萍草) : 물 위에 떠 있는 풀이라는 뜻으로, 정처 없이 떠돌아다니는 신세를 이르는 말.

3월 초하룻날 오후에 생긴 일입니다.

한 축구단 주장에게 우승 축하를 드리려고 서울 거리를 기쁘게 걸어가고 있었었던 다섯 명 처녀들의 발걸음이 중도에서 방향이 바뀌어졌던 것이었습니다. 손에 손에 태극기를 들고 만세 만세를 부르며 거리거리를 누비는 군중 홍수 속으로 다섯 처녀들이 휩쓸려 들어갔는데 그들 중에 나도 끼어 있었던 것이었습니다.

'독립 만세'는 그날 내가 당신을 만날 수 있는 기회를 소멸시켰습니다.

그뿐 아니라 그것은 내 일생의 커다란 전환기의 포인트가 되었습니다.

민족적인 큰일에 나 같은 하나의 미미한 여성이 아무렇게나 되든 무슨 상관이 있사오리까마는, 희생당하는 개개인에게는 진실로 쓰라린 일입니다.

이날 '독립 만세' 가두 데모 선두에 나서셨던 우리 아버님이 왜놈 헌병들이 휘두르는 칼에 맞아 목숨을 거두었습니다.

따라서 나는 학교를 더 못 다니게 되었고 과부가 되신 어머님과 어린 동생을 먹여살리기 위해 나는 직장을 구해야만 하게 되었습니다.

지금 와서 새삼 이런 하소연을 당신에게 해서 무슨 소용이 있겠습니까만, 나로서는 십 년 전에 지하에 묻히신 어머님에 대한 원한을 지금에도 풀 도리가 없습니다. 어머님은 생활 방도의 도구로 수단 방법을 가리지 아니하고 나를 혹사하셨습니다.

또 그리고 일반 사회에 대한 내 원망도 여태 풀리지 못하고 있습니다. 겨레의 독립을 위해 희생된 애국자의 유가족에 대한 그 당시 조선 사회는 너무나 쌀쌀했습니다.

독립 만세를 부르다가 순국한 열사의 딸이 기생으로 전락되다니! 믿을 수 없는 말 같지만 나는 기생이 되지 않을 수 없었습니다.

하기는 계월향의 영향이 나를 기생으로 만들었는지도 모르겠습니다. 어려서부터 나는 계월향 사당 그늘에서 자라났습니다. 비천한 기생이면서도 국난에 임하자 왜장을 죽이고 자기도 죽은 순국 혼이 된 월향이 얘기가 몸에 밴 나였는지라 나 자신이 비록 기생이 되더라도 정신만 바로 차리고 살면 겨레를 위해 헌신할 수 있는 기회가 있지 아니할까 하는 막연한 기대가 나를 기생이 되게 부채질해주었는지도 모릅니다.

그리고 지금 이 편지를 쓰면서 생각하니 내가 기생이 되었길래 당신을 몇 차례나마 직접 모실 수 있는 행운을 차지할 수 있었다고 믿어지기도 합니다.

사랑하는 이여!

혹시 기억나십니까? 그 옛날, 아득한 옛날, 당신도 젊고 나도 젊었었던 어느 여름날 당신이 나를 직접 만났었던 것을.

기억을 더듬어보시옵소서, 내 사랑하는 이여.

1925년 여름. 이십여 년 전 일을 현재까지 어떻게 잘 기억하고 있었느냐고 물으실지 모르지만 그날이 나에게는 죽는 날까지 잊어버릴 수 없는 값있는 날이었습니다.

무대는 정릉 물 골짜기를 타고 앉아 있는 청수장 요리집 별관.

주연배우는 당신과 나.

그러나 그것은 연극이 결코 아니었고, 청년인 당신이 갓 스무 살 나는 나를 끊으려야 끊을 수 없는 인연의 줄로 동여매주신 날이었습니다. 그러니 그날을 어찌 잊어버릴 수 있겠습니까?

그날 오후 등에 땀이 촉촉이 밴 나는 개울 징검다리 위에 구부리고 서서 손수건에 찬물을 적셔 등덜미를 닦고 있었습니다.

기생으로의 직업적인 호기심으로 오늘은 또 어떻게나 생긴 놈팡이들에게 시달리게 되나 하고 생각하면서 누바위를 쳐다보는 순간……

아, 그 순간! 축복받은 그 순간? 발을 헛짚은 나는 하마터면 물에 빠질 뻔했습니다.

누각에 계시는 여러 남자 손님들의 눈, 눈, 눈이 모두 다 우리들 기생 일행의 거동에 못을 박고들 있었는데 당신 하나만은 굽이굽이 도는 산골짜기를 멍하니 바라보고 계셨습니다.

내 눈은 당신의 그 옆얼굴에 못 박혔습니다.

"그이다, 분명 그이다!"라고 나는 거듭 다짐했습니다.

별안간 무한히 수줍어진 나는 고개를 푹 숙이고 징검다리 돌들을 조심조심 골라 짚으면서 걸었습니다.

그 당시 나는 벌써 삼사 년이나 겪어 온 기생 생활에 익숙해져 제법 노련한 기생으로 자처하고 있었건만 그날 놀이에서만은 당신 앞에서 어떻게나 수줍고 가슴 두근거렸는지.

'술 취하면 재롱 잘 피우는 명기'라는 평을 들어왔었던 그날 저녁에는 꾸어 온 보릿자루처럼 멍청하게 앉아 있기만 했습니다.

당신도 벽창호⁵인 양 기생들과 희롱하는 일은 통 없이, 권하는 대로 사양 않고 술만 얼마든지 마시면서 열변을 토하셨습니다.

가까운 숲속에 혹시 형사라도 숨어서 당신 말을 엿듣고 있다면 당신은 체포당해 갈 것이 분명하여 조바심으로 가슴을 죄는 나는 그냥 듣고만 있었습니다.

말씀이 청산유수 같고, 목소리도 우렁차서 당신이 내리 섬길 때에는 몇 해 전 학생 시절에 서울 그라운드에서 풋볼을 몰며 달리시던 모습이 연상되는 것이었습니다.

'여름밤의 꿈' 아니 꿈이 아니었습니다.

---

5 벽창호(碧틈-) : 고집이 세고 완고하여 말이 도대체 통하지 않는 사람.

다른 손님들과 기생들은 다 자동차 타고 시내로 들어갔는데 어떻게 되어서 당신과 나만이 그 요리집 본관 으슥한 방에 단둘이 남아 있게 되었는지를 그때 생각해보셨던가요?

단 하룻밤만이라도 당신을 독점해보고 싶은 내가 몇 년간 쌓아 올린 기생의 수련을 총동원하여 계획을 꾸며 우리 단둘이 남아 있도록 만든 것이었습니다.

세상 모르도록 담뿍 취했던 당신이 겨우 정신이 들어 눈을 떠보실 때 당신은 놀라는 기색도 없이 한참 동안 옆에 있는 나를 물끄러미 바라다보셨습니다. 당신의 침착한 태도!

보통 사내 같으면 벌떡 일어나며 "여기가 어디야?"라고 소릴 지를 것이었는데 당신만은 당신이 마땅히 누워 있는 곳에 누워 있는 것 같은 태연한 태도로 천천히 방을 휘둘러보고는 고요히 일어나 앉으면서 "날이 샜나 보군." 이라고 말씀하셨지요. 그러고는 이어 "참 좋군, 산골짜기 물 흐르는 소리 졸졸 들려오고, 내 옆에는 절세미인이 지키고 앉아 있고. 우리 산보나 나가볼까."라고 중얼거리며 당신이 내 손목을 지그시 잡고 끌었지요.

놀란 토끼처럼 뛰노는 내 가슴. 숱한 사나이들이 내 손목을 잡았었지만 당신의 손에 잡힐 때처럼 짜릿짜릿한 감각을 느낀 일은 일찍이 없었습니다.

보얀 안개 속에 손과 손을 꼭 붙잡고 오불고불 꼬부랑 산골짜기 길을 나란히 서서 걸었지요. 가끔 나뭇가지에 얼굴을 할퀴면서 언덕길을 올라갔었던 기억이 당신에게는 남아 있지 아니합니까.

걸어가면서 당신이 얼마만 한 자기 본위 옹고집이라는 것을 나는 곧 느낄 수 있었습니다. 혼잣말에 너무나 열중하는 당신은 나에게는 입을 벙긋할 기회를 영 주지 않으셨지요. 그러나 동행하는 젊은 기생이 무식하고 천한 여성이라는 관념을 조금도 품지 않으신 듯 당신의 포부와 야망을 활활 다 털어놓는 것이었습니다.

산마루턱까지 다 올라가서 숨을 돌릴 때에야 당신은 깨달은 듯이 "아, 이거, 나 혼자만 너무 떠들어대 미안하게 됐구먼."이라고 말씀하셨습니다.

그리고는 말을 끊고 우두커니 서서 물 흐르는 소리는 들려도 보이지는 않는 계곡에 눈을 주고 계셨습니다. 이윽고 깊은 한숨을 쉬고 난 당신은,

"아, 아름다운 삼천리 금수강산! 이렇게 아름다운 강산이 동양 천지 또 어디 있을까? 없지, 없어. 그런데 우리 삼천만은 이렇듯이 잘났는데 이 땅 위에 살고 있는 우리 겨레는 왜 이다지도 못나고 쓸개가 빠졌을까. 아, 아, 얼마 전 우리 글로 씌어진 어떤 소설을 읽다가 이런 귀절이 감명이 깊었소. 그 귀절을 원문대로 다 외고 있지는 못하지만 대강 이랬소. ─ 이 나라 사람들 모두가 다 깊은 잠에 빠져 있는데 나 혼자만이 왜 깨어 있으면서 거리거리를 왜 헤매며 외롭고 슬픈 노래를 불러야만 하는가라고. 이 귀절에 공감을 느끼는 나는 비분강개한 마음 걷잡을 수가 없었소. 몇 해 동안 해외로 떠돌아다니다가 잠시 고향에 내가 들러봤는데 그 목적은 외국 국내 통틀어 혼자 깨 있으면서 외롭고 슬픈 노래를 부르는 조선 청년들이 몇몇이며 어디어디 있는지를 찾아보고 싶은 거요. 이들 먼저 깨서 노래 부르는 청년들이 모여 뭉치면 그것은 저절로 커단 합창대가 되어 외롭고 슬픈 노래가 아니라 집단적이고 우렁차고 기쁘고 희망이 가득 찬 노래가 될 것이오, 따라서 잠자는 대중을 깨어 일으킬 수 있게 될 것이 아니겠소. 아! 센치한 넋두리는 그만하고…… 그, 어, 당신 이름이 무어지?"

"설송이라고 불러주십시오."

"흠, 눈 설자, 소나무 송자로구먼. 누가 그 이름을 지어주었지? 이 몸이 죽고 죽어 무엇이 될고 하니, 봉래산[6] 제일봉에 낙락장송[7] 되었다가 백설이 만

---

6 봉래산(蓬萊山) : 가상적인 산 또는 금강산의 여름철 이름.
7 낙락장송(落落長松) : 키 크고 가지가 늘어진 소나무.

건곤[8] 할 제 독야청청[9]하리라.[10] 눈 속에 혼자 서서 절개를 지키는 솔! 허지만 그건 너무 소극적이야…… 내가 다른 이름 하나 지어주어도 괜찮을까?"

"불감청이오나 고소원이로소이다."[11]

"야, 이것 봐! 상당히 유식하구먼…… 우리 같은 무식쟁이 섣불리 굴다가는 망신패 차겠는걸…… 허, 허, 가만 있자…… 눈이라, 설은 당신 살결에 어울리니 그대로 두어야겠고, 솔보다는 매화가 더 좋을 것 같군. 설중매가 어떨까?"

"고맙습니다. 지금부터 설중매라고 불러주십시오."

"그렇지, 그래. 나약해 보이는 섬세한 매화가 눈 속에서도 굳세게 살아 꽃을 피우는 그 강직성…… 그게 좋아."

사랑하는 이여! 내 이름을 고쳐주신 당신. 인제는 내가 누구인지 알아챌 수 있으십니까? 아니, 아시리라고 믿어지지 않습니다. 왜? 그 뒤에는 한두 차례 더 만나뵈올 때 나는 첫눈에 당신을 알아 봤지만 당신은 날 몰라보던걸요.

그날 밤 당신은 날이 샌 줄 알고 있었지만 차차 도로 어두워오기 시작했습니다. 달빛 남아 있어 훤했던 것이 달이 져버리고 해 뜰 시각은 아직 안 되어 도로 어두워진 것이었습니다.

어둠 속에서 언덕길을 내려오며 한참 묵묵하시던 당신은 갑자기 "설중매, 무엇 한 곡조 부르며 걸어가지. 너무 조용하니까 범 나올까 봐 무섭구먼." 이라고 말씀하셨지요. 그리고는 이어 "언제 또다시 만날 기회가 있을 것 같지 않으니, 인상에 남게 특별난 노래를 하나 불러요."라고 하시면서 당신은 내 허리를 꼭 껴안으셨지요.

---

8   만건곤(滿乾坤) : 온 천지를 가득 채움.
9   독야청청(獨也靑靑) : 홀로 푸르다.
10 이 몸이 ~ 독야청청하리라 : 사육신의 한 사람인 성삼문(1418~1456)의 시조(時調).
11 불감청(不敢請)이오나 고소원(固所願)이로소이다 : 감히 청하지 못하나 원래 바라던 것입니다.

나는 노래를 불렀지요. '사랑인들 님마다 하매, 이별인들 다 서러우냐? 평생에 처음이요, 다시 못 볼 님이로다. 이후에 다시 만나면 연분인가……'라고. 그 노래는 내 혼백의 애끓는 진정한 호소였습니다.

인제는 기억나십니까?

그 노랫가락을 다 끝맺지 못한 내가 눈물 흘리는 것을 눈치채신 당신은 나를 으스러지도록 껴안고 서서 뜨거운 키스를 오래 오래 해주셨지요.

어둠 속을 더듬어 방 안으로 들어가니 방 안은 밖보다 더 어두웠습니다.

그 새벽. 그 어두운 방에서의 꿈 아닌 꿈. 그렇습니다. 지금도 나는 가끔 그날 저녁 새벽꿈을 꾼 것이 아니었던 가고 문득 생각할 때가 있습니다만 그것이 꿈이 아니었다는 산 증거를 나는 가지고 있었습니다. ― 엊그제까지는 말입니다.

술 냄새 가신 당신의 체취, 팽팽하게 바람 넣은 풋볼처럼 탄력 있는 당신의 포옹, 불같이 뜨거운 당신의 입김.

그때 내가 순결한 육체의 소유자는 물론 아니었습니다. 그러나 내 정신만은 순결했습니다. 그리고 그 새벽 당신과의 교섭에서 나는 처음 깨달은 것이 있었습니다. 남녀 간의 사랑은 육체 따로 정신 따로, 따로따로 성취되는 것이 아니라 '극진한 사랑'은 정신과 육체가 동시에 서로 융합되는 상태에서만 가능하다는 걸 나는 체험한 것이었습니다.

그날 새벽 그 요리집 한방에서 당신이 내 육체를 소유하기 시작하시기 일초 전까지도 나는 성행위는 어디까지나 추잡하다고 느꼈었습니다. 나는 순전히 돈을 벌기 위하여 그런 추잡한 행동을 피동적으로 응했었던 것이었습니다.

돈 벌기 위해 내가 그리 좋아하지도 아니하는 남자에게 내 정조를 처음 제공할 때 느꼈었던 그 수치심과 고통과 자포자기하는 심정은 말로는 형용할 수 없는 야릇한 감정이었습니다. 그러나 그런 경험을 몇 차례 겪은 뒤부터는 이미 정조를 더럽힌 추잡한 년이라는 열등감을 느끼기는 하면서도 순간적인 육체적 쾌미는 감각하게 되어진 것이 무서워서 나 자신을 경멸하게 되었습니다.

그날 새벽 내가 돈을 바라고 당신의 품에 안긴 것은 절대 아니었고 단지 정말 사랑하는 이, 그것이 짝사랑이기는 했지만, 사랑하는 이의 품에 안기고 싶은 본능적인 행위였는데도 불구하고 그 만족감과 황홀감은 내가 일찍 경험해보지 못했었던 것이었습니다. 그리고 처음으로 나는 당신의 아내가 되는 기분으로 즐겁게 몸과 마음을 송두리째 당신에게 제공했습니다. 평생 처음 맛보는 극도의 흥분과 황홀과 만족을 얻은 나는 곧 잠이 들었습니다.

잠을 깨 눈을 떴을 때 나는 놀랐습니다. 해가 이미 떠 방이 환한데 당신의 모습은 보이지 않는 것이었습니다. 어리둥절해진 나는 꿈을 꾼 것이 아닌가 하는 착각에 잠시나마 빠졌더랬습니다.

새벽 어둠 속에 나를 찾아왔던 행복의 신이 날이 밝자 그림자도 남김없이 사라져버린 것이었습니다. 아무런 표적도 남겨놓지 않고—아니, 표적이 있었습니다. 내 눈이 그때 머리맡에 놓여 있는 봉투에 머물렀던 것이었습니다.

꽤 두툼한 봉투.

왜놈 헌병과 경찰의 눈을 피해 다니시는 갈 길 바쁜 당신이라는 걸 이미 눈치챈 나는 그 부피 큰 봉투 속에는 당신이 쓴 다정한 긴 편지가 들어 있을 것이라고 생각되어 가슴이 뛰놀기 시작했습니다. 파들파들 떨리는 손가락을 봉투 속에 넣어본 나는 실망했습니다. 아니 통분했습니다.

두둑한 지폐 뭉치.

그 돈을 나는 팽개쳤습니다. 평생 처음 아무런 대가도 바라지 않고 내 혼과 몸을 정성껏 당신에게 바쳤는데 그런 내 심정을 몰라주는 당신은 내 몸값만 던져놓고 가버린 것이었습니다.

사랑하는 이여!

기억을 더듬어 봐주십시오. 내 얼굴은 물론 기억하지 못하시겠지만 그건 문제가 아닙니다. 그 어느 때 정릉 산골짜기에서 어떤 기생에게 설중매라는 이름을 지어주시고 하룻밤 정답게 놀아본 일이 있었거니, 그리고 또 아무 때 아무 데서 이름도 모르고 얼굴도 기억 못 하는 양장한 댄스 걸과 더불어 재미있게 놀아본 일이 있었거니 하는 기억만이라도 당신 머리에 남아 있다면 그것으로 나는 만족하겠습니다.

당신이 설중매라고 이름 지어준 그 기생이 양장한 댄스 걸이 되어가지고 당신을 두 번째 만나 하룻밤 즐겼었던 얘기를 여기서 되풀이하여 당신의 무딘 기억을 긁어드릴까 하옵니다.

때는 1938년. 그러니까 설중매가 당신에게 몸과 혼백을 몽땅 바친 후 십사 년의 세월이 지나간 뒤였습니다. 서울 장안에서 이름을 날리던 기생 설중매가 그해에 쥐도 새도 모르게 서울에서 자취를 감추고 말았던 것입니다.

열세 살 나는 더벅머리 총각 하나를 데리고 중국 상해에 나타난 조선 여성.

머리 쪽지고 긴 치마 입고 외씨버선을 신었었던 기생티를 홀랑 벗어버린 나는 퍼머넌트 새둥지 머리에 새빨간 연지 칠한 입술, 새까맣게 물들인 눈썹과 눈두덩, 열 손가락 손톱에 사철 봉사를 들이고 역시 빨간 칠을 한 엄지발가락이 뾰죽 내다뵈는 샌들을 신고, 코티분 냄새와 향수 냄새를 풍기면서 국제 도시 상해 거리를 활보하는 모던 걸이 되었던 것이었습니다. 그런 내 모습을 보고 당신이 설중매인 줄 알아보시지 못한 것은 무리가 아니었습니다.

그때 내 나이가 몇 살이었을까를 손꼽아 세어보셔도 좋습니다. 서른네 살이었지요. 그러니까 기생 사회에서는 이미 환갑을 지난 늙은 기생이었어요. 하지만 상해로 가서는 맥스펙터라는 미국인 요술사와 코티라는 프랑스 마술사 덕분에 나는 십 년은 더 젊게 보였습니다. 그랬기 때문에 내가 데리고 다니는 소년을 보는 사람들은 그 애가 내 아들일 거라고는 상상도 못하고 남동생일 거라고 믿는 것이었습니다. 그러니 내가 사내들 앞에서 인기를 유지하기 위하여서는 구태여 그 애가 내 아들이라는 걸 깨우쳐줄 필요가 없었습니다.

상해 인터내셔널 카바레에서 어떤 날 밤 생겼었던 일! 십사 년 동안이나 자나 깨나 내가 그리워해 왔던 당신과 마주치는 순간! 이 순간을 인연 지어 준 장본인은 우리나라 사람이 아니라 우리 겨레의 원수인 일본 군인이었습니다. 군율보다도 더 강한 욕정에 사로잡힌 한 일본 졸병이었습니다.

중화민국 하북성 북평시[12] 교외 십리 허에 자리 잡은 노구교 대리석 다리. 당신도 아시다시피 먼 옛날 마르코 폴로라는 이탈리아 사람이 원나라 때 중국에 와서 벼슬도 살며 구경 다니다가 이 대리석 다리에 그만 홀딱 홀려버려 그가 쓴 기행문에 이 다리를 너무도 칭찬했기 때문에 서양 사람들은 이 다리를 '마르코 폴로 브릿지'라고 부른다더군요.

이 노구교 근처에서 야간 기동연습을 실시하던 천진 주재 일본군 한 중대 소속 졸병 하나의 실종 사건.

지금까지 폭로하지 못하고 쉬쉬해왔었던 비밀 역사를 지금 마음 턱 놓고 공개할 수 있는 자유를 우리에게 가져다 준 공로는 미국과 영국 등 연합군에게 있는 것이올시다마는.

하여튼 그 1937년 7월 7일 무더운 밤중에, 남의 나라 영토 내에서 건방지게 야간 기동연습을 하고 있었던 일본군 병사 하나가 갑자기 강 건너 중국인 창녀촌에 정들여 둔 중국 꾸냥[13] 생각에 정신이 혼미해졌습니다. 기동연습이건 뭐건, 나중에는 삼수갑산으로 도망치게 되건, 군법회의에 회부되어 총살형을 받게 되건 말건 간에 그는 꾸냥이 그리워 어둠을 타 슬그머니 빠져나가 강을 건너갔던 것입니다.

하룻밤 오십 전만 가지면 몸을 살 수 있는 중국 갈보를 끼고 누워 씩씩거

---

12 북평시(北平市) : 지금의 북경, 즉 베이징.
13 꾸냥(姑娘) : 중국어로 '처녀', '아가씨', '낭자'.

린 그 일본 병사의 일이 그 이튿날 커단 센세이션을 일으키는 결과를 가져왔던 것이었습니다.

일본의 제일이라는 신문들이 호외를 찍어 돌렸습니다. 급보 제목에 왈 '야간 기동연습 중 황군(皇軍) 한 명이 포악한 지나[14] 폭도들에게 납치당하다.'였습니다. 이런 허망한 뉴스를 에누리 없이 믿는 왜놈들은 격분해 떠들어대고, 일본 군대는 선전포고도 하지 아니하고 중국 대륙 침략전을 시작했던 것이었습니다. 그 일본 사병을 홀린 중국 시골뜨기 창녀가 그날 밤 주홍빛 긴 잠옷을 입고 모란꽃 수놓은 비단신을 신고 밤에만 향기를 뿜는 야래향 꽃 한 송이를 칠흑같이 검은 머리에 꽂고 있었으리라고 생각하여 별 틀림이 없겠으나, 어쨌든 계집이 가진 매력으로 인하여 터진 소위 대동아전쟁의 영향으로 우리 조선 화류계 여자들이 세계적 무대, 특히 일본군이 점령한 중국 방방곡곡으로 갑작스레 크게 진출하게 되었던 것이었습니다.

노랑 저고리에 다홍치마 입고 땋아 내린 긴 머리채 꽁지에 자주빛 댕기를 매고, 물동이 머리에 이고 맨발로 새벽이슬을 밟으면서 다니던 조선 농촌 처녀들이 열 명 아니 백 명, 천 명씩 갑자기 일본식 '히사시가미'[15]를 틀고 몸에 어울리지 아니하는 울긋불긋하고 소매가 긴 '기모노'로 몸을 두르고는 발가락 사이에 물집이 생기고 헌데가 나서 아프고 쓰라린 것을 참으며 쪽발이 '다비'[16] 위에 '조리'를 끌며 소위 '황군 위안대'라는 괴상한 명목을 대고 일본군 점령 하에 있는 아시아 대륙에 편만하게 되었던 것이었습니다.

한반도 도회지 화류계 여자들 대다수가 한국 옷을 벗어 던지고 일본 옷 아니면 양장, 심지어 중국 꾸냥의 옷을 입고 만주로, 하얼빈으로, 천진과 북평으로, 상해로, 청도로 대거 돌진해 갔습니다.

---

14 지나(支那) : 중국(China).
15 히사시가미(ひさしがみ) : 앞머리를 쑥 내밀게 빗은 머리 모양.
16 다비(たび) : 일본식 버선.

미나리 타령을 하던 시골 처녀들의 입에서 '오륙고부시'[17]가 흘러나오게 되었고, 공명가를 부르던 기생들의 입에서는 '사께와나미다까'[18] 노래가 흘러나오게 되었습니다. 이름도 모두 바꾸어 은주는 '요시꼬'가 되고, 옥선이는 '데루꼬', 홍난이는 '마리아'가 되는 바람에 설중매도 덩달아서 '에레나'가 되었지요.

이렇듯이 중국 대륙으로 진출하는 한국 여인들이 무엇으로 밥벌이를 했느냐고요. '황군 위안대' 여자들은 주로 전투지구 제1선으로 가서 일본 사병들의 총애(?)를 받게 되었지요. '하루꼬'라는 이름으로 행세하던 서분네는 매일 밤낮 평균 삼십 명의 군인 손님들을 치러 불과 반 년에 수천 원 돈을 벌었다는 소문이, 발도 날개도 없이, 그녀의 고향 동리에 파다하게 퍼져 그 동네 우물에 모이는 여인들 간에 가장 흥미 있는 화제가 되었습니다.

나처럼 댄서로 돌변한 기생들은, 아편 중독자가 되지 아니하는 한, 백만장자의 귀동 딸 못지않은 차림새를 하고 기고만장 중국의 대도시 거리거리를 활보하게 되었습니다. 겨울철 날씨가 기껏 내려갔대사 영하 이삼 도 정도 밖에 더 안 되는 상해에서 댄서들은 흰 여우털 외투를 입고, 손가락에서는 세 캐럿 금강석 반지와 대추알만 한 비취 가락지가 광채 자랑내기를 하게 되었습니다.

택시 댄서[19]들이 중국인 난봉꾼들을 녹여서 그 많은 돈을 벌었을까요? 아닙니다. 천만에요.

장소는 중국 대륙 대도시였지만 이들 한국인 택시 댄서들을 호강시키는

---

17 오륙고부시 : 〈오로쿠고부시(鴨綠江節)〉. 1920~30년대 한국, 만주, 일본에서 인기를 끌던 유행가.
18 사께와나미다까 : 〈사케와 나미다카(酒は涙か溜息か, 술은 눈물인가 탄식인가)〉. 1931년 일본인 작곡가 고가 마사오(古賀政男)가 지은 유행가.
19 택시 댄서(taxi dancer) : 택시 운전사가 일하는 시간에 따라 급료를 받듯이 고객과 춤추는 시간에 따라 돈 받는 파트너 댄스의 유료 파트너. 원래 19세기 중반 미국 캘리포니아에게 시작되었다.

봉들은 전쟁 경기에 벼락부자가 된 한국인들과 일본인 남자들이었습니다.

한반도에서 일본 헌병대 급사 노릇을 이십 년이나 해온 박 서방이 별안간 '니시무라상'이 되어가지고 일본어를 잘하는 덕분으로 일본군의 통역이 되어 중국 전선으로 갔습니다. 점령군 통역이라는 요직을 이용하여 중국인 양민들을 토색질하여 큰돈을 단시일에 벌어들인 것이었습니다.

시골 면서기 노릇 십 년이나 했던 홍 서방은 '나까하라상'이 되어 내륙으로 가, 아편 소매 밀매업자가 되어 큰돈을 많이 벌었지요. 중국인이 아편 밀매하다가 일본군 점령지대 내 중국인이 경찰에 발각 체포되면 즉결 처분을 받아 저승으로 직행하는 데 반해 일본식 이름을 가지고 일본 국민으로 치외법권 보호를 받는 조선인들은 중국 경찰에 체포되더라도 곧 일본 경찰에 신원을 넘겨줘야만 되었던 것이었습니다.

한반도 조그만 마을에서 조그만 잡화상을 수십 년간 해온 강 서방은 '가네자와상'이 되어 일본군 점령하의 화북지구로 가서 중국 돈 대양 은전 몇백 개씩을 허리에 차고는 민주국 국경지대인 산해관까지 기차 타고 가서는 그 은전을 일본군 구매처에 삼십 퍼센트 프리미엄을 붙여 팔아넘겨 폭리를 봤습니다.

한반도 여러 도시에 포목상을 경영하던 김, 최, 이, 장, 한, 박 — 수백 명 아니 수천 명이 '나까무라상'이 되어 일본인 인조견 밀수출자와 결탁하여 일본군 점령하 아시아 지역 방방곡곡을 편답하면서 일본제 인조견을 중국인들에게 비싼 값으로 팔아 폭리를 거두었습니다. 그렇듯이 쉽고 빠르게 번 돈으로 그 남자들은 우리들 댄서들에게 털외투, 다이아몬드 반지, 기타 패물 등속을 마구 사주는 것이었습니다.

정릉에서 당신과 끊을 수 없는 인연을 맺고 헤어진 지 수년 후 어머님이 저 세상으로 가버리고 나는 혼자 몸이 됐습니다. 아니, 혼자 몸이 아니었습니다. ― 돌 지난 아들을 데리고 살게 되었던 것이었습니다.

제 아버지 얼굴은 한 번도 못 보고, 과부처럼 사는 쓸쓸한 어머니 아래 모락모락 자라나는 정호가 딸리고 보니 기생 노릇하기가 무척 어렵게 되고 싫증도 나고 해서 첩 살림을 차려보기도 했습니다. 그러나 애정이란 손톱만큼도 없이 단순히 돈에 팔린 가정 생활이라 얼마 못 가 파탄으로 끝나곤 했습니다.

돈 많은 색마들도 내 육체만 정복하고는 얼마 안 가 딴 계집 궁둥이를 따르더군요.

첩 살림하다가 도로 기생이 되었다가 다시 첩 살림, 또다시 기생 ― 나는 진절머리가 났습니다.

엎친 데 덮친다고 소위 대동아전쟁이 질질 끌게 되자 서울에서의 생활은 물질 면에서나 정신 면에서나 질식해버릴 만큼 궁하게 되었습니다.

상해 방면으로 먼저 간 친구들한테서 편지가 자꾸 왔습니다. 경기가 좋을 뿐 아니라 아무런 구속 없이 자유스런 생활을 즐길 수 있으니 곧 오라는 사연이었습니다.

그러나 열 살 나는 아들 하나만을 데리고 낯선 외국 땅으로 전전할 용기가 얼른 나지 아니했습니다.

그러나, 그러나, 혹시나, 잠시도 잊을 수 없는 당신을 중국 땅에서는 만날 수가 있지나 아니할까 하는 기대가 나를 유혹하기 시작했습니다. ― 막연하기 짝이 없는 기대기는 했지만.

일본군 점령지대에 당신이 나타날 가능성은 매우 희박했지만 그러나, 일본 경찰의 철통같은 경계망을 뚫고 십여 년 전에 서울에 잠입하는 데 성공했었던 당신이었던 만큼 일본군 점령지대라도 뚫고 들어와 활약하실 가능성이 있다고 생각들었습니다.

그래서 나는 정호를 데리고 상해로 간 것이었습니다.

국제적 대도시인 상해. 날로 날로 더 번창해가는 댄스홀들. 일본 여자나 중국 여자로 행세하는 한국 여인 댄서들, 진짜 일본인 댄서들, 진짜 중국인 댄서들, 그리고 공산 치하에서 망명해 온 백계 러시아 여자 댄서들도 많았습니다.

어둑신한 홀, 매끈매끈하는 마루 위로 남녀 쌍쌍이 포옹하고 빙글빙글 돌아갑니다.

천장에 달린 오색 채광등도 뱅글뱅글 돌고 억센 남자의 다리들과 날씬한 다리들과 빙빙 돌며, 탁자에는 샴페인이 흐르고 넘치는 것이었습니다.

마시자. 춤추자. 시외에서는 치열한 게릴라전이 전개되고, 점령하 중국 농민들이 굶어 죽건 말건 아랑곳없이 댄스홀에는 남녀들이 한데 어울려 마시고 춤추고 광란에 도취되어 있는 것이었습니다.

뜨겁고 분내 향수 내가 풍기는 홍도 같은 여자의 뺨에 꺼칠꺼칠한 남자의 뺨이 밀착되어 있고…… 수군수군, 소곤소곤, 고개가 까딱까딱, 끄떡끄떡, 흥흥거리는 음흉한 웃음소리와 자지러들게 호호호 하는 선정적인 웃음소리, 이글이글 타는 눈짓…… 아, 돌자, 돌지. 다리도 돌고 머리도 돌고, 달도 돌고, 지구도 돌고, 태양도 돌고, 정신도 돌고, 돈도 돌고 도는 것이었습니다.

이리하여 택시 댄서들이 호강을 하게 된 것이었습니다.

몇 해인가 나도 큰 부자가 되었습니다. 하지만 장성하는 정호가 철이 좀 들자 제 어미의 방종한 생활에 대해 노골적 불만을 품기 시작했습니다.

홀에서 만나던 그날 밤. 아들과 첫 대판 언쟁을 하고 만 나는 여느 때보다 술을 과히 마셔 상당히 취한 채 의자에 앉아 있었습니다. 그때 내 앞으로 와 허리를 조금 굽히고 당신이 춤추자고 청했습니다.

금시 당신이라고 알아보지 못한 나는 기계적으로 일어서서 내 손을 당신의 어깨에 사뿐 올려놨습니다.

그리고는 조금 뒤 당신이 내 귀에 입을 대고 "나비처럼 가볍게 잘 추는구면."이라고 속삭이신 것처럼 당신 리드에 잘 맞추어 돌았습니다.

홀 중앙에 샹들리에 바로 밑에 이르렀을 때 밝음 속에서 당신 얼굴을 똑똑히 인식하게 될 때 나는 놀라고 가슴이 뭉클했습니다. 가슴이 뛰는 나는 미칠 듯한 행복을 맛보았습니다. 수백 수천의 남자들 품에 안겨 춤을 추어 온 나였지만 당신은 그날 밤 당신과 춤춘 서너 시간만큼 즐거운 적은 없었습니다.

내가 설중매라는 걸 알아채지 못하는 당신은 그날 밤 나에게 한 번 더 매혹당했던 것은 숨길 수 없는 사실이었습니다. 춤이 끝나자 당신은 나를 당신 테이블로 데리고 갔습니다. 그리하여 그날 밤 그 댄스홀에서 내가 당신의 유일한 파트너가 되게 된 것은 참으로 천만 다행한 일이었습니다.

처음 나에게 춤을 청할 때 당신은 중국말을 했지만 샹들리에 아래서 당신이 누군가를 곧 알아차린 나는 비밀 사명을 띠고 일본군 점령지대로 잠입해 온 당신이 중국인 행세를 하고 있는 것이라고 확신하게 되었던 것이었습니다. 불안과 호기심에 나는 사로잡혔습니다. 그 시절 상해의 댄스홀들은 한결같이 국제 스파이들의 소굴이었습니다. 댄서들 대부분도 이중 스파이들이었습니다. 댄서 직업만으로도 돈은 얼마든지 벌면서 그 위험한 스파이 노릇을 왜 했을까? 고 반문하실지 모르나 그 짓을 부득불 하게 되는 원인은 여러 가지가 있습니다.

가장 큰 원인은 애정에 있었던 것입니다. 애정 관계에 있어서 여자란 얼마든지 강할 수도 있고 얼마든지 약할 수도 있는 것입니다. 사랑한다, 사랑을 받는다 하고 폭 빠진 뒤에는 애인이 화약을 지고 불 속으로 들어가라고 명령한달지라도 달게 복종하는 것이 여자입니다.

또 사랑하는 남자의 마음이 다른 여자에게로 옮아가는 듯한 기미가 엿보일 때 여자는 남자의 사랑을 빼앗기지 않기 위하여서는 물불 헤아리지 아니

하고 세상 아무런 짓도 감행하는 것입니다.

또 더러는 자기 일신상 어떤 비밀을 숨길 필요가 있는 여자가 못된 사나이의 협박에 눌려 마음에 없는 간첩질을 하는 경우도 있습니다.

스파이라는 구렁텅이에 한 번 빠지면 다시 기어 나올 도리는 절대 없습니다. 도피할 수 있는 길은 오직 하나 — 죽음이 있을 뿐입니다. 소설에 나오는 간첩 생활은 로맨틱하기도 하고 스릴도 있지만 그것은 어디까지나 허구고 진짜 스파이는 절망에 빠진 노예입니다.

그날 밤 처음부터 당신이 나에게 반하여 나를 독점하신 일을 나 한 개인의 행복이었다는 것은 말할 것도 없고 다행한 일이었습니다. 내가 당신을 독점했었기 때문에 당신이 일본군에게 체포당해 끌려가지 아니하고 중대한 사명을 완수하고 중경으로 돌아가셨다가 해방된 오늘 환국하셔서 건국의 주춧돌이 되게 된 사실을 생각할 때 그날 밤 상해에서의 일은 단순한 우연이었다고 보이기보다는 국운을 축복하는 하나의 천지신명의 보호였었다고 나는 믿습니다. 왜 그런고 하니 당신처럼 자아 과대망상에 치우친 사람들은 대개 자기 능력을 과대평가하기 때문에 조심하지 아니하여 실수할 때가 있고, 그 실수가 간첩에게 간취되는 때 일신상 파멸은 말도 말고 기획하던 중에 사업의 파멸까지 초래하는 경우가 많았기 때문입니다. 그날 밤 그 댄스홀에서의 당신의 실수가 무엇이었는지 아십니까? 당신의 품에 안겨 춤추기 시작하자마자 당신 몸에는 무기가 숨겨져 있다는 걸 발견하는 내가 놀라웁고 또 가슴이 떨렸던 것이었습니다. 만일 당신이 스파이 댄서와 춤을 추셨던들!

이 글월을 읽으시면서 당신은 상해에서의 그날 밤 일을 회상하시리라고 믿어집니다.

지금의 이 미군 군정이 끝나고 우리나라가 진실로 독립국가가 되어 축하 잔치가 벌어질 때, 이 몸은 당신의 위대한 마음을 보지 못하고 땅속에서 썩어 없어질 것이라고 생각하니 제 가슴은 찢어지는 듯 아픕니다. 그러나 그

영광의 자리에 오르실 때 상해의 댄스홀 택시 댄서 에레나의 공이 컸었다는 것을 당신 혼자 속으로나마 기억해주신다면 나는 무덤 속에서나마 행복하게 감읍하겠습니다.

사랑하는 이여!
술에 취하신 당신은 그때 그 춤에만 혹하셨던 것이 아니라 내 몸까지 탐하셨지요. 중국어와 영어를 섞어 쓰면서 택시 댄서인 나를 유혹하시던 당신의 달콤한 말!

홀에서 나의 인력거에 올라타고 나서야 나는 안도의 한숨을 쉬었습니다. 인력거 한 채에 당신을 먼저 태우고, 당신 무릎 위에 나는 올라탔습니다.

당신을 모시고 간 곳은 백계 러시아인이 경영하는 서양식 호텔이었지요. 부끄러운 고백이올시다만 지금 숨길 필요도 없고 숨길 수도 없는 일입니다. ─ 택시 댄서 노릇 몇 해 동안에 이 러시아인이 경영하는 호텔로 봉[20]들을 끌어들인 일은 상당히 많이 있었습니다. 돈 벌기 위한 것이 주 동기였고, 때로는 내키는 기분 때문이기도 했습니다.

그렇지만 그날 새벽녘에 당신을 모시고 그 호텔 충충대를 올라갈 때처럼 흥분했었던 때는 일찍이 없었습니다. 정신 못 차릴 정도로 취하신 당신을 침대 위에 눕히고 난 내가 얼마나 오랫동안 주무시는 당신의 얼굴을 지켜보고 있었는지 모릅니다.

정릉 요리집 뒷방에서 삼십 미만인 당신을 내가 독점했었던 일이 새삼 기억에 떠올랐습니다. 그 이십 년 뒤 중년신사가 되신 당신을 다만 몇 시간이나마 내가 독점할 수 있다는 생각이 내 몸과 정신이 아플 만큼 황홀감과 만족감을 가져다주는 것이었습니다.

---

20 봉 : 난봉꾼.

이윽고 약간 떨리는 손으로 나는 당신의 옷을 가만가만 조용 조용히 벗겼습니다. 그렇지요. 정릉에서 제가 처음 당신에게 몸을 바칠 때에는 당신이 내 옷을 벗겨주셨지요. 돈 벌기 위한 것도 아니고, 순간적 기분도 아닌 나는 당신의 아내 자격으로 혼과 몸을 몽땅 당신에게 드렸습니다.

정릉에서 첫번 우리가 결합되었을 때 당신은 내 몸을 돈 주고 산 줄로만 착각하시고는 내가 잠든 틈을 타서 몸값을 봉투에 넣어 내 머리맡에 놔두고 슬그머니 가셨드랬지요. 그것이 나에게는 언제나 불유쾌하고 불만스러운 일이었습니다.

그래 이번에는 그 앙갚음을 할 양으로 내가 먼저 일어나서 아래층으로 내려가 우리 둘의 숙박료를 호텔 주인에게 물어주고 살그머니 나와버리고 말았습니다.

그러나 그건 슬픈 일이었습니다. 잠드신 남편을 외국인이 경영하는 호텔 한 방에 버려두고, 아내인 내가 내 남편인 당신이 혹시 깨일까 봐 겁이 나서 구두도 신지 아니하고 양말 바람으로 방 안에 깔린 융단과 층층대에 깔린 융단을 조심조심 밟을 때 내 눈에선 눈물이 하염없이 흘렀습니다.

그 뒤 당신을 마지막으로 옆에 모셨던 것이 바로 한 달 전. 자기 아내의 집인 줄도 모르는 당신이었지만 내 집 안방에까지 당신은 들어오셨지요. — 겨우 반 시간가량 앉으셨다가 불쾌한 기분으로 휙 나가버리셨지요.

인제 내가 누구인지 아시겠어요?

그날 오후 모처럼 아내의 집을 찾아오셨다가 분연히 후닥닥 일어서서 아무 말 없이 나가버리는 당신을 볼 때 나는 달려들어 당신을 붙들고 모든 걸 고백하고 싶었습니다. 그러나 이를 악물고 나는 그 충동을 참았습니다. 당신이 작별인사도 안 주시고 나가버리신 뒤 나는 방 안에 쓰러져 몸부림치며 실컷 울었습니다. 울긴 왜 울었느냐고 당신이 반문하시겠지요.

이 펜을 던지기 전에 모든 것을 반드시 고백하여 당신이 품으신 의혹을 풀어드리겠습니다.

그러나 그러기 전에 저 자신의 기구한 평생 사정을 좀 더 자세히 말씀드려야만 하겠습니다. 아무리 지루하시더라도 끝까지 읽어주세요. — 내가 처음 겸 마지막 겸 당신에게 보내는 단 한 통의 편지인 동시에 유서인 사실을 알아주세요.

1945년 8월 15일!

우리 겨레의 해방의 날!

이날은 우리 전민족의 환희와 감사와 희망의 날이거니와 나 개인으로는 삼중으로 감격 깊은 날이었습니다.

첫째로 그립고 그립던 당신이 개선장군으로 귀국하실 길을 터준 날, 둘째는 내 사랑하는 외아들이 개죽음을 면하고 집으로 돌아올 수 있는 길을 열어놓은 날, 그리고 셋째로는 독립운동하시다가 왜놈 총칼에 세상을 하직하신 아버님의 혼백이 지하에서나마 마침내 행복을 느끼실 날이었습니다. 그렇거늘! 아, 아, 그렇거늘! 지금 이 애타는 나의 가슴, 애통하는 마음 — 이 어찐 모순당착입니까?

해방되던 날부터 매일 초조하게 기다리는 내 마음. 일 년 전에 소위 '학병'이라고 이름하고 강제 징집에 끌려 나가게 된 제 아들의 무사 귀환을 초조하게 기다리는 것이었습니다. 훈련 끝내고 전선으로 가는 날 어딘지 장소도 밝히지 못하고 그냥 전선으로 나가노라는 간단한 엽서 한 장이 그 애로부터 온 뒤 소식이 묘연했던 내 아들 언제나 돌아오려나? 아무개네 둘째 아들은 일본 큐슈 비행대에 소속되어 있다가 무사히 돌아왔대. 아무개네 조카는 중국 어느 최전선에까지 끌려 나갔다가 어제 돌아왔대. 또 아무개의 외아들은 전사했다는 통고를 받았고 얼마 뒤 해골까지 일본국 당국에 가서 찾아와 죽은 것으로 체념하고 있었는데 그저께 팔 하나만 잃어버린 채 불쑥 돌아왔다느니.

열흘을 걸어왔다느니, 한 달을 걸어왔다느니.

사람 서넛만 모여도 이런 소리뿐인데 내 아들놈은 돌아오지 않는 것이었습니다.

그리고 또 살아 계시기만 한다면 비행기 타고 환국하실 당신조차 오신다는 소식이 없어 매일매일 종이 반 장맹이로 나오는 수십 가지 신문들을 모조리 사다가 눈이 빨개 들여다보던 그 조바심.

그러다가 내 아들과 당신이 거의 동시에 돌아올 때 기쁘고 반갑고 ─ 그랬었던 것이 한 달이 못 돼 거품처럼 꺼져버렸으니 ─ 이 어떤 몹쓸 도깨비의 장난입니까?

남편인 당신이 내 아들인 동시에 또 당신의 ……아, 아, 지금 와서 이 말씀을 드려야만 하겠습니까?…… 그럼 말씀드려야지요. 그것이 아무리 고통스러운 일이라 할지라도…… 당신은 당신의 아들을 권총으로 쏴 죽인 것입니다.

그놈이 죽을 혼이 씌어 당신을, 자기 아버지인 줄 모르고, 쏴 죽이려다가 도리어 당신의 총에 맞아 죽었으니 누구를 탓하리까마는 하필 왜 그놈이 당신을 암살하려고 했으며 왜 하필 당신의 총이 우리들의 아들의 목숨을 앗아가야만 했단 말입니까?

내가 그것을 낳아놓고 얼마나 당신을 그리워했겠습니까! 삼칠일이다, 백일이다, 몸을 뉜다, 돌이다, 긴다, 걸음마를 뗀다, 짝짜꿍 도리도리 하고, 엄마엄마엄마 부르기도 하고 (아빠 소리는 영 못 배우고) 하며 자라난 아이입니다.

밤놀이에 불려 요리집으로 가 밤늦도록 취객들에게 시달리다가 이차 회, 삼차 회 등은 슬쩍 피해 집으로 돌아와도 그 어린것은 젖을 못 빨아 배고파 울고 울다 기진맥진해 잠이 들어 있곤 했습니다. 젖 한 모금 빨려주려고 잠을 깨워 젖꼭지를 물려줄 때 그 어린것은 배고픈 것보다도 밤늦도록 자기를 버려둔 어미의 행동에 야속한지 비쭉거리며 젖을 잘 안 빨 때 내 속이 얼마나 상했겠습니까.

세상에 못할 것이 기생 노릇 — 특히 젖먹이 애기가 딸렸을 때에는. 내일부터는 놀이에 안 나가고 애기와 종일 함께 있겠다고 결심하고도, 목구멍이 포도청이라서 실천에 옮기지 못하기 몇몇 차례. 화류계에 처음부터 몸을 던질 게 아니라 고되기는 하겠지만 빨래나 바느질 등 품팔이를 시작했었더라면 좋았을 것을 하고 후회도 해보고, 기생 학교에 강제로 나를 보낸 어머니(지하에 계시기는 하지만)를 원망도 해보았습니다.

같은 기생들끼리 모여 앉은 자리에서 서로 신세 한탄을 나누면서 헤어나갈 수 있는 길을 궁리도 해봤지만, 냉정하고 억센 사회구조의 울타리를 끊고 뛰쳐나간다는 일은 우리 기생들의 연약한 힘으로는 불가능한 일이었습니다.

단 한 번 세상에 태어나서 한 생만 살고는 죽는 인생! 불교에서는 전생, 이승, 저승이 있다고 하고 예수교에서도 죽은 뒤 천당이나 지옥으로 간다고 말들 하지만 내가 친히 경험한 바 없는 전생 또는 지나보지 못한 저승이 이승의 현재 생활과 무슨 관계가 있겠습니까? 무어니 무어니 해도 당장 감각할 수 있는 슬퍼하기도 하고 기뻐하기도 하는 이승이 제일 아니겠습니까.

남들처럼 면사포 쓰고 결혼식도 해보고 싶은 때가 때때로 있었고, 남편이 밤늦게 돌아올 때 바가지도 긁어보고 남편의 생일이 오면 앞치마 허리에 두르고 부엌으로 오르내리며 수선도 피워보고 싶고…… 아, 이런 부질없는 넋두리를 지금 내가 왜 하고 있는 것일까요? 정신이 혼미해진 탓일까요?

그렇지만 면사포 쓰고 결혼식 올리고 깨가 쏟아지는 신혼살림을 해오던 여성들 중 더러가 결혼 생활이 시들해지고 남편의 애정이 식어버려 감쪽지 물러나듯 떨어져 나오는 것을 볼 때마다, 나는 당신과 멀리 떨어져 있어 항상 그리워하고 죽을 때까지 사랑이 변치 않는 도리어 아름다운 생활을 하고 있는 것이라 스스로 위로하기도 하곤 했었습니다.

일본이 패전한 결과가 우리 겨레에게는 커다란 행복을 가져다주었지만 나 개인에게 미친 영향은 이상야릇할 따름이었습니다.

그리고 그리웠던 당신과 사랑하는 아들이 거의 동시에, 따로따로이기는 하지만, 내 앞에 나타날 때 나는 눈물이 날 정도로 반가웠습니다. 이때까지 서로의 존재조차 모르고 있었고 한 번도 대면해본 일이 없는 아버지와 아들을 내 안방에 한자리에 모아놓고 차음 부자 대면을 시키고 싶은 욕심은 거의 억누를 수 없을 만큼 컸습니다.

건국의 주춧돌이 될 아버지와 건국의 기둥이 될 아들을 한자리에 모아놓고 나까지 끼여 일가가 단란할 꿈을 꾸고 또 꾸었던 것이었습니다.

내 아들이요 당신의 아들인 정호가 강제로 일본군에 입대하여 전투지대까지는 나가기는 했었으나, 한 해 이상 전투 최전선에서 단련을 쌓은 몸과 마음으로 해방된 조국으로 돌아와서는 정호가 제 나라 건설을 위하여서는 목숨을 바치려고 결심한 것이 틀림없었습니다. 그리고는 자기가 결사 헌신할 수 있는 일과 장소를 찾아다니노라고 집에 붙어 있는 날은 거의 없이 부지런히 돌아다녔습니다.

정호가 학병으로 끌려가기 직전까지 제 어미인 내 직업에 대하여 멸시감과 증오심을 품고 있었다는 사실을 난 잘 알고 있었습니다.

어미와는 이승에 있어서의 마지막 대면이라는 비장한 마음을 먹은 정호가 훈련소로 가기 직전에 나를 만나러 왔었습니다. 강철같이 억센 그의 손아귀로 내 두 손을 깍지 낀 그는 부들부들 떠는 목소리로 "어머니, 저는 깨달은 바 있어 가벼운 마음으로 떠나는 것입니다. 왜놈의 강제에 못 이겨 끌려가는 것이라고는 생각지 마세요. 왜놈에게 대적할 수 있는 절호의 기회라고 깨달아 떠나는 것입니다. 그러나 살아와 다시 뵈올 길 없는 것 같아 말씀드리오니 제 유언으로 알고 들어주셔요……." 하다가 목이 메어 말을 못 맞고 내 무릎에 쓰러졌습니다. 몸과 혼이 한꺼번에 으스러져버리는 것 같은 감을 나는 느꼈습니다. 얼마나 오래 우리 모자가 끌어안고 울었는지 시간은 염두에 오르지 아니했지만 그 애 마음과 내 마음은 한데 뭉쳐 융화되어버렸습니다.

돌이켜보면 정호가 철이 들면서부터 제 어미의 직업에 대한 반감과 멸시와 절망감이 연민의 정보다 더 강하게 되었다는 것을 나는 느꼈습니다.

내가 상해에서 택시 댄서 노릇하고 있을 때 정호가 나 몰래 일본 동경으로 도망쳐버린 것도 어미인 내 꼴이 보기 싫어서였던 것이었습니다. 그래도 핏줄이 진해 동경 가서 나에게 무사하고 고학해가며 공부한다는 편지를 보내왔어요.

내가 학비를 우송했더니 정호는 그것을 도로 나한테로 우송하면서 '어머니, 절 공부시키기 위해서 계속 몸을 판다면, 그런 돈은 한 푼도 제가 받아 쓸 수 없습니다.'라는 편지를 동봉해 보냈어요.

그러나 정호가 훈련소로 갈 때 나와 작별하던 날 나는 "정호야, 내 장한 아들아, 나는 곧 과거를 일체 청산하고 새로운 생활을 펼쳐 나갈 테니 염려 말아라."라고 말했어요.

정호는 홀가분한 마음으로 전쟁터에 나간 것이었습니다.

그러하오나 해방이 되어 남편인 당신과 우리의 아들인 정호 둘이가 다 이 서울 시내에 살고 있음에도 불구하고 부자 상봉을 못 시켜주는 내 가슴속 고통과 번뇌는 필설로는 다 묘사할 수 없습니다.

청년의 불타는 정열로 새 나라 건설에 이바지해보겠노라고 침식을 잊고 동분서주하는 정호의 모습이 기특하고 대견해 보였습니다. 그런데 하루는

"진정한 애국자를 어디 가야 발견할 수 있지? 참된 지도자가 나서야 할 텐데, 속상해 죽겠어."라고 정호가 중얼거리는 것을 나는 들었습니다. 이 말을 들을 때 나는 생각했어요.

어서 속히 제 아버지를 만나게 해주어 "참된 지도자는 다른 사람이 아니라 바로 네 아버지시다."라고 알려주기만 한다면 그 애는 새로운 감격과 희망과 절열을 느끼게 될 것이라고 생각했습니다.

그래서 용기를 얻은 나는 당신 계신 곳을 찾았습니다. 그러나 문 지키는 사람의 제지로 대문 안에는 발도 들여놔 지 못하고 되돌아올 수밖에 없었습니다. 낙심천만 집으로 와 곰곰 생각해보자 내 의도가 얼마나 무모했는가를 깨닫게 되었어요. 설혹 당신을 대면할 수 있었다손 치더라도 "나는 당신의 아들을 낳은 여인입니다."라고 말을 하면 당신은 나를 미친년으로 다루어 쫓아냈을 것이 분명하다는 생각이 들었던 것입니다.

그랬었는데, 아, 그랬었는데 참말 지도자이신 자기 아버지를 힐끔 본 정호가 당신이 아버지라는 것을 알 턱이 없는 정호가, 화가 나서 방 안에 들어오지도 않고 나가버리고 말았습니다.

그리고는 민족의 복리보다도 독재권을 노리는 위선자의 꾐에 빠진 정호가 자기 아버지를 반역자로 알고 암살하려고 권총을 뺐던 것이었습니다. 그랬다가 도리어 제 아버지가 쏜 총알에 맞아 젊은 목숨이 희생되고 만 것이었습니다. 이 원통한 사실을 당신 외 어느 누구에게 호소할 수 있겠습니까!

그날 당신이 우리 집에 오셨을 때, 오래간만에 집으로 돌아온 정호는 당신과 나 단둘이 안방에 마주 앉아 있는 것을 보고는 화가 나서 휙 돌아 어디론가 달아나버린 것이었습니다. 당신이 자기 아버지인 즐 알 턱이 없는 정호인지라 당신이 내 몸뚱이를 탐내 찾아온 색마인 줄로 오해하고 골이 나서 가버린 것이었습니다.

또 당신은 당신대로 웬 젊은 놈이 제집처럼 들어오다가 당신에게 눈을 흘기고는 문을 쾅 닫고 가버리는데 기분이 잡쳐 잠시 묵묵히 앉아 계시다가 아무 말 없이 불쾌하신 표정으로 가버리신 것이었습니다.

그때 따라 나가 당신의 옷소매를 부여잡고 사실대로 고백하지 못한 것이 나의 천추의 한이옵니다. 어쩐 일이었는지 그 순간 나는 벙어리가 된 양 당신의 뒷모습만 멍하니 바라보고 있었습니다. 그날 뒤 정호는 영 집으로 들어오지 아니했습니다.

당신에게 향하여 그놈이 총을 겨누기 전날 밤에 나한테 편지 한 장이 왔습니다. 편지를 여기 동봉해 보내오니 아들의 얼굴은 기억 못 하시더라도 그의 필적이나마 눈여겨 봐주십시오.

어머님 전 상사리.[21]
어머니에 대한 한번 더의 환멸을 느끼고 집을 뛰쳐나온 소자는 이 세상에서 마지막으로 이 글월을 올립니다. 평생 불우하게 자라난 소자는 해방된 조국에 멸사 봉사하는 것으로 자신의 권위와 행복을 살리려고 결심했습니다. 그런데 지금 기회가 왔습니다. 지금 소자는 역적 한 놈을 죽이고 불여의한[22] 경우에는 자살해버릴 각오를 했습니다.

지금 새로운 한 광명에 접하여 소자가 이 편지를 쓰고 있습니다. 이번 일이 성공하면 저는 청사에 영원히 빛날 영예의 기록을 남기게 될 것이고, 불여의하여 실패해 제가 죽더라도 어머니는 조금도 슬퍼 마시고 부끄러워하지도 마시옵소서. 반역 분자를 숙청하고 깨끗하고 굳센 새 나라를 세우는 성스러운 터를 제가 닦는 것이니까요.

제가 이 일을 맡게 된 것은 진정한 애국자여서 제가 믿고 존경하고 복

---

21 상(上)사리 : 사뢰어 올린다는 뜻으로, 웃어른에게 드리는 편지의 첫머리나 끝에 쓰는 말.
22 불여의(不如意)한 : 뜻한 바대로 일이 되어가지 않는.

종하는 지도자님의 말씀이요, 명령이기 때문입니다. 어머니, 제발 과거 생활은 청산하시고 건전하게 오래오래 사시옵소서. 소자가 먼저 죽더라도 어머니만은 우리나라가 완전 독립을 누리게 되는 날까지 부디 오래 사시옵소서.

죄 많은 소자 올림

사랑하는 이여!

어떤 히틀러 같은 놈이 지금 서울에도 숨어 있어 순진한 애국청년들을 최면술에 걸어 이용하고 있는 것인지요. 생각하면 할수록 몸서리쳐집니다.

우리나라 장래가 적이 우려되옵니다.

그러나 그놈의 어리석은 짓이 하나의 귀감이 되어 다른 청년들은 독재 꿈꾸는 진짜 민족 반역자들의 음모에 속아 넘어가지 않게 된다면 정호의 죽음은 가치가 있다고 생각되기도 합니다.

이만큼 아뢰었으니 내가 누구라는 걸 알아차리게 되었으리라고 믿습니다.

내 머리가 지금 무척 혼란하여 두서가 없는 말을 횡설수설 사뢰는 것 같습니다. 그러나 이 글월이 당신의 수중에 들어갈 때 내 입은 영원히 봉해져서 그때 당신이 혹 의심 나는 것이 있어 나에게 물어보더라도 대답해드릴 도리가 없을 것입니다. 그러니까 어떻게 되어서 내가 한 달 전에 당신이 우리 집으로 오시도록 한 것인지를 말씀드리고 나서 이 펜을 영원히 영원히 놔버릴까 하오니 끝까지 읽어주시길 바랍니다.

일본군에 끌려 정호가 입대한 다음 날 나는 과거를 청산하고 재생했습니다. 그렇지만 당신은 이 말을 아마 곧이듣지 않으실 거예요. "그럼 어찌 되어서 그 어떤 날 밤 너는 아무개씨 댁 사랑방 놀이에 나와 늙은 기생들 틈에 섞여 있었느냐?"고 반문하실 테니까, 그 사정 간단히 말씀드리겠습니다.

아들을 전쟁터로 내보낸 뒤부터 제아무리 친숙한 늙은 기생들이나 퇴기[23]들이 찾아와서 요리집이 아닌 여염집 사랑방 놀이에 같이 나가자고 권해도 나는 번번이 거절하고 나가지 아니했더랬습니다.

놀이에 안 나가도 생계엔 지장이 없게 되었으니까요.

중국 상해에서의 택시 댄서 노릇 몇 해 하는 동안 번 거액의 돈을 가지고 서울로 돌아온 나는 시골에 논뙈기나 좋이 사서 타작만으로 유족한 생활을 할 수 있었으니까요.

당신이 환국하셨다는 신문 보도를 읽은 아침! 설레는 내 가슴! 어떻게 하면 당신을 만나볼 수 있을까? 며칠 두고 아무리 연구해봐도 뾰족한 궁리가 나지 못했습니다. 세상에 이런 안타까운 일이 어디 또 있을까요. 나는 당신의 아내요, 당신의 아들의 어머니였지만 그 사실을 아는 자는 세상에 나 혼자뿐이었고 증명 세울 아무 건덕지도 없었거든요. 내가 나서서 나는 당신의 아내라고 주장해보았댔자 당신부터 인정하지 않을 것이요, 세상 사람들은 나를 미친년으로 돌리고 말 것이었으니까요.

그러나 내가 과연 미친년일까요? 혹시 내 평생이 하나의 환상이었거나 꿈이었는지도 모르지요.

당신을 지척에 두고도 만나뵐 도리가 없어 혼자 벙어리 냉가슴 앓듯 하고 있는 참에, 그것이 우연이었는지 혹은 운명의 작희였는지 모르지만, 근 일 년간이나 발길 안 해오던 옛날 친구 선옥 언니가 예고도 없이 불쑥 우리 집 대문 안에 들어섰어요.

선옥 언니가 나더러 사랑방 놀이에 함께 나가자고 권할 때 처음 나는 화를 내며 단호히 거절했습니다. 그러나 그 수선 잘 떨기로 유명한 선옥 언니가 자기가 가진 재주를 다 부려 나를 설득하려 드는 것이었습니다.

---

23 퇴기(退妓) : 은퇴한 기생.

"네 기분 내가 모르는 바 아니야. 하지만 이번만은 경우가 다르단 말야. 네가 젊었을 시절에 장안의 명기로 날릴 때가 있었지만, 기껏해야 왜놈 나으리들이나 녹여내서 그놈들 노리개 노릇하는 것이 고작이었지 않니. 그런데 말야. 오늘 밤 손님들이 누군지 알아? 우리 독립 대한을 맡으시려고 중경서 들어오신 대감님들이야. 그래 너 그분들에게 술 권할 생각 도시 없단 말이니?"

그녀의 이 말에 나는 감전되는 것처럼 온몸이 짜르르했습니다.

"언니, 그게 정말요? 참말?"

"내가 너한테 실없는 소리 하러 찾아오겠니, 내 원!"

당신도 중경으로부터 들어오신 '대감님' 중 한 분이신데, 혹시나, 혹시나, 당신도 그 자리에 참석하시는지? 참석하신다면…….

"언니, 그분들 중에 혹시……."

하다가 나는 말을 중단했습니다. 당신의 이름이 나오다가 목이 걸리고 만 것이었습니다.

선옥 언니를 보내고 곧 화장대 앞에 앉은 내 가슴속에는 방망이질이 시작되었습니다.

예, 그날 밤, 분명히 그 놀이에서 당신을 만났습니다. 우연이라고 할 수도 있고 또는 장난꾸러기 운명이 선옥 언니를 사절로 나에게 보낸 것이라고도 볼 수 있겠지요. 오래간만에, 참으로 오래간만에 당신의 무릎에 바짝 붙어 앉게 된 나는 너무나 반갑고 기쁜 생각에…… 아, 기억하시겠습니까? 그날 밤 그 술자리에서 동료 노기[24]들뿐 아니라 처음 대하는 손님들까지도 내가 첫눈에 당신에게 반했다고 놀리면서 내 손목과 당신 손목을 끌어다가 맞잡게 해주며 폭소를 터뜨렸지요.

---

24 노기(老妓) : 늙은 기생.

술이 취하자 선옥 언니 주례로 당신과 내가 엉터리 결혼식까지 올렸지요.

그것이 장난이 아니고 진정한 결혼식이었으면 나는 얼마나 행복을 느꼈을는지 모르겠습니다.

그리고 당신도 취중이기는 했지만 나를 무척 귀여워해주셨지요. 그러나 그때까지도 당신이 평생 단 두 번 내 몸에 인을 쳐주셨고, 그 첫 번째 교섭에서 당신의 씨를 내 자궁에 뿌려주어 열매까지 맺었다는 사실은 당신이 모르고 있었습니다.

그리고 며칠 뒤 당신이 제 집으로 오셨을 적에도, 내 정체를 확실히 모르는 당신은 단순한 호기심으로 들리셨던 것이었습니다.

그런데 짓궂은 운명이 부자 상봉을 훼방 놓은 것이었습니다. 어디 그뿐입니까. 당신이 자기 아버지인 것을 모르는 정호가 당신을 암살하려고 권총을 빼들었고 명사격수인 당신이 선수를 쳐 당신 아들을 사살했지요…… 자객이 당신의 아들이라고는 꿈에도 생각 못 하신 것이 사실이긴 하지만.

정호가 저지르려던 행동의 동기는 불순한 점이라고는 티끌만큼도 없었다고 나는 믿습니다. 순진한 청년들의 애국심을 악이용하는 놈들의 제물이 된 정호였지요.

왜정 36년간 한결같이 해외에서 투쟁을 계속해오신 분들이나 국내에서 만난을 극복하면서 끝까지 절개를 지켜오신 분들이 이 기쁜 시각에 서로 흉금을 털어놓고 손잡고 도와 새 나라 건설에 일심협력해야만 성사도 되고 대중의 신뢰를 받게 될 것이 아닙니까. 그런데 중상모략, 심지어는 폭력 행사와 살상까지 감행하여, 삼천만 겨레가 갈망하는 독립국가 건설을 도리어 방해하고들 있는 것입니까.

참으로 한심한 일이옵니다.

비겁하고 비루한 민족 반역자들의 횡포를 묵인하는 미국 군정이 한스럽기 한이 없습니다.

죽어도 합작[25]하기는 싫고 한쪽을 죽이고 나야만 정권을 잡을 수 있다고 그들 소위 거물급들이 믿고 있다면 그들 자기네끼리 사생결단을 할 것이지, 비겁하게도 뒤에 숨어 순진한 애국청년들을 그릇 인도하는 꼴은 하늘과 땅과 사람들이 다 분노할 극악이 아니옵니까. 누가 우리 아들을 그런 무서운 함정 안에 몰아넣었을까요?

누구가, 누구가, 예 누구가?

정호를 잉태하던 순간이 지금 새삼 회상되옵니다. 제가 오래오래 짝사랑해왔었던 당신을 그 여름밤에 정릉에서 독차지하게 될 때 내 가슴은 떨리고 정신은 황홀했습니다. 당신과의 처음 육체적 접촉. 흥분한 당신의 몸 냄새. 억센 포옹, 가쁜 숨소리. 클라이맥스.

그것은 한 쌍의 수컷과 암컷이 동물적 만족을 느끼는 데만 그친 것이 아닙니다. 한 새로운 생명을 창조하는 조물주적인 위대한 조화였던 것이었습니다. 생명 창조의 신성성과 희열은 어떤 동물에게나 암컷이 느낄 수 있는 특전이라고 나는 생각하게 되었었습니다.

엄지[26]와 새끼. 어미의 자식에 대한 사랑과 희생심은 맹목적이고, 한이 없고, 이유가 없고, 이론이 없는 절대적인 본능이 아닐까요.

그런데 그렇게도 귀애하고 정성들여 기른 자식들에게 총을 매워 마구 쏴 죽여야만 되게 마련인 이 인류는 과연 정상적인 정신의 소유자라고 볼 수 있겠습니까?

엄지의 운명! 그것은 나 한 개인의 운명이 아니라 전체 생물계가 가진 공통 운명이라는 것을 깨달은 나는 내 운명에 순종해버리리라고 애쓰고 있습니다.

지금의 내 호소는 전 인류의 역사를 통하여 기천만 아니 기억만 어머니들

---

25 합작(合作) : 정견이 다른 두 파당이 어떤 일을 이루기 위하여 힘을 합침.
26 엄지 : 짐승의 어미를 뜻하는 북한어.

의 공통된 호소가 아니겠습니까.

누구의 손에 의해 누구가 죽었다는 게 문제가 아닙니다. 사람이 사람을 죽인다는 것 그 자체가 이해할 수 없는 모순입니다.

왜? 왜? 왜?

천만번 되풀이해 물어봤댔자 시원한 대답이 불가능합니다. 영원히 해결 지을 수 없는 수수께끼인 듯싶습니다. 그렇지만 나 하나의 슬픔이 인류 전체 만대에 궁한[27] 커단 슬픔과 비교해볼 때 무슨 가치가 있겠습니까. 죽음을 당하거나, 병들어 앓다가 죽거나, 횡사하거나, 늙어 죽거나, 또 지금 내가 취하려고 하는 자살이거나 한번 죽으면 그만인 것을. 살아 있으니까 바락바락 애도 쓰고, 기막힌다, 슬프다, 괴롭다, 원통하다 등이 있는 것이지, 한번 죽어버리면 그 뒤에는 아무런 감정이나 감각도 느끼지 못하게 될 것이 아니겠습니까. 나 같은 미미한 존재가 이 고해사바[28]에 이 이상 더 남아 있어 무슨 소용이 있겠습니까. — 아니, 소용이 없다기보다도 살아 있는 그 나날이 고통과 슬픔과 원망의 누적이 될 따름입니다.

내가 클레오파트라가 아닌 이상 죽는 방법을 시험해볼 필요가 없고, 또 죽음이 무섭게 생각되지도 않습니다.

날이 새는 모양입니다.

내가 죽어버린 뒤 나에게는 새벽도, 대낮도, 해도, 달도, 별도 없게 될 것입니다.

산뜻한 세수물의 신선한 감촉도, 소배춧국의 구수한 냄새도, 혀끝에 감치는 따끈하고 매끈한 밥의 감촉도, 새소리, 바람 소리, 우뢰소리, 사람의 목소리까지…… 아무것도 감촉하지 못하게 되겠지요.

개미도 두더지도 살아 있을 것이고, 여우나 뱀이 내 무덤에 구멍을 뚫어

---

27 궁(亙)한 : 일정한 시간이나 공간을 넘어 이어지는.
28 고해사바(苦海娑婆) : 갖가지 고통과 괴로움으로 가득한 인간세상.

도 나는 속수무책이겠지요. 그래도 만일 내 시체가 무덤에 묻힐 수 있다면 무덤을 덮은 잔디는 봄마다 새싹을 매미게 될 것이라지만 내 몸은 썩어 물이 되고 흙이 되어버리겠지요…… 차라리 화장되어 연기가 되어 공중에 살져버리는 것이 좋겠지요.

아버님도 연기가 되셨고, 어머님도 연기가 되었으며, 아들까지 연기가 되어 사라져 없어진 오늘 나는 연기로 변하여 부모와 아들의 연기들과 하늘에 고해 사바서 합치는 것이 내게는 더 행복하겠습니다.

어느 절에서 치는지 새벽 종소리가 은은히 들려옵니다. 일백 번 하고 여덟 번을 계속 친다는 그 종소리가 지금 새벽안개 속으로 퍼져 나오고 있습니다.

온 사방 세계 속속들이 빈틈없이 그 종소리가 스며들고 있습니다.

사람의 생활에는 일백여덟 가지 번뇌가 있다고들 하고, 그 번뇌를 좀 덜게 해달라고 인생은 몇천 년간 내리 종을 울려왔습니다만 그 번뇌들 중 한가지도 줄어들기는커녕 정도가 더 깊어기만 하옵니다. 어제에도, 오늘에도, 내일에도, 모레에도…… 영원토록, 영원히 종은 울겠지만 그 효과는 나타나지 않으리라 나는 믿습니다. 나고 죽고, 나고 죽고 인생은 대대손손 끝이 없을 것이로되 이 일백여덟 가지 번뇌는 계속 인생을 괴롭힐 것이 분명하오니, 그 모든 번뇌를 다 벗어버리고 나는 가려는 것입니다…… 가려는 것입니다…… 무감각의 저승으로. (1947)

대학교수와 모리배

대학교수와 모리배[1]

1

지구라는 쌍덩이 위에는 별 괴물이 다 있다. 만세일계(萬世一系)[2]의 "천황"을 신(神)이라 맹신(盲信)하고 그 신풍(神風)의 힘을 입어 지구에 사는 전인류를 정복하여본다고 깜쪽같이 속아 생명과 재산을 아낌없이 희생하는 우중(愚衆)이 어떤 한 섬에 살고 있었다. 이것이 지여낸 말도 아니오 시 소곡의 우화(寓話)도 아니다. 실재이었다.

또 한반도에는 이런 엉터리를 도모지 믿지 아니하면서도 강제에 못 이겨 찍소리 못 하고 기적만을 바라면서 노예 노릇을 하는 바보들이 살고 있었다.

또 대륙에서는 원자력(原子力)의 과학적 절대성을 믿고 또 그것을 부리며 인류의 지배권은 신에게 있는 것이 아니오 혹은 기적이라는 것도 아니오 오직 위대한 원자력을 통어할 수 있는 기술을 가진 인민의 손에 있는 줄을 잘

---

1   모리배(謀利輩) : 온갖 수단과 방법으로 자신의 이익만을 꾀하는 사람.
2   만세일계(萬世一系) : 온 세계가 일본 천황의 한 핏줄이라는 일제강점기의 잘못된 역사관.

안 "문명인"이라 불리워지는 족속들이 살고 있었다.

결국 이 제삼부류에 속한 인민들이 세계의 지배권을 잡는 데 성공하였다.

2

노예 노릇을 하든 반도민은 기적을 보았다.

해방이다! 자유다!

아! 눈물이 쉴 새 없이 흐르고 만세 소리 천지를 진동하고 인민의 가슴은 희망과 정열로 벅차 올랐다. 독립국의 건설을 원자력의 행사권을 가진 지배자의 입으로 약속을 받을 때 순진한 민중은 고것을 철석같이 믿었다.

사개국 연합군이 다 같이 들러와서 전 조선에 잇는 일본군 무장 해제를 하고는 조선 사람에게 다 내어 맛기고 곧 철퇴할 것이라고만 믿었다. 기껏 한 반 년 걸리겟지! 하고.

청천의 벽력이라는 말이 있기는 있지만 삼팔선의 분할 점령. 이런 벼락을 마져 놀란 가슴이 싹기도 전에 이번에는 참말로 청천하늘에서 날아 내려오는 삐라, 독립 약속은 유지가 되었든가? "미국 군정 실시 일본 제국 시대 충선을 다한 일본인 조선인 관리를 모도 복직하라" 아니 — 이게 영문 포고가 번역이 잘못되지나 않았는가? 허무한 일이다.

3

대학교수는 우울하였다. 통분하였다. 멋없는 절망을 느끼었다. 아! 우리 조선의 장래?는 두려운 일이었다. 조선의 장내뿐 아니라 전세계의 장래!

전쟁을 영원히 끝내는 최후 전쟁이 승리되고도 전 인류의 영구한 평화! 유토피아 다 살아지고 말엇다. 조선 한구석에 잇는 우물 안 개고리인 대학

교수는 너머나 달콤한 꿈에서 깨어났다.

날이 감을 딸아 대학교수의 우울은 그 정도가 신경쇠약으로 진전되어버렸다. 정신적으로 반미치광이가 되는 동시에 그래도 사십 평생에 경험해본 일이 없는 배고픔의 고통, 생활 보장에 대한 무능의 폭로, 생활 목적의 소실 — 그야 물론 중학 대학교 재학 중에는 고학을 하엿다. 배도 많이 골았다. 그러나 그것은 희망에 가득 찬 배고픔이었다. 그러커늘 오늘날 초급속도로 습격해 드러오는 이 배고픔은 생활 방도의 무능력은 공포심과 자포자기를 이르키엇다.

일전에는 동료 하나이 와서 담배 밀조 공장을 차려놓으면 단박 큰 부자가 될 수 있으니 한번 합자를 해서 시작해보자고 자금은 장서(藏書)들 몇 권만 내다 팔면 넉넉하다고 농담이 아니라 진담이리고. 교수는 쎈―히 그 친구 얼굴을 바라다보다가 실소하고 "나는 담배를 끊었소" 하고 간단히 대답해 버렸다.

4

눈이 작고 나린다. 방은 어름장같이 차다. 대낮에도 이부자리를 내려 펴고 덮고야 견딘다. 아내는 안 나오는 젖을 어린것에게 물려보았으나 애기는 튀정만 한다. 아내는 애기를 내려놓고 부엌으로 갔다가 오는데 미국 통조림 우유가루 통을 한 손에 들고 한손에는 수깔과 물사발을 들고 들어온다. 그 두 손등이 유표히 보인다. 그 북덕갈구리[3] 같은 손, 옴두꺼비 등 같애진 손등, 교수가 결혼할 때에는 신랑 자신도 그 손에 무었보다도 홀렸던 것이오

---

3   북덕갈구리 : 북두갈고리. 북두 끝에 달린 갈고리. 북두는 마소의 등에 짐을 얼러 매는 줄. 험한 일을 많이 하여 험상궂게 생긴 손을 비유하는 말.

친구들도 신부의 손의 아름다움에 찬사를 악기지 않았었다.

결혼식에서 주례자 앞에서 그 무명지에 반지를 끼워줄 쩨 서양식 혼인인 바에 그 손구락에 키스를 할 수 있었으면 얼마나 로맨틱할가 하고 생각되어 입술이 홧홧 달렸던 기억이 남아 있다. 그런데 아차! 교수의 눈은 둥그래지었다. 아내의 손이 북덕갈구리같이 된 후에도 그 무명지에 빛나던 결혼반지는 낮이나 밤이나 아무리 구진일을 할 쩨라도 그 반지를 빼인 일은 절대로 없었다. 그 반지는 그의 무명지의 한 부분으로 화해서 있었던 것이다. 그 반지는 교수와 아내의 하트를 연결시키는 한 표식이었다. 한 맹세를 인 박은 고리쇠. 죽을 때까지 아니 죽은 후에 무덤 속에 드러갈 때까지 아내의 육체가 한줌 흙으로 화한 후에 까지 그 금환은 한 순진무결한 최고급의 사랑의 표식으로 썩지도 않고 녹도 나지 않고 광채를 발하고 있어야 할 물건이 아니냐? 거기에 두 사람의 영원한 혼령이 접하여 있어야 할 것이 아니냐?

교수의 가슴은 섬적하였다. 교수의 표정이 아내의 눈에 어떻게 비추었는지 아내의 손은 애기 우유를 탈 것을 잊어버리고 치마 속에 숨어서 와들와들 떨었다.

교수는 고래고래 소리를 질러보고 싶은 충동을 억누르느라고 전신을 푸들푸들 떨면서 밖으로 나왔다. 월(月)이 활의 금리와 엽집 고리대금 노파의 주름살 잡힌 얼굴이 펏듯 눈앞에 어른거리었다. 피차의 아무 말도 아니하는 것이 좋을 것이다.

5

석양에 교수는 혼자서 눈이 두 자나 쌓인 남산 꼭대기에 난간을 기대서서 있는 자신을 발견하였다. 그가 어떻게 되어서 거기까지 오게 되었는지 자기자신으로서도 아무런 기억도 할 수가 없었다. 결코 술이 취한 것은 아니었다. 술을 한 잔도 입에 대여보지 못한 지가 한 달도 넘었다.

작년까지만 하여도 고요한 밤에 어린 자식들을 옆에 나란이 누이고 강의 준비를 할 때의 정치적 자유는, 물론 거부되어 있었지만은 마치 옛이야기에 고양이가 자유를 찾으려 주인집을 떠나 나갔다가 며칠 못 가서 굶는 자유보다 구속을 받을지라도 굶지 않고서 연명하는 것이 득책이라 깨닫고 도루 기여 드러갔다는 이야기가 있는데 그저 그 왜놈 밑에서라도 호구지책을 유지하였고 또 한편으로는 희망적 관념으로 이지만은 조선 사회가 정신적으로 제아무리 질식이 되어가드라도 그래도 언제든지 왜놈이 멸망하는 때가 오려니 하는 운명적, 심지어는 정감록에까지 의지하는 정도까지에 일맥 광명을 마음 깊이 비밀을 직혀왔고 또 죽을 때까지 이 민족의 젊은이들에게 절름발이 학식이나마 한도껏 전해주는 것이 자기 일생의 의무라는 자각을 가지고 견듸어왔던 것이다.

그런데 오늘 — 해방, 자유의 환상을 보며 미친 듯이 뛰놀고 감격하였던 날에서 불과 잇해가 지나가지 못한 오늘 이 밤에, 전등도 아니 드러오고 한 자루 사십 원짜리 초불을 켤 게제도 못 되고 옆에 아이들을 뉘여놓고 그 맛있게 피우던 담배도 통 끊고, 풍차 돌아가듯 하는 정신적 혼돈을 쓸데없이 되푸리하면서 영양 불량으로 꼬챙이같이 마르고 찡그린 잠든 아내를 물그럼이 바라다보니 측량할 수 없는 자포자기, 몸이 떨리고 허기증이 더한층 강해지고 외국 군대보다도 더한층 썩어지고 비루해진 동족을 막 저주해주고 싶어졌다. 소위 지도자라는 것들이 자기의 민중을 그렇게도 무자비하게 속이고 착취하고 거더차버린 전례가 역사상이나 지리적으로 보아 또다시 있었을 수 있을까?

정작 나이보다 십 년이나 더 늙어 보이는 저 아내, 시집올 때에 그래도 남부럽지 않게 해가지고 와서 액기고 안기고 하던 그 물건을 곡감 뽑아 먹듯이 다 뽑아 먹고 난 오늘날, 결혼 이래 이십여 년간을 현모양처로 자타가 다 인정하는 저 두툼한 입술에서 "남들이 다 도둑놈이 되었는데 혼자서 그 알뜰한 절개를 직히면 무슨 소용이냐?" 쌓이고, 쌓였던 포달⁴이 급기야 뚝 무너진 홍수처럼 쏟아지고야 말았다. 처음에는 매우 야속스럽게 생각되었으나 생각해보면 자식과 아내를 굶기고 앉아서 체면이니 양심이니 모두가 다 바보스러운 일같이 생각되기까지 이 고결한 대학교수도 타락이 되었다. 그러나 남들처럼 콱 내집흘 용기가 이 교수에게는 없었다. P교수는 소학교에 단이는 딸을 학과 파한 뒤에 미국 담배 야미를 시켜서 아버지 월급보다 많이 번다는 이야기를 어제 들었다. 설마한들?

교수는 물론 집을 떠날 때에 무슨 목적지나 방향이 있는 것은 아니다. 그저 세상만사 다 잊어버리고 깨끗한 생각을 가지고 한없이 거리를 거닐고 싶었던 것이다. 교수도 철학자이었던들 들불을 켜들고 양심적인 단 한 사람이라도 찾자보려고 나섰을 것을!

언제까지나 걸었는지 정신을 차리고 보니 원요동 근처 삼촌의 집 문밖에 도달하여 있는 것을 발견하고 쓴우슴을 웃었다. 삼촌의 집에 들어갔다가 특히 예기하고 왔던 바는 아니지만은 허사가 된 것이 좀 불쾌하였다. 문밖에 나서니 맥이 착 풀리고 춥고 견딜 수없이 허기증이 나고 목이 말라서 죄여 들어 온다. 눈은 자꼬자꼬 나린다. 한 거름도 더 옴길 수 없을 것 같고 그 자리에 주저앉고 싶다. 전차를 타고 벤치에 털석 주저앉아야만 몸을 지탕할 수 있을 것 같다 ─물론 십만 병 대 한 사람의 챤스이지만은─

전차 정류중에는 줄이 한 오십 명 서 있었다. 기다리는 시간처럼 지리한

---

4 포달 : 함부로 욕을 하며 대드는 일.

것은 없다. 자동차 트럭 택시들이 길이 메이도록 오고 가건만은 그것들은 모다 교수에게는 딴 세상 물건이다. 한두 사람만의 서양 남녀가 타고 휑드 렇게 비인 미군 전용 뻐스가 아마도 매 오 분 만에 하나식 지나가는데 그 비 인 의자들이 눈포래 맞으며 두 시간에 한 대식 지나가는 전차를 기다리고 섰는 것을 비웃는 듯이 보여서 불쾌하게 보였다.

"에라 것쟈" 중얼거리면서 눈 내려뜨고 얼마나 오래 걸었는지 언뜻 치여 다보니 남대문이다.

어느듯 황혼이 되었구나 아모런 이유도 없지만 남산 꼬_대기를 올나갈 생각이 들어서 방향을 돌렸던 것이다.

될 수 있는 대로 머리에 공허를 지키려고 애쓰면서 발아래 깔린 서울 시 가지를 물그럼이 내려다보니 명암(明暗)의 모제익을 깔어놓은 느낌이다. 사 방이 고요하다. 사람은커녕 어리친 개 한 마리 없는 산 위에 눈은 펑펑 쏟아 진다.

교수가 잠시 깜박 졸었는지? 무엇에 화닥닥 놀나 정신을 차리니 바로 옆 에 인기척이 있다. 본능적으로 공포와 방어의 일순간.

두터운 값 나가는 좋은 외투를 입은 몹시도 비대한 사람이 바싹 닥아와서 옆으로 드려다본다. 그 사람은

"어! 이거 누군가? 이게 윈일인가?"

"어! 자네는? 자네는 또 웬일인가?"

"참 별 데서 다 만나네. 나도 별놈이거니와 자네도 별놈일세. 지금이 어느 때라고 이런 곳을 혼자서 유유히 산책을 하고 있다니 —"

"피차일반일세. 무어 하하하하"

"고통, 심각한 고통이, 것잡을 수 없는 절망이 사람을 이런 미친 짓을 하 도록 한단 말이야."

"나도 역시 그렇지 않은가?"

"자네야 무슨 그리 심각한 고통이 있을 수 있나? 만나지 못한 지 벌써 여러 해지만 소식은 늘 듣고 왔지. 이번 해방통에 당당히 교수로 승급을 했겠네그려"

"흥, 흥, 그렇지만 여태 겪어보지 못한 최저의 생활난과, 생활 목적의 상실, 자포자기밖에 남은 것이 아무것도 없네. 그런데 자네는 대관절 무얼하고 지내나? 원래 수단가니까 한몫 잘 보겠지."

"모리배! 전형적 모리배!"

"모리배라니? 그 무슨 소리를 그렇게 하나?"

"학자님이 되셔서 모리배라는 문자도 아직 못 들었나? 신문지마다 맛날 떠들지 않나 웨—"

"그동안 소문이 무어 고생을 한다는데"

"잘 아는구먼"

침묵!

한참 후에 모리배가 다시 말을 이었다.

"생활 곤란, 생활 목표의 파멸이라고 이제 자네가 그랬지. 나도 자네들 계급의 모순된 생활을 대강이나 짐작하네. 그러나 자네들 같은 쫑지버레들은 양심을 아직까지 유지하고 있다는 것은 탄복하고 존경할 일일세. 이 혼란 중에서 건국의 기둥이 될 동량[5]들을 각구어내는 위대한 사명을 어깨에 지고 있지 아니한가? 나 같은 놈이야 아무리 신문에서 욕을 해싸도 성공을 한 모지배지. 아무리 모리배라고 작고 신문에 오르나리드라도 그것은 길을 트러 막는 방법이 졸렬한 자들이라 대개 다 헛소문이지. 나 같은 놈은 진짜고. 그러나 더 진짜 악질은 모리배보다도 탐관오리이지. 또 바루 말하자면 탐관오리는 제일 비루한 청결동이지만 모리배는 당당한 신사일세. 탐관오리는 법

---

5   동량(棟梁) : 기둥과 들보로 쓸 만한 재목이라는 뜻으로, 집안이나 나라를 떠받치는 중대한 일을 맡을 만한 인재를 이르는 말.

률상으로 보나 하나님 앞에 도덕상으로 보나 죄인이지만은 모리배는 권력가가 제정해놓은 법률에는 위법이 되는 사람이지만은 하나님의 앞에는 범죄가 아니 되네. 알아듣겠는가? 장사꾼이란 무슨 수단으로든지 싸게 사서 무슨 수단으로든지 많이 남기는 것이 정당한 권리가 아닌가?

술의 노예, 계집의 노예, 돈의 노예! 술과 계집과 돈의 삼위일체는 예수교의 여호와의 삼위일체보다 더 강력한 힘을 가진 괴물일세. 여호와 삼위일체는 선행의 참피온이라 한다면 술, 계집, 돈의 삼위일체는 인류 생활을 타락시키는 악마인데 인류의 총역사는 이 두 세력의 끊임없는 투쟁에 있다고 나는 보네. 그 투쟁의 결말은 어떻게 날지 언제 날지 알 수 없는 일이지."

침묵!

모리배는 양담배를 끄내 미국제 라이타로 피어 물고 교수에게도 한 대 권하였다. 교수는 담배 끊었던 맹세를 파계하고 말았다.

"흐 — 여보게 내가 좀 흥분하나 보이. 내가 수단이 좋아서 아니 아니 내가 술을 동이로 먹고 돈을 물 쓰듯 하는 버릇이 있어서 내 일생 꿈에도 못 꾸어보았던 천문학적 계산의 돈을 잡았네. 그것이 나를 만족시키는가? 흥! 만족! 여보게 내가 이 눈 오는 밤중에 술도 안 먹고 맑은 정신으로 이 꼭대기에 혼자 산책하는 원인을 이해해주세. 나는 술과 계집과 돈 ○ ○○○○○천벌을 받는 것 같은 공포를 느끼네."

"인류의 전적 타락. 조선만이 아닐세. 전인류, 패한 놈이나 승리한 놈이나 모주리 술, 계집, 돈, 삼위일체 괴물에 지배를 받고 있는 것이 아닌가? 여보게 저 아래 눈속에 깨끗한 듯이 보이는 저 집웅들을 한번 떠들고 드려다보면 양심을 제대로 직혀가는 놈 과연 몇 놈이나 될 것 같은가? 우리 학교 다닐 때 구약성경에서 배웠던 소돔과 고모라 멸망되는 이야기, 요새 나는 그 이야기를 문듯 회고해보네. 이 서울 장안이 아니 세계 도처의 도시 도시가 다 한때는 동물 중에 최고라는 자긍을 가지고 있었지만은 이번 야만적인 전

쟁 끝에는 동물 중에서 최하등, 최악질엣 동물로 타락되고 말지 않았나? 소
돔과 고모라가 유황불에 세례를 받기 일 초 전까지도 시집가고 장가가고 술
과 계집과 돈에 도취되어 있었다고 성경에 씌여 있지 않은가? 이 성안에 의
인이 다섯 명이 있을까? 천사는 다섯 명만 있어도 용서한다고 하였지. 자네
가 그 다섯 명 가운데 하나일세그려."

모리배는 갑작이 왕왕 소리를 내서 운다. 대학교수의 눈에도 눈물이 핑그
르 돌았다. 모리배는 와락 달려들어서 교수를 죽어라 하고 껴안았다.

"여보게 여보게 우리가 다 미치지 않겠나 음."

모리배는 포옹을 풀고 안주머니에서 현금 한뭉텡이를 끄내 교수의 포켓
트에 트러박는다.

"이게 무슨 짓인가? 나를 모욕하는 건가?"

하고 교수는 분개하였다.

"여보게 오해하지 말게. 이것이 내가 정당한 돈을 쓰는 유일한 기회일세.
지옥에 빠진 내가. 응, 용렬한 소리 하지 말게. 소위 ××자들은 이 돈 뭉텡
이 열 개씩 스므 개씩 뇌물로 앵겨주어도 너털웃음 우스며 막 끌어드리데.
그놈들하고 술자리에 마조 앉아서 하루저녁 쓰는 돈의 십 분지 일도 못 되
는 이 돈을 거절하지 말게."

모리배는 날랜 범같이 언덕 아래로 뛰어갔다.

6

교수는 얼빠진 기분으로 거리로 내려왔다. 무조건하고 그 돈 뭉텡이는 매
력이 있었다. 결혼반지를 도루 낀 아내의 손고락이 클로스 · 업으로 눈앞에
어른거리었다.

전차길에 오니 마침 마즈막 전차가 정류장에 정류되어 있는데 승객들이

막 목숨내기 경쟁이다. 교수도 갑작이 만용이 솟아올랐다. 밀치고 당기고 밟으면서 올라탔다.

교수는 단숨에 집에까지 뛰어왔다. 구두발 신은 채로 방 안에 뛰어들어섰다. 숨이 차서 헐떡헐떡하면서

"여보 여보 이것 좀 받으시오."

포켓트에 들어가는 손 ― 앗! 무서운 고함 소리! 스리 아아!

아내는 놀란 눈으로 남편의 쑥 내민 빈손을 바라다보았다.

교수는 이를 갈면서 펴든 빈손을 언제까지나 언제까지나 떨어트리지 않고 서서 왼몸을 부들부들 떨었다. (1948)

혼혈

혼혈

1

청개천은 이름만은 깨끗하나 물은 언제나 구정물이다. 그러나 서울 한복판에 사는 여인네들에게는 무료 세탁소가 되어 있고 시골 같으면 동구 밖 우물이 여인네 까십'의 무대가 되지마는 대도시 서울에서는 한복판에 있는 이 빨래터가 까십의 중심지가 되어 있는 것이다.

"애구 참 망측도 하지. 원 그런 변이 어데 또 있겠수!"

"무엇이?"

"아―니, 여태 몰르우?"

"알구 모를 일이 무엇이란 말이요?"

"아! 모른다문 내가 이 말을 해서는 안 되겠군 그랴"

"무슨 말인데 그래?"

"망측스럽고, 끔찍스럽고, 악착스럽고……"

"애고머니! 그렇게 꿍장한 이야기야?"

---

1   까십(gossip) : 수다, 잡담.

"아주 말할 수 없는 일이야!"

"말할 수 없으문 그만두구랴. 누가 구태 듣겠다나, 내, 원, 참…"

"소문내지 않는다문 내 이야기하지."

"구만두어요."

청계천 물 고인 곳에서 분주히 빨래를 하는 두 젊은 여인의 대화 한 토막이다.

한 여자는 수다스러워서 무슨 일이던 한번 물으면 누구한태던지 쏘다놓지 않고는 속이 답답해서 못 견대는 새악시인데 친정은 마포 강변이었으나 이 청계천 가까이로 시집을 온 지 한 댓 달 된 사람이었다.

바로 어제 마포 친정에 갔다가 들은 이야기인데 사실 끔찍스러운 이야기이므로 지금 그 이야기를 아례옷집에서 사는 여인에게 권하고 싶어서 거의 억지로 이 빨래터로 끌고 나와서 그 이야기를 어서 옮기고 싶어서 막 죽을 지경인데 서두를 그럴듯하게 꺼내놓았는데도 저쪽에서 아주 탁은이 달려들지를 않으니 참 애가 탔다.

상대방이

"고만두어요." 한다고 해서 고만둘 성미가 아니다. 그럴사록 더 말을 옮기기가 다급해진다. 그래서 "글세 내 이야길 좀 들어보아요. 참 끔찍스럽고 등에 소름이 돋을 꺼야. 내 말을 들으면 말이지."

상대방은 다 빨은 저고리를 쥐여짜노라고 힘을 주면서 믁믁[2]부답이다.

"글쎄 내 말할게 좀 들어보아요."

하고는 가장 비밀 이야기인 듯이 상대방의 귀에다 입을 대고 저즌 두 손으로 가리우고 속사기를 소곤소곤 하는데 듣는 여자의 얼골 표정이 놀랐다가, 웃다가, 얼골을 찡그리었다가, 몸서리를 치더니 말하는 새악시보다도 이 듣

---

2 믁믁 : '묵묵'의 오기(誤記)인 듯하다.

는 여인이 더한층 조심스레 사방을 둘러보며 혹시 엿듣는 사람이나 없는가 살핀다.

이야기가 다 끝이 나자, 들던 여인은 한숨을 쉬고 혀를 끌끌 차면서

"아, 그것 참 악착하구료. 하나 그거다 배가 곺아서 그런 것 아니겠오. 목 꾸멍이 포도청이라니."

그런데 이 두 여자만이 지금 알고 있는 이 비밀한 이야기는 무엇일까? 다른 이야기가 아니라 이 새악씨가 어제 친정에를 갔다가 친정 할머니에게서 역시 귀쏙말로 들은 이야기인데 몇 일 전에 친정댁과 앞뒤집에 사는 젊은 과부 김 소사가 아이를 낳았는데 그 과부의 늙은 어머니가 그 새로 난 애기를 걸레에 싸갖이고 밤중에 어데론지 갖이고 나가서 내버렸는지 강물에 띠웠는지 묻었는지 알 도리가 없으나 하여튼 빈손으로 집으로 돌아온 것은 사실임에 틀림없었다.

젊은 과부가 애기를 낳았다는 것이 물론 괴변이요. 할머니가 얼른 내다가 처치해버렸다는것도 이해할 수 있는 행동이나 이야기 하는 색시나 듣는 여인의 표정에는 아모래도 그 밖에 또 어떠한 비밀이 분명 있는 상싶은데 그 비밀을 꼭이 알아보아야 할 필요가 있으면 부득불 장소를 마포 강변 김 소사의 오막사리 집으로 옴기어 갖이고 이 이야기를 계속하여야 하겠다.

2

김 소사의 남편은 아들 하나 딸 하나 남매 자식과 사랑하고 아끼든 아내 (즉 김 소사)와 육순이 다 된 장모(즉 김 소사의 친어머니)를 두고 몬저 황천을 향하여 가버리고 말았다. 무슨 병으로 그렇게 한창 나이에 그 사람이 죽었느냐고? 글세. 사람이 죽고 사는 것은 임이로 못 하고 제각기 다 타고난 천명 (天命)이 있다고 믿어온 것은 옛날이야기가 되었고, 미국서 페니시링이니,

따이아징³이니, 띠띠티⁴ 하는 등 여러 가지 양약이 우리나라에 들어온 이래로는 이전같으면 꼭 죽었을 사람도 산 일이 허다한데 유독 이 사람은 어찌 죽고 말았는고? 그러나 비명횡사하는 일이 해방 후에 벗쩍 늘어난 것은 이 또한 조물주의 악희⁵로 돌리고 말 수가 있을까 하여튼 해방 직전까지는 그놈 왜놈들 등쌀에 보국대로다, 정신대로다, 학병이라, 지원병이라, 징용이라 하여 수다한 우리나라 청년 남녀가 일본 광산으로, 왜놈의 전쟁 마당으로 마치 도수장으로 끌려가는 소처럼 유순하게 끌리어 가서 만리타향에서 죽었는지 어쨌는지 아직도 고향으로 돌아오지 못하는 사람이 많이 있는 것도 여간 분하고 섭섭한 일이 아닌데, 그래도 그때에는 서울 장안이 밤마다 그 무슨 등화관제⁶라나 무어라나 하는 등쌀에 전시가가 암흑세계로 변해 있을 적에도 거리에서 비명횡사를 하는 일이 드물었는데 어쩐 일로 해방 후에는 처음부터 야간 열 시 이후 통행은 금지되어 있음에도 불구하고 처처에서 칼을 맞아 죽는다, 뭉둥이에 맞아 죽는다, 총알을 먹고 죽는다 하는 끔찍끔찍한 기사가 신문에 너무도 자즈 나는 것은 그 어떠한 귀신의 작난인고?

하여튼 김 소사의 남편이든 사람도 그를 희생자의 한 사람이 되어 홍제원⁷에서 연기가 되어서 그 높은 굴뚝을 기어올라 공중에 피지고 말아버리니 남기고, 간 네 식구 입에 풀칠이라도 시켜줄 사람이 없어지고 말았다.

처음에는 네 식구 모다 굶어 죽고 마나 보다 하고 겁을 냈으나 그래도 살아 있는 사람은 또 이렁저렁 살아갈 수 있게 마련이다.

---

3 따이아징 : 다이아진(diazine). 곪은 데 사용되던 약.
4 띠띠티 : 디디티(DDT). 강력살충제.
5 악희(惡戲) : 못된 장난.
6 등화관제(燈火管制) : 적의 야간공습이 있을 때 등불을 모두 끄는 일.
7 홍제원 : 지금의 홍제동. 옛날에 이곳에 있었던 화장터 이름.

김 소사는 그 동리 집주름 영감님의 소개로 소위 코리안 PX[8]에서 내여파는 미국 물건을 즉 미국 군대 창고 밑을 뚫고 들어가서 도적질해 내온 물건들을 받아다가 MP[9]와 순사들을 이 골목 저 골목으로 피해 단니면서 팔아서 겨오 네 식구 호구를 하게 되었든 것이다.

3

어떤 날 저녁 때 엇슬했을 때,[10]

무덥든 날이 피곤하여 하폄을 하고 있는 무렵에 왼종일 먼지를 먹으면서 갈팡질팡하여 겨오 몇 커레의 양말과, 타올을 한 개 팔어서 그래도 찬꺼리라고 매추 한 포기를 사 들고 아장아장, 어둑씬한 골목 안으로 들어설 때 홀연이 무엇이 뒤에서 억쎈 팔로 허리를 끼여안는데 코로는 노린내가 훅 끼치므로 휙 돌려다보았더니 바로 등 뒤에 골목의 어둠보다도 더 식컴언 구척되는 도까비가 뒷덜미를 누르는 것이었다. 김 소사는 너무나 놀라고 무서워서 혼비백산하여 몇 거름 안 가서 있는 자기 집으로 뛰쳐 들어갔는데 집 안에 들어온 것까지는 제정신이 있어 한 일이나 그후 어찌 되었는지는 통 기억이 암암하였다.[11]

먹같이 검고 장때같이 키 큰 노린내 풍기는 도깨비에게 붓잡힌 김 소사.

꿈이라면 일생 제일 무섭고 소름 끼치고 가위 눌리는 꿈이었다. 그러나 죽은 지 일 년도 더 되여 연기로 화한 남편의 유령이 이러한 도깨비 형상을 하고 와서 지금 자기 몸을 타누르고 있는 꿈이었다. 정신이 들었을까 말까,

---

8   PX(Post Exchange) : 군부대 내의 매점.
9   MP(Military Police) : 헌병.
10   엇슬했을 : 조금 어두워졌을.
11   암암(暗暗)하였다 : 희미하였다.

비몽사몽간인데 김 소사는 오래간만에, 참으로 오래간만에 대자연이 이 지구 위에 사는 인류뿐만 아니라 그의 창조물인 전 우주에 삶을 둔 동물 전체에게 허락한 쾌미를 다시 맞볼 수 있어서 그는 몸을 떨었다.

그리고는 기푼 잠에 빠지고 말었다. 눈을 뜬 때는 벌써 그 무섭고 몽롱하고 자릿자릿하던 밤이 어느새 새여버리고 훠―한 새벽빛이 열어제낀 쪼각 창문으로 들이빛힐 때이었다. 어제밤에는 모두 어데로 갔는지 없어져버리었든, 볼 수 없든 아이들이 옆에 누어서 쌕쌕 자고 있고 부엌에서는 닥그락거리는 소리, 아마도 어머니가 조반을 지으시는 모양이다.

김 소사는 아직도 생각은 얼떨떨하나 성적 만족을 오래간만에 느끼고 난 그의 몸은 느른한 약간의 피로를 느끼었다. 그래서 그냥 버―ㄴ히 누어 있노라니까 어머니가 치마폭으로 저즌 손을 씻츠면서 들어오더니 딸의 동정을 살피노라고 잠시 동안 물끄럼히 나려다 보고 서 있었다.

딸이 울고 불고 야단을 막 칠 줄로 기대를 했었는데 아모런 표정도 없이 느른히 누어서 천정만 치어다 보고 있는 것이 좀 이외로 생각되어서 무슨 말을 할 듯 할 듯 하다가 그만두고 혀를 끌끌 차면서 도로 나가버리었다.

조반상을 대하고 앉어서야 어머니는

"그런 몹쓸놈이 그짓을 하구두 돈 한푼 안 주고 그냥 가다니, 에이, 세상에서……" 하고 혼잣말처럼 중얼거리었다.

김 소사는 아직도 어렁귀하게만 기억되는 지난밤 일을 꿈인지 생시인지를 작정을 마음에 짓지 못하고 생각에 골똘히 빠지어서 기계적으로 수저를 놀리어 밥을 떠 먹고 있었으므로 어머니의 말이 한귀로 들어와서 한귀로 흘러나가고 말었다.

어제 팔다 남은 타올이며 연필 등속을 들고 골목 밖을 나설 때 여느 날보다 한결 몸이 것든하고 기분이 좋았다. 그러나 이날 장사는 어쩐 일인지 죽어라 하고 안 되었다. 종일을 서성거리면서 몇 차례나 놀란 토끼 떼처럼 와르르 골목 속으로 숨었다 나왔다 하면서 지나가고 지나오는 사람들의 시선만 바라다 보고 한 가지 물건도 못 판 이 김 소사는 다 저녁때가 되어오자 시장도 하고 몹시 피곤도 하고 목도 말라 들어왔다.

짜증이 나기 시작하면 겻잡을 새 없이 어데던지 대고 화푸리를 한바탕 하고 나야 속이 풀리군 하는 것이 그의 성격의 한 부분이 근래에 와서 되여버리었다. 그래서 철모르고 조르는 아이들을 가끔 홈씬 때려주면 잠시 마음이 후련했다가는 어린것들이 배도 곯으려니와 설어서 우는 꼴을 보고는 금시 후회가 나서 어린것들을 끼여안고 저도 엉엉 우는 때가 차차 잦아져갔든 것이다. 물론 생활고에 시달리는 신경이라 가끔 그렇게 망령을 부리겠지마는 무의식중예서라도 그는 어떠한 욕망과 그리움이 잠재해 있지 아니하였다고 보증할 수는 없는 일이었다.

더구나 이날 어둡도록 한 가지 물건도 못 팔고 돈 한푼도 못 벌어 배추 한 포기도 못 사 들고 집을 향하야 어정어정 도라갈 때 몸은 갈갈히 피로하여졌으니 신경은 면도날같이 날카라와지어서 부애[12]가 막 치밀어 올라왔다. 오늘 저녁에 이렇게도 더 유난스럽게 부애가 치미는 이유를 곰곰이 생각해 보아도 얼른 생각이 나지 아니 하였다. 그러나 그의 신경 어느 한 구석에고 반듯이 어떠한 한 개의 감정이 씨가 부터 있지 않고야 이렇게도 분을 참지 못하게까지는 일으지 않았을 것이다.

피곤한 다리를 질질 끌다 싶이 하여서 집에 거의 다 와서 어제밤에 도깨비를 맞나든 골목까지 와서 그는 본능적으로 발을 멈추었다. 그는 조심조심 고개만 빼여서 어둑신한 골목 안을 빼꼼히 들여다보았다. 그때 그의 가슴은 두방망이질을 한다. 두려워서 그랬든가? 도깨비를 또 맞날까 무서워서 그랬든가? 조마조마하면서 그는 골목 안으로 들어섰으나 도깨비는 없었다.

---

12 부애 : 분하고 화가 난 마음.

그러나 바로 그 순간에 그의 머릿속에는 갑자기 어머니에게 대한 노여움이 걷잡을 새 없이 꼬리를 치며 일어섰다. 어머니가 그 자리에 있으면 막 달겨들어서 쥐어뜯고 물어뜯고 몸부림을 치고 싶은 충동을 느끼었다. 그의 입에서는 부지중

"흥! 제딸을 갈보 노릇을 시킬 심뽀이었든가?" 하고 욕설이 나왔다. 머리에 번개같이 나타났다가 슬어지는 아츰 조반때에 삐쭉 내민 입으로 "돈 한 푼 안 주고 그냥 가다니……" 하든 어머니의 미운 모습이 번뜻하였든 것이다. 응! 딸이 봉변을 당하는 꼴을 목도하고 나서 위로의 말은 한마대도 없고 돈을 안 주고 갔다고 궐자[13] 욕만 하니 어찌 어미로써 그럴 수야 있으랴? 그는 기운을 내서 종종거름으로 집까지 단숨에 갔다.

언제나 반쯤 열려 있군 하든 외쪽 널판지 대문이 꽉 닫히어 있다. 골이 더 한층 나서 왈칵 밀고 들어서니 바로 코빼기에 닷는 방문도 역시 닫기어 있고 부엌도 컴컴한 입을 쩍 벌리고 비어 있는 모양이다. 다―들 어데로 집을 뛰고 나갔는고 생각하면서 방문 고루쇠를 왈칵 잡어다리는데 안으로부터 기다리고 있었든 드키 밤도다도 더 씨컴언 손이 쑥 불거져 나와서 그의 팔을 꽉 잡고 막 안으로 잡아끈다. 그는 헉 하고 놀랐으나 어느새 그의 몸은 방 안으로 꺼꿀어져 들이갔다.

방 안은 캉캄하였다. 무슨 영문인지 정신도 차릴 틈이 없이 그는 강철같이 억쎈 품속에 꼭 끼여버리고 말었다. 노린내는 코를 찌르고 뜨끈뜨끈하고 척척한 입술이 그의 얼굴 전체를 뒤덮는 것 같었다.

어제밤 꿈에 당하든 그와 꼭 같은 무서움과 자릿자릿하고 녹아드는 감각. 어제밤 일이 김 소사 자기 한 사람에게만 꿈 같기도 하고 비몽사몽 같기도 하였으나 지금에는 김 소사까지도 똑똑한 제 정신을 갖이고 받는 포옹과 키

---

13 궐자(厥者) : '그'(남자)를 낮추어 부르는 말.

쓰였다. 에라 될 대로 되어라 하는 자포자기의 감정으로 김 소사는 응하고
말았다.

잠깐 사이에 일이었다. 일이 다 끝난 후에 김 소사는 상대자를 보지 아니
할 결심으로 눈을 꼭 감고 그냥 누어 있었다. 궐자는 어느새 그 육중한 구두
발 소리를 쿵쿵 내이면서 나가버리었다. 김 소사는 그냥 누어서 소리 없이
울고 있었다. 이 우름의 참뜻을 이해할 수 있는 사람은 없을 것이다.

얼마 동안이나 김 소사가 허트러진 의복을 염이지도 않고 그냥 누은 채
울었는지 그 자신으로서도 짐작할 수 없었다. 그의 머리는 무엇을 생각하거
나, 판단할 능력을 잃어버린 듯 하였다.

어머니가 촛불을 키어들고 들어와서 촛불을 뷘 깡통 위에 부치어놓고 딸
옆으로 와서 주춤하고 들여다보았다.

"악아[14], 수고했다. 일어나서 져것을 좀 보아라 응!" 하고 조용히 말하였
다. 김 소사는 어떠한 태도로 이 어머니에게 대하여야 할지 두서를 차릴 수
가 없고 그냥 자석에게 끌리는 쇠쪼각 모양으로 머리를 돌리어보니 바로 머
리맡에 미국 설탕 자루 하나와 쬬골렛, 껌, 사탕곽들이 한 무데미가 싸히어
있었다.

"놈이 저렇게 많이 들고 왔드구나. 인제 우리도 한시름 놓게 되나 보다!"
하고 어머니는 기쁜 기색이다. 그러면 궐자가 저 물건으로 우리 어머니한
테서 딸의 정조를 산 것이로구나, 어머니가 미안하단 생각도 없이 도로혀
다행으로 아는 것이 밉기도 하였으나 다시 생각해보니 자기 자신의 마음도
그 물건들을 볼 때 반가웠다. 정조를 팔아서라도 좀 편안하게 가족들을 먹
여 살굴 수 있다는 것을 깨닷고 안심하는 자기 자신의 약점이 밉기도 했으
나 이미 이렇게 된 바에는 연필 한 자루를 팔아보려고 왼종일 거리를 헤매

---

14 악아 : 아가. 원래는 시부모가 며느리를 부르는 말인데, 여기에서는 친정어머니가 딸을
    그렇게 부르고 있다.

이는 것보다 뻐젓하게 이 미국 군인을 맞어들이는 것이 무망하다고 곧 생각이 들었다. 단지 껌둥이 사람인 것이 좀 징그럽게 생각되었으나 눈을 감고 보지 아니하면 몸을 내마끼어도 별로 징그럽게 생각되지 않으리라 자위하였다.

4

그 후 한 반 년 동안 김 소사는 일종의 유한마담이 되었다. 종일 번둥번둥 놀다가 저녁때가 되면 평생 처음으로 하는 얼굴 화장도 하게 되었다. 크림이니 분이니 다 미국치가 되어서 냄새도 좋았다. 하로는 밖에 나갔다가 미장원에 들리어서 머리도 퍼매멘트[15]로 틀었다.

김 소사가 이렇게 "어여뻐"가는 것만 그 동내의 까십꺼리가 아니라 옥히와 일영이 남매도 껌이니, 쬬콜렛이니 한 거시기[16]식 주머니가 불룩하도록 넣고 나가서 동무들한테 노나도 주고 아주 뽐내었다. "양갈보"[17]라고 손꼬락질하고 비꼬는 부모들은 이 "양갈보" 새끼들과 자기네 아이들과 섞이어 놀기만 하는 것도 수치스러운데 더구나 껌이나 사탕 같은 것을 얻어먹으며 좋아 날뛰다는 것은 참 질색이어서 옥히와 일영이와 같이 놀았다고 매를 맞는 아이들이 많게 되었다.

그러나 아이들은 멋도 모르고 옥히나 일영이와 같이 놀면서 얻어 씹는 껌이 싸ㅡ 하는 박하 내가 나서 좋았고 또 한참 씹다가 꺼내서 쭈ㅡ쭉 잡어다리면 한 빨식 늘어나도 끊어지지 아니하는 것이 참으로 재미나는 요술작난이었다.

---

15 퍼매멘트 : 파마(permanent). 머리카락을 구불구불하게 만든 모양.
16 거시기 : 이름이 곧장 생각나지 않거나 말하기 곤란할 때 쓰는 말.
17 양(¥)갈보 : 서양 사람에게 몸을 파는 여자.

김 소사에게 정이 든 검둥이 미국 군인은 꾸준히 계속하여 찾아왔다. 김 소사도 설마한들 정이 들었다고 까지야 단정할수 없으나 온 때마다 무슨 물건이고 들고 오니 생활은 아조 유족하게 되었고 어머니도 남들이야 비웃건 말건 이 검둥이 "사위"(?)가 오면 얼른 아이들을 더리고 자리를 피하여주군 하였다.

그러나 어찌 뜻하였으랴?

김 소사는 임신을 하였든 것이다.

아이의 씨가 그 어느나라 사람이건 막논하고, 또 어느 나라 난자이건 막논하고 씨가 난자 속으로 들어가면 잉태가 되고 열 달이 차면 이 세상으로 출생되어 나오는 것이 대자연의 절대적 법측이다. 열 달 만에 김 소사는 깜안 강아지 같은 깜둥 아기를 순산하고, 그 피덩이의 외할머니는 기절팔절하여 애 낳은 에미의 의견은 물어도 안 보고 그 깜안 피뗑이를 죽여서 내다 묻고 말았다는 이야기가 청계천 빨래터에서 새아씨가 귀 속으로 전한 이야기이었다.

세상에 나자마자 빼각 조리도 몇 번 못 부르고 죽은 아이는 웨 하필 꼭 자기 아버지를 닮었기 때문에 고렇게 참혹한 주검을 하였지마는 만일의 그 아이가 꼭 자기 어머니인 김 소사를 닮았던들 그 외할머니가 멘델 법측[18]을 알지 못하는 까닭에 그 아이 모습이 꼭 조선 아이 같으니까 내다 죽이지 아니하고 길렀을런지도 몰을 일이었다.

만일의 흑인종 군인과, 황인종, 김 소사 사이에 된 그 아이가 꼭 어머니 쪽만 닮아갖이고 게집애로 태여낫던들 외할머니가 애기를 곱게 보고 측은히 여기어서 잘 길러놓았을 것이다. 만일에 그랬던걸 그 게집아이가 장성하여서 시집을 갔다가 멘델의 법측은 에누리 없는 철측(鐵側)인 망큼 흑인과는 아

---

18 멘델 법측 : 멘델 법칙. 오스트리아 수도사이며 식물학자 멘델(1822~1884)이 발견한 형질 유전의 법칙.

모런 관계를 맺지 아니하였다 할지라도 아버지의 씨가 줄어 있다가 불쑥 기어나와 깜둥이 애기를 낳을 가능성이 반듯이 있는 것이니 그 딸은 애매한 누명을 쓰고 시집에서 쬬끼어나고 말 비극의 주인공이 될 것이다. 설사 그 딸이 하라버지를 닮지 않고 꼭 할머니를 닮아서 순수한 조선 여자의 모습으로 나오고 그의 딸이 도 모계(母系)만 닮아서 조선인 모습으로 나오고 계속하여 8대를 그 모양으로 모계만 게속된다 하더라도 아주 안심할 수는 없는 일이니 미국에 있어서의 실제 경험에 의하면 9대 동안을 숨어 있든 껌둥이 씨가 10대손에 일으러서 처음으로 툭 튀여나와서 백인 여자가 별안간 깜둥이를 낳았기 때문에 어굴한 오해를 산 일이 있는 것이다.

또다시 바로 재작년에 미국 미씨씨피주에서 생긴 한 기막힌 사실로 볼지라도 김 소사가 낳은 아이를 외할머니가 죽여버렸기에 다행이지 그냥 길렀던들 그의 후손 중에 얼마나 기매킨 사건이 생겼을까 생각만 하여도 끔찍한 일이다. 미씨씨피 사건은 아레와 같다.

지나간 제이차 세계대전 때에 백인종인 청년 하나이 해군에 입대하여서 삼 년간이나 조국인 미국을 위하여 목숨을 걸고 충성을 다하야 전쟁에 참가하였다가 승전하자 즉시 제대가 되어 고향으로 돌아오자 그 고향 전체가 통틀어 나서 이 영웅을 환영하였다. 그리고 전쟁에 나가기 전부터 서로 사랑하는 사이이었던 처녀와 결혼을 하여서 아주 행복스러운 신혼 생활을 하여왔든 것이다.

그런데 호사다마[19]라는 말도 있기는 있지마는 한 해 후에 그 집에서 아내가 맏아들을 낳었는데 웬일일까 아조 새깜안 흑동이를 낳아놓은 것이다. 그리 되니 남편은 물론 아내를 의심하게 될 것이오, 아내는 절대로 남편 이외의 다른 남자와 더구나, 흑인과 관계를 맺은 일이 없다고 주장하였다. 일이

---

[19]　호사다마(好事多魔) : 좋은 일에 자주 나쁜 일이 많이 생김.

그렇게 되니 문제는 법정에 호소될밖에 없었다.

　법정에서는 진상을 규명하기 위하여 부부 두 사람의 족보를 조사하기로 하였는데 몇 대 안 올라가서 남자의 증조모가 흑인 여종이었다는 사실이 폭노되었다. 그런데 이 남자의 증조부는 흑인이 아니오 미국 남북전쟁 때 혁혁한 무훈을 남긴 뉴엣, 나잇 대위인데 이 백인 대위가 자기 집 종으로 있는 흑인 처녀를 능욕하여서 애기를 배게 하였는데 그 처녀가 낳은 아들은 어머니를 닮지 않고 꼭 아버지만 닮아서 백인으로 행세하여서 백인 여자와 결혼하여 백인 아들을 낳았고, 또 그 아들이 백인 여자와 결혼하여 백인 아들을 낳았는데 이리 되어 증손자까지 꼭 백인 아들만 낳아오든 이 가족에게서 불행이도 증조모의 씨가 툭 튀어나와서 깜동이를 낳게 되었으니 물론 아내의 정절 결백은 증명되어서 반가운 일이었으나 남편에게는 더할 수 없는 치욕이 되었을 뿐만 아니라, 아모리 자기 증조모가 흑인이었다느 사실을 절대로 모르고, 자기 자신이 순수한 백색인종으로만 믿고 그 서로 사랑하든 백인 여자와 결혼을 한 것임에도 불구하고 이 남자는 흑인종으로써 백인종과 결혼을 한 죄로 미씨씨피주 법률에 규정된 대로 체포되어 징역 오 개년의 언도를 받고 지금 복역 중이라 하니 1953년이 되어야 만기 출옥을 하게 된 비참한 운명이었다. 그런데 이 청년의 부모가 다 미리 죽었기에 도로혀 다행이었지 아버지가 살아 있었던들 그 아버지 마져 늙마에 오 년 징역을 살게 되었을 것이다.

5

　김 소사의 어머니는 깜동이 외손자를 죽여 없앴기 때문에 장래에라도 무슨 후손이 오 년 징역을 살게 된다거나 이혼을 당한다거나 하는 비극이 없을 것이니 다행인 일이다.

그러나 사천 년 역사를 흘려 내려오면서 우리는 순몽고족이라는 자긍을 품어 내려왔지마는 몇 차례식의 침략을 받아온 우리 조상내들의 할머니들이 반듯이 순전한 몽고 피만 보존하였을른지는 의문이다. 당장 우리들 피 속에도 혹은 청족[20]의 피 혹은 만족[21]의 피 혹은 왜족[22]의 피 혹은 슬라브족의 피가 섞이어서 유전되어 내려왔다는 것을 부인할 수는 없을 것이다. 더구나 해방 이후에 와서는 지금 우리 당대의 부인들 중에 김 소사 처지와 같은 생활을 경험하는 이가 한두 사람이 아니라 그 수호가 상당한 수짜에 올을 것이니 벌서 흑인의 피 앵글로쌕슨족의 피 슬라부족의 피, 튜토닉족의 피가 모두 뒤섞인 자녀들을 이미 낳었고 또 앞으로도 낳을 가능성이 많다고 볼 수 있다.

그러면 장내의 우리나라에서는 이러한 혼혈아(混血兒)의 자손들을 어떻게 대우하여야 옳을까?

미국 미씨씨피주의 봉건주의적인 법령을 우리는 본받지 말어야 할 것이다.

더구나 우리나라에서는 저 — 독일의 히틀러 같은 폭군이 정권을 잡을 수 있는 기회를, 절대로 없도록 하여야 될 것이다.

히틀러는 유대인이 너무도 미워서 유대 피가 22분지 1만 섞인 사람이라도 유대인으로 몰아서 학살하였다. 그렇다고 64분지 1의 유대 피를 갖인 사람을 어찌 순아리안족이라고 단정할 수가 있었든가? 히틀러의 망발은 비과학적인 편견이었든 것이다.

우리는 그렇한 편견을 배격하고 아모러한 복잡한 피의 혼혈이 있다 하더라도 그가 우리나라 땅에서 나서 자라서 국가에 대하여 유용한 봉사를 하는 한 절대로 아모런 차별도 없이 평등한 기회를 공급할 수 있는 아량을 갖이어야 될 것이다. (1949)

---

20 청족(淸族) : 청나라족.
21 만족(滿族) : 만주족.
22 왜족(倭族) : 일본족.

이십오 년

이십오 년

1

1947년 십이월 삼십일(수요일) 오전 아홉 시 정각에 경성부청, 아니 그것은 이전 명칭이고 새 명칭은 서울시청이라는 건물 정문 안에 들어서서 층층대를 올라가 스윙문을 밀고 들어서는 김 교수(金敎授), 서슴ㅎ지 않고 바로 오른쪽 방 '미군 지불청(美軍支拂廳)'이라고 쓴 간판이 달린 방 출입문을 열고 들어서는 품이 이번이 첫번 오는 길이 아니라는 것을 증명한다. 텅 빈 방인데 김 교수가 제일착이었던 것이다.

김 교수는 포켓트에서 한줌의 서류를 꺼내 들어 폈다. 이 서류의 명칭은 '물품 주문자 납부보고서 급 증빙서(物品註文者, 納付報告書及證憑書)'라고 씌어 있다. (이 서류의 원문은 전부 영문으로 된 것인데, 매 제목 밑에 국한문으로 번역한 것이 있는 것이다.)

'군정청 서식 제3호 개정(改正)' 양식용지(樣式用紙)인데 제목 아래에(물론 영문이니까 가로 썼다.) '물품 구입 급 기타 계약용'이라고 쓰고 그 밑으로 채주(債主)는 조선 군정청, 날짜는 1947년 십이월 십오일, 출납관(出納官) 이름은 영문으로만 씌어져 있는데 모모'씨, 취급청 명은 '오·씨·아이' 미국인 모모

씨라 씌어 있고, 또 그 바로 밑에 공급자 난에는 김 교수의 성명이 로마자로 '타이프라이터'로 찍히어 있다. 송선 계약 번호 납부 일자 물품 공급 일자 입찰(入札) 적요 수량 단가(單價) 금액 등 복잡한 난을 지나, 그 아래 공급자 이름을 쓰고 '이 청구서의 정확함과 그 대금을 영수치 않음을 증명함.'이라고 쓴 밑에 김 교수가 서명(署名)하고 도장을 찍었다. 그 다음 줄에는 현품 영수관이 '상기 물품을 영수함을 증명함(단 주의서는 제외함).' 하고 미국인 모모씨의 이름이 씌여 있고 그 아래 증명관이라 쓰고 '상기 물품 급 기타 계약은 현존 물품 구입금 계약에 관한 규정에 의하고 또 예산의 번호 모모호(혹은 활당 번호) 제 모모호에서 지출할 수 있음을 증명' 하고 그 아래에는 0182700P163이라고 빨간 도장이 찍혀 있다. 여기에 줄을 그어놓고 그 아래 공급자라 쓰고 '하기(下記) 금액을 영수함. 현금 혹은 소절수 번호 회사 급 대표자명(名)'이라고 지시한 곳에 또 한 번 김 교수는 성명을 쓰고 도장을 찍었다.

이렇게도 복잡한 서류가 합이 일곱 통이니 이 일곱 통에 일일이 이름 서명하고 도장을 찍자니 열네 번의 번잡이다. 김 교수는 그 서류 일곱 통을 비둘기장 구멍 같은 데로 가서 들이밀고 뒤로 물러나서 벽에 기대어놓은 벤취에 기대어 앉았다. 물론 시간이 오래 걸리는 것을 잘 아는 자태이다.

김 교수가 여기에 돈을 받으러 온 것은 틀림없는 사실인데, 대관절 대학 교수가 본업인 이분이 무슨 물품을 군정청에 납부하였기에 또는 언제 무슨 회사의 대표자가 되었는지 사정을 잘 모르는 사람은 물론 의아스러운 생각이 들 것이다. 그러나 영문짜나 대강 읽을 줄 아는 사람이 그 서류를 잠시 빌리어 자세히 읽어보면 그 용지 한 중간쯤에 적요난에 영문으로 친 설명을 우리말로 번역하면 '번역'이란 뜻이다. 아하! 글세 그러면 그렇겠지! '물품'

---

1   모모(某某) : 이름을 지정하지 않고 지칭하는 3인칭 대명사.

이란 것은 물품이 아니고 영문 논문을 국문으로 번역하여 그 원고를 납입하였는데 그 원고료 지불 수속이 건축 청부업자 수속과 꼭 같은 고로 이렇게 복잡했던 것이었다.

한참 기다리니까 "푸로펫서 김" 하고 비둘기장 구멍 속에서 부른다. 창구로 빨리 뛰어가니 7통 중에서 두통을 도로 내주었다. 영문으로 '부본'이라고 큰 도장을 꼭대기에 찍고 중간에 동그란 모양의 '지불제' 도장을 찍었다. 김 교수는 그것을 집어 포켓에 넣고 또다시 벤취에 앉았다. 또 한참을 기다리어야 조선은행 수표가 나오면 그것을 가지고 은행에 가서야 현금으로 되는 것이다. 바로 이때 출입문이 열리면서 들어서는 사람! 김 교수는 벌떡 일어나서 이 새로 들어온 사람을 반갑게 마지하였다.

"아 이거 얼마 만이요?"

하고 서로 손을 잡고 오래 오래 흔들었다.

지금 들어선 중년 신사는 유명한 조선 일류 음악가이었다.

"이거 이런 곳에서 우리 두 사람 만나는 것은 참 뜻밖이로구만." 하는 이 음악가가 역시 일곱 통의 서류를 한손에 들고 들어섰던 것이다.

"여기는 토목 건축 관계 사람이나 올 데지 대학교수를 만난다는 것은 의외인데!"

"그것은 그렇고 음악가는 왜 여기 왔소?" 하고 둘이 서로 웃었다.

음악가로 역시 분주히 열네 번의 서명과 도장을 찍어서 비둘기장 구멍으로 들이밀고 벤취에 앉다가 벌떡 다시 일어서고 김 교수도 놀란 듯이 일어섰다. 사람이 4, 5인이 밀려 들어오더니 한 키 큰 사나이 대모테 안경을 쓴 사나이가 들어서더니 "할로 할로 할로!" 하고 연호하면서 달려 들어서 두 사람의 손을 두 손으로 붙들고 드립다 흔들어 내었다. 세 사람 중에 키가 제일 크고 목소리도 제일 굵고 양복도 제일 값나가 보이는 것을 입어 언뜻 보면 미국 사람 같은 모습이었다. "웰 웰 웰! 하우 써어푸라이징" 하고 거듭 감탄하였다. 이 '써어푸라이징'이라는 미국 단어를 조선말로 번역하기가 심히 곤난한 것이다. '놀랐다'고 번역하는 것이 제일 가까운 번역이겠으나 그렇게 번역하면 '써어푸라이징'이 가지는 반가운 기분이 나타나지 아니한다.

"우리 이거 얼마 만이요. 해방이 좋긴 하군 다들 서울로 모여드는 모양이니."

이 소리는 셋이 다 할 소리다.

셋이서는 서성거리는 다른 사람들을 피하여서 벤취에 나란히 앉았다.

키 큰 사람이

"그런데 나는 여기 돈 회계할 것이 있어서 왔거니와 두 분은 방면이 다른데!"

말을 맞추기 전에 교수는

"목사님은 웬 돈 회계를 여기서 할 것이 있소?"

"허허 글세 내가 목사는 목사야. 내가 미국은 가기는 신학 공부를 하러 갔었는데 신학을 한 이태 하고 나니 예수교에 대한 회의만 자꾸 나서 그만 교회를 떠나고 말았지요. 몇 해 전에 상해로 와서 이리저리 굴다가 해방 후에 조선으로 돌아왔는데 뭐 밥버리할 도리가 있어야지? 영어를 할 줄 아는 덕으로 토건회사 통역 짓을 하고 있구려. 이 미군 지불청은 토건 업자가 회계하러 오는 데가 아니요? 그러나 두 분이 여기를 온 것은?"

음악가가 먼저 대답하기를

"허! 나도 이 미군 지불청에 회계 거리가 있어서 왔소. 이 김 교수는 번역 원고료를 받으러 오셨다는데 나는 음악 값을 역시 여기서 받으려고 온 것이 아닙니까? 말하자면 참 기막히는 일이지요, 김 교수로 말하더라도 월급만으로 생활이 절대로 유지 못 되니까 번역 같은 것을 맡아하는 줄로 압니다만 현 조선의 음악가 생활로 사실 기막히는 생활을 다 하고 있습니다. 해방 후에 우리끼리 음악 단체를 조직하고 무대에서 상연했지마는 조선인만의 청중을 대상으로 해가지고 도무지 수지를 못 맞추게 되어서 비상한 곤난을 겪고 많은 빚을 걸머지고 서로 이산²하게까지 되었는데 다행이 마침 미군 주둔군 측에서 우리의 연주 듣기를 희망하여 매주 한 번씩, 그 왜 옛날 부민관³ 지금에는 미군 극장으로 쓰는 그 무대에 가서 연주를 하는데 그 요금을 여기 이 미군 지불청에서 받게 되어 있습니다."

"푸로펫서 김" 하고 부르는 소리에 김 교수는 비둘기 창구로 가서 보통 수표보다는 훨씬 더 크고 빳빳한 조선은행 수표를 한 장 받았다. 영문으로 된 수표인데 한 구퉁이에 '國庫(국고)'라고 한문으로 새긴 도장이 찍히어 있다. 교수는 그 수표를 들여다보면서 "이 국고라는 것이 조선 국고가 아니라 미국 국고겠지 아마?" 하고 말하니

"그래요."

하고 키다리 목사가 대답하였다.

"어째서 해방된 우리 나라 안에서 그래도 인테리라는 계급의 사람들이 우리네끼리의 일을 하여 생활을 못 하고 외국 국고의 돈을 받아먹어야 하는 이런 운명을 만든 책임이 누구에게 있소?" 하고 음악가가 분개한다.

"좌우간 잘들 만났소. 오늘이 마침 수요일이 되기 때문에 우리 셋이 이렇게 오전 중에 만나게 되었으니 묘한 일이외다. 수요일이 반공일⁴이기 때문에."

"미국 법이 그러오?"

"글세 나도 미국을 떠난 지 여러 해 되어서 최근 사정은 잘 모르지마는 나 있을 그때에는 수요 반공일이라는 제도는 없었는데."

"한가한 나라 법이지. 지금 우리 처지에는 맞지 않아!"

---

2   이산(離散) : 헤어져 흩어짐.
3   부민관(府民館) : 일제강점기 경성부민(서울시민)의 공회당(현재 서울시 의회 의사당 건물).
4   반공일(半空日) : 오전에만 일하고 오후에는 쉬는 날.

2

세 사람이 제각기 미국 금고에서 지불될 조선은행 수표를 포켓트 속에 간직하고 시청 문을 나서서 조선은행을 향하여 걸어갔다.

이 세 사람이 지금은 미국인 전용이 된 조선호텔 앞으로 지나가는 모양을 전송하고 여기서 이 세 사람들이 친밀하게 된 내력을 설명할 필요가 있다고 느끼어진다.

음악가와 키다리 뻬쓰[5] 목사는 소학 동창이었는데 소학생 시절부터 음악가는 열 살 나는 때부터 저녁마다 길가 청결통 위에 앉아서 바이올린 연습을 했는데 찬송가 곡조를 켜면 떠들고 장난치던 동네 아이들이 모여 서서 합창을 하고 하였다.

대학교수와 키다리 목사와는 동창은 아니었으나 이 세 사람이 다 1920년에 상해 불란서 공원 못가에서 사귄 친구들이다. 또 그들은 보강리라는 한 '농당' 안에 유숙하였다. 그때 조선인은 대개가 다 아니라 전부가 일본 영사관 경찰의 관할을 받지 아니하는 불란서 조계에 살았고 그 대다수가 보강리라는 농당 안에 셋방을 얻어 살았는데 애숭이 혁명가들은 대개 칭칭대 뒤에 딸린 단간방인 떵즈방이란 좁은 데서 침대 생활을 하였다.

이 세 사람은 또 다 1919년 3월 1일에 조선의 여기저기서 잡히어서 몇 달씩 감옥사리를 하고 나왔는데 모두가 나이 성년이 못 되어서 유년감에서 징역사리를 하였던 것이다. 감옥에서 나오자 상해에는 임시정부가 성립되었다는 소식을 들은 이들 애숭이 혁명가들은 이십대 이전의 청년들만이 가질 수 있는 포부와 야심을 품고 상해로 망명해 간 것인데 여행한 방법과 길은 서로 다르지마는 중로에서 별별 고생과 위험을 겪은 이야기를 하기 시작하

---

5   뻬쓰 : 베이스(bass). 남성이 가진 가장 낮은 음역.

면 대부분 비슷하였다. 어찌 이 세 사람뿐이리오. 그실 수천 명의 애숭이 혁명가들이 상해로 상해로 자석에 끌리듯이 모여들었던 것이다. 이 열정에 불타는 순진한 청년들을 바른 길로 인도하는 지도자가 두셋만 있었더라도 그들이 어떠한 위대한 일을 할는지 몰랐을 것을 아깝게도 그들 중 극소부분은 정권욕을 탐내는 사이비 지도자의 서로 싸우는 앞재비로 희생되었고 대다수는 독립운동을 단념하고 혹은 학교로 혹은 불란서와 미국으로 혹은 노서아로 또 혹은 본 고향으로 뿔뿔이 헤어지고 만 것이었다.

애국에 불타는 정열을 품고서 동경의 적이 된 상해로 간 젊은이들이 중국인 예배당을 얻어서 겨우 모이는 회합에 가보면 삼월 일일에 보고는 집에 숨겨두었던 태극기가 뻐젓이 강단 벽에 걸려 있는 것을 보는 가슴 뛰는 감격! 오래간만에 참으로 오래간만에 듣고 또 자기도 화창할 수 있는 '동해물과'의 노래 첫 절이 끝나기 전에 눈물이 주르르, 목이 메어서 노래를 계속하지 못하는 감격! 국내에서 거의 신격화(神格化)된 앙망[6]하던 지도자들을 지척간에 대면할 때, 그들의 열렬한 사자후[7]에 도취한 청년들이, 삼년이 못 되어 지도자들의 싸움과 헤어짐에 환멸을 느끼고, 청년들끼리 모여서 일을 해보려했으나 역시 싸움터가 되고 말 뿐, 수다한 청년이 뿔뿔이 상해를 떠나고 만 것이었다.

청년들이 불란서 공원 못가에서 서로 만나고 통정[8]하고 하였다 하는 것은 반드시 거기 산보를 많이 다녔다는 뜻만은 아니다. 일본인과 중국인과 개는 못 들어가게 하는 불란서 공원이 조선 사람은 양복쟁이뿐 아니라 한복을 입은 노인네와 부인네도 자유로 드나들 수 있는 혜택으로 산보도 자주 가지마

6　앙망(仰望) : 존경하는 마음으로 우러러봄.
7　사자후(獅子吼) : 사자의 우렁찬 울부짖음이란 뜻으로, 크게 부르짖어 열변을 토하는 연설을 이르는 말.
8　통정(通情) : 서로 마음을 나눔.

는 상해에 처음 발을 들여놓은 청년들의 공통스런 고통이 방 안에서 나무통에 엉뎅이를 대고 대변을 보는 일은 적어도 한 반 년 시일이 지나기 전에는 습관할 수 없는 일이어서 불란서 공원 내 못가에 세운 공동변소가 새로 온 청년들의 아침 회집처가 되었던 것이다.

거기서 맺은 우정이!

3

그런데 이 1947년 마지막 날에서 역사를 기어올라 만 25년 전으로 가면, 즉 1922년 12월 31일 밤을 새워 눈이 펄펄 내리는 상해 거리를 여섯 청년이 어깨를 겨누고 거니는 그림 속에 지금 조선은행으로 가고 있는 이 세 사람도 끼어 있는 것을 인식할 수 있을 것이다.

이 여섯 명의 20 안팎 청년들은, 그들 뿐 아니라 청년의 대다수가 느낀 그 환멸과 낙망, 만세만 부르면 미국 대통령 윌쏜[9] 씨가 독립을 준다고만 믿었던 그 순진(우둔이라고 할는지도 모르나 너무 순진하였던 것이 사실이다.)이 무참히도 유린된 때 그들은 눈물을 먹고 새로운 결심을 하기에 이르렀다. 즉 독립 달성이란 그리 쉬운 것도 아니요 또 그리 속히 될 것도 아니다. 실력을 기르고 준비하여야 하겠다는 좀더 원대한 계획들을 세우고 서로서로 격려하게 되었으나, 토론을 할쑤록 여섯 청년의 의견은 일치되지 아니하였다. 다못 한 가지 일치된 점은 상해는 참 나쁜 곳이다.

"일 상해, 속상해, 마음 상해, 의 상해, 몸 상해, 모든 일이 상하는 곳이니 여기만은 한시바삐 떠나서 저 갈 길을 가는 것이 가장 현명한 행동이라."고 일치되었던 것이다.

---

9 윌쏜 : 우드로 윌슨(Woodrow Wilson, 1956~1924) 미국의 28대 대통령으로 민족자결주의를 내세워 일제강점기 우리 민족에게 한때 독립에 대한 희망을 줌.

여섯 청년은 그날, 밤을 새워 이별의 행진을 한 것이었다. 하룻밤 새어서 서로 나눈 이야기는 한이 없었다.

새해 아침 해가 뜰 때 길거리에 서서 그 해를 바라다보고 거리에서 파는 중국 국수를 한 그릇씩 사 먹고는 돌아가면서 굳은 악수를 나누어 작별하였던 것이다.

25년간 그들은 제각기 제 길을 걸었다. 혹 간접으로 소식을 듣는 일은 있었으나 이 세 사람이 동시에 만나기는 이번이 처음이었다. 예수교 장노회파의 주장을 빌려다가 해석하면 이들이 25년 만에 이 달 이 시각에 서울 시청 내 미군 지불청에서 만날 것이 만세전[10]에 이미 하느님의 뜻으로 예정되어 있었으니까 아무리 범인이 상상하기에는 묘하게 보이나 역시 운명이라고 결론 할 수밖에 없다.

셋이서 조선은행에 가서 쏘파에 앉아서 '지불' 구멍만 뚫어지게 바라다보는 세 사람은 침묵을 지키었다. 한 세기에 사 분지 일의 세월이 지나 새파란 총각들로 작별한 후 이제 중년, 아니 거의 노년기에 든 나에쎄에 서로 만나 서로 할 이야기는 태산 같았을 것으로되 이 셋은 다 생활에 유족하지 못한 관계로 이제 창구에서 부를 번호를 기억하고 귀를 기우리는 데 온 정신을 집중하여 한담을 할 마음의 여유가 없었던 것이다.

한 번도 시장에 돌아다니지 않은 새 지폐! 그 빳빳하고 깨끗하고 매끈한 감촉이 액수는 그리 큰돈이라 할 수 없어도 기분이 좋았다.

셋이서는 은행 문밖을 나서서 서로 약속하지는 아니하였으면서도 함께 걸었다. 세 사람의 생각이 꼭 같았다. 이렇게들 오래간만에 만났으니 어데 가서 점심이나 나눠 먹고 헤어질 생각! 동물계의 생물이 아마 다 그런 감정을 품고 살겠지만 특히 인류는 모디어 먹는 데 무상한 친밀성을 느끼는 것

---

10 만세전(萬歲前) : 아주 오래전.

이다.

첫번 눈에 띠는 그릴로 셋이서는 문을 잡아단기고 순서로 들어섰다. 아직 정오가 못 되었건만 초만원이었다. 이런 곳이 별로 다녀보지 못한 김 교수는 물론 놀랐으나 토건업 통역 키다리 목사는 항다반[11] 있는 태도로 쉽게 셋이 둘러앉을 장소를 발견하였다. "이 집 노서아식 숲이 맛이 좋아." 하고 토건이 설명하고 여급에게 그 숲을 가져오라고 주문하였다.

음식을 기다리는 동안 그들은 25년 전 이날 밤 새워 눈 맞으며 거닐은 다른 세 친구가 생각 아니 날 수가 없었다. 그래 셋이서 번갈아 묻고 번갈아 대답하는 소식을 종합해보면—

네째 친구는 그 황소같이 몸집이 크고 엉덩이가 무겁고 혼자서 중국 국수를 제 키만큼 빈 그릇이 쌓이도록 한꺼번에 먹고는 장한 듯이 뽑내던 친구, 아무래도 좀 어리석은 듯했으나 충직하였었다. 그 친구, 그 후 북만주로 가서 대한 독립군에 참가하여 전공을 쌓고 십 년 전에 전사했다고.

다섯째 친구는, 고 꾀장이가 고향으로 도로 들어와서 고무신 장사를 하다가 번 돈을 전부 주색잡기(특히 마작)에 홀쳐버리고 마장판 개평장이로 아주 마작판 옆에서 기거하였다고 하더니, 그 후 한 십 년 동안의 소식을 아는 이 없고 미국 갔다가 다시 상해로 갔다온 토건이, 상해에 칠 년 전에 도착하였는데 들으니까, 비명횡사를 했는데 여론은 일본 헌병대에 밀정으로 인정되어서 의렬단원의 총알에 쓸어졌다고 소문이 퍼졌더라고. "글쎄 원, 아주 교활하고 의지박약하기는 했지마는 그렇게까지 원 타락할 수가 있을까." 하는 의문이 그들의 마음을 괴롭혔다.

"자, 그러면 둘이 다 죽고, 그래 세째는! 세째는, 이것도 역시 토건의 말인데 상해에 소문이 나기는 한때는 독립군에 참가했다 하더니 만주국이 성립

---

11 항다반(恒茶飯) : 항상 있는 일이니 이상하지 않음.

되자, 만주국 기빨을 띄운 자동차를 타고 북지나, 천진, 북평 등지에 드나들더니, 관동군의 기밀비를 받는다는 소문이 파다하였다고, 그 유명한 천진 똥통군 시위 행렬, 산해관 바로 옆에 있는 향촌 농민 폭동, 또 그 북평······ 그때는 북경이라고 불러야 되었지만······에서 노동자에게 순사 복장을 입히고 일급(日給) 오십 전으로, 순사 파업을 가장하여서 일본 일류 신문에 호외를 다 내게 한 그런 엉뚱한 행동을 하고 돌아다니었는데, 해방 후에는 또 천진에서 중국 중앙군, 소좌나 소장이라나의 복장을 뻐젓이 입고 미국 주둔군 사령을 한두 달 속여먹었다는 걸작 인물이 되었는데, 최근 소식에는 ······아하 이것 보아라, 호랑이 제 소리 하면 온다더니 제게 서서 두리번두리번하네그려, 응 우리를 보았다. 온다! 흥.”

과연 중앙군 소장의 복장을 입고 나서면 누구나 속으리만한 풍채를 가진 거한(巨漢)이 버룩버룩[12] 웃으면서 가까이 온다.

“야 이거, 세계가 좁다. 죽지 않으면 다 이렇게 만나는 날이 있구나.”
하고 온 식당 안이 떠나갈 만한 큰 목소리로 감탄을 하면서 왔다. 눈치 빠른 급사가 얼른 교의를 한 개 들어다 옆에 놓아준다.

먼저 온 세 사람이 숲을 떠먹는 것을 보고 중앙군 가짜 소장이,

“흥, 이 집 숲이 이름이 났나봐. 그러나 노서아 숲이 절대로 아니고, 미국 숲, 일본 시루, 조선 곰국에 약간 토스케[13]를 가미한 인터내슈날 숲, 하하하하하!’ 고 너무도 크게 웃으니 만원된 식객들이 모두 치어다본다. 김 교수와 음악가는, 좀 어색하고 면구스러워서 고개를 푹 속이었다.

“그동안 늘 간접으로 소식은 대강 알고 있었지만 이렇게, 참 얼마 만인가? 이십 년도 더 되었지.”

“꼭 이십오 년 오늘이” 하고, 세심한 김 교수가 깨우쳐주었다.

---

12 버룩버룩 : 입을 크게 벌리고 만족스럽게 웃는 모습.
13 토스케 : 고명, 양념(일본어 방언).

"응, 그렇구만, 자! 그럼 우리 오늘 밤도 다 같이 새워야 기념이 되지 않겠나?"

세 사람은 주저하는 모양이었다.

"왜, 다들 싫은가? 응 내가, 응 내가? 에! 잘 알았네. 하나 인간이라는 건 뱃심으로 살아가야 하는 것이니까."

하고는 셋이 숲 먹기를 끝내는 것을 보고 "또 무엇들을 시켰소?" 하고 물으니 셋이 다 대답이 없다. 가짜 소장은 "어이!" 하고 큰 소리로 여급을 불러가지고 귓속말로 무엇이라고 말하고는,

"참 감개무량하지 않소? 세 분이 다 학자가 되셨지. 다른 두 놈은? 내가 다 알지요. 둘이 다 총에 맞아 죽었어. 나도 가딱하다가는 콩알을 먹고, 홍 그러나 운명이야 사람의 생명은 운명이야. 자, 내 이 점심은 한턱 잘 낼 터이니 사양 말고 실컷 먹고 마시고 취합시다. 그러고서 나는 물러날 터이니 어디까지나 양심을 지켜온 세 분만이 한번 또 이 악마의 소굴인 서울 거리를 한번 돌아보소."

한 시간 후에 거나하게 취하여 그릴 문밖에 나선 세 사람은, 돈을 내느라고 뒤떨어진 가짜 소장을 기다리지도 않고 셋이 서로 서로 작별의 인사도 없이 고개를 푹 숙이고 세 갈래 길로 따로따로 헤어져 걸어가버렸다. (1950)

해방 1주년

해방 1주년[1]

    난 지 두 달 된 영옥이를 등에 업고 그 더운 날 파라솔도 못 받고 행렬을 따라가며 태극기를 흔들고 조선 독립 만세를 어찌나 크게 오래 불렀던지 목이 잠뿍 쉬어 돌아왔던 것이 엊그제 같은데 벌써 일 년이 되었다.

    영옥이는 돌을 맞았고 해방 돓맞이도 거의 되어왔다. 해방 전 4, 5년간 살림살이가 하도 곤궁해서 맏아들 태웅이의 돌잔치도 못해주고 지난 것이 여간 섭섭하지가 않았었는데, 지금 해방이 된 만큼 딸일망정 영옥이의 돌잔치는 꼭 해주어야겠다고 벼르고 별렀었다. 그러나 돌떡은커녕 흰밥 한 술조차 못 끓이고 애호박죽에 밀범벅을 조금 넣어 먹이고 말았더니, 고 새망한 년이 자기 돌놀이 안해주었다고 화풀이를 하는 셈인지 기침을 콜롱콜롱 짓기 시작하더니 이제는 당나귀 소리를 하며 콧물 눈물 흘리면서 왝왝 게우기를 내리 한 30분씩 하는 것이었다. 백일해로 들어선 기침을 할 때 금방 죽는 것 같기도 하니 어미 된 마음에 애처롭기도 하고 겁도 나서 간이 콩알만 해지는 것이었다.

    아무리 병술년이라고 하지만 집집마다 병도 참 많이 달아났지만 예방이다 무슨 소용인고? 이 동리에는 한 집도 빼놓지 않고 모두들 맥주병이나 사

---

1   이 소설이 처음 발표되었을 때 "어떤 젊은 여인의 수기"라는 부제가 붙어 있었다.

이다병을 대문 문설주 위에 거꾸로 매달아놨는데도 불구하고 금년 따라 유난히도 집집마다 병 타령이다.

나의 집 일로 보더라도 애 아버지가 감기로 쿨렁거리며 누웠다 일어났다 하더니, 봄에는 내가 젖몸살이 났다. 나로서도 견디기 힘든 고생이었지만 젖먹이 영옥이가 고생을 더 했다.

여름내 태웅이의 몸에 부스럼이 나서 진물이 밤낮 질질 흐르고 고생하다가 정릉 계곡 약물에 며칠간 목욕을 하고야 적이 차도를 봤는데, 지금 영옥이가 백일해에 걸렸으니 우리 집에는 병고가 하루도 떠나본 적이 없었다. 꿀에다 수세미 오이를 짓뭉여 재워서 먹이면 백일해가 완치된다고 말하는 구레나룻 영감님의 장담을 꼭 믿고 백방으로 구해다가 먹여보았더니 맛이 이상한지 먹지도 않고, 억지로 먹이면 콜콜 토해내버릴 뿐 병 차도는 조금도 없으니 이를 어찌할까?

밤이 되면 기침이 더해져서 흑흑 당나귀 소릴 하면서 몸을 배배 틀며 금시 숨이 넘어갈 듯이 굴러대니 내 오만간장이 다 녹아날 수밖에!

할 수 없어서 영옥이를 업고 소아과 병원으로 가서 진찰해봤더니 주사 한 대 놔주고 알약 몇 알 주고는 일금 70원야라는 대금을 내라고 강요했다. 하기야 지금 돈 70원이 해방 전 70전 꼴밖에 더 안 되는 돈인 만큼 병원에서 너무 많이 받는다고 탓할 수는 없으나 그러나 우리 같은 월급쟁이로서야 어디 지탱해 나갈 수 있어야 말이지!

돈 이야기가 났으니 말이지 물건 값은 작년보다 백 배나 더 올랐는데, 그만큼 쫓아가면서 돈을 버는 사람에게는 고통이 없겠지만, 우리 같은 사람에게는 하루하루 살아가는 것이 기적이다. 쌀 소두 한 말이 5백 원을 하니 말이다. 우리 영옥이 아버지의 월급이 쌀 두 말 값밖에 더 안 되는걸!

작년 해방 초에 어디서 그렇게 많은 물자가 터져 나왔는지 물자가 참 풍부했더랬는데, 그때 물건을 좀 사두었던들 지금쯤은 ─ 하, 그러나 그땐들 우리에게야 어디 물건 사둘 돈의 여유가 있었어야 말이지. 맞은 거리 일본 인 소유 양옥집을 접수해가지고 사는 박 선생은 그때 물건 많이 사서 쌓아 두었다가 지금 큰 수가 났다고들 하지만.

하기야 우리 태웅이 아버지가 주변도 없고 바보(?)가 되기 때문에 그 통에 도 돈 한 푼 못 잡고 촐촐히 요 꼴이 되었지. 봉순이 아범 좀 봐! 월급쟁이 집 어치우고 이리 번쩍 저리 번쩍 하더니 지금에는 아주 한밑천 톡톡이 잡았다 던데. 어디 그뿐인가. 떼기 영어 마디나마 주절댈 줄 아는 자들은 모두 다 엠 피 통역이라나 뭐라나 하는 것을 해서 막 수가 난다는데, 골샌님인 우리 애 아버지는 영어는 남들보다 잘하는 축이면서도 미국 놈과는 맞서기도 싫다 고 하니 참 괴팍한 성미야. 그 흔한 일본 집 한 채 접수 못 하구. 남들은 영어 라고는 에이 비 씨도 모르면서도 통역을 끼고 일본 집은 물론 공장들까지도 마구 접수하는데.

그래도 그이도 간혹 남의 술은 얻어 자시고 다니지. 그날 밤만 해도 밤 늦 게야 돌아오셔서 문 안에 들어설 때부터 온통 술내를 풍풍 발산하면서도 기 분은 대단히 불쾌하신 표정이었다.

"여보, 여보. 내가 오늘 술을 실컷 마셨소. 실컷, 실컷, 참 여러 해 만에 처 음으로 실컷 먹었소 — 허나, 흥, 이 술 맛이 쓰오. 써!"

"왜요?"

"세상에 이런 법이 있겠소? 아, 당신 저녁 무얼 좀 끓여 먹었수? 호박죽? 그렇겠지. 호박도 두고, 호박잎을 더 많이 두고 밀가루 풀어 푹 과서 — 어 허. 맛이 있구나. 세상에 이런 별미가 어디 또 있겠소 — 허 허, 여보, 태웅이 엄마, 용서해주오. 참 미안하오. 나 혼자만 맛있는 것 처먹구 다니니. 내가 아까 무엇을 먹었노 하면 닭찜, 소갈비, 생선튀김, 육포, 잣, 식혜, 응 또 그 리구 아스파라가스. 여보, 아스파라가스 먹어본 기억이 아직 남아 있소? 그 게 아마 십 년도 더 됐지? 음, 또 그리구 하이얀 쌀밥도, 목구멍에 찰찰 감기는 흰 밥을 두 공기 아니 세 공기 마구 먹어줬지."

"당신 생일 쇘구려. 난생 처음 호화스런 생일놀이. 그런데 요새두 그렇게 맘대루 별걸 다 먹을 수 있는 데가 있읍디까? 꼭 꿈 얘기 같은데."

"하하, 허허, 우리 태웅 어미 바보! 요새 미군정 관리들. 하, 바로 내 동기 동창도 한몫 끼였는데, 이런 말하는 건 좀 과언일지 모르나 하여튼 요샛 관리들은 왜정 때 비해서 하나도 나을 것이 없고 도리어 더하단 말요. 무슨 일이구 간 얻어먹고 뇌물 받고야만 봐준단 말야. 허 이전 왜정 시대에는 관리들이 얻어 처먹긴 해도 먹으니 만큼 상당의 일은 해줬고 천하게 굴지 않았었는데, 지금 이 미군정은 개차반이야. 여보, 내 말 좀 명심해 들어요. '건국을 위해 노력한답시는' 그 동창생 덕분에 나두 한 턱 잘 얻어먹었어. 그런데 이것 봐요. 하루 저녁 요리 값 '간죠'²가 얼마나 났을 듯하우?"

"그런 걸 내가 어떻게 알아요?"

"짐작이라도 해보란 말요. 하두 엄청나니 말야!"

"몰라요, 난 그런 거."

"여보, 놀라서 기절하지 않도록 마음 잔뜩 단단히 먹고 들으시우. 응, 간죠가 말이요, 하루 저녁 요리 먹은 간죠가 말이요, 놀라지 말지어다, 작으만치 일금 이만 원야라, 이만 원!"

"가짓뿌리."

"아니야, 참말이야. 그렇지, 거짓말 같은 참말이 지금 우리 반도 안에 어디든지 가득 차 있어. 내 말 좀 들어보, 그 기생 년들 말요, 기생들이 간죠에 끼인 화대 외에 또 따로 팁을 달라는 거야. 그래 한 년 앞에 천 원씩이나 더 얹어주었는데 년들이 적다고 막 지랄발광해서 오백 원씩 더 주고야 말더구만. 그러니 지금 세상엔 기생 돈벌이가 제일이겠읍디다. 하루 저녁 연회비

---

2 간죠 : 건설 현장 은어로 지불, 계산을 의미함.

276

가 우리 한 가족 생활비 일 년치 하고도 더 되니 — 허어, 우리 일 년 생활비를 그자들은 한 끼에 다 먹어버린단 말야. 이놈의 세상이 인제 어떻게 될 판인지. 오래간만에 자유를 찾은 이 나라가 이 꼴로 나가다가는 — 여보, 마누라. 여보, 여보! 부르는데 왜 대답도 안 해?"

"왜 그래요?"

"마누라, 마누라가 날 보구 늘 골샌님이라구, 주변이 없다구, 좋알대왔지, 기억하우? 그때마다 난 큰소릴 탕탕 치군 했었지 — 사람은 돈보다는 절개가 더 중하다구. 허나 지금 우리 나라는 생지옥이야, 지옥! 질서두 없구, 절조도 없구, 자존심도 없구, 그저 아무 짓을 해서라두 돈만 모으면 제일 잘난 사람이거든. 흥 모리배라구? 그럼 어때? 잡혀 간다구. 잡혀 가문 어때? 검사국에서야 어쨌든 재판소에서는 으레 뻐젓이 무죄판결로 석방돼 나오는데. 이게 소위 민주주의라는 거거든. 나두 낼부터 모리배 뒷꽁무니나 따라다닐까? 남들은 다 하는데 나 혼자 독야청청한다고 누가 나에게 상 줄까?"

"그래두 양심 문제지요."

"양심 문제라구? 허허. 내가 늘 외던 소리를 앵무새처럼 외우는구려. 그러나 당신 말이 옳소. 날 비웃지 말우. 역시 양심 문제야. 양심을 지키면서 굶어두 좋지! 그렇지, 마누라!"

만나는 사람마다 영옥이는 영양 부족이므로 영양분을 많이 먹여야 된다고 권한다. 그러나 잘 먹일 것이라고는 내 젖밖에 없는데 젖이 잘 나지 않고 유방이 말라만 가니 어찌하란 말인고!

의사는 의사대로 병원에 매일 데리고 와서 치료 받게 해주어야 된다고 하지만 매일매일 70원씩 갖다 바칠 돈이 어디서 생기나? 화수분[3]이라는 것은

---

3 화수분 : 재물이 계속해서 생기는 보물 단지.

동화고.

의사는 그럼 부청으로 가면 소젖 배급을 탈 수 있다고 친절하게 알려주었다.

곧 애기를 업고 부청을 향해 떠났다.

'교통지옥'이라는 말은 늘 경험하고 있는 것이지만 전차 한번 얻어 타기가 점점 더 어려워져만 갔다. 내리쬐이는 폭양 아래 줄지어 서서 한 시간도 더 기다려 초만원 된 전차 아홉 대를 그냥 보내고 나서야 겨우 내가 탈 수 있는 차례에 이르렀다. 전차 입구 계단에 한 발을 올려놓을 때 전차는 움직이기 시작하는데, 새치기하는 황소 같은 사나이 하나가 날 밀어내치는 통에 고무신 한 짝은 공중으로 날고 발목은 삐고 애기는 악쓰며 울고 내 엉덩이는 땅에 방아를 쪘다.

때마침 '전차 안내'라는 완장을 단 사람이 얼른 부축해주어서 나는 겨우 일어나고 순사가 집어다주는 고무신이 내 눈앞에 나타날 때, 이 꼴 하고도 무슨 창피스런 생각이 나는지 얼굴이 타는 감각을 느꼈다. 그놈의 고무신 짝! 고무신 한 켤레에 백 원일세 하는 바람에 새로 사 신을 엄두를 못내고 차일피일 끌었다. 아무래도 한 켤레 사지 않을 수 없어서 돈을 간신히 마련했더니 무슨 소린지 열흘 후에는 모든 물건의 공정가격이 도로 실시되어 값싸게 살 수가 있게 된다는 풍설에 그만 속았던 것이었다.

지나간 정월 초하룻날부터 실시된다고 하던 쌀 공정가격 연극에 한번 단단히 속았던 경험이 있었음에도 불구하고 그래도 이번에야 설마 했던 그 설마가 골탕을 먹인 것이다. 그래도 이번에야 설마 하고 기다렸더니 막상 공정가격 판매가 실시된다는 날 아침 일찍 돈을 말아 쥐고 선참으로 신발 가게로 달려갔더니 이런 변이 있나, 바로 어제까지도 상점 널 판자가 메이게 나열되어 있었던 고무신들이 하룻밤 사이에 한 켤레도 남지 않고 다 자취를 감추고 나막신만이 대신 쫙 들어 차 있는 것이 아닌가!

근처 사람들의 쑥덕공론을 들으면 가게 뒷문으로 가서 돈 백 원 주면 고무신 한 켤레 곧 살 수 있다고 했지만, 가게 주인의 행사가 괘씸하다는 감정도 복받치고 돈도 옹색한 김이라, 그날 사지 않고 할 수 할 수 없이 구멍 뚫리고 찢어진 고무신을 이때까지 그냥 걸치고 다녔는데 하필 그것이 벗겨져 순사가 집어다 주다니 — 아, 쓰기에도 창피하니 그만두자.

가난이 창피인가? 성현들의 말씀은 그렇지가 않다 했지만 오늘날 이 서울 풍경을 보면 가난은 확실히 창피요, 또 가난한 살림일수록 어림뻥한 풍설에 더 잘 속아 넘어가는 바보다.

내 등뒤에서 악을 쓰며 우는 애기를 앞으로 돌려 자세히 살펴보니 어떻게 된 셈인지 애기의 귀 밑이 조금 찢어지고 피가 흐르고 있었다. 그래도 우유 타러 가는 길은 가야 할 것이다. 그 다음 전차에는 무난히 올라탔다.

부청 상담소에서는 모두가 다 매우 친절하게 대해주었다. 작년까지만 해도 이런 관청에서 일본말을 못하면 상대해주지도 않았으나 지금에는 우리나라 말로 해도 통할 뿐 아니라 친절하게 대해주는 것이 반갑고 유쾌한 일이었다.

애기를 세밀히 진찰해본 상담소 의사는 애기 귀의 상처에 약을 바르고 깨끗한 붕대로 처매 주고는 주사도 놔주고 소젖까지 주었다. 우유는 매일 와서 타 가라고 일러주기까지 하는 것이었다.

이 우유는 미국서 온 가루우유를 적당히 배합해서 무료로 주는 것이지만, 여러 날치를 한꺼번에 주는 것은 아니고 매일 와서 타가야만 된다는 것이었다. 전차 한번 타려고 하면 그런 봉변을 당하여야 하는데 어떻게 매일 올 수 있나? 결국 그림의 떡이다.

하루치만 타 가지고 와서 애기에게 먹여봤더니 잘 먹지도 않는다.

그런데 바로 며칠 뒤 참 기쁜 소식을 들었다. 의사의 진단서만 구비되면 어린이에게는 막대한 인공영양이 되는 설탕가루를 특별히 배급해준다는 소식이었다. 설탕 두 근만으로 제한되어 있기는 하지만 두 근이면 몇 달 두고 먹일 수 있으리라고 생각되었다.

의사의 진단서는 쉽사리 얻었다.

애 아버지도 설탕 가루 구할 수 있다는 소식에 무척 기뻐했다. 애 아버지가 기뻐하는 데는 이유가 있다. 애 아버지는 여러 해 전부터 커피 중독자였다. 그러나 왜정 말기 3년간 진짜 커피는 구경도 못 하고 콩가루 대용 커피밖에 없었는데 콩 비린내 나는 그 대용 커피는 아예 입에 대지도 않고 참아왔었다. 그러다가 해방 직후 비 온 뒤 대나무순 돋아나듯 다방들이 열리고 다방마다 진짜 커피가 넘쳐흘렀다. 미군 주둔군용으로 깡통에 넣은 가루커피가 원료였지만, 커피에 굶주렸던 그의 혀끝에 와닿는 커피 맛이란 형용할 수 없다고 어느 날 그가 말한 적이 있었다. 그러나 다방에서 파는 커피 한 잔 값이 19원이나 되니 한 잔 마실 때마다 목에 걸리더라는 말도 그는 했었다.

그런데 내가 하루는 거리에 나가보니까 미국 군인용 레슌⁴ 통조림 깡통들을 길가에 쌓아놓고 파는 아이들이 많이 있었다. 이런 물품이 갑자기 그렇게 시장에 많이 나돌게 된 원인은 미군이 우리나라 전재민 가족에게 한하여 레슌 박스를 할한 값으로 불하한 데 있다는 것이었다. 빈민들이 한 상자에 50원씩 주고 사 온 것을 열 배도 더 되는 오륙백 원씩의 폭리로 상인들에게 팔아넘기고 상인들은 다시 폭리를 붙여 아이들에게 행상시키는 것이었다.

나는 호기심을 못 이겨 아이들이 쌓아놓고 낱깡통으로 파는 무더기를 자세히 들여다봤다. 대개가 고기 과일 과자 등 통조림들인데 하도 엄청난 비싼 값을 불러 나로서는 단 한 개나마 살 엄두도 낼 수 없었다. 그만 단념하고 돌아서다가 걸핏 눈에 띈 것은 내가 고등여학교 재학시에 배워두었던 영어 단자 몇 마디 — '커피'라고 씌어 있는 조그만 깡통들이었다.

4　레슌 : 레이션(ration). 미군 부대 병사의 하루 분량의 식량 상자.

"야, 이건 한 개 얼마냐?" 하고 내가 물었다.

"오 원만 냅소." 하고 아이가 말했다. 다른 깡통들에 비해 너무나 엄청나게 싼 홋가였다. 더구나 태웅이 아버지 말을 들으면 다방에서는 커피 한 잔에 십구 원씩 한다는데 요놈 한 통만 가지고도 스무 잔도 더 낼 듯싶어 보였다. 얼른 한 개 집어 들었다. 그러나 최근에 에누리하는 풍습이 급속도로 늘어가고 있는 것이 퍼뜩 생각나서,

"야, 삼 원만 하자." 하고 깎으면서 깡통을 도로 났더니 아이놈이 싱글벙글 하면서 고개를 끄덕였다. 야, 이것 참 오늘 내가 횡재하는구나 하는 기쁜 생각을 하며 3원을 치르고 한 개 들고 돌아서는데 아이 놈이,

"아주머니, 그거 시키면 가루인데 쓰기만 해요." 하고 말하는 것이었다. 이놈이 쓰기만 한 가루를 3원씩이나 받고 팔면서 양심의 가책을 느끼는고나 하는 생각이 들자, 전무하게 인심이 야박해진 지금 세상에 이렇게 순박한 아이도 있고나 하는 생각에 내 가슴은 뭉클했고, 남편이 양심을 고집하는데 경의를 새삼스레 표하게 되었다.

2, 3원짜리 커피 한 통이 내가 상상했었던 것 이상으로 그를 기쁘게 해주었다. 우선 당장 한 잔! 일변 전기 솥에 물을 담아 끓이면서 커피통에 구멍을 뚫었다. 까만 가루가 아니라 자줏빛 가루였다. 찻종에 사르르 쏟는데 강한 커피 냄새가 코를 찔렀다.

"흥, 이 내음!" 하면서 그는 숨을 깊이 들이쉬며 흠향하는 것이었다. 끓는 물을 찻종에 붓고 찻숟갈로 휘휘 저을 때 나는 비로소 집에 설탕이 한 숟갈도 없는 것을 고백했다. 그러나 조금도 실망하는 빛을 나타내지 않는 그는,

"진짜 커피당은 블랙커피를 마시는 법이야. 노 슈가, 노 크림, 저스트 블랙커피!" 하고 말하고 나서 그 쓰디쓴 커피를 참말 만족스럽게 감상하는 것이었다.

그랬었는데 지금 설탕 두 근을 배급받을 수 있게 되었다는 것을 알게 된

그는 어린이처럼 기뻐했다.

"애기만 먹이라는 설탕 배급인데요." 하고 내가 따지자 그는,

"그저 열 숟갈만 임시로 꾸지." 했다.

"어린 딸의 것 꾸었다가 언제 갚으시려구?"

"시집보내는 날 갚아주지, 허허."

십 리 착실히 되는 구청까지 비지땀을 흘리면서 걸어갔다. 벌써 열 지어 서 있는 사람이 4, 50명 되었다. 구청 직원 출근 시간인 아홉 시에 대 왔는데 이 꼴이다. 열 시가 지났지만 사무실 내 사무는 아직 시작되지 않았는지 내 앞에 선 사람들 하나도 줄어들지 않고 내 뒤로는 사람들이 얼마나 많이 줄 대어 섰는지 뒤를 돌아다봐도 끝이 보이지 않게 되었다. 나는 마음이 초조 했다. 집에 두고 온 애기가 울지나 않을까? 좀 차도를 보이던 병세가 갑자기 중해지지나 않았을까? 태웅이가 지키고 있기는 하지만 아직 철없는 것. 설 탕 두 근 타다 먹이려다가 도리어 애기를 죽이고 마는 것이나 아닌가! 아무 리 엉터리인 망상이라도 나처럼 소심한 여인의 뇌리에 자리 잡으면 그것은 더욱 더 부조리하고 근거없는 방향으로 발전해 나가는 것이었다.

열두 시 거의 다 되어서야 내 차례가 왔다. 그러나 의사의 진단서를 제출 했더니 신청서 서류가 미비되었다고 퇴짜를 놓는 것이었다. 설탕 배급 신청 서에는 의사의 진단서 첨부 외에 애국반 반장과 구청과 동회장의 도장을 일 일이 다 찍혀야 된다는 것이었다. 명부보다도 의사의 진단서가 더 신빙성을 가지고 있지 않느냐고 항의했더니 사무원은 토끼눈을 해 나를 쏘아보면서 설탕 배급이 싫으면 그만두라고 하는 것이었다. 아무리 사정해봤댔자 무가 내[5]하였다.

---

5 무가내 : 다른 방법이 없음.

'왜놈 밑에서 종살이하던 버릇 그대로구나. 그래도 지금은 우리끼린데 왜 조금 더 친절할 수가 없나.' 하고 나 혼자 분개했으나 그것은 내 속만 더 상하게 해줄 따름이었다.

신청서 수속을 구비해 가지고 이튿날 오후에 구청으로 갔다. 구청 출입문이 꽉 닫혀 있었다. 근처 노점 상인에게 물어보니 수요일이 되어서 오후에는 사무 안 보기로 되어 있다는 대답이었다. 관청 집무 시간도 잘 모르고 다니는 내가 불민하기는 하지만 건국 사업이 한 초가 아쉬운 이때에 관청에서 전례가 없는 수요일 반공일이 다 웬 말인고? 이래가지고 나라가 잘 될 수 있을까? 뒤에 알아보니 미국식 집무시간을 그대로 무조건 따르고 있는 것이라고 한다.

그 이튿날에는 여덟 시 이전에 구청으로 가서 한 시간을 문 밖에서 기다렸다. 내가 맨 앞에 서서 있었으므로 아홉 시에 문이 열리자마자 내가 앞장서서 이층 사무실로 올라갔다. 사무실 문은 열려 있었으나 카운터 뒤 의자와 책상들은 아직 텅 비어 있었다.

아홉 시 반이나 되어서야 직원 하나가 처음으로 들어왔다. 미끈한 양복 차림인 이 청년은 카운터 뒤에 빽빽이 열지어 서서 초조하게 기다리는 사람들을 전적으로 무시하고, 책상 앞에 앉아서는 서랍을 열어 손바닥 만한 면경 한 개를 꺼내 왼손에 들고 얼굴을 비취면서 저고리 안 포켓에서 빗을 꺼내 들고 머리를 빗기 시작했다. 포마드를 짙게 바른 머리칼이 번들번들 빛났다. 수십 쌍의 성낸 눈들이 그를 응시하고 있는 것도 전적으로 인식 못하는 듯 그는 머리 빗기에 여념이 없었다.

한참 뒤에야 또 한 직원이 고급 양복 차림으로 사무실로 들어와 머리 빗고 있는 청년 옆 의자에 앉았다. 이 사람의 맨 첫 번 동작은 번들번들 빛나는 시가레트 케이스를 점잖은(?) 태도로 열고 양담배 한 가치를 꺼내 물고는 미제 라이터로 불을 붙여 한 모금 길게 빨아들이는 것이었다.

사무실 의자가 다 차는 것은 열 시가 지난 뒤였다.

꼬박 세 시간 기다려 설탕 배급표 한 장을 받아들고 문밖으로 나섰다.

배급소는 가까운 데 있는 점포로 지정되어 있어서 나는 기쁜 마음으로 뛰어갔다.

그러나 배급소 문밖에는 이미 수백 명이 줄지어 서 있었다. 내가 관찰력이 예민해서 줄지어 서 있는 사람들이 들고 있는 빈 용기에 착안했었거나, 붙임성이 있어서 그들과 말을 주고받기만 했더라도 나는 그 줄에 한 시간 이상 서 있지 않았을 것이다. 한 시간 착실히 기다려 배급 타가지고 점포로부터 나오는 사람들의 모습이 잘 보이는 거리까지 가서야 그들이 배급 타가는 것은 설탕이 아니고 미국서 온 밀가루라는 것을 알게 되었다.

대열을 떠나 맨 앞으로 가서 끼어들려고 했더니 새치기하지 말라고 수십 명이 한꺼번에 욕설을 퍼붓는 것이었다. 설탕 배급표를 옆의 사람에게 보여주고 사정하여 겨우 자리 양보를 받았으나 사정을 모르는 뒤에 섰는 사람들은 양보해주는 사람까지도 욕하는 것이었다.

창구로 다가가서 설탕 배급 타러 왔노라고 했더니,

"설탕 배급은 모레부터 시작해요." 하고 점원이 퉁명스럽게 말했다.

옆으로 빠져나오며 나는 그런 것쯤 종이 한 장에 써서 점포 벽에 붙이질 않고, 그만한 친절도 베풀 줄 모르는 배급소! 하기는 배급소 지정받는 것도 돈 쓰고 빽 써서 받은 것이니까 세도 쓸 만하겠지만. 그러나 민족의 지도자들을 개 욕하듯 욕설을 두 발 세 발도 더 긴 종이에 써서 도처에 내붙이는 종이는 넉넉하면서도 손바닥만 한 종이 한 장이 아깝다는 말인가! 그리고 또 오늘 설탕 배급 못 줄 이유는 무엇인고? 수백, 아니 수천 명이 헛걸음치는 걸 미안하게 생각할 양심조차 없는 이 나라 장사군이란 말인가?

하기는 이런 일 당하는 것이 이번이 처음은 아니었다. 배급 탈 때마다 다소간 차이는 있으나 사람 대접 못 받는 것은 예사였다. 우리 반 쌀 배급(말만 쌀이지 그 실은 밀가루 아니면 옥수수) 지정일이 매달 9일, 19일, 29일인데 그 어느 한 날도 두세 시간 기다리지 않고 배급타본 일이 없었다. 지난달 29일에 나는 새벽 다섯 시에 배급소로 갔었다. 그때 벌써 나보다 먼저 온 사람 수십 명이 줄지어 서 있었다. 아홉 시까지 네 시간 동안 앉았다 섰다 하며 기다렸다. 그 시각 내 뒤에는 적어도 3백 명 이상 사람들이 서 있었을 것이다.

아홉 시가 되어도 점포 문이 열리지 않았다. 반시간 뒤에야 쪽문만 열고 머리만 내미는 주인이 이날 배급은 내일 주겠으니 헤어졌다가 내일 다시 오라고 선언하고는 아무런 이유 설명도 없이 머리를 안으로 들이밀고 쪽문을 닫아버렸다. 손바닥만 한 종이 한 장에 '배급 내일로 연기'라는 간단한 문귀를 써서 문짝에 붙여주었더라면 이 많은 사람들이 몇 시간씩 기다리지 않았을 것인데 — 배고프고 피곤하고 지루한 걸 죽자 하고 참으면서,

"소리 안 나는 총이 있었으면, 그저, 응!" 하고 혼잣말을 하시곤 하시던 할아버지의 기분을 지금 나도 잘 이해할 수 있었다. 왜정 때 순사한테 공연한 욕을 먹을 뒤 홧김에 할아버지가 하시곤 하셨던 말이다. 지금에는 왜놈들은 다 가고 우리나라 사람들끼리만 살고 있는데, 동포를 '소리 안 나는 총이 있으면 쏴 죽이고' 싶은 생각을 나 같은 여자에게까지도 일으키도록 만들어주는 이런 비극이 어디 또 있을까!

무어요?

설탕 배급은 탔느냐고?

물론 탔지. 그런데 그 설탕이 흰 설탕이 아니고 누런 설탕이었기 때문에 영옥이 아버지는 딸의 설탕을 꾸지 않게 되었다. (1954)

　주요섭의 작가 생활 중 해방 전 마지막 단편소설인 「낙랑고분의 비밀」(1939.2)부터 해방 후 첫 단편소설인 「입을 열어 말하라」(1946.11)까지 대략 7년간의 공백이 있다. 그 이유는 무엇일까? 그것은 일제강점기 말, 1930년 후반부터 해방까지의 대동아전쟁 시기 일제의 조선어 사용 금지 정책과 총독부 공무국의 엄격한 사전 검열 때문이다. 이때 식민지 조선의 많은 문인, 작가들이 절필하였다. 조선어로 글을 못 쓰고 일본어로 써야 한다면 차라리 글을 쓰지도 발표하지도 않는, 일제에 대한 "소극적인 저항"을 선택했다. 주요섭은 1934년부터 1943년까지 베이징의 푸런(補仁)대학에 영문학 교수로 있는 동안 전반부에는 단편소설 「사랑손님과 어머니」 등과 같은 불후의 명작을 발표하였다. 그러나 그 후 결혼한 1930년 중반부터 40년대 초까지 거의 작품을 발표하지 않았다.

　특히 주요섭은 상하이에 유학하고 있을 때 도산 안창호가 설립한 흥사단에 가입했고 그 후 조선 독립은 은밀히 도왔다는 혐의로 1943년에 베이징 일본 경찰 특고계에 체포되어 유치장에서 거의 10개월 동안 고문 등 갖은 고초를 당했다. 당시 소장했던 소지품과 서적 및 이미 완성한 영문 장편소설 원고까지도 압수당했고 그 후 모두 분실되었다. 10개월 만에 풀려난 주요섭은 베이징에서 추방되어 고향인 평양에 칩거했다. 내선일체, 동조동본, 정신대(挺身隊) 징발, 신사 참배, 일본어 강제 사용, 창씨개명, 공물 헌납, 학병 강제 모집 등에 시달리던 이 당시에는 문인들이 글을 쓰지 않는 것이 오히려 애국하는 길이었다.

이 당시 문인들의 일제에 대한 "소극적 반항"에는 여러 가지 형태가 있었다. 일부러 천한 직업에 종사하기, 산속에 은거하기, 신문 잡지에 글 안 내기 등이 모두 무저항운동의 일환이었다. 주요섭의 해방 후 첫 단편소설 「입을 열어 말하라」는 그동안 입을 열지도 못하고 글도 발표하지 못했던 일제강점기 말기의 강요당한 침묵의 시대를 타고 넘어가기 위한 작가로서의 하나의 선언인 셈이다. 이제 해방되었으니 마음대로 자유롭게 말하고 쓰는 자유가 보장되었고 그동안 억눌렸던 표현의 자유를 마음껏 구사하라고 민중 모두에게 권유하고 있다.

제2권의 첫 수록작인 「왜 왔던고?」는 1937년 『여성』 11월호에 발표되었다. 일제강점기 중 이 시기는 한반도에서 우리 민족에 대한 일제의 억압과 착취가 정점으로 치닫던 시기였다. 주요섭은 이 궁핍한 시대에 중국 베이징의 가톨릭계 푸런대학교에서 1934년부터 문학 교수로 봉직하였다. 주요섭 개인으로서는 1936년에 결혼한 김자혜와 함께 가장 편안하고 행복한 생활을 한 시기였다고 후에 회고하였다.

이 무렵인 1938년 국내에서는 주요섭이 일생 동안 가장 존경하고 스승으로 모셨던 도산 안창호 선생이 돌아가셨다. 안창호 선생은 1932년 4월 29일 상하이 훙커우 공원 윤봉길 의사 의거에 연루되어 일경에 체포되었다가 경성(서울)으로 압송되어 2년 6개월을 복역했고, 가출옥했다가 수양동우회 사건으로 다시 투옥되었으며, 보석으로 풀려났으나 결국 별세한 것이다. 주요섭은 흥사단우이기도 하고 일본이 아닌 중국과 미국에서 유학하였기에 불령선인(반동분자)로 낙인찍혀 일경의 감시도 심했으므로 서울에서 거행된 장례식에 참석하지 못했다. 그런 와중에도 주요섭은 놀라운 창작력을 발휘하여 단편 「의학박사」와 「죽마지우」를 발표했다. 그리고 두 번째 장편소설 『길』을 『동아일보』에 9월 6일자부터 연재하기 시작하였다. 그러나 아마도 조선총독부의 학무국의 검열에 걸려 갑자기 중단되었고, 그 후에도 주요섭은 아쉽게도 이 작품을 다시는 완성하지 못했다.

1940년 일제의 의해 강제로 창씨개명이 시작되었고『조선일보』와『동아일보』가 폐간되었다. 1941년에는 전국적으로 조선 사상범 구금령이 내려졌다. 1941년 12월 7일 아침 일본 해군이 하와이 진주만의 미군 기지를 폭격하여 미국과의 태평양전쟁이 시작되었다. 그 후 일제의 한반도 수탈과 착취는 극에 달했다. 전행 비용과 물자 수급을 위해 대량의 공물과 기부금을 모았다. 더욱이 수많은 조선인들을 보위대, 학병, 정신대 등의 이름으로 강제로 뽑아 전선, 탄광과 군수공장으로 보냈다. 1942년 10월 조선어학회 사건으로 조선어는 사용이 전면 금지되고 일본어를 국어로 강제로 사용케 하였다. 총독부의 검열도 극심해지자 이즈음 조선 문인들은 절필하거나 산으로 올라가거나 초야에 묻혀 "소극적 저항"을 실천하기 시작했다.

베이징 푸런대학교 교수로 있던 주요섭도 1943년에 베이징 일경 특고계에 체포되었다. 상하이 후장대학 출신이며 흥사단우였던 그에게 상하이 독립운동단체와 연루되었다는 혐의를 씌워 몇 개월간 유치장에 집어 넣고 심한 고문도 하였다. 결국 주요섭은 중국에서 추방되어 고향인 평양으로 돌아왔다. 이때 주요섭이 써놓은 영문 장편소설 원고까지 일경에 압수되어 영원히 분실되어버렸다. 이 불운의 영문 소설은 주요섭이 1938년 중국 농촌을 배경으로 한『대지』3부작을 써서 노벨문학상을 받은 미국 소설가 펄 S.벅에 자극을 받아 중국 대도시 지식인들의 생활상을 그린 소설이었다고 한다. 이 영문소설 원고가 영원히 사라진 것은 너무나 안타까운 일이 아닐 수 없다.

1945년 8월 15일 조선반도는 도둑같이 갑자기 해방되었다. 남한에 미군이 진주하였고 이승만 박사가 초대 대통령으로 선출되었다. 주요섭은 사실상 중국에서 추방된 1943년부터 1945년 해방까지 거의 작품 활동을 할 수 없었다. 그가 다시 소설을 쓰기 위해 펜을 든 것은 1946년『신문학』11월 초에 단편소설「입을 열어 말하라」를 발표하면서였다. 해방 직후 미 군정 시대에 발표된 이 소설은 조선인들이 일제강점기에 할 말도 못 하고 지내던 때를 생각하며 이제 마음껏 소리 지르고 떠들고 말해야 한다고 역설하고 있다. 주요섭은 이어 발표한 「눈은 눈으로」, 「시계당 주인」, 「극진한 사랑」, 「대학교수와 모리배」에서 해방 공간의 이념 갈등과 혼란 속의 한국 사회를 적나라하게 그렸다.

1950년 6월 25일 새벽 북한의 남침으로 6·25전쟁이 발발하였다. 낙동강까지 밀렸던 국군과 UN군은 9월 15일 인천상륙작전으로 반격에 나섰고 9월 28일에는 서울까지 수복되었다. 한국군은 북진하여 중국 국경인 압록강까지 다다랐으나 1951년 1월 4일 중공군의 대거 개입으로 소위 1·4후퇴가 시작되어 혼란이 극에 달했다. 38선을 중심으로 밀고 밀리는 지루한 국지전이 계속되다가 1953년 7월 27일에 드디어 휴전 협정이 맺어져 전쟁이 끝났다. 주요섭은 6·25 직전에 단편소설 「혼혈」을 『서울신문』에, 「이십오 년」을 『학풍』에 각각 발표했다.

전쟁을 겪은 직후 주요섭은 『동아일보』 1953년 2월 20일자부터 서울 지역의 6·25전쟁 상황을 중심으로 한 장편소설 『길』을 연재하기 시작했다. 이때 그는 부산 피난 시절을 마치고 경희대학교 영문학과 교수로 부임하였다. 1954년에 한미방위 조약이 조인되었고 주요섭은 2월에 파키스탄의 수도 다카에서 개최된 국제 PEN클럽 주최 세계작가대회에 옵서버로 단독 참가하였다. 8월에는 『신천지』에 단편소설 「해방 1주년」을 발표했다.

「의학박사」: 일제강점기의 지식인의 변절

이 단편소설은 1938년 5월 17일부터 25일까지 『동아일보』에 연재되었다. 이 소설은 일제강점기 후반의 조선 지식인에 관한 이야기이다. 그들은 별다른 꿈이나 이상을 펼칠 수도 없는 막막한 상황에서 희망을 잃고 지냈다.

주인공 '나'는 오래된 친구 의학박사 채동일을 만난다. 20여 년 전 한때 의과대학을 갓 졸업한 대학병원 의사와 대학 졸업 후 애송이 교사였던 '나'는 하숙집 한 방에서 같이 지냈던 가까운 친구였다. '나'는 20년 만에 그 친구를 만나러 병원을 방문한다. 그는 수술을 잘하기로 "여기저기 소문난" 의학박사 채 과장이

다. '나'에게 보이는 채 과장의 현재의 모습은 아래와 같다.

> 무슨 제육감이라고 하든가 원래 동일 군은 체격이 조핫거니와 뚱뚱해진 몸집에
> 유들유들한 얼골이며 조금도 억색스런 기분이 없이 떡 버티고 앉어서 팔뚝 같은 여
> 송연을 턱 물고 앉엇는 품이 그야말로 름름한 외과과장 자격이다.

적어도 나에게는 "서생티"가 나던 20년 전과는 많이 달라 보이는 "성공한 중
년신사"의 모습이다.

의사 친구의 제안에 따라 그 친구가 직접 집도하여 수술하는 모습을 수술실
에서 참관하는 형식으로 보게 된다. '나'는 친구의 매우 숙달된 전문가다운 외과
수술 기술을 보고 속으로 크게 감탄하고 놀란다. 환자는 위암에 걸린 남자 노인
이었고, 수술은 환자의 위 상당 부분을 떼어내고 봉합하는 것이다. 수술은 빠르
게 잘 진행되었으나 결과는 장담할 수 없다. 왜냐하면 '나'는 그렇게 당당한 의
사 친구의 얼굴에서 "당황하는 기색"을 보았기 때문이다. 겉으로는 평온하지만
무엇인가 잘못된 것이 틀림없다. 친구 의사는 별거 아니라는 담담한 표정을 지
었다. '나'는 20여 년 전 친구가 수술한 후 안절부절못하던 모습을 기억해냈다.
그 친구가 "고의가 아니라 실수로라도 사람을 그릇 죽여놓는다면 그건 살인죄
가 되겠지" 하고 말했던 것도 기억났다. 당시 그는 의사로서의 의무에 대한 확
고한 책임감을 가지고 있었다.

그런데 20년이 지난 오늘은 친구 의사의 태도는 많이 달라졌다. 두 사람은 피
로도 풀 겸 실로 오랜만에 병원 내 목욕탕에 같이 들어갔다. 오늘 대수술에 무슨
잘못이 있음을 직감한 '나'는 노인 환자의 상태가 궁금했다. 친구는 기계적으로
아마도 암인데 너무 늦게 병원으로 와서 그 노인 환자는 지금쯤 이미 죽었을지
도 모른다고 다음과 같이 대답하였다.

> 조선서는 아직 설비가 불완전해서 어쩔 도리가 없는걸. 방금 그 늙으니만 해
> 두 첫재 몽혼제루 '이-터'를 사용해서는 안 될 것인데, 그런 늙으니는 까스를

써야 하지. 그런 걸 알기는 알어두 여기는 그 설비가 없는 걸 어쩌는가, 또 피가 부족될 때에는 즉시로 당장에 수혈을 해가면서 수술을 계속할 수 잇는 설비가 잇어야 할 텐데, 어디 그런 설비가 조선에야 잇어야 말이지. 불란서 파리 같은 데서는 여러 타입의 피를 전부 갖추어 보관 진열해두구 주문이 오는 대루 비행기루 배달을 하두룩 설비가 되어 잇다니깐…… 설비 불완전을 의사의 책임으로 밀 수는 없지.

'나'는 어떠한 책임도 회피하려는 친구의 무관심하고 잔인한 태도에 크게 실망하고 화도 났다. 병원에서 그 노인의 젊은 아내의 곡성이 들리는 것을 보니 오늘 수술받은 그 환자는 사망한 것이다. 친구는 "그러겠지. 아까부터 죽을 줄 알든 것이니깐"이라고 태연스레 말하며 긴 여송연을 입에 물었다. 대학병원 외과 과장이며 열정적인 수술의 권위자가 무관심의 수술 기계, 즉 권위주의자로 넘어가는 순간이다. 이것은 인간의 나이 듦의 어쩔 수 없는 과정일까?

'나'는 누이동생의 집에 와서 어제 의사 친구를 만나 환멸과 증오를 느꼈던 이야기를 했다. 누이동생은 거름 묻은 개가 겨 묻은 개 흉 본다고 오빠를 힐난한다. 그전에는 오빠가 원고를 쓸 때 여러 번 고쳐 쓰고 수정한 후에 잡지사에 보내더니 요즈음은 죽 내리써서는 한 번 다시 읽지도 않고 그냥 보낸다는 것이다. 오빠인 '나'는 뒤통수를 얻어맞은 듯 멍하니 앉아 있었다. 젊었을 때 의사로서 높은 도덕심과 강한 책임감을 가졌던 친구가 20여 년이 지나자 현실과 타협하고 관행에 따르고 장비 탓을 하는 평범한 의사가 되어버렸다. 그러나 '나' 자신은 어떤가? 나도 젊었을 때 가졌던 치열한 작가의식이 약해지고 마감에 쫓겨 영감 아닌 마감에 따라 글을 습관적으로 쓰는 비판적이기보다 타성에 빠진 작가로 전락한 것이 아닌가?

이 소설은 또한 1938년 당시 일제강점기 한반도 지식인들의 삶의 한 단면을 보여주고 있다. 작가는 모든 것을 당시 조선의 열악한 상황 탓으로 돌리면서 현실과 타협하는 태도를 꼬집은 것이다. 주요섭은 당시 베이징에 있어서 비교적 객관적으로 이런 말을 할 수 있었던 것일까? 당시 많은 조선인들이 조선반도 주변에서 흩어져 독립운동을 했다. 그러나 반도 내에 살던 대부분 지식인들은 별다른 저항의식을 가지고 일제를 비판하지 못하고 현실에 안주하며 살았다. 극히 일부는 "소극적 저항"으로 직장을 가지지 않거나 절필하거나 산속에 들어가거나 일제에 협조하지 않고 어렵게 살아가기도 했다.

이 소설은 일종의 세태소설로 쓰여진 것이다. 그러나 이 소설의 등장인물들이 보여주는 일상적 삶에 순응하며 타협하며 살아가는 모습은 인간사회의 전형인 것이다. '나'라는 화자를 통해 작가가 제기하려 했던 것은 처음 가졌던 책임의식과 도덕 감정이 점점 사라지는 것을 비난하고 한탄하는 것이었을지 모른다. 그러나 비판하는 '나' 자신도 똑같은 길을 걷는 아이러니를 우리는 놓칠 수 없을 것이다. 우리 삶에서 초심을 유지하고 일생 동안 일관성을 유지하는 것은 얼마나 어려운 일인가?

「죽마지우」: 식민지 지식인들의 추악한 자화상

이 소설은 「의학박사」와 함께 인간의 삶에서 세월(시간)이 얼마나 인간을 바꾸는가를 보여준다. 이 소설은 어려서부터 절친으로 지냈던 세 사람이 20년이라는 시간의 경과에 따라 어떻게 변화되었는가를 보여준다. 주인공 '나'는 C로 지칭된다. C는 1930년대 말 중국 베이징으로 와서 5년 가까이 지내는 별 볼 일 없는 "월급쟁이"이다. 이때 죽마고우인 K가 C를 방문한다. 그 친구는 "새 양복"을 입고 "금시계"를 찼으며 "돈 벌 궁리 이야기"만 한다. 친구 P도 1년 전에 베이징으로 '나'를 찾아온 바 있다.

20년 전 세 친구 C, K, P는 "가장 친했고 가장 자주 만났고 가장 오래 같이 돌아다니고 또 가장 뜻이 맞는 친구"들이었다. 그들은 소학교에서 한 반이었고 중학교도 같이 다니다 중도에 그만두고 부모 몰래 집을 나와 한반도 북쪽의 국경을 넘어 중국으로 갔다. 중국 남쪽 소주(蘇州)까지 와서 안성중학에 입학하여 기숙사에서 같이 살았다. 졸업 후 K는 조선으로 귀국했고 P도 몇 년 후 귀국했다.

그러다 거의 20년이 지난 지금 베이징에서 사는 친구 C를 만나러 온 것이다.

C와 K는 베이징시에서도 경치 좋기로 유명한 북해공원에서 만났다. 때는 봄이다. C는 화려한 북해공원의 꽃들과 호수의 아름다움을 즐기고자 하나 K는 만나자마자 "돈" 이야기뿐이다. K는 C에게 "그래 C군은 늙어 죽두룩 월급쟁이만 해먹을 작정인가? 응?" 하고 핀잔을 준다. C는 "나같은 샌님이 어데 경험이 있어야지" 하고 넘긴다. K는 C에게 이곳 유지들을 통해 작은 돈으로 카페를 여는 등 동업도 하고 크게 한몫 잡자고 권유하기도 한다. 그러나 C는 자신도 없고 그럴 생각도 전혀 없다. C는 북해공원의 계절마다 피는 꽃과 나무들을 완성하는 데 더 관심이 있다. 그러나 친구 K는 돈, 돈, 돈 하며 계속 돈벌이 이야기만 늘어놓는다.

> 세상에 누가 돈을 싫다고 하리오만은 이런 아름다운 곳에 와 앉아서 이런 아름다운 석양을 내다보면서는 잠시 세상 잡사를 다 잊어버리고 이 아름다움 속에 송두리째 취해 버릴 마음의 여유를 얻지 못할 진대는 그까짓 물질의 여유가 썩어 남아난들 무슨 소용이 있을까? 밤낮 궁리하고, 밤낮 이야기하는 돈벌이 이야기는 좀 이따가 여사로 돌아가서 밤새도록 이야기해도 좋을 것 아닌가? 지금 져 석양의 아름다움은 한 초 한 초 지나가버리고 마는데!

C는 은근히 돈밖에 모르는 K를 이해할 수 없었다. 작년에 돈은 별로 없는 친구 P가 왔을 때 그도 북해공원의 정취에 흠뻑 빠지고 "마음의 여유"가 있었다. 돈의 기준으로만 보면 C와 P는 실패자요 K는 성공한 사람이다. C는 K에 크게 실망하였다. "아모리 변한다 변한다 한덜 K군이 그래 불과 십오륙 년간에 이렇게도 둔감이 되어버릴 수가 있을가?" 하고 탄식한다. 이에 비해 작년에 베이징 왔던 P군은 돈은 없어도 노인 인력거꾼에게 팁도 넉넉히 주는 등 매사에 돈, 돈, 돈 하지 않고 "마음의 여유"를 가지고 있었다. 그래서 K와 P의 비교가 더 분명해진다.

주요섭은 이 작품을 발표하기 전 7년 전인 1932년 12월 초 『신동아』에 「십 년과 네 친구」란 수필을 쓴 바 있다. 이 글은 1922년경 상하이에서 같은 중학교를 다니던 네 명의 친구들의 이야기이다. 이 소설 「죽마고우」와 그 주제가 같다. 작가는 그 후 10년이 지난 1932년에 장래의 희망과 꿈에 부풀었던 10년 전의 친구 네 명의 행로에 대해 기술하고 있다. 한때는 같은 흥사단우였던 네 명 다 뿔뿔이 흩어져 제 갈 길을 갔고 별로 만나지도 않는 사이가 되어버렸음을 한탄하고 있다. 그리고 그는 이 글에서 현재 자신의 초라한 모습을 비판하고 있다.

> 그리고 나 자신 커다란 환멸을 느낀 후 열이 식고 희망이 죽은 산송장 같은 몸. 10년 전 그날에 품었던 포부는 하나도 실현된 것이 없이 그날 열렬히 논하던 이야기는 기억조차 스러질 만큼 정신적으로 쇠잔해버린 나 자신! 지금 혼자서 이 글을 추억 삼아 쓰고 앉아 있는 무서운 나!

주요섭은 "이 네 사람은 이제는 동창도 아니요. 동지도 아니요. 서로서로 남남이 되어버리고 말았다. …(중략)… 아! 10년이란 세월은 우리 네 청춘에게 못할 것을 하고 달아나버렸다"고 개탄하고 있다. 세월은 철든 인간관계마저 예측할 수 없게 변형시켜버리는 얼마나 잔인한 힘이 아닌가! 이 소설의 마지막에서도 주인공 C는 같은 말을 되풀이하고 있다.

> 죽마지우! 숫대말을 함께 타고 뛰놀던 벗!
> 옛날사람들이 얼마나 이 한 구절 문꾸를 되풀이해서 예찬하였던고!
> 그러나!
> 죽마지우! 이, 얼마나 무의미한 한 문꾸인고, 하고 나는 지금 생각하는 것이었다.

시간은 무지막지한 파괴자이다. 모든 것은 시간 속에서 변형되거나 사라진다. 인간관계에 있어 시간의 효과는 더 치명적일 수가 있다. 시간은 모든 인간관계와 인연은 무상(無常)하게 만드는 변절자이다. 우리는 이 무자비한 변절자를 어떻게 대처할 것인가?

「낙랑고분의 비밀」 : 신비로운 세계로 여행하는 괴기소설

이 단편소설은 시작부터 시간의 진행을 시시각각으로 밝히면서 장면을 전환하고 있어 괴기소설 또는 공포소설 또는 탐정소설로서의 분위기를 극대화시키고 있다.

이야기는 새벽 한 시 삼십 분에 시작된다. 일제강점기인 1930년대 말 평양에서 괴이한 실종 사건이 여러 번 연달아 터진다. 주로 20세 넘는 건강한 젊은 남자들이 감쪽같이 사라지는 사건이다. 실종된 사람들은 대부분 며칠 후 대동강 하류에서 시체로 발견되었다. 그러나 검사 결과 그들의 사인이 분명치 않다. 독극물 등에 의한 타살 흔적은 전혀 없어 사건은 더 미궁에 빠진다. 현지 경찰이 수사하고 전국 각지 언론사에서 기자들이 파견되어 계속 취재하고 있지만 별다른 단서가 발견되지 않고 있다.

이 소설의 주인공 승직은 이 지역 신문기자이다. 그는 특히 자신의 이복동생 승일이 흔적도 없이 사라지자 이 사건에 관심을 가지고 반드시 전모를 파헤치고자 결심한다. 승직은 제수댁을 찾아가 여러 가지 조사를 하던 중 오래된 낡은 책자를 발견하였다. 이 책자는 300여 년 전 승일의 장인의 몇 대 선조 할아버지가 써놓은 것이다. 그러나 중간에 없어진 부분이 많아 단서 잡기가 어렵다. 민완기자 승직은 몇 가지 남은 기록을 토대로 결국 단서를 찾아낸다. 그 내용을 요약하면 300여 년 전 그 문서를 쓴 사람은 숲속에서 어떤 선녀(仙女)를 만나 따라가다가 너무 피곤하여 잠들었다 깨어보니 그것이 끝이었다. 그 아리따운 선녀는 사라져버렸다. 아마도 사라진 이복동생 승일이도 이 기록을 보고 그 선녀를 따라간 것이 아니었을까?

승직은 승일이가 따라갔음 직한 숲길을 택해 거의 1주일간 낙랑고분 가는 길을 헤맸다. 깜박 졸다 깨어나니 아이 우는 소리가 들렸다. 그러나 그 울음소리는 흰 옷을 입은 젊은 여자였다. 승직은 어렸을 때 들은 이야기처럼 여우한테 홀린 것은 아닌가 하는 생각을 하고 그 여자를 따라갔다. 그 여자를 정면으로 보니 얼굴은 대리석같이 하얗고 어둠처럼 차고 맑아 예쁘다. 그 여자의 안내에 따라 계속 따라가 어느 실험실에 이르렀다. 그 여자는 자신의 이야기를 한다. 자기는 천 년 전에 먹으면 죽지 않는 불로수(不老水)를 먹고 죽지 않고 지금도 살아 있다고 고백한다. 원래는 당시 결혼한 남자와 같이 마시고 영원히 살고자 했으나 사고로 약혼자는 죽어 자기만 홀로 남아 지금에 이르고 있다는 것이다. 그래서 이제 사는 것도 지긋지긋해서 죽고 싶으니 승직이에게 해독제를 찾아달라는 것이었다.

지금까지 여러 젊은 남자들을 끌어들여 해독제를 찾게 하였으나 그들은 그 이전에 놀라 심장마비로 죽어버린 것이다. 승직이만이 여기까지 가까스로 살아남았다. 승직은 자기 동생 승일이가 어디 있냐고 따져 묻자 그도 얼마 만에 기절하여 죽어 대동강으로 떠내려갔다고 말했다. 그 여인은 이제는 빨리 죽고 싶다고 승직이에게 애원한다.

그러나 오백 년, 칠백 년, 천 년을 가도록 죽지 못하는 이 생명은 져주 받은 생명입니다. 나는 얼마나 죽기를 바랐는지오. 천 년을 살고도 죽지 않은 목숨, 또 앞으로 몇천 년을, 몇만 년을 살아야 할지 끝이 없는 이 목숨은 참으로 진져리 나는 일이었읍니다. 죽지 못하는 운명! 그것처럼 악착한 것은 없읍니다.

승직이 그 해독제를 찾아주니 "이 지긋지긋한 세상은 버리고 영원의 안식"을 찾는다며 그 여인은 그것을 마시고 죽는다. 그 여인의 죽는 과정을 보면, 우선 얼굴이 늙어버린다. 그 후 피부가 없어지고 해골만 남는다. 그러고는 그것마저 사라져버리고 먼지 한 줌만 남았다. 승직이는 이 모습에 놀랐다가 정신 차리고 숲속에서 출구를 찾았다. 멀리서 아침 햇살이 올라오고 있다. 승직이는 깊은 사색에 잠긴다.

그 여자는 삶을 고통이라 하여 달게 죽엄을 구하였다. 그러나 한줌 흙! 죽엄은 또 무엇이던가? …(중략)… 불붓는 집오래기처럼 잠시 삶을 맛보고는 영원의 침묵, 아니 한줌 흙으로 되어 땅에 구르는 이 인생이란 또한 무엇이든가!

기독교 경전인 『성경』에서 창조주 하나님은 흙으로 몸을 만들고 기(氣)를 불어넣어 영혼을 가진 사람을 만든다. 결국 사람은 죽어서 흙으로 다시 돌아간다. 이 단편소설은 공포소설 형식을 빌려 삶과 죽음의 문제를 깊이 있게 논의한다. 주요섭 소설세계의 주요 주제 중 하나가 바로 죽음의 문제이다. 그의 첫 번째 단편소설 「이미 떠난 어린 벗」과 초기 소설 「죽엄」, 「살인」, 「인력거꾼」 등에도 모두 죽음 문제가 등장한다. 삶이 즉 죽음이라는 명제, 삶 속의 죽음, 죽음 속의 삶은 인간 실존 상황의 근원적인 문제이다. 우리는 이 소설을 통해 오래 사는 것만을 희구하나 어느 정도는 살고 나서 죽고 싶어도 죽지 못하는 고통이 얼마나 강한가를 보여주고 죽어야 될 때 죽는 것이 축복이라는 논리는 통념적인 죽음의 문제를 급진적으로 새롭게 사유하게 된다.

「입을 열어 말하라」: 일제강점기 순종적 침묵에 대한 반성과 비판

「입을 열어 말하라」는 『신문학』 1946년 11월호에 창작 단편으로 실렸다. 이 시기는 1945년 8월 15일 해방 후 1년이 갓 지난 시기였다. 소위 '해방 공간'이라는 한반도의 미래를 두고 좌우 진영 간 대립과 반목이 격심한 과도기였다. 작가 주요섭은 이 소설에서 해방 직후의 한반도 상황을 예리한 비판적 시각으로 바라보고 있다. 일본 구주의 한 탄광으로 강제 징용 갔다가 해방되자 고국으로 돌아온 윤선이란 인물을 통해 이 혼란된 시대를 역사의식을 가지고 그려내고 있다. 편자가 보기에 이 소설은 학계와 문단에 거의 알려지지 않았지만 해방 직후 한반도의 문제를 정확하게 그려낸 탁월한 역사소설이다.

주인공 윤선은 일본 탄광에서 1년간 같이 지내면서 친구가 된 학수와 함께 현해탄을 건너 부산에 도착, 그곳에서 기차를 타고 해방과 자유를 만끽하며 고향으로 가는 중이다. 윤선은 징용 가기 직전 술장사 하던 어머니가 새 남편을 만나 떠나는 바람에 거의 고아나 다름없었다. 그래서 일단 학수네 고향으로 가보기로 했다. 학수의 고향은 기차의 종점에서 내려서도 백 리나 더 가야 하는 곳에 있었다.

자식들을 기다리는 부모들로 북적이는 정거장을 나오자 윤선과 학수는 우연히 "윤선"이란 동명이인 아들을 기다리던 맹인 노파를 만났다. 갈 곳도 마땅치 않은 윤선은 이름이 같은 것을 기회로 삼아 노파를 속이고 새 인연을 맺으면 어떨까 생각했다. 노파의 아들은 아직도 못 돌아온 것을 보면 아마도 탄광에서 죽은 것이 분명했다. 이렇게 해서 윤선은 자신은 탄광에서 일하다 벙어리가 되었다고 속이고 맹인 노파를 어머니로 모시고 살게 되었다.

다행히 맹인 노파가 사는 작은 산골마을 이웃들은 노파의 진짜 아들을 잘 기억하지 못했다. 이렇게 시작된 윤선의 가짜 벙어리 아들 노릇은 결코 쉽지 않았다. 이렇게까지 어려운 벙어리 흉내를 내면서까지 소경 어머니와 사는 것이 옳은 것인지는 판단하기 어려웠다. 윤선은 어머니가 새로 시집 가버리고 없고 이 노파도 아들이 없으니 잘만 하면 새로운 인연이 시작될 것이다.

어느 날 윤선은 맹인 어머니가 잠든 얼굴 모습을 보고 지나간 우리 민족의 비극을 상기하였다.

이 넓적 편편한 얼골에 과장되어 표시된 바는 뼈아픈 고생과 낙망과 그리고 굴종 — 위대하고 잔인한 대자연의 끈힘 없는 억압에 대한 비굴한 굴종 똑같이 잔인하고 속이기 잘하는 동족의 지배자에의 굴종 — 이 피할 수 없는 굴종으로서 환경에 타협하엿스면서도 탐욕을 청산하지 못한 — 아 영원의 탐욕 짓구진 탐욕! 이 부끄러운 한 개의 기록을 한 평 방 다섯 치의 가죽 웋에 판박아노흔 것이엿다.

소경 노파의 얼굴은 일제강점기에 우리 민족이 키워온 민족 모두의 굴종과 탐욕의 표현이다. 답답한 마음이 된 윤선은 이 소경 어머니를 위해 벙어리 노릇을 계속해야 하는지 갈등과 번뇌가 깊어졌다.

작품 해설

그렇다면 윤선의 벙어리 흉내는 무슨 의미인가? 일제강점기에 감시와 억압에 시달려 하고 싶은 말도 하지 못하고 살았던, 표현의 자유가 없는 피식민지인들의 상황을 상징적으로 다시 추체험(追體驗)하는 것인가? 동시에, 일제에서 해방이 되어 자유는 얻었지만 해방군인 미국군들이 들어와 실시된 소위 미 군정이라는 새로운 체제하에서 또다시 하고 싶은 말을 다 하고 살지 못하는 상황을 보여주는 것인가? 윤선은 너무 답답해서 읍내 장터에 나갔다가, 미 군정청 소속 헌병이 일본 순사 출신을 앞장세워 조선인을 군정청 포고 위반으로 강제 체포해 트럭으로 데려가는 모습을 보고 아연실색했다. 친일파 잔당들이 미군정하에서 다시 세력을 차지하고 양민을 토색질하고 있지 않은가? 일본이 망해나가니 이제 미국이 들어와 상전 노릇 하는 것인가?

윤선이는 이런 말도 안 되는 새로운 상황에서 잡혀가는 이 사람을 위해 아무도 "왜 변명을 자세히 못 했소. 왜 모두 벙어리요? 왜 말을 못 해요"라고 절규한다. 동시에 그는 "흥 말을 해!" 하며 무능력한 자신에 대해 자조 섞인 말을 내뱉을 뿐이다. 읍내 장터에 나갔다가 돌아오는 길에 거지 꼴을 한 일가족을 만났다. 그들은 만주에서 오래 살다 조국이 해방되어 고향으로 돌아가고 있었다. 떠날 때는 짐도 많고 돈이 있었으나 오는 도중에 총 든 중국 놈, 러시아 놈이나 조선 놈들에게 거의 모든 것을 빼앗겼다는 것이다. "말하라. 입을 열어 말하라"고 외치지만 이 혼란스러운 상황에서 윤선은 "소경과 벙어리! 이것은 노파와 윤선이 개인에게 국한된 것은 아니었다. 이것은 민족적이었다"고 탄식하였다.

비가 주룩주룩 내리는 어느 날 밤에 소경 어머니가 집에 없어서 찾아 다니던 윤선은 전혀 새로운 모습을 목도하였다. 소경 어머니가 뒷산 칠성대에서 벙어리가 된 자신의 입을 열어달라고 무릎 꿇고 두 손 모아 기도하는 모습을 본 것이다.

소경 어머니의 비는 소리는 밖에서 내리는 비소리와도 같엇다. 이 비는 소리 이 비소리 이것들이 화합하여 하나이 되어 가지고 윤선이의 가슴속에 고묘히 사랑의 비를 뿌려주는 듯하엿다. 이 소소소소 소리는 말랏든 윤선이의 영혼 속에 소생의 비를 뿌려주는 것이엇다. 윤선이 가슴속에 고히 숨어 잠자든 씨를 적시어주는 것이엇다.

윤선은 빗속에서 소경 어머니가 자신을 위해 비는 소리에 "영혼의 세례"를 받았다. 이렇게 윤선은 "커-단 바위에 두 손은 하늘을 향하여 치어들어 서 있는" "새 어머니"를 만나 "새 생명"을 얻었다. 소경 어머니는 그 바위 위에서 빗길에 미끄러져 아래로 추락했다. 윤선이는 황급히 그 바위로 내려가 "어머니. 어머니!" 부르며 소리쳤다. "어데 다친 데 없어요?"라고 윤선이 묻자 어머니는 "네 본 이름이 무엇이냐?"고 부드럽게 묻고, 윤선은 자신의 이름도 윤선이라며 그간 속인 것에 용서를 빌었다. 소경 어머니는 "윤선아 내 아들 윤선아 내가 도로혀 미안하다"고 말씀하신다. 이 소경 노파는 처음부터 윤선이가 자기의 친아들이 아닌 것을 알고 있었다! 윤선이가 "어머님은 내 어머님이요"라고 말하니 "고맙다"고 화답했다.

윤선은 어머니를 안고 울부짖는다.

아모 말씀도 마십시요. 어머님이 저 칠성님께 빌어서 칠성님이 내 혀를 풀어주엇습니다. 야, 윤선아 네 입을 열어서 말을 해라. 네 어머니께뿐이 아니라 왼 천하에 향하야 말을 해라. 이렇게 칠성님이 명령하십니다. 저기 저 하늘에서 북두칠성이 지금 우리를 내려다보고 게십니다.

윤선은 이제 어머니의 간절한 기도의 덕으로 벙어리 신세를 끝내고 말을 다시 한 것이다. 윤선은 "네 입을 열어 말을 해라"라고 말한다. 가족이나 가까운 사람들에게뿐 아니라 온 천하를 향해 침묵하지 말고 입을 열어 말하라고 말한다. 해방 공간 속에서 서로 반목하고 싸우는 한가운데서 개인 사회에 대해 사랑의 표현을 위해 "입을 열어 말을 하라"고 외치고 있다.

「시계당 주인」 : 해방 공간 혼란기의 여러 장면들

1947년 발표된 이 소설은 허구이기보다 유창선이란 한 인간의 회고담에 가깝다. 해방 직후 해방군으로 북한에 진주한 소련군의 상상을 초월하는 만행을 기록한 충격적 보고문학이다. 이 소설의 주인공 유창선은 평양에서 시계방을 하는 집에서 태어나 어린 아기 시절부터 시계와 함께 놀면서 성장했다. 어려서 그는 시계들 사이에서 "사방에서 여러 음계와 속도와 혼잡된 박자 합창"을 들었고 "떽꾸떽꾸, 사룽사룽, 잭깍잭깍, 털털털털, 찌룽찌룽 — 여러 가지 벌레들의 합창 소리", 즉 "모기, 파리, 빈대, 벼룩, 바퀴, 설설이, 지네, 개미, 나비, 메뚜기, 벌"들의 "군악의 연주"를 들을 수 있었다.

이렇게 시계들과 일체가 되어 자란 유창선은 중등교육을 마치고 아버지 밑에서 시계 수선공이 되었고 곧 "시계당 주인"이 되었다. 그는 시계 수선공으로서 기술적인 명예와 자부심을 가지고 각종 시계를 닦아주고 고치고 조절해주며 살았다. 그러나 해방 직후에 "청천벽력"과 같은 운명을 맞았다. 소위 해방군으로 북한에 진주한 소련군은 곧바로 점령군으로 돌변하여 기괴한 짓을 자행하기 시작했다.

> 시계방을 발견한 소련 군인들은 벌떼처럼 달려들어 약탈하는 것이었다. 군인 하나하나가 손목시계 열 개씩을 두 팔에 차고 너무 만족하여 개선장군들처럼 거리를 활보하며, 가끔 시계를 귀에 대보고는 히죽버죽하고, 짹깍 소리를 멈춘 시계를 발견할 때에는 태엽 감아줄 줄은 모르고, 길에 던지고 발로 밟아 으깨버리는 것이었다.

시계당 주인 창선이는 일제강점기 말 미군의 B-29의 공습 때도 이와 같은 공포를 느낀 적이 없었다. 당시 북한 주민들은 평양에 진국한 소련군이 잠시 머무르다 퇴거할 것으로 생각했다. 그들은 점령군으로 각종 약탈, 방화, 부녀자 겁탈 등 만행을 저질렀다. 북한 주민들은 이미 1945년 11월 23일 신의주 반공학생

의거 때 북한 공산당과 소련군의 만행을 경험한 터였다. 어린 학생 23명이 목숨을 잃었고 700여 명이 부상당했다. 사실은 그 훨씬 이전에 러일전쟁 후 아라사(러시아) 군인들이 북한에서 자행한 만행이 대단했다 한다. 엄청난 시설과 자원의 약탈은 물론 할머니까지 노리는 마구잡이 "색시 사냥"은 악명이 높았다.

어느 날 유창선이 집에 돌아와보니 소련 약탈군에 의해 시계방은 모두 털렸고 안채 살림집도 난장판이었다. 아내는 로스케(러시아) 군인들에 윤간당해 아랫도리를 내놓고 머리를 산발한 채 피를 흘리며 쓰러져 신음 소리를 내고 있었다.

> 아! 연약한 조선의 아내여, 딸이여, 어머니여, 할머니여! 아, 비겁한 조선의 남편이여, 아들이여, 아버지여, 할아버지여!
> 울 줄밖에 모르는 이 민족.

창선이는 고향 평양을 떠나 다른 수많은 사람들과 함께 남하해 외삼촌이 살고 있는 서울로 향했다. 남한에서는 미군의 노략질은 없었다.

> 가끔 보이는 미국 군인들은 모두 너무나 깨끗하여 더러운 소련군과는 비교도 안 될 뿐 아니라 거리에서 노략질하는 꼴도 눈에 안 띄고 더구나 시계방들이 버젓이 문 열고 영업하고 있는 것을 볼 때 그는 자기의 눈을 의심하지 않을 수 없었다. 눈을 비비고 자세히 살펴보니 노략질당한 흔적이 없고 진열이 잘되어 있었으며 어느새 영문으로 쓴 간판이 달려 있는 것이었다.

여기에서 우리는 북한에 진주한 소련군과 남한에 진주한 미군의 모습이 강렬하게 대비되고 있음을 알 수 있다.

남한의 상황도 건국사업이라는 이름 아래 좌우익의 이념과 당파의 분열과 싸움질 등으로 어지러웠다. 일제 부역자들이 다시 판을 치고 다녔고 수많은 사람들의 "탐욕과 사리와 교활"이 넘치고 있었다. 창선이는 어렵사리 시계업을 하는 오래전 친구를 만나 일본인이 버리고 간 시계방을 인수하여 동업하기 시작했다. 점차 안정을 찾은 창선은 자신의 독특한 시계 철학을 가지게 되었다. 시계야말로 이 혼란스러운 세상에서 가장 믿을 수 있는 정확한 기계라고 예찬한다.

그뿐 아니라 유창선은 다음과 같이 결론을 내린다.

> 조선 땅 서울에서 시간이 바른 시계, 옳은 시계, 유용한 시계 노릇을 하려면 워싱턴 시간에 맞추어놔도 잘못이요, 모스크바 시간에 맞추어놔도 잘못이다.
> 서울 시간은 오랜간만에 본 노선에 올라섰다. 앞으로 서울의 시계는 영원토록 서울 시간에 지켜나가야 할 책임을 지고 있다. 서울 시각 외딴 곳 시계를 발맞추어보려고 하는 시계는 시계의 반역자다. 소용없는 존재다.

유창선은 서울 시간에 맞추는 "서울 시계"를 통해 민족의 주체성까지 주장하고 나섰다. 우리의 시계는 워싱턴 시간, 모스크바 시간에 맞추어선 안 되고 서울의 시간에 맞추어야 한다. 서울 시계야말로 이 혼란기에 우리가 독립적인 주체의식을 가지고 분단된 한반도를 이끌어나갈 정신적 무장의 상징이 될 것이기 때문이다.

「극진한 사랑」 : 이루지 못한 지고지순한 사랑 이야기

「극진한 사랑」은 1947년 9월 『서울신문』에 발표되었던 단편소설이나 분량이 거의 중편소설에 가깝다. 이 작품은 1945년 8월 15일 해방 후 한 기생 출신 여성이 사랑하는 사람에게 보내는 편지 형식의 고백체 소설이다. 한때 한 남자를 사랑했고 그 아들까지 낳은 한 퇴기가 죽음을 결심하고 마지막으로 일생 동안 극진히 사랑했던 그 남자에게 편지를 남기는 것이다.

소설은 시작부터 매우 극적이다. 이야기는 여인이 낳은 청년이 자신의 아버지, 즉 이 기구한 여인의 애인인 독립운동가에 의해 죽은 직후부터 시작된다. 물론 죽인 아버지와 죽은 아들은 서로 부자지간임을 전혀 몰랐다. 오로지 이 기생 출신 여인만이 알고 있을 뿐이다. 한반도 해방 공간에서 대한민국이 수립되기 전 혼란기에 이념 분쟁 중 독립투사 출신 아버지를 일본 학병까지 다녀온 아들이 자신의 아버지인 줄도 모르고 총으로 죽이려다 오히려 아버지 총에 맞아 죽게 되는 비극이 일어났다. 이 둘 사이에서 여인은 생을 마감하고자 유서 형식으로 일생 동안 속으로만 사랑했던 남자에게 마지막으로 편지를 쓰고 있다.

이 남자와 여자인 '나'의 인연은 1916년경 평양에서 시작된다. 남자는 중학생이었고 여성은 어린 초등학생이었다. 아들은 평양 만수대 아래 있는, 임진왜란 때 의기(義妓) 계월향의 사당에서 처음 마주친다. 그 후 그 여인은 그 꺽다리 중학생 남자를 흠모하고 속으로 짝사랑하게 된다. 2년 후에 '나'는 서울로 유학을 와 여학교에 다녔다. 남자도 사각모를 쓴 전문학교 학생이 되었다.

'나'는 그 남자를 서울운동장에서 다시 만나게 된다. 그 남자는 전문학교 축구팀에서 명성을 날리는 일류 선수가 되어 있었다. 열다섯인 '나'는 그를 "영웅 숭배"를 지나 "사랑"의 대상으로 삼았다. 꺽다리 축구선수인 그 남자는 '나'의 가슴에서 '극진한 사랑'으로 남아 있었다. 1919년 2월 28일 축구대회에서 우승한 그 남자를 그의 사촌인 친구의 도움으로 잠시 만나게 된다. 그리고 그 이튿날 3월 1일 서울에서 3·1 독립만세운동이 일어났고 '나'의 아버지는 독립만세 가두 데모의 선두에 섰다가 왜놈 헌병의 칼에 맞아 죽음을 당했다. 그 후 나는 기울어가는 가세를 돕고자 여학교를 그만두고 어머니의 청에 따라 기생학교에 다녔고 업소에 나가기 시작했다. '나'는 어머니와 어린 남동생을 먹여살리기 위해 기생이 되었다.

1925년 여름 20세가 된 '나'는 정릉천 청수장 요리점에서 독립운동에 뜻을 둔 그 남자를 단둘이 만나게 되었고 영원히 잊을 수 없는 밤을 함께 보냈다. 이날 그 남자는 나에게 설송(雪松) 대신에 설중매(雪中梅)라는 새 이름까지 지어주고 떠났다. 그 후 '나'는 임신이 되어 아들을 낳았다. 물론 그 남자는 그 후 한 번도 다시 만나지 못하고 아들을 혼자 키웠다. '나'는 그날 밤 '지독한 사랑'을 경험했다.

그때 내가 순결한 육체의 소유자는 물론 아니었습니다. 그러나 내 정신만은 순결했습니다. 그리고 그 새벽 당신과의 교섭에서 나는 처음 깨달은 것이 있었습니다. 남녀 간의 사랑은 육체 따로 정신 따로, 따로따로 성취되는 것이 아니라 '극진한 사랑'은 정신과 육체가 동시에 서로 융합되는 상태에서만 가능하다는 걸 나는 체험한 것이었습니다.

'나'는 그와의 성행위에서 '만족감'과 '황홀감'을 처음 경험했고 남녀간의 성행위가 욕망의 분출만이 아니라 이렇게 아름다울 수 있다는 것도 알았다.

14년이 지난 1938년, 노기(老妓)가 된 '나' 설중매는 열세 살 난 아들을 데리고 상해로 떠난다. 상해에서 '나'는 화려한 치장과 젊게 보이는 화장을 한 "택시 댄서"로 다시 태어난다. 이 당시 조선의 많은 화류계 여성들이 상해, 천진, 북경, 청도 등으로 수출되었다. '나'도 설중매란 이름을 버리고 '에레나'로 다시 태어나 상해 인터내셔널 카바레에서 고급 댄서이자 고급 매춘부로 자리 잡았다. 사실 '내'가 상해로 간 것은 그 남자가 독립운동을 하니 대한민국 임시정부가 있었던 상해에서 혹시나 만날 수 있을지도 모른다는 막연한 기대 때문이다.

기적같이 '나'는 그 남자를 상해 카바레에서 다시 만날 수 있었다. 물론 그 남자는 자신이 정릉천에서 만났던 설중매라는 것은 전혀 몰랐다. 그 남자는 중경에서 일제의 삼엄한 감시를 뚫고 독립운동을 하다 상해에 몰래 들어와 정보 수집을 하던 중이었다. 그들은 또다시 하룻밤을 보냈고 다시 헤어졌다. '나'는 그 남자와 실로 오랜만에 사랑다운 사랑, 즉 '극진한 사랑'을 다시 맛보았다. 그들은 다시 기약 없이 헤어졌다.

1945년 8월 15일 조선은 일제에서 해방이 되었다. 그리고 미군 군정이 시작되자 그 남자도 귀국하여 새로운 독립국가를 만드는 데 중요한 역할을 하였다. 이런 와중에 '나'는 그 남자를 어느 사랑방 놀이에서 또다시 마지막으로 만났다. 그 남자 바로 옆에 앉아서 시중을 들었으나 그들 사이에 태어난 아들 정호 이야기를 그때도 차마 할 수 없었다. 그 후 '나'는 서로 전혀 모르고 '나'만 알고 있는 아버지와 아들을 어렵게 함께 집에서 만나게 해주었으나 운명의 장난으로 서로를 알게 할 기회는 잡지 못하고 헤어졌다.

그러나 아들 정호는 나쁜 이념을 가진 사람들의 꾀임에 빠져 불행하게도 중국 중경에서 돌아온 독립투사들을 암살하는 계획에 참여하였다. 아들이 먼저 아버지에게 권총을 겨누었으나 노련한 아버지가 이를 피하고 아들 정호를 쏘아 죽였다. '나'는 절대로 이해할 수 없는 아버지와 아들의 총격전에 넋을 잃고 말았다. 아들을 먼저 보낸 '나'는 삶을 정리하고자 마지막으로 지금까지 '남편'으로 '극진한 사랑'을 보였던 그 남자에게 편지 겸 유서를 남긴 것이다. 이 한 쌍의 남녀간의 사랑 이야기는 일제강점기와 해방 직후에 있었던 가장 감동적이고 비극적인 '극진한 사랑' 이야기이다.

「대학교수와 모리배」: 세속사회에서 지식인의 분노와 좌절

이 소설은 해방 후 한반도의 삶의 한 단면을 부각시킨 세태소설이다. 주인공은 대학교수이다. 그는 당대의 역사와 사회에 "통분(痛憤)"하는 비분강개파이다. 이 지구는 온통 "괴물"들이 살고 있다고 믿는다. 일본은 "천황(天皇)을 신"으로 믿고 "신풍(神風)의 힘"으로 "대동아 공영권"을 만든다는 가짜 이데올로기에 빠져 아시아를 전쟁터로 만들어버렸다. 우리 민족은 일본 제국주의의 힘에 눌려 "끽소리 못 하고 통치자의 꼭두각시로 만족하고 있는 바보"이다. 미국은 "원자력의 절대성을 믿고 핵무기를 사용"하는 "문명인"들이다. 어쨌든 소위 태평양전쟁에서 일본에 승리한 미국 덕분에 우리나라도 어느 날 "도둑같이" 갑자기 온 해방을 맞았다.

해방 후 한반도는 기쁨과 희망으로 들끓었지만 38선으로 금수강산이 미군 주둔의 남한과 소련군 주둔의 북한으로 분단되는 "청천의 벽력"을 경험하였다. 해방 공간의 한반도는 무질서와 좌우 분열로 불안했고 무엇보다도 일제강점기 때보다 더 지독한 "굶주림"을 겪고 있다. 대학교수는 이러한 상황에서 교수직을 집어던지고 공장을 차리거나 장사라도 해서 가족을 제대로 먹여살릴까도 생각했다. 막상 세 끼니를 잇기도 어렵고 전기도 안 들어오고 땔감도 걱정이었다. 오랫동안 고이 끼고 다녔던 아내의 결혼반지도 사라져버렸다.

"해방, 자유의 환상"으로 감격했던 해방의 효과는 2년도 안 되어 절망과 환멸로 변해가고 있었다. 지도자들은 서로 싸우고 착취하는 데 혈안이 되어 있다. 그동안 가난한 학자의 아내로 조용히 내조하며 살아왔던 아내마저 교수에 대한 분노가 폭발했다. 주변의 P 교수라는 사람은 소학교 다니는 딸에게 수업 끝나면 미국 담배 행상을 하게 해서 교수 월급보다 몇 배나 더 번다는 소문도 들었다. 그러나 이 대학교수는 이럴 용기도 없이 속수무책이었다.

눈 오는 어느 날 그는 머리도 식힐 겸 남산 꼭대기에 올라갔다. 그곳에서 우연히 고등학교 동창을 만났다. 그 친구는 "두터운 값 나가는 좋은 외투를 입은 몹시도 비대한 사람"이 되었다. 그 친구는 소위 "모리배(謨利輩)"로 자신의 이익을 위해 무슨 일이든 벌이는 무리 중에 한 사람이었다. 그래도 그는 대학교수 친구를 존경하였다.

나도 자네들 계급의 모순된 생활을 대강이나 짐작하네. 그러나 자네들 같은 쑹지버레들은 양심을 아직까지 유지하고 있다는 것은 탄복하고 존경할 일일세. 이 혼란 중에서 건국의 기둥이 될 동량들을 각구어내는 위대한 사명을 어깨에 지고 있지 아니한가? 나 같은 놈이야 아무리 신문에서 욕을 해싸도 성공을 한 모지배지. 아무리 모리배라고 작고 신문에 오르나리드라도 그것은 길을 트러막는 방법이 졸렬한 자들이라 대개 다 헛소문이지. 나 같은 놈은 진짜고. 그러나 더 진짜 악질은 모리배보다도 탐관오리이지. 또 바루 말하자면 탐관오리는 제일 비루한 청결동이지만 모리배는 당당한 신사일세.

그 친구는 계속해서 "술과 계집과 돈의 삼위일체"가 난무하는 지금 세상을 비판했고, 「구약성경」을 인용하며 서울 장안에 의인(義人) 다섯 명만 있어도 서울이 망하지 않고 버틸 텐데 하고 탄식하기도 한다. 이 말은 어쩌면 대학교수가 하고 싶은 말이었을 것이다.

모리배 친구는 대학교수의 외투 주머니에 큰 돈뭉치를 넣어준다. 대학교수는 심한 모욕감을 느꼈지만 어쩔 수 없이 그 돈을 받았고 허둥지둥 남산을 내려와 승객들로 초만원이 된 복잡한 전차를 겨우 타고 귀가하였다. 교수는 집으로 뛰어들어가 아내에게 "여보 여보 이것 좀 받으시오." 하면서 돈을 주머니에서 꺼내려는 순간 "앗!" 하고 소리 질렀다. 아뿔싸! 그 큰돈 뭉치를 전차에서 소매치기당한 것이었다. 교수는 빈손을 내리지 못하고 오랫동안 온몸을 "부들부들 떨었다." 이 소설은 해방 후의 무질서와 혼란의 세태를 적나라하게 보여준 기막힌 풍자소설이다.

「혼혈」: 순혈주의의 늪에서 빠져나오기

「혼혈」은 『대조』 1949년 7월호에 실렸다. 소설은 청계천 빨래터에서 시작된다. 빨래하던 한 젊은 여인이 "망측스럽고, 끔찍스럽고, 악착스러운" 이야기를 언급한다. 그 여인은 마포 친정에 갔다가 들은 괴이한 이야기라며 털어놓는다. 이 이야기의 주인공은 젊은 과부 김 소사이다. 김 소사가 어느 날 아기를 낳았는데 친정어머니인 할머니가 어디론가 데리고 나가 처리해버렸다는 것이다. 김 소사의 남편은 어린 아들과 딸 남매를 남겨두고 일찍 세상을 떴다. 해방 후라 미국의 좋은 약들도 들어왔지만 치료도 못 하고 죽었다. 김 소사는 친정어머니와 두 남매를 데리고 매우 가난하게 살았다. 미군부대 PX에서 파는 물건들을 빼다가 이 헌병들의 눈을 피해 길거리에서 파는 것으로 겨우 연명하는 처지였다.

어느 무더운 저녁, 김 소사는 양말과 타월 한 개씩을 겨우 팔아가지고 배추 한 포기를 사 들고 어두운 골목을 통해 피곤한 몸을 이끌고 귀가하는 중이었다. 그런데 갑자기 "뒤에서 억쎈 팔로 허리를 끼어 안는데 코로는 노린내가 훅 끼치"는 도깨비같이 생긴 흑인 미군이 김 소사를 끌고 집으로 들어가 반항할 틈도 없이 겁탈해버렸다. 끔찍한 악몽과도 같았지만 한편으로는 김 소사는 남편이 죽고 난 후 오래간만에 육체의 쾌락을 맛볼 수 있었다. 황망한 중에도 김 소사는 잠이 들었다가 새벽에 깼다. 어머니는 아무런 비난의 말도 없이 조반까지 지어 주고는 "그런 몹쓸놈이 그짓을 하구두 돈 한푼 안 주고 그냥 가다니, 에이, 세상에서……"라는 말을 내뱉었다. 김 소사는 그때는 그 말뜻을 몰랐다.

다음 날 김 소사는 미제 물건을 하나도 못 팔고 집으로 돌아오고 있었다. 오늘 밤도 그 도깨비 같은 큰 검둥이 미군이 달려들지 않나 경계를 하였다. 김 소사는 어머니의 불순한 뜻을 알아차리고 불현듯 "흥! 제 딸을 갈보 노릇을 시킬 심뽀이었든가?"라는 말을 내뱉었다. 분노에 차서 방문을 열고 들어오자 역시 키 큰 흑인 미군이 그녀를 낚아채어 자신의 욕망을 채웠다. 자포자기 심정으로 김 소사는 별다른 저항도 하지 못했다.

김 소사가 한창 울고 있는데 어머니가 촛불을 켜고 들어오더니 "아가, 수고했다. 일어나서 저것을 좀 보아라 응!" 하고 기쁘게 말했다. 거기에는 미제 설탕 자루, 책, 사탕들이 한 무더기 쌓여 있었다. 놀랍게도 어머니는 딸의 정조를 팔아 먹고살 수 있게 되었다고 좋아하였다. 김 소사도 체념하고 요즘 미군 물건 파는 장사도 잘 안 돼 살림살이가 극도로 어려워졌는데 자기 하나 희생할 수밖에 없다고 자위하였다. 다만 흑인이라는 것이 마음에 걸렸다.

그 후 6개월 동안 김 소사는 얼굴에 고급 크림도 바르고 머리도 파마도 하며 유한마담으로 지내게 되었다. 김 소사의 아들과 딸이 껌이나 사탕, 초콜렛을 들고 나가 동네 아이들과 나누어 먹었다. 그러나 동네 사람들은 김 소사를 "양갈보"라 부르며 아이들끼리도 놀지 못하게 하였다. "검둥이 사위"는 이제 집으로 계속 찾아왔다. 그러나 드디어 큰일이 터졌다. 김 소사가 임신하고 출산한 것이다. 어머니는 그 핏덩이 "깜동 애기"를 어미인 김 소사에게 묻지도 않고 안고 나가 어디론가에서 처리해버렸다. 어머니는 그 어린 아기가 자기 딸을 닮아 피부가 덜 검고 한국 사람처럼 생겼음에도 개의치 않았다. 멘델 법칙에 따라 한 번 흑인 유전자가 배태되면 언젠가 후대에 반드시 나타나게 마련이기 때문이었을까?

우리 한민족은 한반도 내에서만 수천 년 살았기에 단일민족 순혈주의(純血主

義)에 빠져 있다. 그러나 역사상 수많은 외국의 침략이 있었기에 몽골 피, 중국 피, 왜족 피, 슬라브족 피가 알게 모르게 많이 섞였을 것이다. 해방 이후 앵글로 색슨 백인과 아프리카계 흑인의 피도 많이 섞였을 것이다. 여기에서 우리는 이 소설의 작가 주요섭의 확고한 주장을 알 수 있다. 한민족은 결코 순수한 혈통을 가진 민족이 아니라는 것이다.

우리는 그러한 편견을 배격하고 아모러한 복잡한 피의 혼혈이 있다 하더라도 그가 우리나라 땅에서 나서 자라서 국가에 대하여 유용한 봉사를 하는 한 절대로 아모런 차별도 없이 평등한 기회를 공급할 수 있는 아량을 갖이어야 될 것이다.

주요섭은 1949년 3월에 탈고한 이 소설에서 20세기 후반부터 세계화와 더불어 보편화된 혼종(混種, Hybridity) 시대를 예견하고 있다. 오늘날 남한 사회는 급속히 다문화 사회로 변화되고 있다. 세계 각지에 흩어졌던 한민족 후손들의 디아스포라 물결이 한국으로 들어오고 있다. 중국의 조선족과 중앙아시아의 고려인, 베트남을 비롯한 남아시아의 여성들이 한국 남성들과 가정을 꾸리고 살고 있다. 이제는 외국인들과의 국제결혼도 일반화되었다. 더욱이 세계 각처에서 들어오는 노동자들의 국적도 매우 다양하다. 한반도의 단일민족 순혈주의 신화는 이미 깨지고 있다. 이러한 다문화시대의 문화윤리는 수용과 포용이다. 혼종 사회는 잡종사회가 아니라 진정한 의미에서 좀 더 다양하고 역동적인 새로운 사회가 되는 것이 아닐까?

이 제2권에 실린 1954년 해방 후 그리고 6·25전쟁까지 겪은 주요섭의 단편 소설은 그전과는 많이 달라졌다. 시대 상황을 반영하여 재현하는 작가에게는 자연스러운 일이다. 일제강점기 36년간의 압제에서 해방된 해방의 감격과 기쁨을 그린 작품들도 있다. 그러나 「시계당 주인」에서처럼 해방 직후 북한에 진주한 소련군의 무자비하고 잔인한 행태와 무질서하고 혼란스러운 해방 공간의 모습을 적나라하게 그린 작품도 있다.

주요섭 문학의 대주제인 사랑도 빼놓을 수 없다. 특이하게도 「혼혈」과 같은, 한반도의 강력한 단일민족 신화를 믿는 우리에게 이민족 간에 태어난 새로운 종족인 혼혈종에 관한 보고서도 있다. 주요섭은 어려서부터 일본과 중국 그리고 미국 유학까지 외국 경험이 많은 세계시민으로서 한반도의 이민족 간의 혼혈 문제도 포용하는 세계주의를 미리 보여주고 있다 하겠다.

▼1902년(0세) 11월 24일, 평안남도 평양에서 아버지 주공삼(朱孔三)과 어머니 양
진심(梁眞心) 사이의 5남매 중 둘째 아들로 태어남. 아버지는 목사로
서 부유한 편이었음. 형은 시인으로 「불놀이」라는 시로 유명한 주
요한(朱耀翰)으로, 많은 문학적 영향을 받음.

▼1915년(13세) 숭덕소학교를 졸업하고 숭실중학에 입학.

▼1918년(16세) 숭실중학교 3학년 때 일본으로 유학을 가 도쿄 아오야마(靑山) 학원
중학부 3학년에 편입.

▼1919년(17세) 3·1만세운동이 일어나자 귀국하여 평양에서 소설가 김동인(金東
仁) 등과 어울려 등사판 지하신문 「독립운동」을 발간하며 독립운동
에 가담. 이로 인해 체포되어 유년감 10개월간 옥고를 치르게 됨.

▼1920년(18세) 『매일신보』에 단편 「이미 떠난 어린 벗」이 입선. 4월, 형 시인 주요
한과 소설가 김동인이 주관하던 우리나라 최초의 동인지 『개벽』에
「치운 밤」을 발표하면서 문단에 정식으로 등단.

▼1921년(19세) 중국 상하이(上海)로 건너가 소주(蘇州)의 안성중학에 들어갔다가 후
에 후장대학(扈江大學) 중학부 3학년에 편입. 독립운동을 하기 위해
중국으로 간 것이었으나, 도산 안창호의 가르침에 따라 학업을 계속
하기로 결정.

▼1923년(21세) 상하이 후장대학 교육학과에 입학함. 이후 본격적인 문학 활동을
시작.

▼1925년(23세) 단편소설 「인력거꾼」(『개벽』 4월호), 「살인(殺人)」(『개벽』 6월호), 중편
소설 「첫사랑 값 1」(『조선문단』 8~11월호), 「영원히 사는 사람」(『신여
성』, 10월호) 등을 발표해 신경향파 작가로서 이름을 얻음.

▼1926년(24세) 상하이로 유학 온 8세 연하의 피천득을 만나 일생 동안 가깝게 지냄.

▼1927년(25세) 상하이 후장대학을 졸업. 곧장 미국으로 건너가 스탠퍼드대학 대학원 교육학과에 입학함. 미국에서의 생활은 매우 어려워 접시 닦기, 운전수, 청소부 등의 일을 하면서 고학.

▼1929년(27세) 스탠퍼드대학 대학원에서 교육학 석사과정을 수료하고 귀국. 평양에 머물며 황해도 출신의 여인 유씨(劉氏)와 결혼.

▼1930년(28세) 유씨와 이혼.

▼1931년(29세) 『동아일보』에 입사함. 새로 창간된 『신동아』지의 주간으로 있으면서 같은 잡지에 짧은 수필과 단편소설을 발표. 이은상, 이상범 등과 친교. 아동잡지 『아이 생활』 편집장.

▼1932년(30세) 『신동아』 주간 취임.

▼1934년(32세) 중국 베이징에 있는 푸런대학(輔仁大學)에 영문학과 교수로 임용되어 1943년까지 재직. 이때부터 그의 작품은 초기의 신경향파적이고 자연주의적 경향에서 벗어나 여성편향적이고 내면화된 순수문학으로 전환되기 시작.

▼1935년(33세) 첫 장편소설 『구름을 잡으려고』를 『동아일보』에 2월 17일부터 연재하기 시작. 대표작이라 할 수 있는 단편소설 「사랑손님과 어머니」를 『조광』 11월호에 발표. 이 작품으로 작가로서 새로운 전성기를 맞음.

▼1936년(34세) 『신가정』지 기자로 있던 8년 연하의 김자혜(金慈惠)와 재혼.

▼1938년(36세) 장편소설 『길』을 『동아일보』에 9월 6일부터 연재했으나 얼마 안가 알 수 없는 이유로 중단. (일제의 방해와 총독부의 검열 때문일 것이다.)

▼1941년(39세) 장남 북명(北明) 출생.

▼1942년(40세) 차남 동명(東明) 출생.

▼1943년(41세) 일제의 식민지 군국주의가 극에 달해 있던 이 시기에 일본의 대륙 침략에 협조하지 않는다는 이유로 중국 정부로부터 추방당해 귀국. (이 기간 중 당시 중국을 침략한 일제경찰에 의해 검거되어 폴란드 출신 영국 소설가 조지프 콘래드와 미국 소설가 펄 S.벅의 소설 『대지』의 영향으로 쓴 영문 장편소설도 압수당하고 수개월간 유치장에서 격심한 고문을 받음) 장녀 승희(勝喜) 출생.

▼1945년(43세) 평양에 머물며 감격의 해방을 맞음. 해방이 되자 월남해 서울에 정착.

▼1947년(45세) 상호출판사 주간 취임. 영문 중편소설 *Kim Yu-Shin*(김유신)을 출간.

▼1950년(48세) 10월, 영자신문『코리아 타임스』의 주필로 취임.

▼1953년(51세) 부산 피난 시절 2월 20일부터『동아일보』에 장편소설『길』연재 시작. 경희대학교 영문학과 교수로 임용.

▼1954년(52세) 국제펜(PEN)클럽 한국본부 사무국장으로 출발하여 부위원장, 위원장을 역임함.

▼1957년(56세) 장편소설『1억 5천만 대 1』을『자유문학』6월호부터 연재 시작.

▼1958년(56세) 『1억 5천만대 1』의 속편인 장편소설『망국노군상(亡國奴群像)』을『자유문학』6월호부터 연재 시작.

▼1959년(57세) 국제펜(PEN)클럽 주최 제30차 세계작가대회(프랑크푸르트) 한국 대표로 참가.

▼1961년(59세) 『코리언 리퍼블릭』이사장 역임.

▼1962년(60세) 작품집『미완성』을 을유문화사에서 출간.

▼1963년(61세) 1년간 미국으로 가서 미주리대학 등 6개의 대학을 순회하며 '아시아 문화 및 문학'을 강의. 영문 장편소설 *The Forest of the White Cock*(『흰 수탉의 숲』)을 출간.

▼1965년(63세) 경희대학교 교수직을 사임. 사임과 함께 7년여의 침묵을 깨고 다시 작품을 발표하기 시작. 단편소설「세 죽음」과「비명횡사한 유령의 수기」를『현대문학』10월호에 발표함. 한국아메리카학회 초대회장 선임.

▼1970년(68세) 단편소설「여대생과 밍크코우트」를『월간문학』6월호에 발표. 그 뒤 건강상의 문제로 더 이상 창작 활동을 계속하지 못함.

▼1971년(69세) 한국번역가협회 초대 회장에 선임.

▼1972년(70세) 4월 전신 신경통으로 세브란스병원에 잠시 입원. 11월 14일, 서울 연희동의 자택에서 심근경색으로 갑작스레 사망. (파주 기독교 공원 묘지에 안장)
[2004년에 주요섭은 1919년 3·1만세운동에 참여하고 등사판 신문『독립운동』을 발행한 죄로 10개월간 유년감에서 옥고를 치른 것이 뒤늦게 인정받아 독립운동가로 추서되었다. 현재 대전 현충원 독립유공자묘역으로 이장.]

1920. 1. 3	「이미 떠난 어린 벗」(『매일신보』)
1921. 4	「치운 밤」(『개벽』)
7	「죽음」(『新民公論』)
1922. 10	동화 「해와 달」(『개벽』)(번안)(조선전래이야기 각색)
1924. 3	번역 「기적(汽笛)」(『신여성』)
10	번역시 「무제(無題)」(『개벽』)
11	수필 「선봉대」(『開闢』)
1925. 3. 1	시 「이상(理想)」(『新女性』)
4	「인력거꾼」(『開闢』)
6	「살인」(『開闢』)
9~11	『첫사랑 값 1』(『朝鮮文壇』 연재)
10	「영원히 사는 사람」(『新女性』)
1926. 1	「천당」(『新女性』)
5	평론 「말」(『東光』)
10	시 「물결」, 「진화」, 「자유」(『東光』)
1927. 1	「개밥」(『東光』)
2~3	『첫사랑 값 2』(『조선문단』 연재)
6	시 「엷은 사랑」(『東光』)
7	수필 「문명(文明)한 세상?」(『東光』), 희곡 「긴 밤」
11	번역 희곡 『토적꾼(討赤軍)』(『東光』)
1928. 12	수필 「미국(美國)의 사상계(思想界)와 재미(在美) 조선인(朝鮮人)」(『별건곤』)

---

1 장르 표시가 없는 것은 모두 단편, 중편, 장편소설임.

1930	동화 『웅철이의 모험』
2.22~4.11	회고담 「할머니」(『우라키』 제4호)
8	『유미외기(留美外記)』(『동아일보』)
9	시 「낯서른 고향」(『大潮』)
	기행 「4천 년 전 고도 평양행진곡 지방소개」
1931. 4	평론 「교육 의무 면제는 조선 아동의 특전(特典)」(『東光』)
10	평설 「공민 훈련(公民訓練)에 관한 구미 각국(歐美各國)의 시설 (施設)」(『新東亞』)
11	수필 「웰스와 쇼우와 러시아」(『文藝月刊』)
1932. 3	수필 「음력 설날」(『新東亞』)
3	수필 「상해 관전기」
4	수필 「봄과 등진 마음」(『新東亞』)
5	수필 「혼자 듣는 밤비 소리」(『新東亞』)
5	수필 「문단 잡화 — 아미리가(아메리카)계의 부진」(『三千里』)
6	수필 「마른 솔방울」(『新東亞』)
9	수필 「미운 간호부」(『新東亞』)
10	「진남포행」(『新東亞』)
12	수필 「십 년과 네 친구」(『新東亞』)
12	수필 「아메리카의 일야(一夜)」(『三千里』)
1933. 1	수필 「사람의 살림살이」(『新東亞』), 「마담 X」(『三千里』)
3	동화 「미친 참새 새끼」(『新家庭』)
5	「셀스 껄」(『新家庭』)
7	가정용 영어 일람 (여자 하계 대학 강좌 外語科)(『신가정』)
8	수필 「금붕어」(『新東亞』)
8	수필 「하늘, 물결, 마음」(『신가정』)
10	평론 「아동문학 연구 대강(研究大綱)」(『學燈』)
1934. 4	수필 「안성 중학 시절」(『學燈』)
5	수필 「1925년 5 · 30」(『新東亞』)
7~8	수필 「호강(扈江)의 첫여름」(『學燈』)
11	수필 「상해(上海) 특급(特急)과 북평(北平)」(『동아일보』)

1935. 2	수필 「심양성(瀋陽城)을 떠나서」(『新東亞』)
2. 17~8. 4	『구름을 잡으려고(첫 장편소설)』(『동아일보』 연재)
7	「대서(代書)」(『新家庭』)
11	수필 「취미생활과 돈」(『新東亞』)
	「사랑손님과 어머니」(『朝光』)
1936. 1	「아네모네의 마담」(『朝光』)
3	「북소리 두둥둥」(『조선문단』)
4	「추물(醜物)」(『신동아』)
9~1937. 6	중편소설 「미완성(未完成)」(『朝光』 연재)
1937. 1	「봉천역 식당」(『사해공론』)
6	수필 「중국인들의 생활을 존경한다」(『朝鮮文學』)
6	수필 「북평 잡감」(『백민』)
11	「왜 왔던고?」(『女性』)
1938. 5. 17~25	「의학박사」(『동아일보』)
6~7	「죽마지우」(『女性』)
9.6~11.23	『길』 (장편소설)(『동아일보』)
1939. 2	「낙랑고분의 비밀」(『朝光』)
1941	『웅철이의 모험』(장편동화)(『조선아동문화협회』)
1946. 11	「입을 열어 말하라」(『新文學』)
	「눈은 눈으로」(『大潮』)
1947	「시계당 주인」
	「극진한 사랑」(『서울신문』)
	영문소설 "Kim Yushin: The Romance of a Korean Warrior of 7th Century"(「김유신 : 7세기 한국 전사의 이야기」)(상호출판사)(중편)
1948. 9	「대학교수와 모리배」(『서울신문』)
11	수필 「과학적 생활」(『學風』)
1949. 7	「혼혈(混血)」(『大潮』)
1950. 2	「이십오 년」(『學風』)

1953. 2. 20	『길』(장편소설)(『동아일보』연재 시작)
1954. 8 　　　10	「해방 1주년」(『新天地』) 번역 『현대미국 소설론』(프레데릭 호프만)(박문출판사) 영문 수필 "One Summer Day"(「어느 한 여름날」)(『펜』)
1955. 2	「이것이 꿈이라면」(『思想界』) 번역 『서부개척의 영웅 버지니언』(오웬 위스티어)(진문사(進文 社))
1957. 6~1958. 4	『1억 5천만대 1』(장편소설)(『自由文學』연재)
1957	번역 『불멸의 신앙』(윌라 캐더)(을유문화사) 번역 『현대 영미 단편선』(공역)(한일문화사)
1958. 4 　　　5 　　6~1960. 5 　　　11	「잡초」(『思想界』) 「붙느냐, 떨어지느냐」(『自由文學』) 『망국노 군상(亡國奴 群像)』(장편소설)(『自由文學』연재) 수필 「내가 배운 호강 대학」(『사조』)
1959. 6	수필 「나의 문학 편력기」(『신태양』)
1962	『미완성』(중단편소설집)(을유문화사) 번역 『펄 벅 단편선』(펄 벅)(을유문화사) 보고서 「제3차 아세아 작가회의 소득」(『현대문학』) 번역 『연애 대위법』(올더스 헉슬리)(을유문화사) 영문 장편소설 *The Forest of the White Cock: Tales and Legends of the 　　Silla Period* (『흰 수탉의 숲: 신라시대 이야기와 전설』) (어 　　문각)
1963. 3	수필 「이성·독서·상상·유머」(『自由文學』)
1964 　　　10	번역 『천로역정』, 『유토피아』(을유문화사) 수필 「다시 타향에서 들여다 본 조국」(『문학』)
1965. 10 　　　11	「세 죽음」, 「비명횡사한 유령의 수기」(『現代文學』) 수필 「죽음과 삶과」(『現代文學』) 번역 『크리스마스 휴일』(서머싯 몸)(정음사)

1966. 3	수필 「공약 삼장(公約三章)의 3월」(『思想界』)
7	영문소설 "I Want to Go Home"(*The Korea Times*)(단편)
11	수필 「재미있는 이야기꾼 — 나의 문학적 회고」(『文學』)
1967. 5	「열 줌의 흙」(『現代文學』)
1968. 7	「죽고 싶어 하는 여인」(『現代文學』)
1969	『영미 소설론』(한국영어영문학회편 공저, 신구문화사)
6	「나는 유령이다」(『月刊文學』)
1970. 4	영역 주요섭 「사랑손님과 어머니」· 최정희 「수탉」· 이상 「날개」, *Modern Korean Short Stories and Plays*(국제PEN한국본부)
6	「여대생과 밍크코트」(『月刊文學』)
1972	『길』(장편소설)(삼성출판사)
4	「마음의 상채기」(『月刊文學』)
1973. 1	「진화」(『문학사상』)
	「여수」(『문학사상』)
1974	번역 『나의 안토니아』(윌라 캐더)(을유문화사)
1987. 4	「떠름한 로맨스」(『현대문학』) 중편소설